यथार्थ की धरती

और

सपना

राजेन्द्र रवि

INSTITUTE FOR DEMOCRACY AND SUSTAINABILITY

लोकायन
Lokayan

वाणी प्रकाशन का लोगो
विख्यात चित्रकार मकबूल फिदा हुसेन
की कूची से

ISBN : ISBN : 978-93-86799-91-3

वाणी प्रकाशन
21-ए, दरियागंज, नयी दिल्ली-110002
द्वारा प्रकाशित

प्रथम संस्करण : 2007

आवरण : विभास दास **मूल्य : 250.00**

नागरी प्रिंटर्स, दिल्ली-110032
द्वारा मुद्रित

YATHARATH KI DHARTI AUR SAPANA
by Rajendra Ravi

समर्पण

मां बाढ़ो देवी, पिता प्रयाग महतो

और पत्नी गीता रविकीर्ति को·····

लेखक
राजेन्द्र रवि

कॉपी संपादक
राधेश्याम मंगोलपुरी

कला
बिभास दास

शब्द संयोजन
यतेन्द्र सिंह
संजय कुमार

आभार

मेरा व्यक्तित्व और कृतित्व गढ़ने व परिमार्जित करने में अनेकानेक व्यक्तियों और संगठनों का योगदान है । प्रोफेसर धीरूभाई शेठ से मुझे 'टुकड़ों-टुकड़ों में कही गई बातों' को सैद्धांतिक आधार के साथ समग्रता में प्रस्तुत करने की दृष्टि मिली है । विजय प्रताप ने सोच को लेखकीय कर्म में परिवर्तित करने का दबाव पैदा कर सदा लिखने-पढ़ने के लिए उत्प्रेरित किया है । मेधा पाटकर का आग्रह रहता है कि बातों को लिपिबद्ध कर विचार-विमर्श के लिए रखा जाए । ओम थानवी मेरी रचनाओं को उन दिनों से छाप रहे हैं जब उनसे मेरा व्यक्तिगत परिचय न था । डॉ. गीतम तिवारी और डॉ. दिनेश मोहन ने सामाजिक कार्य को तकनीक से एकीकृत करने के महत्त्व का एहसास कराया है । योगेन्द्र यादव के संपर्क में आने पर मेरी समझ और पुख्ता हुई कि जन-विरोधी लोगों के आंकड़ों और तथ्यों की मदद से भी सत्य की तलाश की जा सकती है, यदि हमारा दृष्टिकोण जनपक्षीय हो ।

प्रो. विजय बहादुर सिंह, प्रो. इम्तियाज अहमद, डॉ. अजीत झा, स्मितु कोठारी, प्रशांत भूषण, अन्विता आनंद, अनीता कपूर, भूपेंद्रसिंह रावत इत्यादि से समय-समय पर विचार-विमर्श से मेरे लेखन में साफगोई आई है ।

वंदना भारतीय, नरेश शर्मा, धनंजय कुमार सिंह और शैलेश कुमार से बहुतेरे तथ्य प्राप्त हुए हैं जिनका उपयोग मैंने अपनी रचनाओं में किया है । स्मिता स्नेही ने विभिन्न अवसरों के लिए लिखी गई मेरी रचनाओं को संभाल कर रखा और यतेंद्र सिंह व श्री संजय कुमार ने इनका शब्द-संयोजन किया है । यह किताब अब भी पाठकों के हाथों में न होती यदि राधेश्याम मंगोलपुरी, बिभास दास और दीपक कुमार सिंह का भरपूर सहयोग न मिला होता । □

प्राक्कथन

मुद्दों से रू-ब-रू

ग्रामीण और शहरी जीवन की कठिनाइयों का एहसास मुझे बचपन से रहा है । मैं गया शहर के एक भूमिहीन किसान परिवार में जन्मा जिसकी रिश्तेदारियां गांव-देहात में भी हैं । गया शहर की गतिविधियों में तब और अब भी गांव और शहर घुले-मिले रहे हैं । इनकी खुशियों और पीड़ाओं की सम्मिलित झलक साफ-साफ दिख जाती है । मेरे पारिवारिक परिवेश और सामाजिक परिवेश की मांगें परस्पर अंतर्विरोधी थीं । परिवार के लोगों की चाहत थी कि मैं पढ़-लिख कर ऊंची तनखाह वाली नौकरी करूं और आंतरिक सामाजिक दबाव था कि मैं परिवर्तन के लिए चलने वाले कार्यकलापों का अंग बनूं । उम्र और समझ बढ़ने के साथ-साथ मुझे यह गहरे तौर पर महसूस हुआ कि पैसा कमाने की बनिस्बत सामाजिक रूप से एक जिम्मेदार नागरिक होना ज्यादा महत्त्वपूर्ण है, हम नौकरशाही में ऊंचे पद पाकर ऊंची तनखाह और भ्रष्टाचार के जरिए मोटी कमाई कर सकते हैं, तथाकथित प्रतिष्ठा भी प्राप्त कर सकते हैं; लेकिन वहां ईमानदारी-पूर्वक काम करते हुए सामाजिक भेदभाव की दिशा में काम करना तो दूर, इसके बारे में कुछ सोच भी नहीं सकते हैं । सामाजिक गैर-बराबरी और भेदभाव को खत्म करने के लिए चलने वाली लड़ाइयों में मेरा शामिल होना अपनी सामाजिक मुक्ति और व्यक्तिगत मुक्ति दोनों ही के लिए एक जरूरी शर्त है – यह बात मेरे मन-मस्तिष्क में गहरे स्तर पर उतरती गई । तब से लेकर अब तक की मेरी संपूर्ण गतिविधियां इसी को व्यावहारिक रूप देने का प्रयास हैं ।

इस क्रम में मैं अपने छात्र जीवन में **ऑल इण्डिया स्टुडेंट फेडरेशन** और **कम्युनिस्ट पार्टी ऑफ इंडिया** की युवा शाखा का कार्यकर्ता रहा । यह समय 1972 से 1974 के बीच का है । 1974 से 1977 तक मैं **बिहार आंदोलन** और 1978 से 1984 तक **छात्र युवा संघर्ष वाहिनी** का पूर्णकालिक कार्यकर्ता रहा । सी.पी.आइ. से मोहभंग का कारण था उसकी तत्कालीन अंतर्राष्ट्रीय और राष्ट्रीय गलत समझ व पहल के फंसाव । बाद में देश और दुनिया के घटनाक्रमों से मेरी यह समझ बनी कि जनता के जीवन में बुनियादी बदलाव के लिए भारत जैसे देश में विभिन्न प्रकार के मंचों और संगठनों का होना और उनके बीच एका की मौजूदगी आवश्यक है । इसमें पत्रकारिता और मीडिया की भी बड़ी भूमिका है । मैंने व्यक्तिगत तौर पर समय-समय पर विभिन्न तरीकों से इस बदलाव में भागीदारी निभाई है । मैंने जुलाई 1985 से जनवरी 1988 तक एक स्वतंत्र पत्रकार के

रूप में विभिन्न अखबारों और पत्रिकाओं में खूब लिखा । इसके बाद 1991 तक लोकायन बुलेटिन (हिंदी) के संपादक मंडल का सदस्य रहा । एक बार लेखन का जो सिलसिला शुरू हुआ तो वह कमोबेश लगातार बना रहा । मेरा लेखन मुद्दों को सही रूप में पहचानने और उनपर जन-हस्तक्षेप के लिए वातावरण बनाने के उद्देश्य से प्रेरित है ।

संगठन हो, पत्रकारिता हो, शोधकार्य हो या अन्य कुछ – मेरी सारी गतिविधियां आम आदमी की जिंदगी को बेहतर बनाने की प्रक्रिया का एक अंग रही हैं । मैं 1985 से **संपूर्ण क्रांति मंच**, 1988 में **प्रवासी जन मंच**, 1996 से **जन आंदोलनों का राष्ट्रीय समन्वय** और 2002 से **विश्व सामाजिक मंच** से जुड़ा । मैंने सितंबर 1998 - अप्रैल 2000 के दौरान रिक्शे की तकनीक को सुधारने की दिशा में होने वाले प्रयासों में भी भागीदारी की है । इस दरम्यान मैं **इंस्टिट्यूट फॉर ट्रांसपोर्टेशन एण्ड डेवलपमेंट पॉलिसी, न्यूयार्क** और **एशियन इंस्टिट्यूट ऑव ट्रांसपोर्ट डेवलपमेंट, नई दिल्ली** की 'सोशियो इकोनॉमिक एण्ड इन्वायर्नमेंट इंपैक्ट ऑव इंप्रूवमेंट ऑव साइकिल रिक्शा टेक्नोलॉजी' परियोजना का संयोजक रहा । मार्च 2000 से मैंने साइकिल रिक्शा से संबद्ध चालक, मालिक, मिस्त्री और सवारी की समस्याओं को जानने-समझने और इन समुदायों के सबलीकरण से जुड़ी 'एक्शन रिसर्च प्रोग्राम ऑन द रिक्शा एण्ड रिक्शा पुलर्स' परियोजना के शोधकार्य और अभियान के संयोजक के बतौर कार्य किया है। मैंने परिवहन और शहरी गरीबों की समस्याओं पर कार्य करने के दरम्यान देश और विदेश में होने वाली राष्ट्रीय व अंतर्राष्ट्रीय बहसों व चर्चाओं में भी भागीदारी की है । इस भागीदारी का उद्देश्य रहा है टिकाऊ शहर और टिकाऊ समाज के निर्माण में लगना । मैंने समय-समय पर जिन समस्याओं का सामना किया उन्हें अपने पर्चों, लेखों और टिप्पणियों में दर्ज किया । ये विभिन्न चीजें अखबारों, संकलनों, पत्रिकाओं में छपीं । कुछ लिख ली गईं और फाइलों में पड़ी रहीं । कुछ सेमिनारों और गोष्ठियों में पढ़ने के लिए लिखी गई थीं । इन्हीं में से कुछ को इस संग्रह में लिया गया है । मैंने भरसक कोशिश की है कि इस संग्रह में वे रचनाएं शामिल की जाएं जो विभिन्न मुद्दों के विभिन्न पहलुओं को उजागर करें तथा मेरी वैचारिक यात्रा की एक मोटा-मोटी रूपरेखा भी प्रस्तुत करें । फिर भी कहीं-कहीं दुहराव मिलेगा । अलग-अलग मौकों पर लिखी गई विभिन्न रचनाओं का संग्रह होने के कारण इससे एकदम बचना संभव भी न था ।

इस पुस्तक में संग्रहित रचनाएं चार खंडों में विभाजित हैं । पहला खंड शहरी परिवहन पर केंद्रित है। इस खंड में भारत और विश्व में सड़क परिवहन की स्थिति पर विचार किया गया है । इस खंड का पाठक यह सहज ही महसूस करेगा कि हमारे देश में जन परिवहन के साधनों, खासकर गैर-मोटर वाहनों – पैदल, साइकिल और रिक्शे – पर घोषित और अघोषित प्रतिबंध लगा हुआ है, जबकि विकसित देशों में इनको बढ़ावा मिल रहा है, इनके अनुकूल सड़क संरचनाएं खड़ी की जा रही हैं । इसके विपरीत, हमारी पूरी सड़क-व्यवस्था कारों की सुविधाओं की चिंता करती है और सार्वजनिक परिवहन के साधनों की अनदेखी करती है । इसका परिणाम यह है कि बहुसंख्यक शहरी और ग्रामीण आबादी को न केवल आवागमन संबंधी कठिनाइयों का सामना करना पड़ता है, बल्कि इससे उनके रोजगार और

जीवन-पद्धति भी प्रभावित होते हैं । इन लेखों में परिवहन की असुविधाओं के चलते कमजोर तबकों को होने वाली परेशानियों और उनके मन-मिजाज के ऊहापोहों को शब्द-बद्ध करने के साथ ही उनके सपनों को भी स्वर देने की कोशिश की गई है । ये सपने वास्तविक तौर पर जमीनी हकीकत में बदल सकते हैं, यदि कोलंबिया के बोगोटा शहर के महापौर रहे एनरिक पेनॉलोसा की योजना से सीखा जाए । सार्वजनिक परिवहन के साधनों के साथ-साथ गैर-मोटर वाहनों को तरजीह देने वाली परिवहन-व्यवस्था के अन्य फायदे भी हैं; जैसे - नगर का पर्यावरण साफ-सुथरा बनता है, सड़क दुर्घटनाओं में कमी आती है, परिवहन के मामले में समाज आत्म-निर्भर होता है, तेल और ऊर्जा की खपत में कमी आती है, सड़क के ढांचागत निर्माण खर्च और मरम्मत-व्यय में भी कमी आती है, समाज में कमजोर तबकों के प्रति सम्मान की भावना का विकास होता है । कुल मिलाकर, लोकतंत्र के अनुकूल माहौल बनता है और ऐसी दुनिया बनती है जहां ज्यादा ताजा हवा और पानी की गुंजाइश होती है ।

मैं मानवीय दुनिया का हिमायती हूं, इसलिए मेरे लिए गैर-मोटर वाहन पिछड़ेपन और गरीबी का प्रतीक नहीं हैं । निश्चय ही, रिक्शे की तकनीक में सुधार की जरूरत है और इसके लिए जहां कहीं सकारात्मक प्रयत्न की संभावना दिखी हमने उसमें सहयोग करने की कोशिश की । इस संग्रह के एक लेख में मैंने इसकी चर्चा भी की है । कोई चाहे या न चाहे, परिवहन का सबसे आदिम रूप होने के बावजूद पैदल आवाजाही कभी रुकने वाली नहीं है; तब क्यों न ऐसा ढांचा खड़ा किया जाए, ताकि पैदल चलने वालों की मुश्किलें थोड़ी आसान हो जाएं ! मैंने यहां इस संबंध में भी कुछ सुझाव दिए हैं । यह कितना अटपटा लगता है कि हम दुनिया का एक बड़ा साइकिल उत्पादक देश होते हुए भी साइकिल और रिक्शे को सबसे कम महत्व देते हैं ! यूरोपीय देशों ने इसको बढ़ावा देने के लिए अपने यहां राष्ट्रीय और अंतर्राष्ट्रीय साइकिल पथ विकसित कर लिए हैं, वहीं हमने किसी नगर विशेष में भी ऐसे पथ का निर्माण नहीं किया है ।

इस संग्रह का दूसरा खंड पर्यावरण पर केंद्रित है । पर्यावरण की थोड़ी चर्चा परिवहन वाले खंड में भी की गई है, लेकिन वह प्रसंगवश ही है । इस खंड में हमने पर्यावरण विनाश से होनेवाले नुकसानों पर ध्यान खींचा है । पर्यावरण को पहुच रही क्षति के कारण अनेक बीमारियां पैदा हो रही हैं । पर्यावरण-विनाश के कारण नगर-जीवन हमेशा दांव पर लगा रहता है । इतना ही नहीं, इससे बड़े-बड़े अकाल पड़ने का अंदेशा रहता है । सबसे बुरी बात यह है कि इससे पृथ्वी के नाश की संभावना बन गई है । इसलिए प्रकृति की रक्षा की महत्ती जिम्मेवारी हम सबके कंधों पर है । विकास का मॉडल ऐसा होना चाहिए जिसमें प्रकृति को न्यूनतम क्षति पहुंचे और मनुष्य की जिंदगी में ज्यादा खुशहाली आए । जाहिर है, परमाणु युद्ध में किसी की भी जीत नहीं होने वाली; रासायनिक जहर का उत्पादन करके हम हवा को शुद्ध नहीं रख सकते और न शोर पैदा करके हम संगीत का आनंद ले सकते हैं । पारिस्थितिक असंतुलन का परिणाम बीमारी, अकाल और मौत ही हो सकता है।

तीसरा खंड महिलाओं की समस्याओं के इर्द-गिर्द केंद्रित है । इसमें इनके रोजगार, इनके

हक और इनके स्वास्थ्य पर प्रदूषण के प्रभाव की चर्चा की गई है । पैदल चलते समय महिलाओं को जिन मुश्किलों का सामना करना पड़ता है उसका विवरण परिवहन वाले खंड में दिया गया है । इस खंड में इससे इतर के सवालों पर विचार किया गया है । महिलाएं अपने अधिकार से इस प्रकार वंचित हैं कि इन्हें अपना तन तक बेचने को मजबूर किया जाता है । मनुष्य होते हुए भी पुरुष की तुलना में इन्हें कम ही अधिकार मिले हुए हैं । जो अधिकार मिले हुए हैं, वे ज्यादातर कागजी हैं, व्यावहारिक सच्चाई से कोसों दूर । जयप्रकाश नारायण की अगुआई में चले संपूर्ण क्रांति आंदोलन ने स्त्री-पुरुष की बराबरी के क्षेत्र में एक प्रयोग किया था । उसकी एक बानगी यहां दर्ज की गई है।

इस पुस्तक का अगला खंड विविध विषयों से संबंधित है । इसमें बाल-मजदूरों, झुग्गी-झोपड़ियों, श्वेत-क्रांति और उद्यान-कर्मियों की समस्याओं का विवरण है तो मानवाधिकार, सामाजिक कर्म, आम आदमी की रोजी-रोटी और साफ पानी की खोज जैसे प्रश्नों पर भी विचार किया गया है । अलग-अलग मुद्दों पर दो-दो, एक-एक लेख होने की वजह से इन्हें अलग-अलग खंडों में न रखकर एक ही खंड में समेट लिया गया है। इन विविध मुद्दों के एक साथ आ जाने से इनकी व्यापकता का दायरा विस्तृत हो गया है; किंतु मुझे यह भी स्वीकारने में कोई परहेज नहीं है कि इससे हर मुद्दे पर बहुत संक्षिप्त प्रकाश ही पड़ सका है ।

मुझे इस बात का गहरा एहसास है कि यह पुस्तक अलग-अलग मुद्दों पर केंद्रित अपनी विशिष्ट सामग्री के चलते किसी विषय का गंभीर विवेचन प्रस्तुत नहीं करती । इस तरह के किसी संग्रह से ऐसी अपेक्षा करना बहुत उपयुक्त भी नहीं है । इसके लिए तो हर मुद्दे पर अलग-अलग स्वतंत्र किताब की जरूरत है । लेकिन, मुझे इस बात पर कतई संदेह नहीं है कि यह संग्रह हर मुद्दे की गंभीरता की ओर ध्यान खींचता है । अगर मैं इतना भी कर सका हूं तो मैं अपने इस प्रयास को सार्थक मानूंगा । मैं यहां प्रस्तुत मुद्दों से समय-विशेष पर जिस रूप में रू-ब-रू हुआ उस समय उसे मैंने वैसा कलमबंद किया। अब इनसे आपके रू-ब-रू होने का मौका है । एक बात और स्पष्ट कर दूं – इन लेखों, टिप्पणियों में दर्ज विचार मेरी लेखन-यात्रा के अतीत के एक पड़ाव-विशेष की ओर ही ध्यान खींचते हैं और आज की तिथि में मैं कहीं थोड़ा तथा कहीं ज्यादा आगे निकल आया हूं । इसके बावजूद यही कहूंगा कि इससे पिछली यात्रा का महत्त्व कम नहीं हो जाता। किसी भी यात्रा से जानने-समझने और सीखने की भरपूर गुंजाइश होती है – चाहे वह खुद द्वारा की गई यात्रा हो या दूसरों द्वारा ।

– राजेन्द्र रवि

'जन-आंदोलनों के लिए दस्तावेज' का स्वागत!

देश की आम जनता, खासकर शोषित-उत्पीड़ित तबकों, के साथ जुड़कर सामाजिक कार्य करने वाले व्यक्तियों को दोहरी चुनौती का सामना करना पड़ता है। एक ओर, इन व्यक्तियों को अपनी निजी जिंदगी की अनदेखी करते हुए या उसपर कम से कम ध्यान देते हुए, तमाम दबावों-प्रभावों के बीच रहकर वंचितों की स्थितियों का विश्लेषण करना पड़ता है, इन्हें वैचारिक रूप से मजबूत बनाना पड़ता है, इनमें आत्मविश्वास पैदा करना होता है और अनवरत संघर्ष चलाने के लिए एक सुसंबद्ध प्रक्रिया अपनानी पड़ती है; दूसरी ओर, उन लोगों से टकराना पड़ता है जो शोषितों के नजरियों की उपेक्षा करते हैं, उसे मान्यता ही नहीं देते। जब अपने हक के लिए लड़नेवालों को नकारा जा रहा हो, धिक्कारा जा रहा हो, अपमानित किया जा रहा हो या अविवेकी साबित किया जा रहा हो; तब वर्षों से उनके संघर्ष और निर्माण के साथ जुड़ा सहयोगी कार्यकर्ता चुप नहीं बैठ सकता। प्रचार-प्रसार के इस चमकीले-भड़कीले व गतिमान युग में भी वह अपनी पूरी शक्ति के साथ – चाहे वह शक्ति कितनी भी कम क्यों न हो – समता, न्याय, निरंतरता तथा शांति के मूल्य पर आधारित व्यावहारिक विकल्प प्रस्तुत करता है। वह कटिबद्ध होकर अपनी मेहनत, लगन, कुशलता व रणनीति के साथ इन चुनौतियों का हर तरह से मुकाबला करने की कोशिश करता है।

राजेंद्र रवि ने एक सामाजिक कार्यकर्ता के बतौर ऐसी चुनौतियों को हमेशा पूरे साहस और आत्मविश्वास के साथ स्वीकार किया है – इस लेख-संग्रह में इसकी झलक आसानी से दिख जाती है। इनके ये लेख स्पष्ट हैं, सरल हैं और ऐसे हैं जिनमें गहरी बात कही गई है। आज देश की स्थिति भयावह है। इसकी नानाविध विषमता एक हकीकत है। ऐसी स्थिति में ये लेख एक तरह से जन-आंदोलनों का 'नजरिया-पत्र' बनकर सामने आते हैं। इस किताब में देश-दुनिया की वास्तविकताओं को प्रस्तुत करते हुए समाज के सामने स्पष्ट जीवन-दृष्टि रखी गई है। इसमें शहर के चकाचौंध और विकास को बेनकाब करते हुए शहरी नियोजन में गरीबों के स्थान, सड़क और परिवहन की समस्याओं के उलझाव, श्रमिकों से रोजगार के रिश्ते, महिलाओं की जिंदगी के संघर्ष, शहरी व ग्रामीण इलाकों में लोगों के विस्थापन की त्रासदी आदि विषयों पर स्थानीय से लेकर राष्ट्रीय-अंतर्राष्ट्रीय परिप्रेक्ष्य में प्रकाश डाला गया है। इन लेखों में विचार व संवेदना दोनों को झकझोरने की ताकत है, यह कहने में कोई हिचकिचाहट नहीं होगी।

'विकास' के बारे में आज चलनेवाली तमाम बहसों में एक विकृत दर्शन दिखाई दे रहा

है। 'समता' व 'सादगी' के मूल्यों में गिरावट आयी है। एक खास वर्ग का हित साधने वाली विचारधारा को सबके लिए उपयोगी ठहराने की कोशिश की जा रही है। ऐसी परिस्थिति में इसका ठीक-ठीक आंकलन करने के लिए एक-एक मुद्दे और एक-एक अनुभव को जांच-परख कर प्रस्तुत करने की आवश्यकता है। यह काम केवल सैद्धांतिक दस्तावेजों के सहारे नहीं किया जा सकता। अनुभव या घटना, विशेष शासकीय निर्णय या छोटे-बड़े संघर्ष यदि राजनीतिक-आर्थिक परिप्रेक्ष्य में उजागर किए जाएं, सामाजिक प्रभाव की रोशनी में समझे जाएं, तभी विचारधारा में परिवर्तन की संभावना है। केवल एक संवेदनशील व विचारशील व्यक्ति ही स्वयं एक माध्यम बनकर पूरी हकीकत को समाज के दिलोदिमाग में पहुंचा सकता है। राजेंद्र रवि यह काम वर्षों से करते आ रहे हैं।

पहले से कुछ स्थितियां भिन्न हैं। कई संदर्भ बदल गए हैं। मगर इनमें इन्हें समझने की ललक आज भी बनी हुई है। इनके सामाजिक संपर्क और सरोकार का दायरा और भी व्यापक हुआ है। उदाहरण के लिए, परिवहन नियोजन में कारों से कॉरिडोर तक और रिक्शा से पैदलयात्रियों तक के इनके विश्लेषणों पर गौर करें। कर्नाटक शासन द्वारा 'बंगलौर-मैसूर आधार संरचना कॉरिडोर' परियोजना 20193 एकड़ कृषियोग्य भूमि का सामान्य अधिग्रहण मात्र नहीं है, बल्कि उसके सहारे जिंदगी बसर करने वाले बहुत सारे किसानों की बर्बादी का एक बड़ा मसला है। उन किसानों द्वारा उठाए गए सवालों को दरकिनार नहीं किया जा सकता। इंफ्रास्ट्रक्चर यानी संरचना के महत्व की बहस और व्यावहारिक परिणति इस कॉरिडोर के साथ थम नहीं जाती, बल्कि इसका सिलसिला जारी रहने वाला है और इसमें हमारे कितने ही संसाधन स्वाहा होने वाले हैं। इस कॉरिडोर से प्रभावित होने वाले 173 गांवों के 2 लाख प्रभावित लोगों ने संघर्ष चलाया जरूर, लेकिन यह मामला विशेष मुद्दा नहीं बना। आज जब सरकार कुछ शहरों के 'नवनिर्माण' के नाम पर अपनी तिजोरी का धन लुटा रही है, इसपर लाखों करोड़ रुपये खर्च कर रही है और लोगों की भूमि हथिया रही है, इस कॉरिडोर के आर्थिक हानि-लाभ का हिसाब जानने, इसके पर्यावरणीय असर को समझने और शहर नियोजन की मंशा को भांपने से पूरी राजनीति का चरित्र स्पष्ट हो जाता है। इससे राष्ट्रीय स्तर पर खड़ा किए गए एक बड़े भ्रम का भी पर्दाफाश होता है। परिवहन किसके लिए, किसकी कीमत पर – इस सवाल का जवाब राजेंद्र रवि के कई लेखों में साफ-साफ नजर आता है।

2005 में 135 लाख की आबादी रखने वाली दिल्ली और 40000 करोड़ रुपये का टैक्स जुटानेवाली मुंबई आज तक न तो हर गरीब व मध्यवर्गीय को परिवहन की सुविधा उपलब्ध करा पायी हैं और न ही इससे उत्पन्न समस्याओं – हवा में जहर की बढ़ोतरी, सड़क पर जाम, जानलेवा सड़क-दुर्घटनाओं में वृद्धि – को सुलझा पायी हैं। इसका प्रमुख कारण है सरकार की वह दृष्टि, जो मुट्ठी भर समृद्ध लोगों के विकास व उत्थान पर केंद्रित है। उसकी निगाह में झुग्गी-बस्तियों व अनधिकृत कालोनियों में रहनेवाले लोग, फुटपाथ पर गुजर-बसर करने वाले विपन्न शहरी गरीब और नए-पुराने इलाकों में बसे छोटे व मध्यम कारोबारी कहीं जगह नहीं पाते। इसका फल है कि शहर में एक बेतुका परिवहन तंत्र और उसके लिए संरचना का जाल बिछाया जा रहा है। यदि सार्वजनिक परिवहन

के साधनों, जैसे बसों और ट्रामों, की जगह 'रोड किलर' निजी बसों और निजी कारों की भीड़ बढ़ती जा रही है, फ्लाईओवर और सर्पिल चौड़ी सड़कों का विशाल ढांचा खड़ा किया जा रहा है तो उसके पीछे की राजनीति क्या है, इसके निहितार्थ क्या हैं, उसपर होने वाले खर्च की बंदरबांट क्या है – लेखक ने अपने लेखों व टिप्पणियों में इसे खोल कर रखा है।

अमरीका द्वारा इराक पर हमले का कारण इराक की 112 अरब बैरल तेल की संपदा यानी स्वयं अमरीका की कार-आधारित अर्थव्यवस्था ही थी, यह रवि जी बताते हैं। ये लिखते हैं, "जब युद्ध की पहली गोली भी नहीं चलाई गई थी, उससे पहले ही इस आशय की चर्चा शुरू हो चुकी थी कि इराक के तेल भंडारों का किस तरह इस्तेमाल किया जाएगा।" संयुक्त राष्ट्र सुरक्षा परिषद के पांचों स्थायी सदस्यों के पास अंतर्राष्ट्रीय तेल कंपनियां हैं जिनका बगदाद में 'सत्ता परिवर्तन' से सीधा हित जुड़ता है। दूसरी ओर, कार निर्भरता को वैश्विक स्वास्थ्य का मुद्दा साबित करते हुए प्रदूषण व अपघात मुक्त वाहन के रूप में रिक्शा के एक-एक फायदे गिनने वाले रवि जी समान सड़क अधिकार तक पहुंचकर पैदलयात्रियों (जो देश के 90 प्रतिशत लोग हैं, जबकि निजी कारों में चलने वाले कुल 2 प्रतिशत) को एक सम्मान प्रदान करते हैं और 'अपरिवर्तनीय' बनती जा रही जटिल परिवहन समस्या से मुक्ति पाने का उपाय भी सुझाते हैं। लोकतंत्र का सहज-सरल आविष्कार इस एक क्षेत्र में भी अमल में लाने से शासन तेल निर्मित करने वाले राष्ट्रों और उनपर दबाव की वैश्विक राजनीति से बच सकेगा। इसके साथ ही वह बड़े पैमाने पर भारत पर कर्ज और पूंजीनिवेश के द्वारा नियंत्रण रखती जा रही सहकारी संस्थाओं के चंगुल से भी कुछ हद तक बचेगा – यह भाव इन लेखों से उभरता है। कोलंबिया से कोपनहेगन तक के सफल प्रयोगों को विस्तार से पेश करते हुए रवि जी ने एक रास्ता बताया है।

शहरी गरीबों के लिए परिवहन हो या झुग्गी सुधार – हर जरूरत और उसकी पूर्ति जुड़ी है रोज़गार से। रोजगार का हक, रोजगार से जुड़ा आवास का अधिकार, गांवों से पलायन करने को मजबूर शहर के लोगों के बीच कार्यरत राजेंद्र भाई इस बात से अपरिचित नहीं हैं कि रोजगार के सवाल को भी विभिन्न तबके भिन्न-भिन्न रूप में महसूस करते हैं,एक जैसा नहीं। आदिवासियों के हाथ में भरी पूरी प्राकृतिक धरोहर है। उनसे वह छीनने की साजिश औरंगा बांध परियोजना बताती है। जीविका के साधनों को बचाने का संघर्ष केवल पुनर्वास की भीख नहीं, बल्कि विकास को सही राह पर लाने की कोशिश है। औरंगा से नर्मदा तक कई बड़े बांधों में उठा संघर्ष अब सेज के तहत भूमि हड़पने की 'कानूनन' कार्यवाही पर सवाल उठा रहा है। दूसरे स्तर पर रोजगार निर्माण के बदले पूंजी और उपभोग के साधन, सेवाओं के निर्माण की दिशा में बढ़ रहा औद्योगीकरण क्या विशाल जनसंख्या वाले मनुष्य शक्ति-संपन्न भारत जैसे देशों के लिए विकास कहा जा सकता है तथा प्राथमिकता पा सकता है? - यह सवाल भी अहम बन चुका है। तीसरा मुद्दा है रोजगार में लगे हुए श्रमिकों पर हो रहा गैर-बराबरी का हमला। यह मुद्दा चाहे किसानों की उपज

के दाम कम से कम रखने से जुड़ा हो, चाहे वेतन नीति में असंगठितों और संगठितों के बीच असमर्थनीय गैर-बराबरी से।

महिलाओं की स्थिति – रोजगार तथा बेरोजगारी दोनों परिस्थितियों में – एक कसौटी मानते हैं रवि जी। दिल्ली के ही भीतर वनीकरण का छोटा-सा काम भी कैसे शोषण पर आधारित है, यह बताते हैं वे । तंबाकू उद्योग में मशीनीकरण के प्रवेश से होने वाला आघात पचास लाख बीड़ी मजदूरों में 90 प्रतिशत की तादाद में रही महिलाओं पर ही हुआ आघात है। खदानों से लेकर कपड़ा मिलों तक यह हमला दिखाई देता है। अब वैश्वीकरण के साथ कंपनियों के पक्ष में खड़े राजनीतिक दल और नेतागण अपने स्वार्थ के लिए सेज जैसे कानून के तहत श्रमिकों के दीर्घ संघर्ष से उपजे कानूनों को भी नजरअंदाज करने और विशेष आर्थिक उद्देश्यों के भूलभुलावे में निरस्त करने तक की हिम्मत कर रहे हैं। तब यह निश्चित है कि किसानी को त्यागकर या रौंदने में सहयोग देकर अथवा पलायन स्वीकार कर भी देश में न तो रोजगार निर्माण होगा, न ही श्रमिकों को श्रम का सही दाम मिलेगा और न ही न्याय मिलेगा। यह जानने के बाद किसानों और औद्योगिक श्रमिकों के मिलकर संघर्ष करने का सपना दूर का सपना नहीं रह सकता। बाल मजदूरों का सवाल भी केवल कल्याणकारी राष्ट्र के भावनात्मक प्रतिसाद से नहीं, श्रम मूल्य में गैर-बराबरी को मिटाकर ही निपटा जा सकता है। हर प्रकार से घिर गये आदिवासी, दलित, महिला और बहुजन समाज के लिए एकता का यह ऐलान जैसे देश में जगह-जगह चल रहे जन-आंदोलनों से निकलता है, वैसे ही इन आलेखों से भी।

स्थानीय सवालों की जड़ें तथा जुड़ाव अब राष्ट्रीय ही नहीं, अंतर्राष्ट्रीय निर्णयों और नीतियों में खोजना जरूरी हो गया है – यह गहरी समझ रवि जी की कई हल्की-फुल्की टिप्पणियों में भी है। अणुयुद्ध ही नहीं, अणुऊर्जा से भी बढ़ता जा रहा खतरा रवि जी ने सरल शब्दों में प्रकट किया है। वे समूची जनता को सोचने और बदलने के लिए प्रेरित करने की ख्वाहिश रखते हैं। ठोस वैज्ञानिक जानकारी देकर यह लेखक आम लोगों के सामने एक भयंकर चित्र खड़ा करता है – ''प्रमुख परिणाम होगा तापमान में एकाएक तीव्र तथा स्थायी गिरावट । समूची धरती उत्तरी ध्रुव जैसी सर्दी की चपेट में आ जाएगी । भीषण तबाही के एक सप्ताह बाद भयानक आण्विक शीत का आगमन होगा । सर्वत्र अंधकार छा जाएगा और भयानक सर्दी पड़ेगी। महाद्वीपों पर दौड़ती हुई आग की लपटों से निकलने वाली लाखों टन राख तथा धुंआं एक छाते की तरह हमारी धरती को ढंक लेंगे । सूर्य की रोशनी को धरती पर पुनः लौटने में कम से कम एक वर्ष का समय लगेगा। तब तक देखने के लिए यदि कोई बचा तो वह पाएगा कि धरती लगभग पूर्ण रूप से एक रेगिस्तान में परिवर्तित हो चुकी होगी।'' इस वर्णन को पढ़ने के बाद किसी को वर्तमान की अनिश्चिति ही क्या, जीवन की क्षणिकता और पृथ्वी की अस्थिरता भी छू लेगी। लेकिन इस लेखक का उद्देश्य कतई वह नहीं हो सकता। वैज्ञानिक जानकारी ही नहीं, जनशक्ति और जनतंत्र के ही आधार पर कोई परिवर्तनकारी पहल रवि जी का ध्येय है – यह बात इस किताब के अन्य कुछ पन्नों में बिखरे शब्द बताते हैं। बिहार के वंचित समाज से

आकर, जयप्रकाश जी के साथ निकल पड़े सामाजिक कार्य में खुद की जिंदगी लगा रहे युवा साथियों में से हैं राजेंद्र रवि। उन्हें केवल एक आरामदायी पर्यावरणवादी नहीं बनना है, न ही उन्हें अराजनीतिक दायित्व का कार्य करना है। राजनीति की अधिक व्यापक परिभाषा मानते हैं वे। इस परिभाषा में उन जनतांत्रिक जन-आंदोलनों का प्रमुख स्थान है जिनमें राजनीतिक ताकत इन्हीं गरीबों-श्रमिकों-महिलाओं से आती है। रवि जी इन आंदोलनों के समन्वय तथा संघर्ष में भी अपनी जवाबदेही उतनी ही मानते हैं जितनी हम अपेक्षा करते हैं राजनीतिक दलों से। इसी सोच और निष्ठा के कारण संगठन पद्धति तथा साधनों पर उनकी कुछ दुःखभरी, किंतु मार्गदर्शक टिप्पणी भी इस संग्रह में शामिल है। स्थानीय नेतृत्व और बाहर से आए किसी कार्यकर्ता के बीच कभी दरार तो कभी स्पर्धा की बात 'संगठन भी टूटा और मैं भी' के स्वगत आख्यान जैसे छोटे से आलेख में है। रवि जी सामाजिक कार्य और साधनस्रोत के बारे में सचेत हैं। यह चित्र आशादायक है – आज के पूंजीवादी होते गये, धरती से टूटे कई संगठनों के लिए नहीं; संस्थाओं की, मर्यादाओं को लांघने की तमन्ना रखने वालों के लिए।

इसीलिए तो इस किताब की शुरुआत से लेकर अंत तक यही विशेषता उभरकर आती है – जन-आंदोलनों पर विश्वास के साथ निगरानी। हर मुद्दे पर तकनीकी भाष्य और सांख्यिकी अभ्यास के साथ जनवादी विकल्प की दोहरी गहराई। देखें तो, बहुत ही छोटी-छोटी टिप्पणियों जैसे राजेंद्र रवि जी के ये आलेख, जन-सामान्यों के ही जन-माध्यमों से निकले हैं –1980 और 90 के दशक में भूख, प्यास, बेरोजगारी, वंचना और शासकीय दिवालियापन का अत्याचार भुगतने वाले समाज, भ्रष्ट व्यवस्था और उसी के आधार पर पल रहे पूंजीपतियों का सामना भी करें तो किस वैचारिक पृष्ठभूमि पर खड़ा होकर – इसका जवाब कुछ हद तक ये लेख जरूर देंगे। जन-आंदोलनों के राष्ट्रीय समन्वय की प्रक्रिया में समन्वयक के रूप में योगदान देने वाले राजेंद्र रवि का यह विशेष संवेदनशील और विचारशील योगदान हम मानते हैं। यह संग्रह कई समस्याओं तथा समस्याग्रस्तों के आपस के वैचारिक और भावनात्मक जुड़ाव को सशक्त बनाने की हमारी कोशिश की ही एक कड़ी साबित होगा ।

(मेधा पाटकर)

विषय-वस्तु

खंड-3 : महिला

खंड-4 : विविध

खंड-1

परिवहन

रिक्शा - रिक्शा किधर चला

दुनिया में चीन के बाद भारत ऐसा दूसरा बड़ा देश है जहां आबादी का बड़ा हिस्सा अपने निजी वाहन के रूप में साइकिल और सार्वजनिक वाहन के तौर पर साइकिल-रिक्शे का इस्तेमाल करता है । विश्व में इसका सबसे ज्यादा उत्पादन और विदेश व्यापार चीन करता है । उसके बाद भारत का नंबर है । लेकिन इन दोनों देशों में इन वाहनों की सामाजिक व राजनैतिक हैसियत में काफी फर्क है । चीन की सरकार और समाज ने इन वाहनों और इनके चालकों को सामाजिक हैसियत एवं सम्मान दिया है । वहीं भारत में रिक्शा चालकों को वह जगह नहीं मिली है और न ही हैसियत । इस हालत में जब कुछ लोगों या समूहों द्वारा इनकी सामाजिक हैसियत बढ़ाने एवं सम्मान देने की कोशिश की जाती है तब उसकी तरफ सहज ही ध्यान खिंच जाता है ।

भारत का विश्व-प्रसिद्ध केवलादेव पक्षी उद्यान 29 वर्ग किलोमीटर में फैला हुआ है । हर साल सर्दियों में हजारों मील का सफर तय कर हजारों पक्षी यहां आते हैं । उन्हें देखने के लिए बड़ी संख्या में पर्यटक भी यहां पहुंचते हैं । उद्यान के फैले हुए क्षेत्र की वजह से अक्सर पर्यटक पैदल घूमकर प्राकृतिक सौंदर्य का आनंद नहीं ले पाते । इस समस्या को देखते हुए पक्षी उद्यान के प्रबंधकों को लगा कि यहां घूमने आए पक्षी प्रेमियों और सैलानियों को रिक्शे में जाने की इजाजत देनी चाहिए – इससे न वायु प्रदूषण का खतरा है, न ध्वनि प्रदूषण का। यानी बिना किसी तरह का व्यवधान पहुंचाए पक्षियों व उद्यान को देखा जा सकता है । इसके लिए उन्होंने रिक्शा चालकों को प्रशिक्षित करने की योजना की घोषणा की। आशा के विपरीत, लगभग 5000 रिक्शा चालकों ने प्रशिक्षण के लिए आवेदन पत्र दिए । इनमें से प्रशिक्षण के बाद 30 को उद्यान में रिक्शा चलाने की अनुमति दी गई । आज यह संख्या 82 है । हर रिक्शे पर पीले रंग की पट्टी लगी होती है जिस पर रिक्शे का नंबर लिखा होता है । ये रिक्शा चालक उद्यान में घूमने का किराया 25 रुपये प्रति घंटा लेते हैं । अब तो कई रिक्शा चालक पक्षियों और पौधों के विशेष जानकार बन गए हैं । रतन सिंह को इसी विशिष्टता के कारण 'बांबे नेचुरल हिस्ट्री सोसाइटी' की सदस्यता भी मिली हुई है । विदेशों से आने वाले पक्षी प्रेमी लोग प्रबंधकों के माध्यम से इन्हें पहले से आरक्षित कर लेते हैं । रतन सिंह सभी प्रवासी पक्षियों की पहचान और व्यवहार का विवरण सैलानियों को कुशलता के साथ देते हैं । अगर आप उनके रिक्शे पर बैठें तो आपको अलग से गाइड लेने की कोई जरूरत ही नहीं पड़ेगी ।

विश्व में साइकिल व रिक्शे का सबसे ज्यादा उत्पादन और विदेश व्यापार चीन करता है। उसके बाद भारत का नंबर है। लेकिन इन दोनों देशों में इन वाहनों की सामाजिक व राजनैतिक हैसियत में काफी फर्क है। चीन की सरकार और समाज ने इन वाहनों और इनके चालकों को सामाजिक हैसियत एवं सम्मान दिया है ।

रिक्शे से ही जुड़ी दूसरी घटना ब्रिटेन की एरिका स्टिनहावर की है । वे अपनी बेटी के साथ भारत घूमने आई थीं । इस दौरान उन्होंने अलग-अलग जगहों पर कई तरह के रिक्शे देखे। वे उनपर घूमीं भी । तभी उनके मन में यह विचार आया कि 'रिक्शा परिवहन का एक बेहतर माध्यम है, खासकर आक्सफोर्ड जैसे घनी आबादी वाले शहर के लिए । रिक्शा वायु और ध्वनि प्रदूषण से मुक्त है । इसकी सामान्य गति की वजह से ट्रैफिक भी जाम नहीं होता और आराम से अगल-बगल के दृश्य भी देखे जा सकते हैं ।' लेकिन आक्सफोर्ड में रिक्शा सेवा चालू करवाना कोई आसान काम नहीं था; क्योंकि स्थानीय परिवहन के नियम उसके खिलाफ थे । लेकिन एरिका ने हिम्मत नहीं हारी और आक्सफोर्ड नगर परिषद् के साथ लगभग पांच साल के लंबे संघर्ष के बाद उन्हें 12 रिक्शे चलवाने की मंजूरी मिली । ये रिक्शे परिषद् द्वारा निर्धारित मार्गों पर दौड़ने लगे । इससे प्रभावित होकर कैंब्रिज नगर परिषद् ने भी एरिका से बात की और 1997 में अपने यहां रिक्शा सेवा की शुरुआत कर दी। लेकिन पिछले साल उच्च न्यायालय ने एरिका के रिक्शा लाइसेंस को निरस्त कर दिया । इसी के बाद एरिका और आक्सफोर्ड नगर परिषद् के बीच शहर के लिए लचीले पर एकीकृत ट्रैफिक प्रणाली पर विचार शुरू हुआ । इसका लक्ष्य पैदल यात्री, रिक्शा व साइकिल को प्रोत्साहित कर शहर के 70 फीसदी ट्रैफिक के दबाव को कम करने का था । इसका नतीजा यह हुआ कि इस साल की शुरुआत से एरिका की **आक्सफोर्ड रिक्शा कंपनी** ने आक्सफोर्ड में रिक्शा का पूर्ण संचालन चालू कर दिया । एरिका कहती हैं, ''कम लागत पर घर के दरवाजे तक परिवहन की सुविधा प्रदान करने वाला प्रदूषण-मुक्त परिवहन माध्यम निश्चित रूप से विकासमान होगा तथा यहां के समाज में बढ़ रहे पेट्रोल, डीजल चालित वाहनों के विभिन्न विकारों से निजात दिलाएगा ।'' उन्होंने रिक्शे के काम को आगे बढ़ाने के लिए 'ब्रिटिश रिक्शा नेटवर्क' नामक समूह भी बनाया है । एरिका को रिक्शे का काम सफलतापूर्वक अंजाम देने के लिए 1997 का 'आक्सफोर्डशियर बिजनेस वूमन' पुरस्कार दिया गया है । वे अपनी आमदनी का 10 फीसदी उन लोगों के बीच बांट रही हैं जो अपने न्यूनतम जीवनयापन के माध्यम से वायु, ध्वनि एवं पानी के प्रदूषण से वातावरण को बचाने के काम में लगे हैं । इसके लिए उन्होंने 'ब्रिज फाउंडेशन' बंगलूर के माध्यम से उन रिक्शा चालकों को कर्ज मुहैया करवाया है जो अपना रिक्शा खरीदना चाहते हैं । साथ ही उन्होंने गांधी फाउंडेशन से भी हाथ मिलाया है जो भारत में समुचित प्रौद्योगिकी के क्षेत्र में काम कर रहा है। एरिका के काम को मीडिया ने भी परखा और सराहा है ।

आक्सफोर्ड में रिक्शा सेवा चालू करवाना कोई आसान काम नहीं था; क्योंकि स्थानीय परिवहन के नियम उसके खिलाफ थे । लेकिन एरिका ने हिम्मत नहीं हारी और आक्सफोर्ड नगर परिषद् के साथ लगभग पांच साल के लंबे संघर्ष के बाद उन्हें 12 रिक्शे चलवाने की मंजूरी मिली । ये रिक्शे परिषद् द्वारा निर्धारित मार्गों पर दौड़ने लगे ।

रिक्शे से ही संबंधित तीसरी घटना नागपुर के जब्बार भाई की है । वे खुद रिक्शा चालक हैं। रिक्शा चलाते समय उन्हें सड़कों की चढ़ाई व ढलान पर खासी परेशानी होती थी । उन्होंने अपने ही स्तर पर इसका समाधान खोजना शुरू किया । कई वर्षों की मेहनत व लगन से उन्होंने 'रिक्शा गियर' की ईजाद की और उस गियर का परीक्षण खुद अपने रिक्शे में किया । एक रिक्शा चालक के इस अनुसंधान को आइआइटी के वैज्ञानिकों ने देखा, परखा और सराहा । लेकिन इसे व्यापक बनाने में किसी ने दिलचस्पी नहीं दिखाई । मार्च 1998 में 'जन आंदोलनों का राष्ट्रीय समन्वय' द्वारा आयोजित जन अधिकार पंचायत में

भाग लेने के लिए जब्बार भाई ने अपने गियर वाले रिक्शे से नागपुर से दिल्ली तक की यात्रा की । जब दुनिया का एक हिस्सा उच्च प्रौद्योगिकी का दीवाना हो रहा है वैसे समय में जन साधारण के उपयोग में लाई जाने वाली तकनीक का विकास व प्रोत्साहन निश्चित ही एक सराहनीय प्रयास व दूरगामी परिणाम वाला माना जाना चाहिए । साथ ही रिक्शा चालकों के श्रम के मूल्य और उनके शोषण के आर्थिक-सामाजिक पक्ष पर भी बात की जानी चाहिए । साइकिल और साइकिल-रिक्शे की तकनीक के विकास के साथ इनके चालकों को समाज में और सड़क पर सम्मान एक ऐसा रास्ता है जो हमें अपने शहरों में यातायात के आक्रांत करने वाले दबावों से बहुत हद तक निजात दिला सकता है और लोकतंत्र को एक नया आयाम दे सकता है । ■

जनसत्ता, 22 अगस्त 1999

साइकिल : इक्कीसवीं सदी का वाहन

इक्कीसवीं शताब्दी का प्रथम अंतर्राष्ट्रीय साइकिल सम्मेलन 18 जून से 22 जून 2000 तक नीदरलैंड की राजधानी एम्स्टर्डम में संपन्न हुआ ।

इस सम्मेलन में 45 देश के प्रतिनिधियों ने हिस्सा लिया । इसमें 'डचों' की संख्या सबसे अधिक थी । इसके बाद ब्रिटेन, कनाडा, आस्ट्रेलिया, स्कॉटलैंड, ब्राजील, कोलंबिया, युगांडा, तंजानिया, दक्षिण अफ्रीका, फिनलैंड, जर्मनी, फिलिपिंस, जापान, भारत, फ्रांस, ईरान, इराक, इस्रायल और बेल्जियम के प्रतिनिधियों की भागीदारी प्रमुख है । सम्मेलन में चीन की अनुपस्थिति ने सबको चौंकाया ।

इस सम्मेलन में लगभग 600 प्रतिनिधियों ने हिस्सा लिया । बाहरी देशों के प्रतिनिधि-मंडलों में सबसे ज्यादा लोग संयुक्त राज्य अमेरिका से थे – 100 के करीब ।

दुनिया के विकसित देशों में, जहां कारों का उत्पादन एवं उपयोग सबसे ज्यादा होता है, अब साइकिल को बढ़ावा देने के लिए वहां की राष्ट्रीय एवं राज्यीय सरकारें न सिर्फ कानून बना रही हैं, बल्कि उसे सख्ती से लागू भी कर रही हैं । साइकिल को बढ़ावा देने के लिए इन देशों में अलग साइकिल-ट्रैक बनाये गये हैं । यहां रेलवे स्टशनों, बस पड़ावों एवं अन्य सार्वजनिक स्थानों के साथ-साथ रिहायशी इलाकों में साइकिल पार्किंग की सुविधा उपलब्ध करायी गयी है । जहां सड़कों पर फ्लाईओवर बने हैं वहां साइकिल चालकों के लिए कम ऊंचाई के पथों का निर्माण किया गया है । रेल, मेट्रो रेल एवं पानी के जहाजों पर बहुत ही कम राशि भुगतान कर आसानी से साइकिल ले जाने के लिए अवसर उपलब्ध हैं। साइकिल चालकों के लिए यहां की सरकारों ने 'साइकिल रूट मैप' छपवाया है। ये देश बढ़ते हुए वायु, ध्वनि व जल प्रदूषण से लड़ने के लिए साइकिल को एक औजार के रूप में इस्तेमाल कर रहे हैं । सबसे बड़ी बात यह है कि इन देशों में साइकिल 'गरीबी का प्रतीक' नहीं है।

दुनिया के विकसित देशों में, जहां कारों का उत्पादन एवं उपयोग सबसे ज्यादा होता है, अब साइकिल को बढ़ावा देने के लिए वहां की राष्ट्रीय एवं राज्यीय सरकारें न सिर्फ कानून बना रही हैं, बल्कि उसे सख्ती से लागू भी कर रही हैं ।

परंतु हमारी सरकार मेट्रो, रेल व मोटर वाहनों को बढ़ावा दे रही है और साइकिल रिक्शे पर प्रतिबंध लगा रही है । आप दिल्ली गेट के आगे साइकिल रिक्शा से नहीं जा सकते हैं । इसके अलावा पुलिस वाले रिक्शेवालों को किसी भी चौराहे पर प्रतिबंध के नाम पर डराते-धमकाते हैं । इससे स्पष्ट है कि सरकार रोजगार बढ़ाने के दावों के नेपथ्य में योजना आयोग के माध्यम से गरीबों की संख्या बढ़ाने वाली रोजगार-रहित विकास योजना को क्रियान्वित कर रही है ।

भारत में आजादी से लेकर अब तक कुल 10 प्रतिशत लोगों के ही सामाजिक-आर्थिक उत्थान के लिए सरकारी योजनाएं बनती रही हैं । गरीब लोगों के लिए योजनाएं बनती ही नहीं । इसका एक नमूना है — साइकिल और रिक्शा के लिए शहर में मार्ग न होना। साइकिल और रिक्शा का उपयोग करने वाले अधिकतर लोग निम्न आय वाले होते हैं। शहर में रिक्शा चलाकर अपने परिवार का गुजर-बसर करने वाले रिक्शा चालक राष्ट्रीय योजना से वंचित रहते हुए भी अपनी राष्ट्रीय निष्ठा को कायम रखते हैं और अपने स्व के बल पर रोजगार करते हैं । एक आंकड़े के मुताबिक, इस वक्त दिल्ली में तकरीबन चार लाख रिक्शा चालक हैं जो रोजाना पैंतीस से चालीस लाख लोगों को उनके गंतव्य तक पहुंचाते हैं ।

एक करोड़ बीस लाख की आबादी वाला दिल्ली शहर 30 लाख मोटर वाहनों के दबाव में प्रदूषित हो रहा है। मोटर वाहनों की आवाजाही से बड़ी मात्रा में जहरीली गैसें पूरे वातावरण में फैलती जा रही हैं । इसके चलते लोगों को हृदय एवं फेफड़ों की बीमारी हो रही है । आज दुनिया में दिल्ली का नाम सबसे ज्यादा प्रदूषित शहरों में आता है । सड़क दुर्घटना की समस्या भी दिल्ली में विकट होती जा रही है । यहां सड़क दुर्घटना की वजह से प्रतिदिन 5 व्यक्तियों की मौत होती है तथा 13 व्यक्ति घायल होते हैं । फिर भी सरकार प्रदूषण-विहीन सवारी के लिए अलग से पथ देने पर विचार नहीं कर रही है ।

ऐसी स्थिति में यह जानना जरूरी है कि जिन देशों को हम भारतीय विकसित देश मानते हैं, वे अपने यहां सड़क पर भीड़भाड़ कम करने, ट्रैफिक नियंत्रित करने, प्रदूषण की रोकथाम करने तथा परिवहन का एक बेहतर साधन पाने के लिए किस वाहन को भविष्य का विकल्प मानते हैं ।

अध्ययन से पता चलता है कि पूरी दुनिया में साइकिल और रिक्शा को ही भविष्य का भरोसेमंद, सस्ता तथा सहज विकल्प बताया जा रहा है । हालांकि ऐसी बात नहीं है कि मोटर वाहनों का इस्तेमाल नहीं हो रहा है ।

भारत में अन्य एशियाई व अफ्रिकी राष्ट्रों की तरह आज भी गांवों एवं कस्बों में परंपरागत और गैर-मोटर वाहनों का उपयोग होता है । यदि देश के विभिन्न प्रांतों को मिलाकर गैर-मोटर वाहनों का आंकलन करें तो पता चलेगा कि औसतन 60 प्रतिशत लोग बैलगाड़ी, ऊंटगाड़ी, तांगा, इक्का, साइकिल व रिक्शा की सवारी करते हैं; इसलिए नहीं कि यह प्रदूषण-विहीन है, बल्कि इसलिए क्योंकि यह सुलभ है । केवल साइकिल की बात करें तो यह न केवल सुलभ है, बल्कि यह सस्ती, सुंदर, प्रदूषण-रहित है तथा संकीर्ण पथों पर भी चल सकती है । ऐसी सुविधा वाले अधिकतर व्यक्ति कम आय वाले ही होते हैं ।

भारत में 1930 से ही साइकिल रिक्शे का प्रचलन शुरू हो गया था । उस वक्त इसे पैदल यात्रा तथा मोटर वाहन के बीच की कड़ी मानकर लोगों ने खूब अपनाया था । साइकिल

और रिक्शे आज तक गांवों में, कस्बों में तथा शहरों में निम्न आयवालों को आकर्षित कर रहे हैं। अपने देश की अर्थव्यवस्था में साइकिल रिक्शा चलाने वाले प्रतिवर्ष 2 अरब रुपये का योगदान करते हैं ।

यूरोपियन साइकिल फेडरेशन के अध्यक्ष टॉम गोडेफ्रुजी के कथनानुसार, ''यूरोप में ऐसे लाखों लोग हैं, जो अपने दैनिक जीवन में मोटर वाहन की अपेक्षा साइकिल का इस्तेमाल करना ज्यादा पसंद करते हैं ।''

आज यूरोपवासी साइकिल को अधिक भरोसेमंद तथा आधुनिक परिवहन मानते हैं । यूरोप में यह धारणा तेजी से फैलती जा रही है कि साइकिल ही आनेवाली सदी का बेहतर व सेहतमंद वाहन होगी । इसके लिए इंग्लैंड में 'मिलीनियम आयोग' का गठन करके 57 लाख डॉलर का अनुदान प्रस्तावित किया गया । इससे करीब 2880 किलोमीटर लंबी साइकिल पट्टी बनाई जा रही है । मुख्य मार्ग पर दौड़ते मोटर वाहनों से साइकिल को खतरा बना रहा है; साइकिल पट्टी बनने से इसके चालकों को काफी सुरक्षा मिलेगी ।

ब्रिटिश परिवहन सचिव सर जार्ज यंग ने हाल ही में एक राष्ट्रीय साइकिल नीति बनाने की घोषणा की है। इसके माध्यम से इंग्लैंड के तमाम शहरों में 2012 तक बड़े पैमाने पर साइकिल पट्टी बनाने, साइकिल तकनीक को विकसित करने तथा साइकिल वाहन को प्रचलित करने के कार्यक्रम आयोजित किए जाएंगे।

जर्मनी, हंगरी, यूगोस्लाविया, ग्रीस तथा पोलैंड में भी साइकिलों की संख्या में लगातार वृद्धि हो रही है । जर्मनी के डाक्टर अपने मरीजों को शारीरिक रूप से दुरुस्त रखने तथा मानसिक संतुलन के लिए साइकिल की सवारी करने की सलाह देते हैं ।

भारत में आजादी से लेकर अब तक कुल 10 प्रतिशत लोगों के ही सामाजिक-आर्थिक उत्थान के लिए सरकारी योजनाएं बनती रही हैं । गरीब लोगों के लिए योजनाएं बनती ही नहीं । इसका एक नमूना है — साइकिल और रिक्शा के लिए शहर में मार्ग न होना ।

फ्रांस में द्वितीय विश्वयुद्ध के बाद साइकिल का चलन शुरू हुआ था और आज यहां के प्रत्येक महानगर में साइकिल सवारियों के लिए समुचित व्यवस्था है । यहां की ग्रामीण जनता साइकिल को प्रोत्साहन देने के उद्देश्य से साइकिल टूरिज्म तथा साइकिल रेस का आयोजन करती है ।

इस मामले में इटली भी अछूता नहीं है । वहां प्रदूषण की रोकथाम में साइकिल को भी एक कारक माना जाता है । वहां साइकिल की बिक्री बढ़ती जा रही है ।

साइकिल के इस्तेमाल में नीदरलैंड का उदाहरण उत्साहजनक है । 1975 में बहुवर्षीय योजना आई । इसके बाद लोगों ने बड़ी तेजी से साइकिल में अत्यधिक रुचि लेना शुरू किया, क्योंकि इस योजना के तहत 'साइकिल मास्टर प्लान' प्रकाश में आया था । इस योजना के तहत सड़कों पर अलग से साइकिल पट्टी की सुविधा उपलब्ध करने के साथ-साथ साइकिल तकनीक को विकसित करने का प्रस्ताव था । प्रदूषण से परेशान व दुर्घटना के आतंक से मुक्ति पाने वाले नागरिकों ने साइकिल पर सवारी करना शुरू कर दिया । इससे बड़ी संख्या में साइकिल की बिक्री होने लगी । वर्तमान में नीदरलैंड में 70 प्रतिशत लोग साइकिल पर सफर करते हैं।

यूरोप की तरह उत्तरी अमेरिका का अनुभव भी साइकिल चालकों के लिए सुखद है । उत्तरी अमेरिका में 1930-40 के पूर्व साइकिल एक लोकप्रिय सवारी थी, चूंकि उस समय पेट्रोल वहां महंगा था । 1950 के बाद लोग मोटर वाहनों पर चलना शान की बात समझने लगे। मशीनी गाड़ियों में सफर करने वालों की संख्या जितनी तेजी से बढ़ी, उसी रफ्तार से वहां प्रदूषण की समस्या बढ़ने लगी तथा पैदल यात्री मोटर वाहनों के शिकार बनने लगे। सरकार ने इसे एक बड़ा संकट माना । इसके निदान के लिए वहां कंप्यूटरीकृत ट्रैफिक सिग्नल तथा मैट्रो की व्यवस्था की गई; पर समस्याओं का समाधान नहीं हो पाया । तब सरकार ने साइकिल के लिए अलग पथ बनाने का काम शुरू किया । इससे साइकिल सवारियों की सुरक्षा की गारंटी बढ़ गई, साथ ही तेल की खपत में अचानक कमी आई।

शुरुआत में साइकिल को प्रोत्साहन के लिए स्पोर्ट्स के कार्यक्रम आयोजित किए गए । बाद में इसका चलन इतना अधिक बढ़ गया कि सरकार की ओर से अपराधियों को पकड़ने के लिए 'साइकिल एक्शन ग्रुप' का गठन किया गया । मोबाइल ग्रुप की तुलना में साइकिल ग्रुप आम आदमी से तारतम्य बिठा पाने में सफल सिद्ध हुए । इसके चलते कुछ ही माह में न्यूयार्क में कुल अपराधियों में से 25 प्रतिशत को गिरफ्तार कर लिया गया । इन परिणामों का ऐसा प्रभाव पड़ा कि सरकार ने साइकिल तथा पैदल यात्रियों के लिए 'परिवहन-एक्ट' बनाने का निर्णय लिया । बाद में इसी परिवहन-एक्ट द्वारा न्यूयार्क शहर में साइकिल पट्टी का विस्तार हुआ ।

क्यूबा में साइकिल के अधिक उपयोग तथा सीमित लोगों के लिए मोटर वाहनों की सुविधा होने की वजह से ट्रैफिक जाम की समस्या नहीं है । सड़क पर बनी साइकिल पट्टी पर चलने वाले साइकिल चालकों की सुरक्षा के मद्देनजर मोटरवाहन चालकों को हिदायत दी गई है कि वे साइकिल पट्टी की ओर जाने की गुस्ताखी न करें ।

जापान में साइकिलों पर चलने वालों की संख्या कुल आबादी का 15-20 प्रतिशत है । टोक्यो में 53 प्रतिशत लोग साइकिल पर चलते हैं तथा अन्य शहरों में 9.16 प्रतिशत; इसलिए नहीं कि उनके पास मोटर वाहन खरीदने की क्षमता नहीं है, बल्कि इसलिए कि वहां साइकिल के प्रति, विशेषकर महिलाओं तथा छात्रों में, खास आकर्षण है । उल्लेखनीय है कि जापान में द्वितीय विश्वयुद्ध के बाद ही साइकिल चलन में तेजी आई और इसकी लोकप्रियता धीरे-धीरे बढ़ती चली गई; जबकि जापान एक ऐसा विकसित देश है जो भारत में साइकिल तकनीक विकसित करने में मदद करने की बजाय मेट्रो परिवहन के विस्तार के लिए वित्तीय सहायता प्रदान कर रहा है ।

चीन गैर-मोटर वाहन के रूप में साइकिल को शुरू से महत्त्व देता आ रहा है । वहां साइकिल की खरीदारी पर सबसिडी की व्यवस्था रही है । चीन में आवासीय व्यवस्था, बच्चों के विद्यालय तथा कार्यालय आदि सरकारी प्रतिष्ठान साइकिल चालकों की दूरी क्षमता के हिसाब से व्यवस्थित हैं । लेकिन पिछले एक दशक से वहां भी एशियन विकास बैंक तथा जापानी ऐड एजेंसी मोटर वाहन परिवहन को विस्तार देने के लिए पूंजी निवेश कर

रहे हैं । वे लोगों के दिलो-दिमाग पर असर डालने के लिए हर संभव कोशिश कर रहे हैं । वे सरकारी योजनाओं में भी दखलंदाजी करके साइकिल के प्रति विरक्ति पैदा कर रहे हैं ।

उपर्युक्त तथ्यों से स्पष्ट है कि साइकिल और रिक्शा प्रदूषणविहीन, सस्ता तथा संकीर्ण पथ पर चलने वाले परिवहन के सुगम साधन हैं । पर विकास के नाम पर सरकार पिछले पचास वर्षों से जिस प्रकार की समझ और सपना दिखाती आ रही है उससे लोग सामाजिक और आर्थिक दृष्टि से बलहीन हो रहे हैं । यही नहीं, वे विनाशकारी विकास का विरोध करने की बजाय इसका अंग बन कर रह गए हैं । यही कारण है कि सरकार द्वारा रिक्शे पर प्रतिबंध लगाए जाने के बावजूद साइकिल रिक्शावालों की आवाज संसद में नहीं गूंजती। कभी सी. गोपालाचारी ने साइकिल के बारे में लिखा था – ''घोड़े की, हाथी की या मोटर की सवारी से कहीं ज्यादा अच्छी है साइकिल की सवारी, क्योंकि इससे अच्छा साधन कोई हो ही नहीं सकता । यह न तो खाना मांगती है और न ही तेल पीती है । यह सड़कों पर पुरुषों के लिए पत्नी बन जाती है और औरतों के लिए पति । हां, कभी पति अपनी पत्नी से या फिर पत्नी अपने पति से किसी बात पर नाराज हो सकती है, लेकिन साइकिल कभी किसी से नाराज नहीं होती है ।''

यह वही दिल्ली है जहां स्वतंत्र राष्ट्र का सपना दिखाने वाले सी. गोपालाचारी जैसे नेताओं के बयान हाशिए पर टंग गये हैं । आज दिल्ली में प्रतिदिन औसतन 9 लाख लीटर पेट्रोल व डीजल की खपत होती है । परिणाम सामने है, दुनिया के सबसे बड़े प्रदूषित शहरों में दिल्ली की गणना होती है ।

एक आंकड़े के मुताबिक, 1996 तक भारत के मानव परिवहन के रूप में 650 लाख साइकिलें, 30 लाख रिक्शे तथा 20 लाख ठेले हैं । रिक्शा से 101 अरब 50 करोड़ रुपये आय होती है तथा ठेला से करीब 1.5 करोड़ रुपये सालाना अर्थव्यवस्था में जुड़ते हैं । साइकिल की सुविधा को प्राथमिकता देने के लिए कई देशों में भूमि उपयोग योजना, व्यावसायिक प्रशिक्षण कार्यक्रम तथा उत्पादन प्रक्रिया को तेज किया जा रहा है। इस तरह के प्रयास अपने यहां भी होने चाहिए ।

1996 तक भारत के मानव परिवहन के रूप में 650 लाख साइकिलें, 30 लाख रिक्शे तथा 20 लाख ठेले हैं । रिक्शा से 101 अरब 50 करोड़ रुपये आय होती है तथा ठेला से करीब 1.5 करोड़ रुपये सालाना अर्थव्यवस्था में जुड़ते हैं ।

यह प्रयास सामाजिक तथा आर्थिक स्तर पर होना जरूरी है । साइकिल व रिक्शा की परंपरा, शिक्षा व उपादेयता के साथ-साथ इसकी मिलकियत पर विचार होना चाहिए । क्योंकि, भारत में साइकिल गरीबी का और रिक्शा जमींदारी का प्रतीक बन गए हैं ।

इसलिए इनके बारे में विस्तार से अध्ययन करने के साथ स्वरोजगारोन्मुखी परिवहन व्यवस्था पर सामाजिक चिंतन होना चाहिए । इसी तरह भारतीय वित्तीय प्रबंधकों को साइकिल की लागत, ऊर्जा की खपत और इससे होने वाली आय व रोजगार वृद्धि के बारे में विश्लेषण करना चाहिए; तभी यह निर्धारित किया जा सकता है कि समाज में गैर-मोटर वाहन व्यवस्था की उपादेयता कितनी है ।

हमारे यहां बनने वाले 'मास्टर प्लान' में साइकिल को ध्यान में रखकर योजनाएं नहीं बनाई जाती हैं । जरूरत इस बात की है कि साइकिल व पैदलयात्री के लिए सड़कों पर विशेष तौर पर मार्ग, ट्रैफिक सिगनल आदि की सुविधाएं हों, ताकि सड़कों पर होने वाली दुर्घटनाओं में कमी आए तथा सहजतापूर्ण यातायात की व्यवस्था सुनिश्चित हो सके । आज महानगरों में सुरक्षा व समय को ध्यान में रखकर लोग साइकिलों पर चलने से कतराते हैं । उनके मन में भय रहता है कि वे कहीं किसी बस या कार की गति-असंतुलन के शिकार न हो जाएं । हमारे यहां पैदल यात्रियों के चलने के लिए कहीं-कहीं फुटपाथ हैं, पर साइकिल व रिक्शा के लिए कोई सुनिश्चित पथ नहीं है ।

ट्रैफिक नियंत्रण अपने आप में कोई सुरक्षित तंत्र नहीं है । कई बार व्यक्तिगत खामियों की बजाय संपूर्ण परिवहन व्यवस्था के कारण दुर्घटनाएं घटित होती हैं । जैसे यूरोप में मुख्य मार्गों पर 40-50 कि.मी. प्रति घंटा और गली-मोहल्लों में 20 कि.मी. प्रति घंटा से अधिक रफ्तार में वाहन चलाने की अनुमति नहीं है, उसी तरह अपने देश में भी गति निर्धारण होना चाहिए। इसके साथ ही मोटर वाहन और गैर-मोटर वाहन का अनुपात निर्धारित किया जाना जरूरी है । केवल साइकिल और रिक्शा को सड़क जाम के लिए दोषी ठहराना तथा उन पर प्रतिबंध लगाया जाना अनुचित है ।

प्रायः यह देखा गया है कि सड़कों पर ज्यादातर पैदलयात्री व साइकिल चालक ही दुर्घटना के शिकार होते हैं। आइ.आइ.टी. दिल्ली की प्रो. गीतम तिवारी का कहना है कि दिल्ली की सड़कों पर साइकिल एवं रिक्शा के साथ-साथ अन्य गैर-मोटर वाहनों के लिए अलग से पट्टी बनाने की खातिर पर्याप्त जगह है, ऐसी पट्टी बनाने के लिए मात्र ढाई मीटर जमीन चाहिए ।

भारत दुनिया का दूसरा बड़ा साइकिल निर्यातक देश है । इसके बावजूद यहां की सरकार आधुनिकता, उदारीकरण व पूंजीवाद के सांचे में मोटर वाहनों के विस्तार के लिए जितना कर रही है उससे केवल 10 प्रतिशत लोगों का ही हित होगा । इस वक्त देश की अधिकतर जनता गरीबी रेखा के नीचे जी रही है । उनके लिए सरकार के पास भ्रामक प्रचार करने के सिवा कुछ नहीं है । उल्टे उनके संसाधन व श्रम की लूट हो रही है । परिवहन का मॉडल, कार्यनीति तथा वित्तीय संसाधन का उपयोग मोटर वाहनों के अनुरूप हैं ।

मेट्रो रेल सेवा का दिल्ली में परिचालित किया जाना हजारों गरीब लोगों को उजाड़ने तथा रोजगार-विहीन बनाने वाला महाजाल ही कहा जाएगा । सरकार मेट्रो से जितने यात्रियों को गंतव्य तक पहुंचाने का दावा कर रही है उससे कहीं ज्यादा यात्री रिक्शा एवं साइकिल से सफर करते हैं ।

इस स्थिति में यह अनिवार्य है कि जब तक राष्ट्रीय स्तर पर समुचित एवं यथोचित रोजगार उपलब्ध न हों तब तक किसी भी नागरिक को आंशिक या पूर्णकालिक तौर पर रिक्शा चलाकर आजीविका कमाने से वंचित न किया जाए ।

लेकिन, दिल्ली का हर मास्टर प्लान यही संकेत देता है कि वह निम्न-मध्यम वर्गीय लोगों को झुग्गियों व मकानों से वंचित करता है और उनको छोटे-छोटे रोजगार से भी बेदखल कर देता है । इसलिए जरूरत इस बात की है कि गैर-मोटर वाहनों के योगदान, उपस्थिति और अनिवार्यता पर ध्यान दिया जाए । ▩

विकास विकल्प पत्रिका, सितंबर 2000

कार का नशा

दुनिया में कारों की बढ़ती हुई संख्या और उनके पर्यावरणीय प्रभाव से निजात पाने के लिए लगातार प्रौद्योगिकी शोध चल रहे हैं । लेकिन शोध से समाधान निकलने की बजाय समस्या बढ़ती जा रही है । कार के प्रभाव को किन-किन दृष्टिकोणों से देखा जा रहा है तथा इसके क्या निहितार्थ हैं, उसे आज के संदर्भ में जानना आवश्यक हो गया है । आज विश्व में दो नजरिये से इसके प्रभाव से निपटने की कोशिश चल रही है । एक दृष्टिकोण यह है कि कार के प्रभाव का समाधान 'तकनीक खुद-ब-खुद' ढूढ़ लेगी । दूसरा दृष्टिकोण 'नीतिगत राजनैतिक फैसले' का है ।

आइए, पहले 'प्रौद्योगिकी खुद-ब-खुद समाधान ढूंढ़ लेगी' को लें। आज इस तरह की कल्पना की कोई कमी नहीं है कि आने वाले समय में आज की कारों का स्थान 'साफ-स्वच्छ' कारों की एक नई पीढ़ी ले लेगी। एक सिरे पर यह विश्वास व्यक्त किया जा रहा है कि प्रौद्योगिकी की मेहरबानी से एक दिन विद्युतीय वाहनों की वापसी हो जाएगी, जबकि दूसरे सिरे पर यह विचार भी चल रहा है कि कारों को बायोमास से मिलने वाले ईंधन के जरिए चलाया जा सकता है।

हालांकि जैव ईंधनों की दिशा में कुछ प्रगति होगी, परंतु परिवहन के क्षेत्र में उनका उपयोग छोटी दूरी के दायरे से बाहर हो सकेगा, इसकी गुंजाइश नहीं दिखाई देती है । जैविक स्रोतों से ऊर्जा पैदा करने के लिए जैविक कचरे, जंगलों की कटाई में बेकार चली जाने वाली लकड़ी और पेपर मिलों के कूड़े तथा चुकंदर, अनाजों और कम समय में बड़ी हो जाने वाली लकड़ी आधारित फसलों सहित बहुत सारे पदार्थों का प्रयोग किया जा सकता है। इन पदार्थों को ऐसे ईंधन में तब्दील किया जा सकता है जो थोड़ी मात्रा में पेट्रोल या डीजल में मिलाकर इस्तेमाल किया जा सकता है ।

जैविक स्रोतों से ऊर्जा पैदा करने के लिए जैविक कचरे, जंगलों की कटाई में बेकार चली जाने वाली लकड़ी और पेपर मिलों के कूड़े तथा चुकंदर, अनाजों और कम समय में बड़ी हो जाने वाली लकड़ी आधारित फसलों सहित बहुत सारे पदार्थों का प्रयोग किया जा सकता है। इन पदार्थों को ऐसे ईंधन में तब्दील किया जा सकता है जो थोड़ी मात्रा में पेट्रोल या डीजल में मिलाकर इस्तेमाल किया जा सकता है ।

लेकिन विशेषज्ञों का मानना है कि यह प्रक्रिया बहुत खर्चीली है। लकड़ी आधारित बायोमास को हाईड्रोजन, ईथेनॉल और मिथेनॉल में तब्दील करने पर 50 से 70 प्रतिशत तक ही ईंधन मिल पाता है, जबकि कृषि फसलों को ईंधन में तब्दील करने पर तो और भी कम फायदा होता है । मिसाल के तौर पर, यदि चुकंदर और गन्ने से ईथेनॉल पैदा किया जाए तो यह स्तर 50 प्रतिशत से भी ऊपर नहीं जाता । अभी हम सिर्फ प्राप्त होने वाली ऊर्जा के बारे में बात कर रहे हैं। इसके अलावा इतनी ऊर्जा प्राप्त करने पर कितनी पर्यावरणीय लागत होगी, इसपर भी ध्यान देना जरूरी होगा । इसका यह मतलब नहीं है

कि जैव ईंधनों का कोई अर्थ नहीं है, लेकिन परिवहन के बजाय उनका इस्तेमाल घरों को गर्म करने में किया जाए तो ज्यादा बेहतर रहेगा ।

कार प्रौद्योगिकी के लिए आशा की एक किरण और है 'विद्युत वाहन' । विद्युत वाहन कोई नई चीज नहीं हैं। बीसवीं शताब्दी के पहले दो दशकों में उन्होंने भाप और पेट्रोल से चलने वाली कारों के साथ अच्छा मुकाबला किया था । मगर जैसे ही एक बार पेट्रोल इंजनों ने यह लड़ाई जीत ली, विद्युत वाहनों के विकास पर पैसा लगना बंद होता चला गया ।

विद्युत वाहनों के साथ समस्या यह है कि अभी तक कोई ऐसी बैटरी नहीं बनाई जा सकी है जो हल्की भी हो और जो एक बार चार्ज कर लेने पर लंबे समय तक ऊर्जा भी देती रहे । अगर वह लंबे समय तक ऊर्जा दे परंतु भारी भी हो, तो उसकी ज्यादातर ऊर्जा तो उस बैटरी को ढोने में ही व्यय हो जाएगी । कुछ ऐसी विद्युत कारें विकसित की गई हैं जो बैटरी को एक बार चार्ज कर देने के बाद 100 किलोमीटर से भी ज्यादा दूर तक चल सकती हैं । मगर इसके लिए जरूरी है कि उस वाहन की गति मध्यम हो । यदि गाड़ी की रफ्तार बढ़ती गई तो वह कम दूरी तक ही चल पाएगी। कुछ कार निर्माताओं ने विद्युत कारों में जबर्दस्त दिलचस्पी ली थी । बाद में जनरल मोटर्स और होंडा ने इन कोशिशों से अपना हाथ खींच लिया और फोर्ड ने भी अपनी *'थिंक विद्युत कार'* से मुंह फेर लिया।

यह बात नहीं कही जा सकती कि जो कार चलते समय प्रदूषण पैदा नहीं करती, वह लाजिमी तौर पर प्रदूषण-मुक्त होगी ही । उन वाहनों को शून्य-उत्सर्जन वाहन के रूप में परिभाषित कैसे किया जा सकता है, जो अपनी ऊर्जा एक विद्युत ग्रिड से लेते हों और ग्रिड की ऊर्जा का स्रोत कोयला हो, जहां से वाहन अपने लिए ऊर्जा लेते हैं । तब वाहन प्रति मील सफर के दौरान वातावरण में उससे कहीं ज्यादा प्रदूषण पैदा करेंगे जितना पेट्रोल या डीजल इस्तेमाल करने वाले वाहन करते हैं। दूसरी ओर, कारों के निर्माण में जो ऊर्जा खर्च होगी और इससे जो पर्यावरणीय बदलाव आएंगे, उनके बारे में क्या करेंगे?

विद्युत वाहनों के साथ समस्या यह है कि अभी तक कोई ऐसी बैटरी नहीं बनाई जा सकी है जो हल्की भी हो और जो एक बार चार्ज कर लेने पर लंबे समय तक ऊर्जा भी देती रहे । अगर वह लंबे समय तक ऊर्जा दे परंतु भारी भी हो, तो उसकी ज्यादातर ऊर्जा तो उस बैटरी को ढोने में ही व्यय हो जाएगी ।

स्वीडिश अनुसंधानकर्ता क्रिश्चियन ऑज़ार ने एक मॉडल तैयार किया है। ऑज़ार के मॉडल से पता चला कि अगले पचास सालों के दौरान भी परिवहन क्षेत्र में तेल आधारित ईंधनों का बोलबाला कायम रहेगा और यदि वैकल्पिक ईंधनों की उपलब्धता हो भी गई तो भी इसका लाभ परिवहन के क्षेत्र को नहीं मिलेगा । अच्छी से अच्छी सूरत में भी अगले पचास सालों के दौरान तेल से हाइड्रोजन की ओर संक्रमण की संभावना भी बहुत अच्छी दिखाई नहीं देती। दूसरे शब्दों में, बहुत मुमकिन है कि सन 2050 में भी यातायात की दुनिया हमारी आज की सोच से बहुत भिन्न न हो : संभवतः तब भी हम पेट्रोल और डीजल का इस्तेमाल कर रहे होंगे और विद्युत वाहनों का स्वर्णकाल इतनी जल्दी शायद साकार न हो पाए जितना हम उम्मीद लगाए हुए हैं । अगर यदि बेहतर प्रौद्योगिकी से होने वाले फायदे भी उत्सर्जन के स्तर को उतना नीचे तक लाने में कामयाब नहीं हो पाए जिससे पर्यावरणीय खतरों का मुकाबला किया जा सके, तो क्या होगा? यही वजह है कि उन लोगों का तर्क गैरवाजिब है जो कहते हैं कि 'प्रौद्योगिकी ही समस्या का समाधान निकालेगी'।

विकसित देशों को ग्रीनहाउस गैसों के उत्सर्जन के अपने हिस्से में से 2050 तक 60 से 80 प्रतिशत तक की कमी करनी चाहिए, तभी वैश्विक गरमाहट की समस्या से संजीदा ढंग से निपटा जा सकता है। इस बात को देखते हुए कि समुद्र तलों के उभार के बारे में जो अनुमान लगाए गए हैं वे सही सिद्ध हो रहे हैं, कटौती का यह लक्ष्य भी अपर्याप्त ही साबित होने वाला है । इसलिए इस लक्ष्य के आसपास भी पहुंचने के लिए पश्चिमी विश्व को आज के मुकाबले अपनी कारों के इस्तेमाल में भारी कटौती करनी पड़ेगी।

बहुत लोग ऐसे भी होंगे जिन्हें लगता है कि यह बात निराशावाद को जन्म देती है कि प्रौद्योगिकी हमारी समस्याओं को हल नहीं कर पाएगी । मगर जो लोग भविष्य के ज्यादा मानवीय समाज के सपने के हक में हैं वे इस बात के लिए आभारी हो सकते हैं कि आने वाले समय में कोई प्रौद्योगिकीय समाधान नहीं होगा। एक बेहतर कार प्रौद्योगिकी तो जरूर आएगी, मगर परिवहन से पर्यावरण पर जो प्रभाव पड़ता है वह बना रहेगा ।

बदलाव का दूसरा दृष्टिकोण नीतिगत है और यह बदलाव एक लोकतांत्रिक व्यवस्था में राजनैतिक तौर पर लिए जाने वाले फैसलों से होगा । राजनेताओं को हर पांच वर्ष में चुनावों का सामना करना पड़ता है । उन्हें अपने राजनैतिक भविष्य के लिए भी व्यापक समाज के हित को ध्यान में रखकर फैसले लेने होंगे और उन्हें लागू करना होगा ।

जिस बात को हमारे राजनीतिज्ञ मतदाताओं को पसंद नहीं आने वाली मानते हैं उसी में इतने सारे फायदे छिपे हुए हैं । उनकी यह जिम्मेदारी है कि वे अपने मतदाताओं और समाज को इन बातों से अवगत करवाएं कि जो लोग छोटी-छोटी दूरियां पैदल तय करते हैं, वे गाड़ी में बैठकर सफर करने वालों के मुकाबले ज्यादा स्वस्थ रहते हैं । पैदल चलने वाले लोग तरह-तरह के लोगों से मिलते हैं, जिससे उनकी जिंदगी की गुणवत्ता में इजाफा होता है। उनके बच्चे कार की पिछली सीट पर बैठने वाले बच्चों के मुकाबले ज्यादा अनुभव इकट्ठा करते हैं और ऐसे लोगों के मोहल्ले और पास-पड़ोस भी ज्यादा सुरक्षित और शांत रहते हैं। जहां शॉपिंग की सड़कों पर पैदल चलने वालों के लिए पटरियां बना दी गई हैं वहां के अनुभवों से उजागर होता है कि ऐसा करने से व्यापार में इजाफा होता है, क्योंकि खरीददारों को सुरक्षित माहौल में अपने जेब से पैसे निकालने में ज्यादा आसानी महसूस होती है और इसीलिए बाद में चलकर वे दुकानदार ही कार-मुक्त ज़ोन के सबसे बड़े हिमायती बन जाते हैं जो कभी पैदल पट्टियों का विरोध किया करते हैं।

इसके बावजूद हम अभी भी छोटी-छोटी दूरियों को गाड़ी से ही तय करने की आदत के साथ चिपके हुए हैं । इसका एक सबसे बड़ा अभिशाप शायद यह है कि हम ऐसा वाहन चालक बन जाते हैं जो अपनी गाड़ी में बैठकर जिम जाता है और वहां उतना ही समय एक स्थिर एक्सरसाइज़ बाईक पर गुजारता है जितना उसे साइकिल पर चलकर जिम पहुंचने में लगता! विडंबना तो यह है कि कारों का इस्तेमाल करने वालों में समाज के ज्यादातर वे लोग होते हैं जो शारीरिक रूप से ठीक हैं, जबकि जो लोग किसी वजह से लाचार हैं उन्हें तो सार्वजनिक परिवहन के साथ ही जूझना पड़ता है ।

लोगों को लगता है कि कारमुक्त समाज में उनकी प्यारी कार के रूप में उनकी आजादी छीन जाएगी । दरअसल वे नहीं जानते कि कार दूसरे लोगों की स्वतंत्रता को चोट पहुंचाती है और भारी सामाजिक एवं पर्यावरणीय प्रभावों के चलते नुकसान का कारण बनती है ।

इसीलिए हमें सिर्फ वैज्ञानिकों के नहीं, बल्कि नागरिकों, योजनाकारों और प्रबुद्ध राजनीतिज्ञों के नीतिगत फैसले के माध्यम से समाधानों की जरूरत पड़ेगी । और यह सोच एक बार फिर शक्ति को प्रयोगशालाओं से बाहर निकाल कर नागरिकों के हाथ में सौंप देती है । ■

यह लेख मई 2003 लिखा गया था।

अमेरिकी शहरी नियोजन और इराक युद्ध

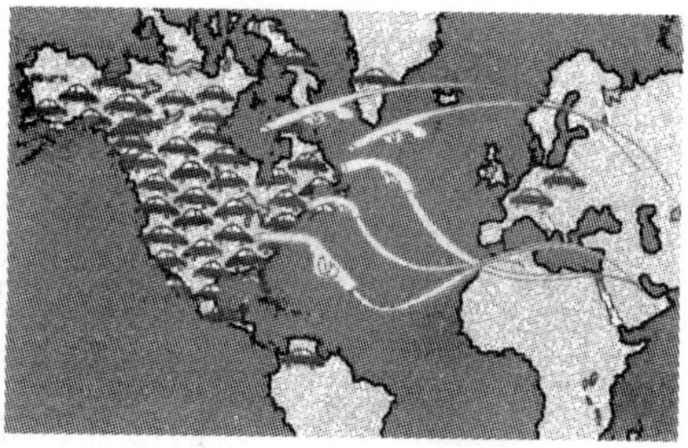

इराक में युद्ध होना लाज़िमी था । युद्ध होगा यह बात उत्तरी अमेरिका के योजनाकारों ने 1920 के दशक के मध्य में ही तय कर दी थी । मगर यह युद्ध इराक में होगा, यह बात कुछ ही समय पहले तय हुई थी । इस युद्ध के शिल्पकार असल में 'सैनिक योजनाकार' नहीं, बल्कि 'नगर योजनाकार' थे । यह युद्ध लाजिमी था। इसकी वजह सामूहिक जनसंहार के हथियार नहीं थे, जैसा कि राजनीतिक दक्षिणपंथ का दावा है, और न ही यह पश्चिमी साम्राज्यवाद की वजह से लाजिमी था, जैसा कि वामपंथ का दावा है। इस युद्ध का असली कारण कारों पर हमारी निर्भरता है ।

अमेरिका का भौतिक और आर्थिक बुनियादी ढांचा बुरी तरह कारों पर निर्भर है । इसे बीमारी की हद तक तेल की लत लग चुकी है । यदि उसकी अर्थव्यवस्था की धमनियों में हर साल अरबों बैरल कीमती काला कीचड़ न उंड़ेला जाए तो यह पूरा राष्ट्र एक खामोशी में डूब जाएगा ।

पहली मॉडल-टी फोर्ड कार 1908 में फैक्टरी से बाहर निकली थी और तब उसे सामूहिक उत्पादन का एक चमत्कार माना गया था । उस सदी के पहले दशक में अमेरिका में कारों के पंजीकरण का स्तर 8,000 से बढ़कर तकरीबन 5,00,000 तक जा पहुंचा था। शहरों में ट्राम गाड़ियों की जगह बसों ने ले ली । उसके बाद बसों की जगह कारें आ गईं। 1932 में जनरल मोटर्स ने अमेरिका के ट्रामवे खरीद लिए और बाद में उन्हें बंद कर दिया। मगर असल में अमेरिका को एक नए रंग में ढालने वाले लोग शहरी योजनाकार थे । कारें अपने मालिकों को गंदे व भीड़ भरे शहरों से भाग कर हरे-भरे बगीचों और उपनगरों में पनाह लेने का आश्वासन देती थीं और शहरी योजनाकारों ने उन्हें पलायन के यही रास्ते मुहैया करा दिए ।

दुनिया भर में जितना तेल इस्तेमाल होता है उसका एक तिहाई मोटर वाहनों के पेट में जाता है। अमेरिका में यह अनुपात दो तिहाई के नजदीक बैठता है। बाकी सारी दुनिया में तेल का सबसे ज्यादा इस्तेमाल गरमाहट और बिजली उत्पादन के लिए ही होता है ।

1920 और 1930 के दशकों के दौरान अमेरिका ने सड़कों की बुनियाद पर खड़ा होकर खुद को उप-नगरीयों के राष्ट्र में तब्दील कर लिया । शहरों पर निजी कारों ने ऐसा कब्जा कर लिया कि वहां सार्वजनिक परिवहन व्यवस्था के जरिए यातायात सेवा उपलब्ध कराना नामुमकिन होता गया ।

शहर जैसे-जैसे पसरते गए वैसे-वैसे मोटर निर्माण उद्योग मजबूत होता गया। अब कार उत्पादन दुनिया का एक मुख्य औद्योगिक क्षेत्र है और इस पर मोटे तौर पर पांच बड़े समूहों

का दबदबा है । इनमें भी जनरल मोटर्स सबसे बड़ा है । उत्तरी अमेरिकियों की रोजी-रोटी और इस देश के दृश्य को कार निर्माताओं ने ही आकार प्रदान किया है ।

दुनिया भर में जितना तेल इस्तेमाल होता है उसका एक तिहाई मोटर वाहनों के पेट में जाता है । अमेरिका में यह अनुपात दो तिहाई के नजदीक बैठता है । बाकी सारी दुनिया में तेल का सबसे ज्यादा इस्तेमाल गरमाहट और बिजली उत्पादन के लिए ही होता है । 1973 में अरब तेल संकट के दौरान इसकी कीमतों में जो इजाफा हुआ, उससे गरमाहट और विद्युत उत्पादन के लिए दूसरे ईंधनों के प्रयोग में वृद्धि हुई । परिवहन के क्षेत्र में ऐसी संभावना कम है कि तेल की जगह किसी और ईंधन का सहारा लिया जा सके ।

तेल और गैसोलीन की कीमतें कृत्रिम रूप से कम रखी जाती हैं और इनसे उनके उत्पादन और प्रयोग की सही-सही सामाजिक लागतों का पता नहीं चलता । इसी वजह से वैकल्पिक ऊर्जा स्रोतों की तलाश को बहुत प्रोत्साहन नहीं मिल रहा है ।

अमेरिकी परिवहन क्षेत्र लगभग पूरी तरह तेल पर निर्भर है और तेल की आपूर्ति तेजी से कम होती जा रही है । अनुमान लगाया जाता है कि पूरी पृथ्वी से कुल दो हजार अरब बैरल के आसपास तेल निकाला जा सकता है और अगले 10 से 15 सालों के बीच वैश्विक तेल उत्पादन अपने उच्चतम स्तर पर पहुंच जाएगा । क्योंकि तेल उत्पादन में मामूली-सी गिरावट से भी गैसोलीन की कीमतों में अच्छी-खासी वृद्धि हो जाती है, इसलिए अमेरिकी प्रशासन तेल आपूर्ति सुनिश्चित करने की अहमियत को अच्छी तरह समझता है । पिछले तीस सालों के दौरान जब भी तेल की कीमतों में उछाल आया है तो अमेरिकी अर्थव्यवस्था मंदी की गर्त में चली गई है और हर बड़ी मंदी से पहले कोई न कोई तेल संकट जरूर खड़ा हुआ है ।

अमेरिकी अर्थव्यवस्था को तेल की उसी तरह जरूरत है जैसे किसी नशेड़ी को हेरोइन की होती है। इराक के पास तो 112 अरब बैरल तेल मौजूद है — सऊदी अरब के बाद दुनिया में तेल का सबसे बड़ा भंडार! जब युद्ध की पहली गोली भी नहीं चलाई गई थी उससे पहले ही इस आशय की चर्चा शुरू हो चुकी थी कि इराक के तेल भंडारों का किस तरह इस्तेमाल किया जाएगा।

1997 में कार्नेगी आयोग ने इस अंतर्विरोध को रोकने के लिए ऐसे पहलुओं को रेखांकित किया जिनकी वजह से राज्य के लिए जोखिम खड़ा हो जाता है । इन कारकों में एक यह भी था कि बहुमूल्य प्राकृतिक संसाधनों पर किसी एक समूह का नियंत्रण हो। ये कारक ही इराक के खिलाफ युद्ध के मुख्य प्रेरक रहे हैं। पसरते उपनगरीय अमेरिका को तेल की जरूरत है और सद्दाम हुसैन उस पर कुंडली जमाए बैठा है ।

अमेरिकी अर्थव्यवस्था को तेल की उसी तरह जरूरत है जैसे किसी नशेड़ी को हेरोइन की होती है । इराक के पास तो 112 अरब बैरल तेल मौजूद है — सऊदी अरब के बाद दुनिया में तेल का सबसे बड़ा भंडार! जब युद्ध की पहली गोली भी नहीं चलाई गई थी उससे पहले ही इस आशय की चर्चा शुरू हो चुकी थी कि इराक के तेल भंडारों का किस तरह इस्तेमाल किया जाएगा । संयुक्त राष्ट्र सुरक्षा परिषद के पांचों स्थायी सदस्यों के पास अंतर्राष्ट्रीय तेल कंपनियां हैं जिनका बगदाद में 'सत्ता परिवर्तन' से सीधा हित जुड़ता है।

कार निर्भरता वैश्विक स्वास्थ्य का मुद्दा है । गैसोलीन के लिए जंग तो इसका सिर्फ एक पहलू है । सारी दुनिया में सड़कों पर होने वाली टक्करों के कारण हर रोज तकरीबन

3,000 लोग मारे जाते हैं और 30,000 से ज्यादा गंभीर रूप से जख्मी होते हैं । इनमें से भी 85 प्रतिशत से ज्यादा मौतें निम्न और मध्यम आय देशों में होती हैं जहां सबसे ज्यादा नुकसान पैदल चलने वालों, साइकिल चालकों और बसों में चलने वालों को उठाना पड़ता है । इन पीड़ितों में से ज्यादातर ऐसे लोग हैं जिनके पास कभी कार नहीं होगी, और उनमें से बहुत सारे बच्चे होते हैं ।

यह कत्लेआम एक कार आधारित परिवहन व्यवस्था का लाजिमी परिणाम है, यह तथ्य कार निर्भरता की ताकत और व्यापकता की ओर इशारा करता है । इतना ही नहीं, कार यात्राओं ने हमारी पैदल चलने की आदत को भी खत्म कर दिया है । कार से होने वाली यात्राओं में एक चौथाई ऐसी होती हैं जो दो मील से भी पहले ही खत्म हो जाती हैं । यदि हम तीन किलोमीटर पैदल चलें तो उसमें चॉकलेट के एक छोटे से टुकड़े से मिलने वाली ऊर्जा का आधा ही खर्च होता है । मगर यदि हम इसी फासले को कार से तय करने लगें तो उसमें दस गुना ज्यादा ऊर्जा खर्च होती है और वह भी एक गलत स्रोत से। हम चॉकलेट तो बहुत बना सकते हैं, मगर हमारे तेल भंडार सीमित हैं ।

कारों के बढ़ते इस्तेमाल और इसकी वजह से शारीरिक सक्रियता में गिरावट अमेरिका और ब्रिटेन में मोटापे की बढ़ती महामारी का एक प्रमुख कारण है । शारीरिक निष्क्रियता से हृदय रोग, मधुमेह और उच्च रक्तचाप का खतरा बढ़ जाता है । कार आधारित शॉपिंग की वजह से बहुत सारे छोटे कस्बे भूतहा कस्बों में तब्दील हो गए हैं और इसने सामुदायिक मेलजोल के सहायक सामाजिक संबंधों को छिन्न-भिन्न कर दिया है ।

पहला गैसोलीन युद्ध कुवैत में लड़ा गया और दूसरा इराक में। अब तीसरा युद्ध कहां और कब लड़ा जाएगा, इसका इन्तजार है । असल मुद्दा इराक नहीं, यातायात है ।

जो लोग इराक में युद्ध की खिलाफत करते हैं उन्हें ध्यान रखना चाहिए कि अगर हम कार निर्भरता का हल नहीं निकाल पाए तो उसकी वजह से जो टकराव पैदा होंगे उनसे हम कैसे निपटेंगे । आज हमें सड़कों पर दोबारा अपना दावा करना चाहिए, नई सड़कों के निर्माण का विरोध करना चाहिए और कारों के इस्तेमाल की पूर्ण सामाजिक लागत अदा करनी चाहिए । हमें ऐसी भूमि प्रयोग नीतियों की हिमायत करनी चाहिए जिनसे कार परिवहन की जरूरत में कमी आए। अन्यथा भविष्य में एक इराक नहीं, कई इराक युद्ध झेलने होंगे । ■

यह लेख मई 2003 लिखा गया था

दिल्ली के ऑटोरिक्शे

समस्याएं और सामाजिक सरोकार

दिल्ली के अत्यधिक लोग सार्वजनिक परिवहन व्यवस्था पर निर्भर करते हैं, पर मांग के अनुरूप सार्वजनिक परिवहन व्यवस्था के वाहनों, जैसे बस या सीधे एक जगह से दूसरी जगह ले जाने वाले द्रुतगामी वाहनों जैसे टैक्सी और ऑटोरिक्शा की उपलब्धता नहीं है । यही है दिल्ली की तस्वीर । परिवहन क्षेत्र की समस्याओं के प्रति शासकीय नजरिए में कोई बदलाव नहीं दिखता । वे इस क्षेत्र की समस्याओं का समाधान या तो किसी तकनीकी परिवर्तन में देखते हैं अथवा न्यायालय के आदेश में । उनके लिए न्यायपालिका का आदेश ज्यादा मुफीद है, क्योंकि इसे लागू कराना आसान होता है ।

समस्याओं के विविध पहलू

इस क्षेत्र की समस्याओं के सामाजिक पहलू को कभी समझने का प्रयास नहीं किया गया। शहरीकरण और विकास ने इस संकट को और गहरा किया है । समाज में ऐसा बिखराव आया है कि हर व्यक्ति दूसरे को 'बदमाश' या 'दुश्मन' समझने लगा है । इसके कारण सामाजिक स्तर पर इस संकट से निबटने की संभावना क्षीण होती गई है ।

ऑटोरिक्शा चालकों ने जब कभी अपनी समस्याओं को लेकर हड़ताल का सहारा लिया, तो अधिकारियों को मानो उन्हें सबक सिखाने का मौका मिल गया । हड़ताल की कीमत उन्हें भारी जुर्माना और चालान के रूप में चुकानी पड़ी । जनता के समर्थन के अभाव में दिग्भ्रमित ऑटोरिक्शा वालों को 'बिना किसी सुनवाई के सजा' भुगतनी पड़ी ।

इस स्थिति के सबसे ज्वलंत उदाहरण सार्वजनिक वाहन चलाने वाले बस चालक, टैक्सी चालक और ऑटोरिक्शा चालक हैं । इनके विरुद्ध न सिर्फ खतरनाक ढंग से वाहनों को चलाने और असामाजिक व्यवहार करने के आरोप लगते हैं, बल्कि इन्हें सार्वजनिक परिवहन व्यवस्था में व्याप्त तमाम कुव्यवस्थाओं का भी दोषी बताया जाता है । परिवहन की समस्याओं की जड़ में न जाकर उन्हें ऊपरी तौर पर हल करने की कोशिश की जाती है । उदाहरण के तौर पर, दिल्ली में बसों के रंग बदलने के खूब प्रयोग हुए – कभी इन्हें लाल, कभी सफेद तो कभी नीले रंग से रंगा गया । मानो सिर्फ रंग बदल देने भर से समस्याएं सुलझ जाएंगी ।

दिल्ली के ऑटोरिक्शा चालकों की स्थिति को इस समस्या के सार के रूप में देखा जा सकता है । यहां लगभग 75 हजार सरकारी परमिटधारी ऑटोरिक्शा हैं । एक ऑटोरिक्शा 24 घंटे में दो शिफ्टों में चलता है। इसका अर्थ हुआ कि ऑटोरिक्शा चालकों की संख्या लगभग डेढ़ लाख है । कुछ वर्षों से दिल्ली के ऑटोरिक्शा वाले मीडिया की सुर्खियों में हैं – चाहे वह सीएनजी का मामला हो या इलेक्ट्रॉनिक मीटर का । सर्वोच्च न्यायालय ने एक दिन आदेश जारी कर दिया कि दिल्ली को प्रदूषण-मुक्त करने के लिए ऑटोरिक्शा को सीएनजी ईंधन से चलाया जाए । यह व्यवस्था लागू होने के बाद सीएनजी की कमी

के कारण ऑटोरिक्शा वालों के रोजगार पर भारी मार पड़ी, लेकिन इनकी आवाज दिल्ली के पर्यावरण को शुद्ध बनाने के शोर में दबकर रह गई । इसके बाद ऑटोरिक्शा में इलेक्ट्रॉनिक मीटर लगाने का फरमान जारी हुआ । तर्क यह दिया गया कि ऑटोरिक्शा वाले मीटरों के साथ छेड़खानी कर सवारियों से ज्यादा किराया वसूलते हैं और विरोध करने पर दुर्व्यवहार करने से भी बाज नहीं आते । ऑटोरिक्शा चालकों ने जब कभी अपनी समस्याओं को लेकर हड़ताल का सहारा लिया, तो अधिकारियों को मानो उन्हें सबक सिखाने का मौका मिल गया । हड़ताल की कीमत उन्हें भारी जुर्माना और चालान के रूप में चुकानी पड़ी । जनता के समर्थन के अभाव में दिग्भ्रमित ऑटोरिक्शा वालों को 'बिना किसी सुनवाई के सजा' भुगतनी पड़ी ।

लाइसेंसिंग प्रणाली की प्रक्रिया के संबंध में जागरूकता और सूचनाओं के अभाव में ऑटोरिक्शा वालों को भारी शोषण का शिकार होना पड़ता है । लाइसेंस बनाने की प्रणाली में पारदर्शिता का अभाव है । लाइसेंस बनवाने गए चालकों के लिए दलाल और अधिकारी में भेद करना मुश्किल हो जाता है । उन्हें यह भी नहीं पता कि लाइसेंस बनाने की वास्तविक फीस क्या है। लाइसेंस बनवाने के चक्कर में वास्तविक फीस से कई गुणा ज्यादा रकम उन्हें गंवानी पड़ती है । लाइसेंस बनने के बाद उन्हें व्यावसायिक वाहन चलाने के लिए एक बैज भी लेना पड़ता है । यहां भी उन्हें दलाल प्रणाली से गुजरना पड़ता है । बैज बनाने के पूर्व चालक के ड्राइविंग कौशल की भी परीक्षा ली जाती है । तमाम औपचारिकताओं को पूरा कर जब एक चालक ऑटोरिक्शा लेकर सड़क पर निकलता है, तो उसे ट्रैफिक के नियम-कानूनों की कोई जानकारी नहीं रहती । ट्रैफिक पुलिस को अदा की गई जुर्माने की रकम और कोर्ट में चालान होने पर भरी गई रकम के बीच का फर्क उसे नहीं मालूम । ऑटोरिक्शा चालकों को ट्रैफिक के नियम-कानूनों की जानकारी देना परिवहन विभाग जरूरी नहीं समझता । उन्हें कानून और समाज के प्रति उनके दायित्वों के बारे में नहीं बताया जाता। ऑटोरिक्शा चलाते वक्त उन्हें यूनिफार्म क्यों पहननी है, यह भी नहीं बताया जाता है । ऐसे में चालक यूनिफार्म पहनना अपमानजनक समझने लगता है । उसे लगता है – यूनिफार्म से लोग समझ जाते हैं कि वह ऑटोरिक्शा चालक है और इससे समाज की नजरों में उसकी प्रतिष्ठा घटती है ।

ऑटोरिक्शा के लिए पूरी दिल्ली में कोई स्टैंड नहीं है । सार्वजनिक भवनों और बस स्टॉप पर उन्हें सवारियां मिलती हैं । इन स्थानों पर ऑटोरिक्शा खड़ा रखने पर जुर्माना भरने और चालान होने की सजा भुगतनी पड़ती है । रेलवे स्टेशन, बस अड्डे और कुछ व्यावसायिक परिसरों में ऑटोरिक्शा के लिए प्री-पेड स्टैंड हैं भी, तो वे अतिक्रमण और कुव्यवस्था के शिकार हैं । वैधानिक स्टैंड का नहीं होना ऑटोरिक्शा वालों के मन में यह भाव पैदा करता है कि वे इस शहर के अंग नहीं हैं । ऑटोरिक्शा चालकों की नकारात्मक और समाज-विरोधी छवि बनाने में अखबारों का बड़ा योगदान है ।

इस समस्या के आलोचनात्मक पहलुओं की हमने चर्चा कर ली । लेकिन, सिर्फ आलोचना किसी समस्या का समाधान नहीं है ।

सही दिशा की ओर एक कदम

सन् 2002 में सरकार ने एक सकारात्मक कदम उठाते हुए सार्वजनिक परिवहन व्यवस्था में अपेक्षित सुधारों पर चर्चा के लिए कुछ कार्यशालाओं का आयोजन किया। 29 सितंबर, 2002 को आयोजित एक कार्यशाला अपने-आप में विशिष्ट रही। इस कार्यशाला में ऑटोरिक्शा चालकों, सवारियों और संबंधित विभागों के अधिकारियों ने भागीदारी की और इसकी समस्याओं पर चर्चा की। कार्यशाला में चर्चा का खास पहलू यह था कि ऑटोरिक्शा वालों से नागरिकों की क्या-क्या शिकायतें और अपेक्षाएं हैं? ऑटोरिक्शा चालकों के हक पर काम कर रहे 'लोकायन' के प्रतिनिधियों ने कार्यशाला में प्रश्न उठाते हुए इस तथ्य की ओर ध्यान दिलाया कि नागरिक और अधिकारी ऑटोरिक्शा चालकों से मर्यादित व जिम्मेदार सामाजिक व्यवहार की उम्मीद तो रखते हैं, पर इस विषय पर उन्हें प्रशिक्षित करने का कोई काम नहीं होता। समाज में इनके योगदान की अनदेखी की जाती है। सरकारी नीतियों में इनकी उपेक्षा का आलम यह है कि ये समाज की मुख्यधारा से बाहर हो गए हैं। इन परिस्थितियों में ऑटोरिक्शा चालकों से मर्यादित व्यवहार की आशा करना कहां तक उचित है? लोकायन ने सुझाव दिया कि ऑटोरिक्शा चालकों को बैज ट्रेनिंग के समय उनके सामाजिक दायित्वों और महत्ता का प्रशिक्षण दिया जाना चाहिए। उन्हें नियम-कायदों की जरूरी जानकारी देकर अधिकारों व कर्तव्यों के प्रति जागरूक बनाने का काम भी जरूरी है। हम ऑटोरिक्शा चालकों के श्रम और योगदान का सम्मान प्रदान करके ही उनसे अच्छे और जिम्मेदार व्यवहार की उम्मीद रख सकते हैं।

ऑटोरिक्शा के लिए पूरी दिल्ली में कोई स्टैंड नहीं है। सार्वजनिक भवनों और बस स्टॉप पर उन्हें सवारियां मिलती हैं। इन स्थानों पर ऑटोरिक्शा खड़ा रखने पर जुर्माना भरने और चालान होने की सजा भुगतनी पड़ती है। रेलवे स्टेशन, बस अड्डे और कुछ व्यावसायिक परिसरों में ऑटोरिक्शा के लिए प्री-पेड स्टैंड हैं भी, तो वे अतिक्रमण और कुव्यवस्था के शिकार हैं।

कार्यशाला में मौजूद दिल्ली के परिवहन आयुक्त ने 'लोकायन' के तर्कों से सहमति व्यक्त करते हुए दो माह बाद उससे बैज ट्रेनिंग कार्यक्रम के संबंध में एक दृष्टिकोण पत्र लिखकर देने का आग्रह किया। हमने अपनी टिप्पणी में बैज ट्रेनिंग कार्यक्रम के संबंध में निम्न लक्ष्य सूचीबद्ध किए :

- ऑटोरिक्शा चालकों में आवश्यक कौशल व तकनीकी दक्षता होनी चाहिए।
- उन्हें सड़क के सामाजिक और मनोवैज्ञानिक माहौल की समग्र समझ होनी चाहिए।
- उनके अंदर आत्मसम्मान की भावना और सड़क पर मर्यादित व्यवहार की आवश्यकता की समझदारी होनी चाहिए।
- उन्हें ट्रैफिक के नियम-कायदों की पूरी जानकारी होनी चाहिए, उन्हें इनका पालन करने और दूसरों से पालन करवाने की नैतिक जिम्मेदारी लेनी चाहिए।

दिल्ली के परिवहन आयुक्त के दफ्तर ने इस दृष्टिकोण पत्र को स्वीकार किया और इसके आधार पर लोकायन को एक बैज ट्रैनिंग कार्यक्रम चलाने के लिए अनुदान प्रदान किया।

ऑटो ड्राइवर बैज ट्रेनिंग कार्यक्रम

इस कार्यक्रम के अंतर्गत आयोजित कार्यशाला भाषण और व्याख्यान आधारित नहीं होकर चर्चात्मक रही जिसमें सभी प्रतिभागियों ने भागीदारी निभाई । इस कार्यशाला की एक और विशेषता रही इसका हिंदी में संचालन । हर सत्र की शुरुआत में प्रतिभागियों को हिंदी में लिखित सामग्री बांटी गई ताकि वे सहज होकर भागीदार बन सकें । अपने क्षेत्र में अधिकार रखने वाले विद्वान व अनुभवी वक्ताओं के व्याख्यान काफी प्रभावशाली रहे । इस प्रकार कार्यशाला ने ऑटोरिक्शा चालकों के काम और समस्याओं के विभिन्न पहलुओं पर एक समग्र पाठ्यचर्चा का रूप ले लिया ।

कार्यशाला का प्रथम सत्र परिचयात्मक होने के साथ जड़ता को तोड़ने वाला था । इस सत्र में 'बैज ट्रेनिंग क्यों और किन कारणों से आवश्यक है', पर चर्चा के अलावा नियम व कायदे, कर्तव्य और कानूनी आवश्यकताओं पर विचार रखे गए । कार्यशाला में चालकों द्वारा जनता के प्रति व्यवहार के पहलू पर खास महत्व दिया गया । इस पहलू पर तीन सत्रों में चर्चा हुई । इस पहलू को तीन खंडों में बांटा गया – (क) ऑटोरिक्शा चालकों के सामाजिक दायित्व और इनसे समाज की अपेक्षाएं, जिनमें महिलाओं, बच्चों, बुजुर्गों और अपंग व्यक्तियों के साथ व्यवहार के मुद्दे शामिल हैं (ख) सरकार और अधिकारियों की अपेक्षाएं और जरूरतें (ग) वाणिज्य क्षेत्र की अपेक्षाएं । तीनों सत्रों में गहन चर्चा, विमर्श और सुझावों का दौर चला ।

कार्यशाला के अन्य सत्र भी काफी महत्वपूर्ण रहे । एक सत्र में ऑटोरिक्शा का मार्ग निर्धारण और फेरी का समय, फेरी की दूरी, ईंधन की बचत, प्रदूषण में कमी, दुर्घटना नियंत्रण और सड़क सुरक्षा पर रोशनी डाली गई । एक प्रशिक्षित स्वास्थ्यकर्मी ने एक घंटे के जीवंत प्रदर्शन के माध्यम से चालकों को प्राथमिक चिकित्सा की जानकारी दी । चालकों को बताया गया कि किसी दुर्घटना के तुरंत बाद उन्हें क्या करना चाहिए । उन्हें गाड़ी में प्राथमिक चिकित्सा बॉक्स रखने की उपयोगिता और महत्व के संबंध में बताया गया । एक अन्य सत्र में चालकों को सड़क सुरक्षा की जानकारी दी गई । इस सत्र में उन्हें सड़क दुर्घटना संबंधी दिल्ली ट्रैफिक पुलिस के आंकड़ों से अवगत कराते हुए बताया गया कि दुर्घटना कैसे टाली जा सकती है और दुर्घटना के बाद किसी चालक की न्यूनतम जिम्मेदारी क्या होती है । कार्यशाला में चालकों को मोटर-व्हेकिल एक्ट के बारे में विस्तार से बताने के अलावा जुर्माना और चालान के प्रावधानों व प्रक्रिया के संबंध में भी जानकारी दी गई । इस जानकारी से ऑटोरिक्शा चालकों को निश्चित ही कानून के उल्लंघन से बचने में मदद मिलेगी और उन्हें जुर्माना व चालान के डर से पुलिस वालों को रिश्वत नहीं खिलानी पड़ेगी । इसके अलावा कार्यशाला में एक समाज विज्ञानी ने ऑटोरिक्शा वालों को यह समझाकर उनका आत्मविश्वास व हौसला बढ़ाने का प्रयास किया कि वे सिर्फ गाड़ी के चालक नहीं, बल्कि एक जिम्मेदार नागरिक भी हैं और समाज को उनके व्यवसाय को सम्मान की दृष्टि से देखना चाहिए ।

उत्साहवर्द्धक नतीजे

यदि हम प्रतिभागी ऑटोरिक्शा चालकों की उत्साही प्रतिक्रिया और वक्ताओं के उपयोगी व्याख्यानों की दृष्टि से देखें, तो यह कार्यशाला बेहद सफल रही । इस शृंखला की कुल 24 कार्यशालाएं आयोजित कर हम सिर्फ 1440 ऑटोरिक्शा चालकों को ही सहभागी बना सके । कार्यशाला की सफलता का आंकलन इस तथ्य से किया जा सकता है कि इसमें चालक तीन दिनों तक रहे और अपनी गाढ़ी कमाई के चार सौ रुपये शुल्क के रूप में खर्चने में संकोच नहीं किया । कार्यशाला में भाग लेने के इच्छुक अन्य हजारों चालकों के आवेदन हमें प्राप्त हुए ।

कार्यशालाओं में भाग ले चुके कुछ चालकों से हमने बातचीत की तो पता चला कि इस प्रकार के आयोजनों से उनकी जागरूकता का स्तर निश्चित रूप से बढ़ा है । बातचीत में चालकों ने शहर के सभी ऑटोरिक्शा चालकों को बैज ट्रेनिंग देने के लिए इस प्रकार की कार्यशालाओं के आयोजन की जरूरत बताई । हमने कार्यशाला में भाग ले चुके चालकों के साक्षात्कार लगभग दो महीने के बाद लिए ताकि हम इसके परिणामों का पुनरावलोकन कर सकें । रामवीर सिंह नामक चालक ने बताया, ''कार्यशाला में मैंने प्राथमिक चिकित्सा के महत्व को समझा । पहले मैं चालक की यूनीफार्म पहनना अपनी हेठी समझता था, परंतु कार्यशाला में भाग लेने के बाद अब इसे पहनने में मुझे कोई संकोच नहीं होता।'' जगेश्वर एक साल से ऑटोरिक्शा चला रहा है । पहले वह टाइपिस्ट था, पर कम्प्यूटर के आगमन से उसका यह रोजगार छिन गया । कार्यशाला में प्रशिक्षण के दौरान उसे चालकों के मर्यादापूर्ण सामाजिक व्यवहार के पहलू ने काफी प्रभावित किया। उसने कहा, ''पहले मैं सवारियों से झगड़ पड़ता था, अब ऐसा नहीं करता । मैं समझ गया हूं कि बुजुर्गों और अपंग व्यक्तियों की सहायता करनी चाहिए । मैं ऐसी सवारियों को उनके गंतव्य तक सुगमतापूर्वक पहुंचाने का प्रयास करता हूं । मैं गाड़ी से उतरकर भी उनकी सहायता करता हूं ।'' साक्षात्कार के दौरान अधिकतर चालकों ने बताया कि कार्यशाला में भाग लेने के पूर्व उन्हें ट्रैफिक नियमों, मोटर वाहन कानूनों और इन्हें तोड़ने पर मिलने वाली सजा के विषय में जानकारी न के बराबर थी । इस मायने में कार्यशाला का प्रशिक्षण उनके लिए बेहद फायदेमंद रहा । चालकों के अनुसार, उनके प्रशिक्षण की दृष्टि से इस प्रकार की कार्यशालाओं का आयोजन काफी महत्वपूर्ण साबित हुआ है। चालकों की मांग थी कि भविष्य में भी ऐसी कार्यशालाओं का निरंतर आयोजन होना चाहिए ।

''पहले मैं सवारियों से झगड़ पड़ता था, अब ऐसा नहीं करता। मैं समझ गया हूं कि बुजुर्गों और अपंग व्यक्तियों की सहायता करनी चाहिए। मैं ऐसी सवारियों को उनके गंतव्य तक सुगमतापूर्वक पहुंचाने का प्रयास करता हूं । मैं गाड़ी से उतरकर भी उनकी सहायता करता हूं ।''

ऑटो चालकों से इकट्ठा किए गए साक्षात्कार फार्म और प्रशिक्षकों से बातचीत से प्राप्त जानकारियों का निचोड़ बताता है कि कार्यशालाओं के आयोजन का उद्देश्य सफल रहा। इस क्रम में चालकों ने एक महत्वपूर्ण सुझाव यह दिया कि उनके लिए बतौर 'रिफ्रेशर कोर्स' हर साल कार्यशालाएं आयोजित की जानी चाहिए ।

ऑटोरिक्शा चालकों के बैज ट्रेनिंग के लिए आहूत कार्यशालाओं की सफलता इस बात

को गहरे तौर पर रेखांकित करती है कि लोकतांत्रिक समाज में सेवा प्रदाताओं और शासकीय अधिकारियों के बीच बातचीत की प्रक्रिया व्यवस्था को सुधारने के काम में कानून के डंडे से ज्यादा कारगर साबित होती है । हम ऑटोरिक्शा चालकों के व्यवहार और क्रिया-कलापों में रातों-रात परिवर्तन की उम्मीद नहीं कर सकते, क्योंकि उनकी सामाजिक-आर्थिक परिस्थितियां भी उन्हें बहुधा गलतियां करने को बाध्य करती हैं । 'यह गलत है' और 'मैं इस गलती का दोषी हूं' – इस बात का एहसास चालकों के व्यवहार में परिवर्तन की दिशा में एक सार्थक कदम साबित होगा । शहर के हर कामगार को यह हक है कि उसके श्रम को सम्मान मिले और उसे एक अच्छा नागरिक माना जाए । ▢

इस लेख की सह-लेखिका सुश्री अन्विता आनंद है ।

ई.पी.डब्ल्यू, जुलाई, 2003

दौड़ती मौत के बीच यात्रा

भारत सरकार की ओर से नेशनल क्राइम रिकार्ड ब्यूरो, गृह मंत्रालय ने **आत्महत्या एवं दुर्घटनात्मक मौतें 1998** के संदर्भ में एक रिपोर्ट प्रकाशित की है । इसमें इस बात का जिक्र है कि वर्ष 1998 के दौरान सड़क दुर्घटनाओं में 76,732 लोगों की मृत्यु हुई है । इस वर्ष देश भर में 2,58,409 व्यक्ति असामयिक मौत का शिकार हुए, जिसमें सड़क दुर्घटनाओं में मरने वालों की संख्या 36.4 प्रतिशत है ।

दिल्ली ट्रैफिक पुलिस की ओर से दिल्ली में **सड़क दुर्घटनाएं 2000** शीर्षक एक रिपोर्ट जारी की गई है । इससे पता चलता है कि वर्ष 2000 के दौरान कुल 10245 दुर्घटनाएं हुईं । इन दुर्घटनाओं में 1989 लोगों की मौत हुई तथा 877 लोग घायल हुए । मरने वालों में 915 पैदल यात्री थे तथा 3393 पैदल यात्री घायल हुए ।

ये सभी आंकड़े सरकार के अलग-अलग विभागों द्वारा रिकार्ड करके सार्वजनिक रूप से जारी किए गए हैं । परंतु यह बात सर्वविदित है कि बहुत सारी दुर्घटनाएं सरकारी रिकार्ड के बाहर भी घटित होती हैं । इन दुर्घटनाओं का आंकलन सरकारी और गैर-सरकारी दोनों स्तर पर मुमकिन नहीं हो पा रहा है ।

पैदल यात्रियों की भारी संख्या के बावजूद दिल्ली की सड़कों पर कारें, स्कूटर एवं मोटर साइकिलें ही दिखती हैं, क्योंकि पूरे शहर की सड़कों को वही सबसे ज्यादा घेरे रहती हैं; पैदल यात्री तो दुबका हुआ, डरा हुआ सड़क के किनारे-किनारे चलता है ।

कहा जाता है कि सड़कें समाज का दर्पण हैं । इसे समझने के लिए हम एक नजर दिल्ली की सड़कों पर डालने की कोशिश करेंगे । सच है कि पूरा देश दिल्ली नहीं है, परंतु दिल्ली भारत का ही एक अभिन्न अंग है । यहां भारत के कोने-कोने से गरीब आदमी अपनी रोजी-रोटी की तलाश में आते हैं । परंतु, इस साइबर सिटी में इस बात का प्रामाणिक आंकड़ा भी नहीं है कि यहां की सड़कों पर प्रतिदिन कितने लोग पैदल चलकर काम की जगह जाते हैं और वापस अपने घर आते हैं या कितने लोग आधी दूरी पैदल चलकर, बाकी दूरी वाहन से तय करते हैं; इसमें स्त्रियों, पुरुषों, बच्चों, बुजुर्गों की कितनी संख्या है और इनकी आर्थिक-सामाजिक पृष्ठभूमि क्या है । एक मोटे अनुमान के अनुसार, दिल्ली में सड़क दुर्घटनाओं में मरने वालों में 60 से 70 प्रतिशत लोग पैदल यात्री होते हैं । हमारे नगर नियोजकों ने दिल्ली में ही नहीं, बल्कि पूरे देश में यातायात व्यवस्था में सड़क पर पैदल यात्रा करने वालों की चिन्ता को ध्यान में नहीं रखा है । पैदल यात्रियों की भारी संख्या के बावजूद दिल्ली की सड़कों पर कारें, स्कूटर एवं मोटर साइकिलें ही दिखती हैं, क्योंकि पूरे शहर की सड़कों को वही सबसे ज्यादा घेरे रहती हैं; पैदल यात्री

तो दुबका हुआ, डरा हुआ सड़क के किनारे-किनारे चलता है ।

इस शहर में 99,892 प्राइवेट कारें, 22,61776 मोटर साइकिलें एवं स्कूटर, 1837 टैक्सियां, 9052 ऑटो रिक्शे, 16,0720 मालवाहक गाड़ियां, 39299 बसें हैं । आंकड़े बताते हैं कि हर वर्ष 7 से 10 प्रतिशत तक वाहनों की संख्या बढ़ रही है । सड़कों पर कारों के साथ-साथ पैदल आदमियों की भी तादाद बढ़ती जा रही है ।

पैदल यात्रियों के असुरक्षित होने की कई वजहें हैं । हमारी नगर परिकल्पना में पैदल चलने वालों के लिए फुटपाथ है, लेकिन सच्चाई यह है कि दिल्ली के साथ-साथ दूसरे शहरों की भी ज्यादातर सड़कों पर फुटपाथ नहीं है । यदि है तो वह इस लायक नहीं है कि उसपर पैदल चला जा सके । कई जगह फुटपाथों पर स्थाई रूप से धार्मिक भवन या पुलिस चौकियां स्थापित हो चुकी हैं । इस तरह पैदल यात्रियों के फुटपाथ की जगह को वास्तव में किसी और द्वारा उपयोग में लाया जा रहा है । अब तो दिल्ली में फ्लाईओवरों का जाल बिछ रहा है जिस पर लिखित रूप से पैदल यात्रियों को आने-जाने पर रोक लगा दी गई है ।

इस तरह, पैदल यात्रियों के लिए अंततः सड़कें ही हैं और उसपर इस अवांछित आदमी को चलने की अलिखित मनाही है । इस परिस्थिति में पैदल यात्री सड़क पर चलना चाहे तो वह अपनी जान की परवाह स्वयं करे । आमतौर पर माना जाता है कि पैदल यात्रियों के लिए जेब्रा क्रॉसिंग सड़क पार करने की सबसे सुरक्षित जगह है । मगर यह मात्र कल्पना ही है । किसी वाहन चालक के लिए जेब्रा क्रॉसिंग का कोई महत्व नहीं है । उस जगह पर भी पैदल यात्री अपनी जान हथेली पर रखकर की सफर करते हैं । विगत कुछ वर्षों से यह भी देखने में आ रहा है कि पैदल यात्रियों के चौराहों पर सुरक्षित सड़क पार करने के लिए लगी विशेष बत्तियों की संख्या घटती जा रही है । इस तरह की घटनाएं सिर्फ उन जगहों पर ही नहीं हुई हैं जहां पैदल यात्रियों के लिए भूमिगत पैदल पारपथ बनाए गए हैं, बल्कि उन जगहों पर भी हुई हैं जहां पारपथ नहीं हैं और जहां पहले पैदल यात्रियों के लिए अलग हरी बत्ती जलती-बुझती थी । अब पैदल यात्री खुद ही सड़क पर वाहनों का मुआइना करके अपनी जोखिम पर सड़क पार करते हैं । इस तरह, पैदल यात्री आधुनिक युग की बर्बरता का सामना करता हुआ किसी प्रकार बचता-बचता अपने घर पहुंचता है।

आजकल हमारे राजनेता एवं अधिकारी यह कहते नहीं अघाते हैं कि भारत एक उदारवादी युग में प्रवेश कर गया है तथा जीवन के हर क्षेत्र में हम उदारवादी नीतियां लागू करेंगे। ये उदारवादी नीतियां आमतौर पर विकसित देशों द्वारा अपनायी जाने वाली भेदभाव पर आधारित नीतियां ही हैं जिसे हमारी सरकार जूठन के तौर पर लागू कर रही है । इन विकसित देशों ने भी अपने समाज में, खासकर सड़कों पर, एक संतुलन बनाये रखने की

कोशिश की है । यूरोपीय देशों में सड़क पर चलने वाले पैदल यात्रियों और कार चलाने वाले आदमियों में कोई बुनियादी सामाजिक-आर्थिक फर्क नहीं दिखता है । वहां अंतर यही है कि एक व्यक्ति स्वेच्छा से पैदल चल रहा है और दूसरा कार में है । इसलिए वहां की सड़कों पर पैदल चलने वालों के साथ कार में चलने वालों का व्यवहार बराबरी और सम्मान का होता है । वहां पैदल यात्री जब सड़क पार करते हैं तो कार वाला अपनी कार रोककर उसे ससम्मान सड़क पार करने देता है । वह कार तभी चलाता है जब पैदल यात्री सड़क पार कर लेते हैं । वहां सड़कों पर पैदल चलने वालों को प्राथमिकता सिर्फ कानूनी मजबूरी नहीं है, बल्कि वह सामाजिक समर्थन के बल पर खड़ी है । इसके विपरीत हमारे यहां पैदल यात्री और कार में सवार व्यक्ति में बुनियादी और गहरा फर्क है, इसलिए यहां की स्थिति बिल्कुल अलग है ।

हमारे यहां कोई पैदल यात्री सड़क पार करना चाहे और कार वाला अपनी कार रोक कर उसे पहले जाने दे, यह असंभव है । कार वाला ऐसा तभी करेगा जब उसे लगेगा कि पैदल यात्री उसकी कार के नीचे आ जाएगा या किसी और दूसरे वाहन का शिकार हो जाएगा जिससे उसे भी खतरा हो सकता है । दिल्ली का कार चालक सड़कों पर अपना अधिकार मानते हुए फर्राटे से अपना वाहन ले जाता है । यह पैदल चलने वाले की जिम्मेवारी है कि वह वाहनों के रूप में दौड़ती मौत के बीच से सकुशल गुजरकर सड़क पार करे । विकसित देशों के विपरीत यहां सड़क पर पैदल चलने वाले या सड़क पार करने वाले की स्थिति अघोषित रूप से एक घुसपैठिये एवं अवांछित व्यक्ति की है । इसलिए घुसपैठिये के साथ कोई कार वाला हमसफर या समाज के सम्मानित व्यक्ति की तरह कैसे व्यवहार करेगा ! यदि कोई मोटर चालक पैदल यात्रियों को रास्ता देने की हिम्मत करता है तो उसे सामाजिक धारा के विपरीत जाना पड़ता है तथा अपने हमसफर कार वालों के गुस्से एवं व्यंग्यबाणों का शिकार होना पड़ता है ।

यूरोपीय देशों में सड़क पर चलने वाले पैदल यात्रियों और कार चलाने वाले आदमियों में कोई बुनियादी सामाजिक-आर्थिक फर्क नहीं दिखता है। वहां अंतर यही है कि एक व्यक्ति स्वेच्छा से पैदल चल रहा है और दूसरा कार में है। इसलिए वहां की सड़कों पर पैदल चलने वालों के साथ कार में चलने वालों का व्यवहार बराबरी और सम्मान का होता है ।

सरकारी आंकड़ों के अनुसार, 1998 में सड़क दुर्घटनाओं में 76732 व्यक्तियों की मौत हुई थी । परंतु इन मौतों की रोकथाम के लिए कोई समग्र नीति अभी तक नहीं बनी है। ऐसी नीति बनाने के लिए बढ़ते हुए मोटर वाहनों की तादाद पर प्रतिबंध के बारे में सोचना होगा। ऐसा करना हमारी सरकार के लिए असंभव प्रतीत होता है, क्योंकि मोटर गाड़ियों के उत्पादन तथा सड़क निर्माण के क्षेत्र में देशी कंपनियों के साथ-साथ विदेशी कंपनियों की पूंजी लगी हुई है । वाहनों पर रोक लगते ही ये कंपनियां एवं वाहनों का इस्तेमाल करने वाला समूह विरोध में खड़ा हो जाएगा । परंतु एक न एक दिन इस मुद्दे पर कड़े निर्णय लेने ही होंगे; क्योंकि बढ़ती हुई कारें, घटती हुई सड़कें और फैलते प्रदूषण की महामारी इसके लिए विवश करेंगे ।

एक समग्र यातायात नीति बनाए बगैर हमारे देश की यातायात व्यवस्था में सुधार असंभव है । इस यातायात नीति की सबसे पहली जरूरत होगी कि सड़कों पर खतरे से जूझने

वालों को सबसे ज्यादा और सबसे पहले सुरक्षा दी जाए । वे सड़क पर सुविधा से सफर कर सकें, उसे पार कर सकें, यह कार्य केवल परिवहन एवं यातायात नीति में बदलाव से संभव नहीं होगा, बल्कि इसके लिए समाज की मानसिकता भी बदलनी होगी । सड़क पर पहला अधिकार पैदल यात्रियों का है, न कि मोटर वालों का । यह परिवर्तित परिवहन एवं यातायात नीति की बुनियाद होगी ।

उपरोक्त बात मानना और मनवाना आसान नहीं है । हमारे यहां सड़कों पर जो पैदल चलते हैं वे समाज में आर्थिक और सामाजिक रूप से पिछड़े और उपेक्षित हैं । इसलिए, हमारी सरकार निकट भविष्य में पैदल यात्रियों की सुविधा को ध्यान में रखकर परिवहन या यातायात की नीति बनाने जा रही है या बनाएगी, इसकी दूर-दूर तक कोई संभावना नहीं दिखाई देती है । इसलिए यह जरूरी है कि पैदल यात्री समान सड़क अधिकार के लिए एक-दूसरे के करीब आएं, संगठित हों तथा अपनी आवाज बुलंद करें । सम्मानित नागरिक की हैसियत से यह इनका मौलिक अधिकार है । ■

यह लेख फरवरी, 2002 में लिखा गया था।

समान सड़क अधिकार : सपना और लोकतंत्र

नित नई सड़कें । सड़कों का बिछता जाल और संजाल; बदलता रूप और आकार। कच्ची सड़कें पक्की होती हुईं और पतली सड़कें चौड़ी । समतल सड़कें पहाड़ी सड़कों जैसी बनती हुईं – फ्लाईओवर या अंडरपास से गुजरती हुईं । सीधी सड़कें ढांचागत बदलाव के कारण सर्पिल आकृति ग्रहण करती हुईं । नगर के आकार के अनुसार हर साल लाखों, करोड़ों, अरबों, खरबों रुपये हजम करती हुईं सड़कें । इस तरह सड़कें खुद परिवर्तित हो रही हैं और नगरों के स्वरूप को परिवर्तित कर रही हैं । परिवर्तन की यह प्रक्रिया 20 वीं सदी के अंतिम दशक से कुछ ज्यादा ही तीव्र हुई है, खासकर तीसरी दुनिया में । इस परिवर्तन को अंजाम देने के लिए बहुराष्ट्रीय कंपनियां और विदेशी बैंक कमर कसे हुए हैं – दिल खोलकर ऋण दे रहे हैं और अपनी मोटरगाड़ियां बेच रहे हैं ।

इस परिवर्तन के प्रभाव को विभिन्न लोगों ने विभिन्न रूपों में महसूस किया है । ये सड़कें आवागमन का माध्यम हैं, लेकिन सबके लिए एक समान सुविधाजनक नहीं । सड़कों के विस्तार और सुधार से कुछ लोगों के रुतबे में वृद्धि जरूर हुई है, लेकिन ज्यादातर लोगों का जीवन जोखिम में भी पड़ा है – दुर्घटनाओं में जानें तक गंवानी पड़ रही हैं, स्वास्थ्य संबंधी जो दिक्कतें पैदा हुई हैं सो अलग । कुल मिलाकर, पर्यावरण और प्रजातंत्र की छीजन ही हुई है । पिछले दो वर्षों से राष्ट्रीय राजधानी परिक्षेत्र के 24 शहरों में समान सड़क अधिकार अभियान चलाते हुए लोकायन (दिल्ली) के कार्यकर्ता इसी निष्कर्ष पर पहुंचे हैं ।

सड़कों के ढांचागत परिवर्तन की यह प्रक्रिया 20 वीं सदी के अंतिम दशक से कुछ ज्यादा ही तीव्र हुई है, खासकर तीसरी दुनिया में । इस परिवर्तन को अंजाम देने के लिए बहुराष्ट्रीय कंपनियां और विदेशी बैंक कमर कसे हुए हैं – दिल खोलकर ऋण दे रहे हैं और अपनी मोटरगाड़ियां बेच रहे हैं ।

आइए, सड़कों पर सफर करते हुए हम लोकतंत्र का मुआइना करें । किसी ने कहा है कि 'सड़कें समाज का आइना हैं ।' जाहिर है, भारतीय नगरों की सड़कें भारतीय समाज का प्रतिबिंब प्रस्तुत करती हैं । राष्ट्रीय राजधानी परिक्षेत्र के नगरों के जरिए हम अपने समाज में लोकतंत्र की पैठ का जायजा ले सकते हैं।

होडल में एक अधेड़ आदमी कहता है, "हमारा शहर बहुत छोटा है । इसमें साइकिल, रिक्शा और पैदल चलना आज भी उतना मुश्किल नहीं; मगर पहले की तुलना में मुश्किलें बढ़ी जरूर हैं । शहर में जब तक सड़कें कच्ची रहती हैं, हमारी शिकायत होती है कि इनके ऊबड़-खाबड़ होने के चलते हमें इनपर चलने में कठिनाई हो रही है । लेकिन जैसे ही ये सड़कें पक्की होती हैं, हम पाते हैं कि इनपर मोटरगाड़ियों का कब्जा हो रहा है । राष्ट्रीय राजमार्ग पर सड़क पार करना आसान नहीं है । शहर में साइकिल चलाते हुए हमेशा चौकस रहना पड़ता है । कार, मोटर साइकिल और बस वाले हमें आदमी ही नहीं

मानते; टक्कर भी मारते हैं और हमें ही रास्ता न देने का दोषी ठहराते हुए भला-बुरा भी कहते हैं ।''

बहादुरगढ़ के मीर सिंह स्वतंत्रता सेनानी हैं और 90 वर्ष से ऊपर के हैं । इनका कहना है, ''मैंने इस शहर को एक गांव के रूप में देखा है । काम-काज के सिलसिले में हम आम तौर पर पैदल ही दिल्ली जाया करते थे । तब दिल्ली भी इतनी बड़ी कहां थी ! चांदनी चौक के इलाके में सड़कों पर बेखौफ होकर पैदल चलना आसान था । बच्चे इनपर खेलते नजर आते थे । 1930 तक दिल्ली में कम ही कारें थीं । उन दिनों मैं बहादुरगढ़ से थोड़ी दूर एक गांव में रहता था । मैं वहीं का मूलवासी हूं । जब कोई आदमी मेरे गांव में कहता कि 'दिल्ली में अपने से चलने वाली गाड़ी है' तो लोग उसे झूठा कहते । उनकी नजर में 'कोई भी गाड़ी बिना जानवर के चल ही नहीं सकती थी' । बैलगाड़ियां, ऊंटगाड़ियां, घोड़ागाड़ियां और भैंसागाड़ियां गांवों में ही नहीं, शहरों में भी चलती थीं और खूब चलती थीं।''

गुड़गांव, फरीदाबाद, बहादुरगढ़, लोनी इत्यादि इधर के लगभग पांच दशकों में गांव या कस्बे से नगर में तब्दील हुए हैं । इनकी आबादी बढ़ी है – स्थानीय जन्म-दर में वृद्धि के कारण कम, देश के अन्य भागों से आकर लोगों के बसने के कारण ज्यादा । इनमें अमीर भी हैं और गरीब भी । इन नगरों में ऊंची-ऊंची बहुमंजिली इमारतों और उपनगरों के निर्माण में लगातार बढ़ोतरी हो रही है । इनमें दफ्तर हैं, शॉपिंग सेंटर हैं और आवास हैं । ये अमीरों की गतिविधियों और आराम फरमाने की जगहें हैं । दूसरी ओर, झुग्गी-बस्तियां हैं, गैर- नियोजित आवास कॉलोनियां हैं, साप्ताहिक हाट-बाजार हैं और गली व फुटपाथ हैं । ये जगहें गरीबों की गतिविधियों और रहने से जुड़ी हैं । इसके अलावे शहरों में कल-कारखाने तथा अन्य उद्योग धंधे हैं, स्कूल हैं, कॉलेज हैं, कचहरियां और अस्पताल हैं । इनमें उच्च पदों पर मध्यवर्गीय लोग तथा निम्नपदों पर गरीब लोग काम करते हैं ।

अकसर लोग रहते कहीं और हैं तथा काम करते कहीं और हैं । इसके चलते कम या ज्यादा दूरियां तय करनी ही पड़ती हैं । एक समय था जब हर कारखानेदार को अपने कामगारों के लिए आवास का प्रबंध करना ही पड़ता था । वैश्वीकरण, उदारीकरण और निजीकरण की जो बयार बही है, इसका परिणाम है हर जगह ठेकेदारी । ठेकेदारी का मतलब है – काम कराने वाले की कोई जवाबदेही नहीं, तमाम तरह की जिम्मेवारियों से मुक्ति । इस प्रक्रिया में बड़े पैमाने पर बेरोजगारी बढ़ी है, जिन्हें काम मिलता भी है उनकी आमदनी घटी है । इससे कामगारों के गुजर-बसर के लिए साधन बहुत ही सीमित हुए हैं । ज्यादातर कामगारों की हालत यह है कि वे अपने परिवार की जरूरी न्यूनतम आवश्यकताओं – भोजन, वस्त्र और आवास – की आपूर्ति भी मुश्किल से कर पाते हैं। ऐसी दशा में ये कहीं आने-जाने के लिए सब्सिडी वाली सार्वजनिक परिवहन व्यवस्था का भी उपयोग नहीं कर पाते हैं । पैदल और साइकिल से चलना इनकी मजबूरी है । राष्ट्रीय राजधानी परिक्षेत्र के नगरों में कम से कम छह लाख लोग रिक्शा चलाकर अपनी जीविका

अर्जित करते हैं । फेरी के सहारे गुजारा करने वाले लोग जीविकोपार्जन में पैदल और साइकिल की मदद लेते हैं । इनकी संख्या भी इस परिक्षेत्र में तीन लाख से कम न होगी। आस-पास के गांवों से भी रोज लाखों लोग साइकिल से या पैदल शहर आते हैं खरीद-बिक्री करने । लेकिन किसी भी शहर में इनकी सुविधाओं के अनुकूल सड़क की डिजाइन नहीं है । मिश्रित ट्रैफिक व्यवस्था के चलते इन्हें भारी जद्दोजहद करनी पड़ती है । मोदीनगर में एक फेरी वाला कहता है, ''हाई-वे पर रोज-ब-रोज ट्रैफिक का दबाव बढ़ रहा है । मोटरगाड़ियों की बेतहाशा वृद्धि के कारण पैदल चलने वालों और साइकिल चालकों की जगह सिकुड़ती जा रही है । बहुत से लोग अब इसपर आने से कतराने लगे हैं । शहर की अन्य सड़कों पर भी मोटरगाड़ियों के बढ़ने से जगह-जगह जाम की समस्या बढ़ती जा रही है ।''

नगर-प्रशासक और नगर-नियोजक जाम और दुर्घटनाओं से निकलने का जो तरीका अख्तियार कर रहे हैं वह है फ्लाईओवर, अंडरपास, बाइपास इत्यादि का निर्माण तथा सड़क चौड़ीकरण। चूंकि कारों, मोटर साइकिलों, स्कूटरों की वृद्धि पर कोई लगाम नहीं है, इसलिए सारी व्यवस्था कुछ ही महीनों या वर्षों में चरमरा जाती है। नगर-प्रशासक एक और तरीके से भी शहरी परिवहन की समस्याओं पर काबू पाने की कोशिश करते हैं – गैर-मोटर वाहनों पर प्रतिबंध । इसका एक रूप यह है कि सड़कों का ढांचा ऐसा विकसित किया जाता है जिसपर ये वाहन चल ही न सकें, इनके प्रयोगकर्त्ता थक-हार कर खुद सड़कों से बाहर हो जाएं । आज जो फ्लाईओवर और अंडरपास बनाए जाते हैं उनमें साइडवाक नहीं रहता है और न ही सड़कों पर साइकिल लेन । यह स्थिति पहले न थी। 1982 में दिल्ली में एशियाड खेलों के लिए जो फ्लाईओवर बनाए गए थे उनमें फुटपाथ और साइकिल लेन दोनों बनाए गए थे । इस निर्माण से पता चलता है कि लोकतंत्र कैसे जनता से दूरी बनाता जा रहा है । परिवहन की समस्याओं से निकलने का जो दूसरा रूप अपनाया जाता है वह है कानूनी प्रावधान के जरिए गैर-मोटर वाहनों पर रोक । रोक का क्या आधार है ? – इस बारे में नगर निकायों का तर्क होता है कि 'गैर-मोटर वाहनों की धीमी गति के कारण ही जाम की समस्या पैदा होती है और सड़क दुर्घटनाएं होती हैं।' यद्यपि इस समस्या से निबटने का सबसे बेहतर उपाय हो सकता है मोटर वाहनों और गैर-मोटर वाहनों के लिए ठोस पदार्थों द्वारा पृथकीकृत अलग-अलग लेनें । इससे दोनों तरह के वाहनों की गति सामान्य बनी रहेगी। दोनों तरह के वाहन अपनी-अपनी लेन में निर्भय होकर चल सकेंगे ।

आज जो फ्लाईओवर और अंडरपास बनाए जाते हैं उनमें साइडवाक नहीं रहता है और न ही सड़कों पर साइकिल लेन । यह स्थिति पहले न थी । 1982 में दिल्ली में एशियाड खेलों के लिए जो फ्लाईओवर बनाए गए थे उनमें फुटपाथ और साइकिल लेन दोनों बनाए गए थे । इस निर्माण से पता चलता है कि लोकतंत्र कैसे जनता से दूरी बनाता जा रहा है ।

अगर वाहनों पर रोक लगाना जरूरी हो तो सबसे पहले कारों पर रोक लगाई जानी चाहिए, क्योंकि ज्यादातर कारों में एक-एक आदमी बैठा रहता है और चलती हुई कारें साइकिल और रिक्शे की तुलना में कई गुना जगहें छेंकती हैं । ये कारें सड़क पर धुंआं उगलती हैं और ध्वनि प्रदूषण भी फैलाती हैं । कारों पर प्रतिबंध लगाने का एक और आधार हो सकता है – थोड़े से लोगों द्वारा इनका उपयोग । ज्यादातर लोग बस से या गैर-मोटर वाहनों से चलते हैं। शायद ही कोई हो जो पैदल न चलता हो । इसलिए सभी सड़कों

पर साइडवाक और सड़क पार करने के लिए जगह-जगह पर पैदल पारपथ या जेब्रा क्रासिंग बना होना चाहिए । नगर निकाय मोटरगाड़ियों का आंकड़ा तो रखते हैं, लेकिन साइकिलों का नहीं । अनुमान बताते हैं कि सभी नगरों में एक बड़ी आबादी साइकिलों का उपयोग करती है । रिक्शा के बारे में अभी हमने चर्चा की है । साइकिल और रिक्शे के लिए मोटर वाहनों से अलग एक संयुक्त लेन बनाई जा सकती है । बसों के लिए एक और अलग लेन सड़क पर मौजूद सभी वाहनों को सामान्य तौर पर चलने में मदद पहुंचाएगी। सड़क पर लोकतंत्र का मतलब यही है कि उसके प्रयोगकर्त्ताओं की संख्या और वाहनों की उपयोगिता के आधार पर उन्हें जगह दी जाए, न कि मनमानें ढंग से गैर-मोटर वाहनों को सड़क से बाहर करने की नीति पर अमल किया जाए । लेकिन वस्तुगत सच्चाई यही है कि कारों को सारी सहूलियतें दी जा रही हैं और गैर-मोटर वाहनों को तरह-तरह से प्रतिबंधित किया जा रहा है ।

परिक्षेत्र के कई शहरों में साइकिल रिक्शों की कुल संख्या की एक अधिकतम सीमा निर्धारित है । इन शहरों में हर रिक्शे वाले को कानूनी तौर पर लाइसेंस लेना अनिवार्य है । दिल्ली महानगर का उदाहरण इस दृष्टि से ज्यादा मौजू है । दिल्ली में तीन नगर निकाय हैं – (i) दिल्ली नगर निगम (ii) नई दिल्ली पालिका परिषद (iii) दिल्ली छावनी परिषद । नगर निगम के नियमों के मुताबिक – (i) इस क्षेत्र में 99 हजार से ज्यादा रिक्शे नहीं हो सकते। (ii) एक व्यक्ति एक से अधिक रिक्शे का मालिक नहीं हो सकता (iii) एक जोन का रिक्शा दूसरे जोन में नहीं चलाया जा सकता (स्मरणीय है कि दिल्ली नगर निगम कुल 12 जोनों में बंटा हुआ है ।) (iv) जोन-विशेष के लिए निर्धारित रंग का रिक्शा ही उस जोन में चलाया जा सकता है। (v) नियमों के उल्लंघन के जुर्म में जब्त रिक्शे को यदि पंद्रह दिन में नहीं छुड़ाया गया तो तोड़कर नष्ट कर दिया जाएगा।

नगर निगम के इन नियमों के अतिरिक्त दिल्ली ट्रैफिक पुलिस द्वारा जारी आदेश भी रिक्शे पर प्रतिबंध लगाते हैं । ट्रैफिक पुलिस ने पूरी दिल्ली को लाल, पीले और हरे जोन में बांटकर समय विशेष के लिए रिक्शे के आवागमन पर प्रतिबंध लगा दिया है । लाल जोन का मतलब है रिक्शे पर चौबीसों घंटे रोक । पीले जोन में रिक्शा सुबह से लेकर शाम तक नहीं चलाया जा सकता । हरा जोन वह क्षेत्र है जिसमें रिक्शा हर वक्त चल सकता है । ट्रैफिक पुलिस ने शहर के खास व्यस्त इलाकों को लाल और पीले जोन में डाल दिया है और हरा क्षेत्र वह इलाका है जहां रिक्शे को सवारियां कम मिलने की गुंजाइश है । लाल, पीला और हरा जोन वाला आदेश केवल रिक्शे पर ही लागू नहीं होता, बल्कि यह धीमी गति के सभी वाहनों पर लागू है । जाहिर है, यह प्रतिबंध तांगा, भैंसागाड़ी, बैलगाड़ी और ऊंटगाड़ी पर भी है । दिल्ली नगर निगम के नियम और दिल्ली पुलिस के आदेश मिलकर रिक्शे का परिचालन क्षेत्र अति सीमित कर देते हैं । इतनी बुरी स्थिति हो जाती है कि कई बार रिक्शा 1 कि.मी. के सीमित दायरे में घूमने के लिए बाध्य हो जाता है । कई सड़कें साइकिलों के लिए भी प्रतिबंधित हैं । जो साइकिलें और रिक्शे इन प्रतिबंधों की अवहेलना करते पकड़े जाते हैं पुलिस उनकी हवा निकाल देती है या

ट्यूब-टायर में सूआ घोंप देती है। एक रिक्शा चालक कहता है, "इस मुल्क में दो तरह के सुलूक क्यों होते हैं ! नियमों की अनदेखी के जुर्म में हमारे रिक्शे में पंचर कर दिया जाता है, मगर कार के ट्यूब-टायर में नहीं । पुलिस बात-बात पर हमपर डंडा बरसाती है, लेकिन कार वाले पर नहीं ! क्या लोकतंत्र में अमीर-गरीब का यह विभेद जायज है!"

दिल्ली छावनी परिषद के इलाके में भी कुछेक हजार रिक्शों को लाइसेंस मिलता है । नई दिल्ली पालिका परिषद के क्षेत्र में रिक्शा और धीमी गति के वाहनों के चलने पर पूर्णतः प्रतिबंध है । यह अलग बात है कि अवैध तौर पर यहां भी सीमित संख्या में रिक्शे पाए जाते हैं । यह स्मरणीय है कि दिल्ली हिन्दुस्तान की राजधानी है और हिंदुस्तानी जम्हूरियत को मजबूती देनेवाली संस्थाएं सर्वोच्च न्यायालय, दिल्ली उच्च न्यायालय, जिला न्यायालय पटियाला हाऊस के साथ-साथ संसद, राष्ट्रपति भवन, सांसदों के आवास आदि इसी क्षेत्र में हैं। कोई भी व्यक्ति कार से इस क्षेत्र की सभी सड़कों पर घूम सकता है, मगर अपने रिक्शे पर बैठकर यहां नहीं आ सकता । एक रिक्शा चालक कहता है, "दिल्ली की ये सड़कें हमारे देश में चल रहे लोकतंत्र के ढंग और ढोंग को बेहतर तरीके से उजागर करती हैं । कार से चलने वाले मंत्री और जज साइकिल और रिक्शा चलाने वालों की पीड़ा कैसे समझ सकते हैं ! जिसके पांव न फटी बेवाई, सो क्या जाने पीर पराई ! एक सच्चा आदमी ही लोकतंत्र के मर्म को समझकर सड़क पर भी इसे लागू करने की कोशिश कर सकता है । राजनेताओं का जो अमीर-प्रेम है वह गरीबों के हक को मिलने नहीं देता । साधारण लोग इनके लिए वोट से ज्यादा महत्त्व नहीं रखते । वोट पाते ही ये नेता अपनी मनमर्जी चलाने लगते हैं ।"

दिल्ली की ये सड़कें हमारे देश में चल रहे लोकतंत्र के ढंग और ढोंग को बेहतर तरीके से उजागर करती हैं । कार से चलने वाले मंत्री और जज साइकिल और रिक्शा चलाने वालों की पीड़ा कैसे समझ सकते हैं! जिसके पांव न फटी बेवाई, सो क्या जाने पीर पराई !

मुरादनगर के एक साइकिल बिक्रेता का कहना है, "80 प्रतिशत लोग साइकिल खरीदने की क्षमता रखते हैं और 15-20 प्रतिशत लोग ही कार खरीदने की । मगर सड़कों पर नजारा ठीक उलटा है – ये थोड़े से लोग अपने से चार गुना से भी ज्यादा लोगों पर भारी पड़ रहे हैं । हर सड़क को कार वाले की सुविधा से बनाया जा रहा है । धनतंत्र का खेल लोकतंत्र पर इस कदर हावी है कि गैर-मोटर वाहनों की उपस्थिति को देखते हुए भी अनदेखा कर दिया जाता है । जैसे ही कोई इनके लिए अलग लेन की बात कहता है, प्रतिप्रश्न होता है – सड़क पर जगह कहां है ? इस तरह के प्रतिप्रश्न करनेवाले कोई दूसरे नहीं होते, बल्कि हमीं लोगों के बीच से होते हैं । मोटर वाहन खरीद के लिए बैंकों से मिलने वाले ऋण के विज्ञापनों ने हम सबके दिमाग पर कब्जा कर लिया है । हमने साइकिल को बीते जमाने का वाहन मान लिया है और मोटर वाहनों को तरक्की और रुतबे का प्रतीक । इसका फल यह है कि हम मोटर वाहनों की तमाम बुराइयों को भूलकर उनके पक्ष में खड़े हैं । लोकतंत्र के लिए इससे बुरा और क्या हो सकता है कि हम खुद ही अपने खिलाफ खड़ा हो गए हैं!"

लोकायन परिक्षेत्र के विभिन्न शहरों में साइकिल, रिक्शा और पैदल के महत्त्व को दर्शाने वाली प्रदर्शनियां लगा रहा है । बुलंदशहर में भी ऐसी प्रदर्शनी लगाई गई थी । इसके करीब

से साइकिलों पर सवार होकर वरिष्ठ कक्षाओं की छात्राएं झुंड के झुंड गुजर रही थीं । लोकायन की महिला कार्यकर्ताओं ने उनसे प्रदर्शनी देखने का आग्रह किया । उन लड़कियों का जवाब था, ''नहीं, हम प्रदर्शनी नहीं देख सकतीं । हमारे स्कूल आने-जाने का समय तय है । देर से घर या विद्यालय पहुंचने पर हमारे चरित्र पर ही शंका की जाने लगेगी । पश्चिमी उत्तर प्रदेश के गांवों में लड़कियों के साथ क्या होता है, यह आप सब जानती हैं । हम समय और पैसा बचाने के लिए साइकिल का उपयोग करती हैं । लेकिन साइकिल, पैदल और रिक्शा को लेकर दुनिया में और क्या हो रहा है, इससे हमें कुछ भी नहीं लेना-देना ।'' इस कथन से पता चलता है कि पुरुषवादी मनोवृति किस कदर हमारे समाज को जकड़े हुए है । इसका और ठोस उदाहरण यह है कि लड़कियां तो साइकिल पर दिख भी जाती हैं, मगर शादी होते ही साइकिल से उनका नाता सदा के लिए टूट जाता है। पश्चिमी उत्तर प्रदेश वह क्षेत्र है जहां प्रेम को जघन्य अपराध माना जाता है । ग्रामीण क्षेत्र से ऐसी खबरें आती ही रहती हैं जिनमें प्रेमी-युगल को पंचायत के निर्णय से फांसी दिए जाने की सूचना रहती है । फांसी देने वाले लोग न्यायालय के सामने भी अपने किए का पछतावा नहीं करते । हरियाणा के इलाके में स्थिति इससे थोड़ी भिन्न है । यहां की पंचायतें सगोत्र में हुई शादियों को खारिज करके पति-पत्नी को अलग करने का आदेश देती हैं, लेकिन न्यायालय के हस्तक्षेप के बाद इन शादियों को अनमने ढंग से ही सही, मान्यता दे देती हैं । जो भी हो, इन इलाकों में स्कूल जाती लड़कियां यदि साइकिल चलाती हैं तो इसमें एक भाव यह भी रहता है कि वे जल्दी से जल्दी घर लौटेंगी और इस तरह परिवार की पहरेदारी उनपर रहेगी । इनकी तुलना में राजस्थान के अलवर की छात्राएं ज्यादा उन्मुक्त दिखती हैं । इन्होंने लोकायन द्वारा आयोजित कार्यक्रमों में खूब बढ़-चढ़ कर भागीदारी की और विचार-विमर्श में हिस्सा भी लिया । सार्वजनिक परिवहन पर गौर करने पर हम पाते हैं कि पूरे परिक्षेत्र में एक सवारी के रूप में महिलाएं थोड़ा-बहुत मोटर वाहनों और गैर-मोटर वाहनों पर दिख भी जाती हैं, लेकिन जहां तक चालक और संवाहक का सवाल है, वे एकदम नदारद हैं। अपवादस्वरूप जैसे ही वे कहीं दिखती हैं, अखबारों और अन्य माध्यमों में थोड़ी चर्चा का विषय बन जाती हैं । सड़कों पर महिलाओं की मामूली उपस्थिति हमारे समाज में उनकी बुरी स्थिति का ही बयान है ।

समान सड़क अधिकार और लोकतंत्र के रिश्ते को जांचते-परखते समय भारतीय संविधान के निर्माता के रूप में प्रसिद्ध बाबा साहब डॉ. भीमराव अंबेडकर के दो उद्धरणों को सदा ध्यान में रखना चाहिए – ''प्रजातंत्र में नियम-बद्धता से कहीं अधिक महत्वपूर्ण सामाजिक उत्तरदायित्व है ।'' और ''मैं किसी समाज की प्रगति का अनुमान इस बात से लगाता हूं कि इस समाज में महिलाओं की कितनी प्रगति हुई ।'' जाहिर है, इन उद्धरणों की कसौटी पर हमारी सड़कें खरी नहीं उतरतीं । सड़कें विकसित हो रही हैं सामाजिक उत्तरदायित्व की अवहेलना करते हुए । न तो नगर निकाय, न तो प्रजातंत्र की प्रहरी कही जाने वाली संस्थाएं (न्यायालय व सूचना माध्यम) और न ही हमारी विधायिकाएं (विधानसभा, संसद इत्यादि) ही सामाजिक उत्तरदायित्व का पालन कर रही हैं । जनता का पैसा फ्लाईओवर और सड़कों के निर्माण और मेट्रो पर अनाप-शनाप ढंग

से खर्च किया जा रहा है। इतने रुपयों से तो जनोन्मुखी कार्यक्रम के माध्यम से गरीब लोगों को आवास, आवाजाही के साधन और रोजगार दिलाने की अच्छी व्यवस्था की जा सकती है। हां, तब परिवहन में साइकिल, पैदल और रिक्शे को भरपूर जगह देनी होगी। यह सुनिश्चित करना होगा कि गांव के लोगों के लिए गांव में ही अधिकतम रोजगार की संभावनाएं विकसित की जाएं । राजनीतिक इच्छा-शक्ति के बिना परिवहन की समस्याएं हल नहीं की जा सकतीं। समान सड़क अधिकार वाले प्रजातांत्रिक शहर का बनना तभी संभव है जब शासक वर्ग 'कुछ लोगों का शहर' की बजाय 'सबका शहर' बनाने के बारे में कृतसंकल्प हो । सच्चाई यह नहीं है कि हमारे देश में संसाधनों की कमी है; बल्कि इसके उलट सच्चाई यह है कि हमारे पास जनहित लायक सड़क ढांचा खड़ा करने के पर्याप्त संसाधन हैं ।

'सबका शहर' की अवधारणा में परिवहन का मुद्दा खास महत्व का है। दुनिया के सैकड़ों नगरों ने इस अवधारणा को अपनाया है । इसका फल यह है कि वहां साइकिलें गरीबी का प्रतीक नहीं हैं, बल्कि ये पर्यावरण-रक्षक और स्वास्थ्य-वर्द्धक परिवहन-साधन हैं । डेनमार्क, फिनलैंड, नीदरलैंड इत्यादि देशों में साइकिल के लिए राष्ट्रीय स्तर पर मार्गों का नेटवर्क मौजूद है। यूरोपीय यूनियन के सभी देशों ने मिलकर हजारों हजार कि.मी. का अंतर्राष्ट्रीय साइकिल मार्ग नेटवर्क भी विकसित किया है । इनके सिटी-सेंटरों में साइकिल को विशेष सुविधाएं मिली हुई हैं। इस दृष्टि से डेनमार्क की राजधानी कोपेनहेगन एक अनुपम उदाहरण है। यहां सिटी-बाइक यानी साइकिलें सार्वजनिक परिवहन का एक जरूरी अंग बन गई हैं । शहर के सबसे व्यस्त इलाके में 2500 साइकिलें सिटी-बाइक के बेड़े में हैं । ये साइकिलें पंचर-प्रूफ हैं। कोई भी व्यक्ति 20 क्रोनर जमा करके साइकिल-स्टैंड से एक साइकिल प्राप्त कर सकता है। वह जितनी देर चाहे साइकिल को अपने पास रख सकता है, शर्त यही है कि इसे इसके परिचालन की सीमा से बाहर नहीं ले जाया जा सकता है। ये साइकिलें विशेष प्रकार से बनाई गई हैं जिसके कारण इन्हें शहर में मौजूद अन्य साइकिलों से अलग पहचान मिली है। इन साइकिलों की देखरेख और मरम्मत के लिए एक संस्था बनाई गई है। ये साइकिलें विज्ञापन से मिलने वाली कमाई से चलाई जाती हैं। साइकिलों के पहियों और फ्रेम के अंदर प्लेटें लगी हुई हैं जिनपर विज्ञापन लिखा जाता है। साइकिल-स्टैंड भी विज्ञापन वाली जगहें हैं। सिटी-बाइक के लिए 120 साइकिल-स्टैंड हैं। किसी स्टैंड से सिटी-बाइक ली जा सकती है और किसी भी स्टैंड पर जमा की जा सकती है। साइकिल को स्टैंड पर लॉक करने के बाद ग्राहक द्वारा जमा की गई 20 क्रोनर की राशि वापस मिल जाती है। कोपेनहेगन में सिटी-बाइक 5 वर्षों से चल रही है। सिटी-बाइक के इलाके में कारों पर रोक है। कोपेनहेगन के इस प्रयोग का अनुसरण यूरोप के अन्य कई शहर कर रहे हैं । कोपेनहेगन में पूरे शहर में साइकिल लेन बनाई गई है ।

धनतंत्र का खेल लोकतंत्र पर इस कदर हावी है कि गैर-मोटर वाहनों की उपस्थिति को देखते हुए भी अनदेखा कर दिया जाता है । जैसे ही कोई इनके लिए अलग लेन की बात कहता है, प्रतिप्रश्न होता है — सड़क पर जगह कहां है ?

कुछ ही वर्ष पहले लातीन अमेरिकी देश कोलंबिया की राजधानी बोगोटा में विकसित एक बेहतर परिवहन व्यवस्था दुनिया भर में चर्चा का विषय बन गई है। यहां के मेयर एनरिक पेनॉलोसा ने बस आधारित 'रैपिड ट्रांजिट' और साइकिल का ऐसा तालमेल बैठाया कि

इस शहर में आवागमन न केवल सुविधाजनक हो गया है, बल्कि आनंददायक भी बन गया है। हां, इसके लिए कारों पर कई तरह के प्रतिबंध लगाने पड़े हैं। इस शहर में 300 कि.मी. साइकिल लेन तो बनी ही है, व्यस्त समयों में कारों के परिचालन की मनाही है। हर कार सप्ताह में दो दिन सड़क से बाहर होती है। रविवार के दिन नगर की सभी कारें दिन में सात घंटे सड़क पर नहीं होतीं। तब सड़कों पर पैदल चलने वाले लोग उत्सव का आनंद लेते हैं। बोगोटा में इस तरह की परिवहन व्यवस्था बनाने के लिए एनरिक पेनॉलोसा को शहर के लिए तैयार मेट्रो रेल परियोजना को रद्द करना पड़ा। स्मरणीय है कि पेनॉलोसा ने इस तरह की परिवहन व्यवस्था की प्रेरणा ब्राजील के क्यूरीटीबा शहर से पायी थी ।

जापान, चीन और अमेरिका के भी कई शहरों में साइकिल लेन और साइकिल पार्किंग की बेहतर सुविधाएं हैं। कई देशों ने रेल में साइकिल लाने-ले जाने की व्यवस्था की है । इससे नगर और देहात में आवागमन सस्ता, स्वच्छ और आनंददायक बन गया है । अनेक नगरों ने अपने सिटी-सेंटरों को कार-वर्जित और पैदल-मित्र इलाका घोषित कर रखा है । इनमें अब साइकिल रिक्शा लाया जा रहा है । वहां रिक्शे बेरोजगारी दूर करने के साधन नहीं, बल्कि 'ज्वायफुल राइडिंग' के साधन हैं । वहां के रिक्शा चलानेवाले युवा एक दिन में इतनी कमाई कर लेते हैं जितना हमारे देश के शहरों का रिक्शा चालक महीने भर में नहीं कर पाता । साइकिल और रिक्शे के प्रति एक यथार्थपरक संवेदनात्मक दृष्टि ने इन देशों की परिवहन व्यवस्था को ज्यादा लोकतांत्रिक स्वरूप दिया है । दिल्ली के आंइ.आइ.टी. में आयोजित एक कार्यक्रम में नीदरलैंड के एक इंजीनियर ने कहा, ''मैं अपने देश का एक संपन्न आदमी हूं । मेरे पास कार खरीदने की क्षमता है, लेकिन मेरे पास कार नहीं है । मैं आपके सामने अपनी खुशी को जाहिर कर रहा हूं कि मेरे पास तीन साइकिलें हैं – एक घर से कार्यस्थल आने-जाने के लिए, एक बाजार आने-जाने के लिए और एक व्यायाम के लिए । तीनों साइकिलों की डिजाइन काम की जरूरत के मुताबिक है । मेरे देश में कार रखने वाला आदमी अपनी कार पर गर्व नहीं करता । वह अपने को साइकिल रखनेवाले से ऊंची हैसियत का नहीं बता सकता । अगर कोई भी कार वाला ऐसा करता है तो उसे देश का एक गैर-जिम्मेवार, पर्यावरण के प्रति असंवेदनशील और लोकतंत्र विरोधी व्यक्ति माना जाता है । उसकी भर्त्सना करने के लिए बहुत से लोग सामने आ जाते हैं और वह व्यक्ति अकेला पड़ जाता है । निंदा करने वाले लोगों में कार वाले भी शामिल होते हैं ।'' हमारे देश में स्थिति इसके विपरीत है । रेवाड़ी के एक कॉलेज के प्रधानाचार्य ने बताया, ''लोकायन द्वारा चलाया जा रहा समान सड़क अधिकार अभियान राष्ट्रहित में है । इस अभियान से देश के आर्थिक संसाधनों की बरबादी रोकने तथा साधारण आदमी में आत्मसम्मान बढ़ाने में मदद मिलेगी। मेरे पास एक साइकिल थी जिससे हाल-फिलहाल तक मैं कॉलेज आता-जाता था । मुझे साइकिल पर देखकर कॉलेज के शिक्षक, कर्मचारी और छात्र-छात्राएं अकसर टिप्पणी करते – 'सर, आप कार क्यों नहीं ले लेते ! आपसे जूनियर कई लोग कार, मोटर साइकिल या स्कूटर से चल रहे हैं, कई छात्र-छात्राएं मोटर-बाइक चला रहे हैं; कुछ कर्मचारी भी मोटर-बाइक का उपयोग कर रहे

हैं और आप हैं कि अब भी साइकिल छोड़ने को तैयार नहीं है ! यह आपके स्टेटस के मुताबिक सटीक वाहन नहीं है ।' यह बात मेरे घर भी पहुंचती रही। एक दिन मेरे परिवार के लोगों ने मेरी साइकिल कबाड़ी को बेच दी और मेरे लिए एक कार खरीद दी । सच कहिए तो मैं इससे चलते हुए आज भी तालमेल नहीं बैठा पाता हूं । इससे आता-जाता जरूर हूं, लेकिन मुझे जो मजा साइकिल से चलने में आता था, कार से चलने में नहीं आता ।'' इसी कॉलेज के कुछ छात्रों से जब पूछा गया कि आप लोग साइकिल का उपयोग क्यों नहीं करते तो उनका जवाब था, ''साइकिल में कोई रोमांस नहीं है। साइकिल वाले छात्रों को लड़कियां या तो दीन-हीन समझती हैं या आदर्शवादी । आज का जमाना स्मार्ट दिखने का है । मोटर-बाइक हमारी स्मार्टनेस बढ़ाती है । यह बाइक हमारे प्रति लड़कियों को आकर्षित करती है । अब आप ही बताइए, हम रोमांस की जगह मनहूसियत को क्यों अपनाएं !''

कहना न होगा कि लोगों में 'जीवन की चाहत' और 'जीवन की गुणवत्ता की ललक' बढ़ी है। यह 'लोकतंत्र की आकांक्षा' और 'लोकतंत्र में आस्था' के चलते और प्रबल हुई है । 20 वीं सदी के प्रारंभ में लोकतंत्र की आकांक्षा का जो उभार शुरू हुआ वह लोकतंत्र में गहरी आस्था के साथ उत्तरोत्तर विकसित हुआ । इस सदी में दुनिया का हर मुल्क आजाद हो गया । विभिन्न देशों में साम्राज्यवाद की प्रत्यक्ष उपस्थिति का अंत हो गया, लेकिन साम्राज्यावाद की प्रवृत्तियां समूल नष्ट नहीं हुईं । प्रत्यक्ष गुलामी के अंत के साथ देश में आंतरिक लोकतंत्र का संघर्ष शुरू हो गया । हर देश के अंदर जो प्रभुत्वशाली वर्ग था उसे लगने लगा कि विदेशी ताकतों को खदेड़ने के बाद वह अकेले आजादी का मजा नहीं ले सकता । 20 वीं सदी के आखिरी दशक में शुरू हुई वैश्वीकरण, उदारीकरण और निजीकरण की प्रक्रिया देशी-विदेशी प्रभुत्वशाली ताकतों के गंठजोड़ का परिणाम है जिसमें पूंजी अपनी पूरी शक्ति के साथ मुनाफा के नए-नए तौर-तरीकों की खोज में है । परिवहन के क्षेत्र में भी इसे वाहनों की बिक्री से लेकर ढांचागत निर्माण तक अकूत मुनाफा की संभावनाएं दिख रही हैं । इसलिए इसे जहां भी मौका मिल रहा है अपना हाथ-पांव पसार रही है । अपनी तमाम चालाकियों के बावजूद वह सीधे-सीधे, बिना टकराव के, मैदान जीत लेगी, ऐसा मुमकिन नहीं लगता। इसे राष्ट्रीय और अंतर्राष्ट्रीय स्तर पर चुनौतियां मिलने लगी हैं । बड़ी-बड़ी शक्तियों को बहुत सारी चुनौतियां एकदम स्थानीय स्तर पर मिल रही हैं जो अपने शौर्य के दम पर वैश्विक प्रभाव छोड़ रही हैं। विश्व सामाजिक मंच ऐसी ही छोटी-छोटी शक्तियों का महामिलन है ।

20 वीं सदी के आखिरी दशक में शुरू हुई वैश्वीकरण, उदारीकरण और निजीकरण की प्रक्रिया देशी-विदेशी प्रभुत्वशाली ताकतों के गंठजोड़ का परिणाम है जिसमें पूंजी अपनी पूरी शक्ति के साथ मुनाफा के नए-नए तौर-तरीकों की खोज में है ।

पूंजी के खिलाफ इस जंग में संघर्ष के नए-नए रूप सामने आ रहे हैं । कार-फ्री डे (कार-मुक्त दिवस) इसी कड़ी में है । इन दिनों दुनिया में लगभग 200 से अधिक शहर इस 'दिवस' का आयोजन करते हैं । इस दिन शहर को कार-मुक्त रखने की कोशिश की जाती है। कुछ लोग स्वयं अपनी कार गैराज से बाहर नहीं लाते और जो लोग कारें बाहर लाते हैं उनको इस आयोजन के कार्यकर्ताओं और समर्थकों के विरोध के चलते अपनी कारें गैराज में वापस ले जानी पड़ती हैं । कार-मुक्त दिवस कार के आतंक से मुक्ति की शुरुआत है । यह एक नई दुनिया की ओर बढ़ने की पहल है जिसमें कारें न होंगी।

दुनिया के अनेक नगरों में अब 'रिक्लेम द स्ट्रीट' (सड़कों पर दावा) का आंदोलन शुरू हो गया है । इस आंदोलन के कार्यकर्ता मोटर वाहन वाली व्यस्त सड़कों पर कब्जा कर लेते हैं और उसपर इत्मीनान से सामाजिक गतिविधियां चलाते हैं । वे इन सड़कों पर संगीत के कार्यक्रम आयोजित करते हैं, कुर्सी-टेबुल डालकर जलपान करते हैं, बीच सड़क में जगह-जगह बैठकर किताबें पढ़ते हैं या कोई अन्य काम करते हैं । इन कार्यकर्ताओं का कहना है, ''शहरी सड़कें नागरिकों की हैं, इन्हें नागरिकों के हवाले किया जाना चाहिए, कारों के हवाले नहीं ।'' यही कारण है कि ये कार वाली तेज लेनों में अवरोध खड़ा कर जीवंत शहर के दृश्य स्थापित करते हैं ।

कारों से साइकिलों ने भी संघर्ष शुरू कर दिया है । अब कई नगरों में कार पार्किंग में साइकिलों की दखल बढ़ गई है । इस आंदोलन के कार्यकर्ताओं ने कार के लिए प्रतिबद्ध लेन और आरक्षित पार्किंग पर अपना हक जतलाना शुरू कर दिया है । ये कार लेन में 'साइकिल लेन' और कार पार्किंग में 'साइकिल पार्किंग' लिख देते हैं । कार-विरोधी आंदोलनकारियों ने कई पत्रिकाएं और वेबसाइटें शुरू की हैं । **कार बुस्टर्स (Car Busters)** एक ऐसी ही पत्रिका है जो अंग्रेजी, फ्रेंच, डच, चेक सहित कई भाषाओं में निकलती है। इनके अनुसार, सड़क पर दावेदारी का मतलब है ट्रैफिक से इनकार और सड़क पर अपने अधिकार के लिए अड़ना – यानि अपने आसपास की सड़कों पर खेल का स्थान, सामाजिक मिलन और समुदाय निर्माण ।

लोकतंत्र के क्षैतिज और उदग्र विस्तार ने तमाम तरह की गैर-बराबरियों के खिलाफ संघर्ष की भावना पैदा की है । जब हर संघर्ष के लिए लोग सड़क पर उतर रहे हों, तब यह बिल्कुल नामुमकिन है कि 'सड़क पर समान अधिकार' की लड़ाई लंबे समय तक सड़क से बाहर रहे ।

यह लेख सितंबर 2005 में लिखा गया था।

दिल्ली का परिवहन नियोजन और समाज

शहरी संरचना में कई तरह के बदलाव आ रहे हैं । विज्ञान और तकनीक ने इस बदलाव की गति को और तीव्र बनाने में मदद की है । इसके बावजूद हम यह नहीं कह सकते कि यह विज्ञान और तकनीक के विकास के चलते खुद-ब-खुद हो गया है । शहर में आदमी रहता है, वही इसे बनाता भी है । इसके भवन, इसकी सड़कें, इसके वन-उपवन, इसमें रहने-चलने के कायदे-कानून सभी मनष्य द्वारा निर्मित हैं । लेकिन मनुष्य-मनुष्य के बीच भेद की दरार लगातार चौड़ी होती जा रही है । आर्थिक, सामाजिक और राजनैतिक रूप से साधन-संपन्न लोग साधारण आदमी को दरकिनार करके सारा कुछ स्वयं हथियाने और भोगने के काम में जिस तत्परता से लगे हुए हैं उससे यह तो होना ही है । दिल्ली का भी आधुनिक विकास यही कहानी कह रहा है । इस महानगर की परिवहन-व्यवस्था में इसकी तस्वीर साफ-साफ दीखती है।

सामाजिक-आर्थिक पृष्ठभूमि

सरकार ने देखा कि रोजगार-विहीन होने के बावजूद लोग यहां से नहीं जा रहे हैं, तब इन मलीन बस्तियों को पुनर्वास के नाम पर शहर से बाहर वीराने में खदेड़ने की योजना बनाई गई । उस पर अमल हो रहा है । यहां न पानी है, न बिजली । न शौचालय है, न शिक्षा की व्यवस्था । न रोजगार हैं, न सर पर साया ।

1911 में दिल्ली की आबादी 4.13 लाख थी । भारत-पाक विभाजन के बाद 1951 में पाकिस्तान से आए शरणार्थियों को मिलाकर यह 17.44 लाख हो गई । वर्ष 1951 से 2002 तक की यात्रा में जनसंख्या का ग्राफ 8 गुना चढ़ गया है । यह आबादी दिल्ली के 1,483 वर्ग किलोमीटर में फैल गई है । सरकारी तौर पर कहा जा रहा है कि वर्तमान रफ्तार से जनसंख्या वृद्धि के जारी रहने से 2005 तक दिल्ली की आबादी 170 लाख हो जाएगी । दूसरी ओर, दिल्ली के आसपास राष्ट्रीय राजधानी परिक्षेत्र के तीन उपक्षेत्र हैं । 2005 तक इन इलाकों की आबादी उत्तर प्रदेश उपक्षेत्र में 135.57 लाख, हरियाणा उपक्षेत्र में 102.79 लाख तथा राजस्थान उपक्षेत्र में 23.01 लाख होगी ।

दूसरे राज्यों से दिल्ली में पलायन कर आने वाले लोगों की अच्छी-खासी भागीदारी है। पहले नंबर पर उत्तर प्रदेश के 40 प्रतिशत लोग हैं । दूसरे नंबर पर हरियाणा का दावा 11 प्रतिशत है । यही प्रतिशत बिहार का भी है, यानी 11 प्रतिशत प्रवासी बिहार से आए हैं । उत्तरांचल 9 प्रतिशत, राजस्थान 6 प्रतिशत, पंजाब 5.49 प्रतिशत, पश्चिम बंगाल 2.79 प्रतिशत, मध्य प्रदेश 2.75 प्रतिशत, केरल 1.61 प्रतिशत, हिमाचल प्रदेश 1.45 प्रतिशत के सहभागी हैं ।

दिल्ली विकास प्राधिकरण ने 'दिल्ली 2021 जनसांख्यिकी विवरण' तैयार किया है जिसमें इस बात का उल्लेख है कि दिल्ली की आबादी का 35 प्रतिशत हिस्सा 1200 झुग्गी

बस्तियों व 1500 अनधिकृत कालोनियों में रहता है तथा 4-5 लाख लोग यमुना के किनारे निवास करते हैं । परंतु गैर-सरकारी आंकड़ों के अनुसार, दिल्ली की दो तिहाई आबादी शहर की झुग्गी बस्तियों, अनधिकृत कालोनियों, पुनर्वास बस्तियों, यमुना के किनारे तथा फुटपाथ पर रहती है ।

सरकारी योजनाओं में शहर की ऐसी आबादी के लिए आवश्यकतानुसार शिक्षा, स्वास्थ्य, पानी, आवास, परिवहन, बिजली, शौचालय इत्यादि की सुविधा का कोई प्रावधान नहीं है। लेकिन लोकतांत्रिक प्रक्रियाओं में इनकी दखल, जन-दबाव और न्यायालयों के हस्तक्षेप की वजह से मानवीय आधार पर इन्हें कुछ सुविधाएं सरकार द्वारा दी जाती हैं । जाहिर है कि दिल्ली सरकार के पास बहुतायत संसाधन रहने के बाद भी इस शहर की बड़ी आबादी को मौलिक सुविधाओं और योजनागत ढांचे से वंचित रखा जा रहा है । आजकल बसों के लिए मारामारी, पानी के लिए हाहाकार और मारपीट, बिजली के बगैर अंधेरे में डूबा रहना, दिल्ली के लिए आम बात है ।

शहर की मलीन बस्तियों में रहने वालों का रोजगार-विहीन होते जाना पिछले एक दशक से रोजमर्रा की कहानी बन गया है । सरकार ने देखा कि रोजगार-विहीन होने के बावजूद लोग यहां से नहीं जा रहे हैं, तब इन मलीन बस्तियों को पुनर्वास के नाम पर शहर से बाहर वीराने में खदेड़ने की योजना बनाई गई । उस पर अमल हो रहा है । यहां न पानी है, न बिजली । न शौचालय है, न शिक्षा की व्यवस्था । न रोजगार हैं, न सर पर साया। औरत तो औरत, इन इलाकों में मर्द भी सुरक्षित महसूस नहीं करते हैं । रही बात आने-जाने के साधनों की, उसकी तो बात करना ही बेमानी है । जब 140 लाख की आबादी पर कुछ हजार बसें होंगी तब इन गरीबों के हिस्से कुछ आने का सवाल ही कहां है ! इनके लिए तो पुनर्वास बस्तियों में मौत के बाद श्मशान भी मयस्सर नहीं है । शहर की ऐसी आबादी की क्रय-शक्ति का ह्रास लगातार हो रहा है । अगर इनके पास कुछ है तो वह है जिंदा रहने की इनकी दृढ़ इच्छाशक्ति ।

परिवहन की स्थिति

दिल्ली में कुल 34,79776 मोटर वाहन हैं जिसमें 909892 निजी कारें, 2261776 मोटर साइकिलें/स्कूटर, 18037 टैक्सियां, 90052 ऑटो रिक्शे, 160720 मालवाहक वाहन, 39299 बसें/मिनी बसें हैं । प्रतिशत के रूप में प्राइवेट वाहन 91.15 (कार एवं मोटर साइकिल/स्कूटर सहित), टैक्सी-0.52, ऑटो रिक्शा 2.59, बस 1.12, मालवाहक 4.62 प्रतिशत हैं ।

यह संख्या वर्ष 2001 में ट्रैफिक पुलिस द्वारा जारी आंकड़े के अनुसार है । वर्तमान समय में सर्वोच्च न्यायालय के आदेश की वजह से सार्वजनिक वाहनों (जिनमें बसें, टैक्सियां, ऑटो रिक्शे शामिल हैं) की संख्या घटकर कुछ हजार रह गई है, जबकि सभी तरह के निजी वाहनों की संख्या में इजाफा हुआ है ।

दिल्ली में कभी परिक्रमा रेल की कल्पना की गई थी । इसपर कुछ गाड़ियां आज भी चलती

हैं। लेकिन आम आदमी को इसकी जानकारी तक नहीं है । समय बीतने के साथ-साथ आम आदमी के लिए परिवहन की समस्या विकराल रूप लेती जा रही है । दूसरी ओर, इनके आवास और काम के स्थान के बीच की दूरी बढ़ रही है । साथ ही साथ अधिकतर लोगों को रोजगार खोना पड़ रहा है।

ऐसा नहीं है कि सरकारी स्तर पर परिवहन के क्षेत्र में खर्च नहीं किया जा रहा है । फर्क खर्च करने के नजरिए में है । जिन नीतियों से एक वर्ग-विशेष को फायदा होता है, आम जनता को दरकिनार करके वैसी नीतियां बनाई जा रही हैं । उन्हें अमली जामा पहनाने के लिए देशी-विदेशी स्रोतों से अरबों-अरब रुपये कर्ज लेकर खर्च किए जा रहे हैं । दिल्ली में सैकड़ों फ्लाईओवर, सड़कों का चौड़ीकरण तथा सौंदर्यीकरण, मल्टीस्टोरी पार्किंग, डी. एन.डी. फ्लाईवे, निर्बाध गति से सफर के लिए ट्रैफिक के नियमों में बदलाव तथा उसे लागू करने की तमाम परियोजनाएं इन्हीं नीतियों के मूर्त रूप हैं। ताजातरीन मेट्रो रेल परियोजना भी इसी का अंग है ।

इन तमाम परियोजनाओं का लागत खर्च पूरा समाज वहन करता है, परंतु इसके फायदे उन चंद समूहों को होता है जिनके पॉकेट वैध-अवैध तरीके से भरे हैं, जो साधन-संपन्न हैं ।

आजकल सार्वजनिक परिवहन के नाम पर 140 लाख की आबादी के लिए दिल्ली परिवहन निगम की 2200 बसें चल रही हैं । प्राइवेट ऑपरेटरों द्वारा ब्लू लाइन एवं आर. टी.वी. की कुछ हजार बसें भी सड़कों पर चल रही हैं । बसों को सी.एन.जी. से चलाने संबंधी सर्वोच्च न्यायालय के निर्देश के बाद सरकारी बसों की संख्या लगातार कम होती जा रही है । हालांकि प्राइवेट बसों की संख्या में भी कमी आ रही है, परंतु मुनाफा कमाने की आपाधापी में इनके मालिक एक हजार रुपये प्रतिदिन जुर्माना देकर भी इन्हें चला रहे हैं। जुर्माने की यह राशि बसों के किराए में वृद्धि करके जनता के पॉकेट से निकाली जा रही है ।

प्राइवेट बसों की संख्या में भी कमी आ रही है, परंतु मुनाफा कमाने की आपाधापी में इनके मालिक एक हजार रुपये प्रतिदिन जुर्माना देकर भी इन्हें चला रहे हैं। जुर्माने की यह राशि बसों के किराए में वृद्धि करके जनता के पॉकेट से निकाली जा रही है ।

दिल्ली में प्राइवेट बसें 'रोड किलर' के रूप में जानी जाती हैं । एक उदाहरण से यह तस्वीर साफ हो जाएगी । 16 मई 2002 को हिन्दी दैनिक **राष्ट्रीय सहारा** के मुखपृष्ठ पर एक समाचार का शीर्षक था – 'ब्लू लाइन वालों ने छात्र को बस से फेंका और कुचल दिया।' इस समाचार में लिखा था, ''स्टॉप पर बस रुकवाने को लेकर हुए झगड़े में ब्लू लाइन बस के कंडक्टर व उसके सहयोगी ने आइ.टी.आइ. के एक छात्र को चलती बस से बाहर फेंक दिया । उसके बाद चालक ने उसे बस के पहिए के नीचे कुचल डाला । दिल दहला देने वाली यह घटना कल सुबह उत्तरी जिले के कोतवाली थाना क्षेत्र में घटी । मौके पर मौजूद लोगों ने छात्र को पहिए के नीचे से निकाला और चालक की पिटाई करके उसे पुलिस के हवाले कर दिया । घायल छात्र अस्पताल में जिंदगी और मौत के बीच झूल रहा है । पुलिस बस के कंडक्टर और उसके सहयोगी की तलाश कर रही है ।

''कल सुबह करीब आठ बजे पुलिस नियंत्रण कक्ष को सूचना मिली की छत्ता रेल चौक

पर ब्लू लाइन बस से एक लड़के को फेंककर मार डाला गया है । सूचना पाकर पुलिस मौके पर पहुंची । तब तक बस से फेंके गए लड़के को नियंत्रण कक्ष की गाड़ी सुश्रुत ट्रामा सेंटर ले जा चुकी थी । मौके पर पुलिस को बस व उसकी सवारियां मिलीं । सवारियों ने बस के चालक को पीटने के बाद पुलिस के हवाले कर दिया । उसका नाम हरेंद्र है।

''घटनाक्रम के मुताबिक पवन कुमार दुबे (16) मौजपुर का रहने वाला है । वह आइ.टी.आइ. का छात्र है। रोज की तरह कल भी आइ.टी.आइ. जाने के लिए उसने मौजपुर से बस पकड़ी । उसे कश्मीरी गेट उतरना था । कश्मीरी गेट पहुंचने पर पवन ने बस के चालक को आवाज दी कि बस रोक दो । चालक ने उसकी बात अनसुनी करते हुए बस नहीं रोकी । इसी बीच बस कंडक्टर का किसी अन्य सवारी से झगड़ा होने लगा । रेल छत्ता के पास बस की गति हल्की होने पर पवन ने दुबारा कंडक्टर और चालक से बस रोकने का आग्रह किया। इस पर कंडक्टर व उसके सहयोगी ने कहा कि बस आगे जाकर रुकेगी । इसी बात पर दोनों पक्षों में कहासुनी हो गई । तैश में आकर बस के कंडक्टर तेजपाल और उसके सहयोगी मुन्ना ने पवन को चलती बस से बाहर फेंक दिया। इसके बाद कंडक्टर और उसके सहयोगी ने ड्राइवर हरेंद्र से कहा कि इसे मार दो पहिया चढ़ाकर, कौन सी फांसी होगी। करा लेंगे थाने से जमानत । इसी के साथ चालक ने बस को नीचे पड़े पवन के ऊपर चढ़ा दिया । इससे गुस्साए बस के यात्रियों ने चालक को पकड़कर पीटना शुरू कर दिया । चालक को मार पड़ती देख कंडक्टर और उसका सहयोगी मौके से भाग गए । किसी तरह प्रयास करके बस यात्रियों ने ही पहिए के नीचे पड़े पवन को खींचकर बाहर निकाला और पुलिस को सूचना दी । बस यात्री इस बात पर अड़े हुए थे कि वे बस में आग लगाएंगे और चालक को मौके पर ही पीट-पीट कर मार डालेंगे, क्योंकि पुलिस उसे जमानत पर छोड़ देगी और चालक फिर इसी तरह का जघन्य अपराध करेगा । मामले की गंभीरता को भांपते हुए जैसे-तैसे पुलिस ने भीड़ से बस चालक हरेंद्र को सुरक्षित निकाला और थाने ले गई । इस मामले की जांच कोतवाली थाना प्रभारी निरीक्षक अशोक सक्सेना और उपनिरीक्षक राजेंद्र जैन को सौंपी गई है । जांच टीम ने बस को जब्त कर लिया और चालक हरेंद्र को गिरफ्तार करके जेल भेज दिया । बस का कंडक्टर और उसका सहयोगी अभी तक फरार हैं ।

''जिस ब्लू लाइन बस के स्टाफ ने यह करतूत की वह बस रूट नंबर 205 पर सीमापुरी से कौड़िया पुल के बीच चलती है । पता चला है कि बस मालिक ने चालक को एक सप्ताह पहले ही नौकरी पर रखा था। इस बाबत पुलिस ने बस के चालक हरेंद्र व उसके दोनों साथियों के खिलाफ हत्या की चेष्टा का मामला दर्ज किया है ।''

इस खबर से दिल्ली की परिवहन व्यवस्था की अराजकता का अंदाज लग जाता है ।

पिछले दो महीने के अंदर सरकारी स्तर पर सार्वजनिक परिवहन के क्षेत्र में दो अहम निर्णय हुए हैं। इसने दिल्ली की बहुत बड़ी आबादी की आर्थिक रूप से कमर तोड़ दी है ।

पहले निर्णय में सरकार ने डी.टी.सी. के अधीन चलने वाली कि.मी. स्कीम की बसों को

स्वतंत्र करके प्राइवेट तौर पर एस.टी.ए. के परमिट पर चलने को मंजूरी दे दी । इससे लाखों बस पास-धारकों के 'बस पास' बेकार हो गए, क्योंकि इस व्यवस्था के लागू होने के बाद वे सिर्फ डी.टी.सी. बसों से ही यात्रा कर सकेंगे । इन बसों की उपलब्धता में कमी की वजह से गंतव्य तक सफर करना आसान नहीं है । इस निर्णय से पास-धारकों के करोड़ों रुपये, बिना सुविधा उपलब्ध कराए, डी.टी.सी. के खाते में चले गए जो कानूनन एवं नैतिक रूप से सही नहीं है ।

दूसरे निर्णय में दिल्ली सरकार ने सार्वजनिक परिवहन के भाड़े में वृद्धि कर दी । इस निर्णय से प्राइवेट बस वालों का हित सध गया, क्योंकि इस पर किसी तरह का सरकारी अंकुश नहीं है । प्राइवेट बस वाले मनमाने तरीके से बस भाड़ा वसूल कर रहे हैं । इस व्यवस्था से पीड़ित एक महिला सवारी का अनुभव आंख खोलने वाला है । 21 मई 2002 को दैनिक हिंदुस्तान में 'बस किराए बढ़ने से नौकरी पेशा लोगों की कमर टूटी' शीर्षक से एक खबर छपी थी – ''नई दिल्ली, 20 मई । बस किराए बढ़ने से नौकरी पेशा लोगों की कमर टूट गई है। दैनिक यात्रियों का कहना है कि उनका रोज का खर्चा डेढ़ गुणा हो गया है ।

''दिल्ली परिवहन निगम की कुल 2200 बसें हैं जिनके आने-जाने का कोई समय निर्धारित नहीं है । रही एस.टी.ए. की डीजल बसें । उनके चालक अपने मनमुताबिक रूटों पर बसें मोड़ देते हैं । महिलाओं का मजाक उड़ाना, उन पर आवाजें कसना – ये तो एस.टी.ए. के अंतर्गत चल रही बसों के कंडक्टरों के लिए आम बात है । नाम न छापने की शर्त पर एक महिला ने बताया कि जहां पहले रोजाना 16 रुपये देने होते थे, अब वहीं 20 रुपये से ज्यादा खर्चने होते हैं । उसके बाद इन एस.टी.ए. के अंतर्गत चल रही डीजल बसों के कंडक्टरों के उपहास का अलग सामना करना पड़ता है । कुछ कहो तो बड़ी ही अभद्र भाषा में उतर जाने को कहते हैं । 2 रुपये के टिकट के बदले 4 रुपये का टिकट लेने को मजबूर करते हैं । फलां स्थान 4 कि.मी. से ज्यादा दूरी का है, इसलिए 4 रुपये ही देने होंगे । महिला होने के नाते चुपचाप ले लेती हैं 4 रुपये का टिकट ।

अधिकतर सवारियां 'एकल परिवहन व्यवस्था' पर निर्भर नहीं हैं, बल्कि 'बहु-परिवहन व्यवस्था' का उपयोग करती हैं । आज की परिवहन व्यवस्था में उपयुक्त नियोजन का सर्वथा अभाव है ।

''इन डीजल बसों के मालिक या ठेकेदार सामने ही बसों में बैठे होते हैं । अगर कोई महिला कंडक्टर की शिकायत करे तो मालिक उपहास उड़ाते हुए कहते हैं कि हम तो हैल्पर हैं । मालिक को शिकायत करनी है तो उनके घर जाओ । उक्त महिला परिवहन मंत्री को कोसते हुए कहती है कि अगर बसों के किराए में वृद्धि करनी थी तो कम-से-कम कि.मी. स्कीम की बसों को तो रहने देते । कि.मी. स्कीम की बसों में कंडक्टर डी.टी.सी. के होते थे, जो सरकारी मुलाजिम होने के नाते अनुशासन में रहते थे और महिलाओं के साथ कभी अभद्रता से पेश नहीं आते थे । लेकिन अब सारे एस.टी.ए. बस मालिकों ने कम तनख्वाह देने के लालच में अनपढ़ व गुंडा टाईप के ऐसे कंडक्टर रख छोड़े हैं जो अपनी दादागिरी दिखाकर लोगों से ज्यादा से ज्यादा पैसे झाड़ सकें ।

''ये सभी महिलाओं से अभद्रता से पेश आते हैं । उनका कहना था कि परिवहन मंत्री एक दिन अपनी पत्नी को कहें कि इन एस.टी.ए. बसों से सफर करें तब उन्हें आटे-दाल

का भाव पता चलेगा। झड़ौदा, बुराड़ी से श्रीमती राममूर्ति रोजाना नौकरी करने कनाट प्लेस आती हैं । श्रीमती राममूर्ति एक कंपनी में महिला सुरक्षाकर्मी हैं । उन्हें कुल 1900 रुपये तनखाह मिलती है । बसों का किराया बढ़ने से पहले उनका प्रति माह किराए पर खर्चा 600 रुपये था, जो अब बढ़कर 900 रुपये हो गया है ।

"वे बुराड़ी से रूट नंबर 104 की बस पकड़ कर पहले किंग्सवे कैंप आती हैं और फिर वहां से दूसरी बस पकड़कर शिवाजी स्टेडियम पहुंचती हैं । रोज 30 रुपये खर्च होते हैं। उनका कहना था कि कि.मी. स्कीम की बसें थीं तो आराम से यात्रा होती थी । लेकिन जब से दिल्ली के परिवहन मंत्री ने दिल्ली की जनता को एस.टी.ए. की बसों के सहारे छोड़ा है तब से जीना मुश्किल हो गया है । दिल्ली की आम जनता ने कांग्रेस को यह सोच कर नगर निगम के चुनावों में जिताया था कि आम लोगों को राहत मिलेगी। पर अब और भी कठिनाइयां हो गई हैं आम लोगों के लिए । एस.टी.ए. की बसों के सहारे दिल्ली की जनता का अपनी नौकरी पर पहुंचना मुश्किल हो गया है । उनका आरोप था कि दिल्ली सरकार ने अपने आराम के लिए आम जनता से उसका आम यात्रा का साधन भी छीन लिया है ।"

पिछले एक दशक से इस प्रकार की खबरें अखबारों में लगातार छप रही हैं । तात्कालिक तौर पर पुलिस दोषी लोगों पर कार्रवाई करती है । परंतु आगे चलकर वे सब कानून के पंजे से बच निकलते हैं । इससे इनका मनोबल बढ़ जाता है ।

अगर सड़क दुर्घटनाओं पर दृष्टि डालें तो पाएंगे कि वर्ष 2000 में कुल 10,245 सड़क दुर्घटनाएं हुईं। इनमें कुल 1989 व्यक्तियों की मौत हो गई तथा 7683 लोग घायल हो गए। सड़क दुर्घटना के दौरान मरने वालों में 915 पैदल यात्री, 255 साइकिल चालक, 40 धीमी गति के वाहनों के चालक एवं सवारियां थे । इस तरह कुल मरने वालों में इस समूह के लोगों की संख्या 1210 है यानी कुल मरने वालों का 56 प्रतिशत । अगर इस आंकड़े में बस में यात्रा कर रही सवारियों की संख्या 118 शामिल कर लें तो यह 68 प्रतिशत हो जाता है । जाहिर तौर पर यह प्रतिशत शहर की उस आबादी का है जो लगातार हाशिए की ओर चली जा रही है । आए दिन ये लोग ही सड़क दुर्घटनाओं के शिकार होते हैं ।

अब सड़कों की ढांचागत स्थिति पर नजर डालें तो पाएंगे कि पैदल-पथ सौंदर्यीकरण एवं सड़क-विस्तार की वजह से समाप्त होते जा रहे हैं । साइकिल एवं साइकिल रिक्शा के लिए अलग लेन की बात तो बेमानी ही लगती है । ऐसी स्थिति में सड़क दुर्घटनाओं में कमी की बजाय वृद्धि की संभावना है । यह अलग बात है कि आंकड़ों के खेल में माहिर सरकार उसे छिपा ले जाए ।

इस तरह दिल्ली में सार्वजनिक परिवहन की स्थिति 'खतरे के निशान' से ऊपर और भयावह हो गई है । आज परिवहन व्यवस्था सामाजिक उत्तरदायित्व निभाने के स्थान पर मात्र मुनाफा कमाने वाला क्षेत्र हो गई है । ऐसी परिस्थिति में सामाजिक सरोकार से जुड़े

समूहों एवं व्यक्तियों को पहल करने की आवश्यकता है ।

यातायात नियोजन : एक अध्ययन

हमने लोकायन की ओर से दिल्ली की सड़क, ट्रैफिक प्लानिंग तथा सड़क के उपयोगकर्ताओं की समस्या को जानने-समझने के लिए एक पायलट स्टडी की थी । यह अध्ययन महात्मा गांधी मार्ग (जिसे रिंग रोड के नाम से भी जाना जाता है) पर 'माल रोड से किंग्सवे कैंप' तक की लंबाई में सड़क के दोनों ओर 'बस स्टॉप' को ध्यान में रखकर किया गया गया था। इस अयध्ययन के लिए हमने निम्नलिखित बिन्दु निर्धारित किए थे :

(i) प्रति 30 सेकंड पर बसों की आवृत्ति तथा बस यात्रियों की संख्या

(ii) बस स्टॉप के इर्द-गिर्द उपलब्ध ढांचा

(iii) बस स्टॉप के आसपास उपस्थित विभिन्न प्रकार के परिवहन के साधनों की उपस्थिति/पार्किंग

(iv) सड़क मार्ग से सफर कर रहे सवारियों का सर्वेक्षण

(v) बस स्टॉप तथा सड़क के किनारे फेरी-रेहड़ी-पटरी व्यवसायी

इस अध्ययन के लिए हमने अलग-अलग तरह की प्रश्नवली तैयार की थी जिससे सड़क पर चलने वाली विभिन्न गतिविधियों को सरलता से अध्ययन और आंकड़ों के माध्यम से समझा जा सके ।

(i) प्रति 30 सेकंड पर बसों की आवृत्ति तथा बस यात्रियों की संख्या

हमने प्रति 30 सेकंड के अंतराल में प्रत्येक बस स्टॉप पर रुकने वाली बसों की संख्या एवं बस स्टॉप पर घटती-बढ़ती सवारियों की संख्या जानने के लिए दिन में दो बार सर्वे किया । इससे यह बात उभर कर आयी कि प्रत्येक बस स्टॉप पर एक बार में एक बस रुकने की व्यवस्था है । परंतु अध्ययन के दौरान पाया गया कि प्रति 30 सेकंड के दौरान एक बस स्टॉप पर औसतन 3-6 बसें आकर खड़ी होती हैं । उसी तरह उस बस स्टॉप पर प्रति 30 सेकंड औसतन 40-50 यात्री बस के इंतजार में खड़े रहते हैं । इस अध्ययन से यह बात भी उजागर हुई कि बसों के खड़ा होने के लिए बस बॉक्स की कमी तथा सवारियों के इंतजार के लिए बस सेल्टर के अभाव की वजह से हर बस स्टॉप पर अफरातफरी मची रहती है । इस अव्यवस्था के कारण सड़क पर सुगमतापूर्वक यातायात संचालित नहीं हो पाता है ।

जिस दिशा की सड़क से ज्यादा सवारियां जाती हैं उस दिशा में साइकिल रिक्शा के लिए सवारी की उपलब्धता भी ज्यादा होती है । इसलिए हर चौराहे पर उस खास सड़क पर लंबी कतार में रिक्शे खड़े रहते हैं ।

(ii) बस स्टॉप के इर्द-गिर्द उपलब्ध ढांचा

सरकार का कहना है कि चूंकि दिल्ली की सड़कें संकरी हैं एवं जमीन का अभाव है, इसलिए साइकिलों, साइकिल रिक्शों तथा धीमी गति के अन्य वाहनों को अलग से लेन की सुविधा नहीं दी जा सकती है । दूसरी वजह यह है कि इन वाहनों से सड़कें जाम

हो जाती हैं तथा सड़क दुर्घटना का खतरा रहता है । इसलिए यातायात की सुविधा के लिए इस तरह के वाहनों के चलने पर पाबंदी लगाना लाजमी है । सरकार के इस दावे की हमने जांच-परख करने की कोशिश की । इस संदर्भ में हमने देखा कि 'मालरोड से किंग्जवे कैंप' तक सड़क के दोनों ओर लगभग तीस-तीस फुट खाली जगह है । सड़क के दोनों ओर खाली पड़ी जमीन में कहीं कोई ढांचागत निर्माण नहीं है जिसे हटाना नामुमकिन हो । अगर इस जमीन का उपयोग साइकिलों, साइकिल रिक्शों तथा धीमी गति के विभिन्न वाहनों की सुविधा के लिए किया जाए तो मुख्य मार्ग पर बिना बाधा पहुंचाए ऐसे वाहन सरलतापूर्वक चल सकते हैं और तेज गति के वाहन आसानी से आ-जा सकते हैं । इससे ईंधन, यात्रा की अवधि एवं सड़क जाम की समस्या से छुटकारा मिलेगा तथा परिवहन व्यवस्था की गुणवत्ता में बढ़ोतरी होगी ।

(iii) बस स्टॉप के आसपास उपस्थित विभिन्न प्रकार के परिवहन के साधनों की उपस्थिति व पार्किंग

अध्ययन के दौरान हमने इस बात की भी तहकीकात की कि प्रत्येक बस स्टॉप एवं सड़कों के क्रॉसिंग पर किस-किस तरह के वाहन सवारियों के इंतजार में खड़े रहते हैं । माल रोड से किंग्जवे कैंप तक दोनों ओर चार-चार बस स्टॉप हैं । सभी बस स्टॉप पर सवारियों के इंतजार में बड़ी संख्या में साइकिल रिक्शा खड़े रहते हैं । खड़े साइकिल रिक्शों की संख्या और दिशा का निर्धारण इस बात से होता है कि बस से उतरने के बाद सबसे ज्यादा यात्री किस दिशा में जाते हैं । उदाहरण के तौर पर, माल रोड पर दोनों तरफ के बस स्टॉप पर बड़ी संख्या में साइकिल रिक्शा पंक्ति बनाकर खड़े रहते हैं, क्योंकि उस बस स्टॉप पर आने वाली सवारियां जहां एक ओर तिमारपुर की ओर जाती हैं वहीं दूसरी ओर दिल्ली विश्वविद्यालय परिसर के अंदर । यहां यह भी उल्लेखनीय है कि अधिकतर रिक्शा चालक अपने रिक्शे के साथ सड़क के बिल्कुल किनारे या पैदल पथ के बगल में खाली पड़ी जमीन पर ही खड़े होते हैं । दूसरी ओर खालसा कॉलेज बस स्टॉप पर उतरने वाली सवारियों में से अधिकांश दिल्ली विश्वविद्यालय से संबंधित होती हैं । उसकी विपरीत दिशा में जाने वाली सवारियों की संख्या बहुत कम होती है, इसलिए उस दिशा में साइकिल रिक्शा चालक बहुत कम संख्या में खड़े रहते हैं । माल रोड से किंग्जवे कैंप तक की दूरी के बीच में कई चौराहे हैं । इन चौराहों का दृश्य भी बस स्टॉप के समान था । जिस दिशा की सड़क से ज्यादा सवारियां जाती हैं उस दिशा में साइकिल रिक्शा के लिए सवारी की उपलब्धता भी ज्यादा होती है । इसलिए हर चौराहे पर उस खास सड़क पर लंबी कतार में रिक्शे खड़े रहते हैं । बस स्टॉप पर सवारियों के इंतजार में साइकिल रिक्शे के अलावा ऑटो रिक्शे भी खड़े रहते हैं, परंतु उनकी संख्या बहुत कम होती है ।

हमने अध्ययन के दौरान पाया कि सवारी की उपलब्धता ही किसी भी तरह के वाहन की उपस्थिति का प्रमुख कारण है । यही बात दिल्ली में साइकिल रिक्शा चालकों पर भी लागू होती है ।

(iv) सड़क मार्ग से सफर कर रहे सवारियों का सर्वेक्षण

परिवहन योजना के वर्तमान स्वरूप को समझने के लिए हमने सड़क मार्ग से सफर कर रही सवारियों से साक्षात्कार लिए थे । इस साक्षात्कार के माध्यम से यह जानने की कोशिश की गई थी कि दिल्ली में रह रहे अलग-अलग उम्र, लिंग, व्यवसाय तथा आर्थिक पृष्ठभूमि के लोग अपने घर से गंतव्य स्थान तक किन-किन वाहनों के माध्यम से सफर करते हैं, घर से कार्यस्थल तक आने-जाने में कितना समय एवं पैसे खर्च होते हैं । क्या सफर के दौरान वे कभी दुर्घटना का शिकार हुए हैं? साक्षात्कार के बाद यह बात उभर कर सामने आई कि सभी यात्री एक से ज्यादा प्रकार के वाहनों का इस्तेमाल करते हैं । आमतौर पर वे फिडर सेवा के रूप में पैदलयात्रा, साइकिल रिक्शा या कहीं-कहीं ऑटो रिक्शा का इस्तेमाल करते हैं । कई सवारियों ने बताया कि वे एक से ज्यादा बस से अपनी यात्रा पूरी करते हैं । इस दौरान इन्हें फिडर सेवा की आवश्यकता होती है । इस तरह दिल्ली की सड़कों पर सार्वजनिक वाहन से यात्रा करने वालों के साक्षात्कार के दौरान यह बात उभर कर आई कि अधिकतर सवारियां 'एकल परिवहन व्यवस्था' पर निर्भर नहीं हैं, बल्कि 'बहु-परिवहन व्यवस्था' का उपयोग करती हैं । आज की परिवहन व्यवस्था में उपयुक्त नियोजन का सर्वथा अभाव है ।

(v) बस स्टॉप तथा सड़क के किनारे फेरी-रेहड़ी-पटरी व्यवसायी

दिन की अलग-अलग अवधि में आम लोगों की आवश्यकतानुसार सामग्री से युक्त फेरी-पटरी वाले उपस्थित होते हैं, अपना सामान बेचते हैं, फिर आगे बढ़ जाते हैं । फेरी-पटरी-रेहड़ी समूह से जुड़े कई सदस्यों ने बताया कि वे पिछले बीस वर्षों से इसी काम में लगे हैं तथा यही उनका कार्यस्थल है ।

कहा जाता है कि सड़कें समाज की दर्पण होती हैं । इसका मतलब है कि सड़कें निर्जीव नहीं, जीवन्त होनी चाहिए । परंतु हमारे नियोजन-कर्ताओं ने सड़कों को एक मृत ढांचा का स्वरूप प्रदान कर दिया है । यही वजह है कि दिल्ली की सड़कों पर चल रही जीवन्त गतिविधियों और सड़क नियोजन में कोई तालमेल नहीं है । हमने इस बिंदु को समझने के लिए यह जानने की कोशिश की कि सड़कों पर यात्रा करने के अलावा हमारे समाज की और किस-किस तरह की गतिविधियां संचालित होती हैं । सर्वेक्षण से पता चला कि दो किलोमीटर की दूरी पर लगभग 150-170 परिवारों का प्रत्यक्ष रूप से जीविकोपार्जन होता है । ये लोग फेरी-रेहड़ी-पटरी लगाकर अपने लिए रोजगार पाते हैं तथा सड़क से आने-जाने वाले यात्रियों की जरूरत की सुविधाएं मुहैया कराते हैं । फेरी-रेहड़ी-पटरी समूहों का हमने दिन में तीन बार (सुबह, दोपहर, शाम) सर्वेक्षण किया । इससे पता चला कि दिन की अलग-अलग अवधि में आम लोगों की आवश्यकतानुसार सामग्री से युक्त फेरी-पटरी वाले उपस्थित होते हैं, अपना सामान बेचते हैं, फिर आगे बढ़ जाते हैं । फेरी-पटरी-रेहड़ी समूह से जुड़े कई सदस्यों ने बताया कि वे पिछले बीस वर्षों से इसी काम में लगे हैं तथा यही उनका कार्यस्थल है । इस पेशे में हर उम्र, जाति, धर्म, आयु वर्ग के पुरुषों के साथ-साथ महिलाओं की भी अच्छी संख्या थी । आमतौर पर ये साफ-सुथरे तथा ताजा सामान कम कीमत पर उपलब्ध करवाते हैं ।

इस तरह हमने सड़क एवं ट्रैफिक नियोजन के संदर्भ में अध्ययन के दौरान काफी नयी जानकारी हासिल की । हमने महसूस किया कि अध्ययन को और व्यापक स्तर पर करने

की आवश्यकता है जिसके आधार पर एक वैकल्पिक नियोजन की अनिवार्यता पेश कर इसे लागू करवाने के लिए जन-दबाव पैदा किया जा सके ।

सड़क नियोजन और सड़क उपयोगकर्ता के बीच टकराव

हमें सड़क, सड़क नियोजन और सवारी पर अध्ययन से प्राप्त आंकड़े, अवलोकन और अनुभव से जो जानकारी इकट्ठी हुई वह इस बात का पुख्ता प्रमाण प्रस्तुत करती है कि हमारी सड़कों, सड़क के नियमों तथा सड़क के उपयोगकर्ताओं के बीच द्वंद्व है । हमारी सड़कों का वर्तमान नियोजन तथा उन्हें संचालित करने के कायदे-कानून शहरवासियों को सुविधा प्रदान करने की बजाय इन्हें पग-पग पर असुविधा के प्रतीक बन गए हैं । इस वजह से हमारी सड़कों की जीवन्तता समाप्त हो गई है । आज हमारी सड़कों ने बेजान ढांचे का रूप ले लिया है । तमाम कायदे-कानूनों के बाद भी सड़कों पर अराजकता पसरती जा रही है ।

अगर हम दिल्ली की दो दिशाओं पर नजर डालें तो पाएंगे कि तथाकथित आधुनिक सुख-सुविधाओं से लैस इलाकों की सड़कें सामाजिक रूप से ज्यादा असुरक्षित हैं, क्योंकि इन इलाकों में जीवन्तता का स्तर लगातार कमतर होता जा रहा है । उसकी तुलना में पुराने रिहायशी मुहल्लों में आधुनिक समाज की तमाम विकृतियों को आत्मसात करने के बावजूद जीवन्तता का स्तर अच्छा है, असुरक्षा की भावना कम है । समाजशास्त्रीय अध्ययन इस बात के गवाह हैं कि जीवन्त और चहल-पहल से युक्त सड़कों तथा गलियों में आपराधिक घटनाएं कम घटती हैं, बनिस्बत सुनसान और सन्नाटा वाली सड़कों व गलियों की तुलना में ।

हमारी आधुनिक सड़कें समाज की विविधतापूर्ण आर्थिक व सामाजिक पृष्ठभूमि की आवश्यकता की पूर्ति में अक्षम साबित हुई हैं । इतना ही नहीं, सड़कें विभिन्न जीवनस्तरीय बहुपरिवहन व्यवस्था की अवधारणा के विरुद्ध काम कर रही हैं । सरकार द्वारा एकल परिवहन पद्धति को दबावपूर्वक लागू किया जा रहा है । यही वजह है कि आम लोगों की आवश्यकतानुसार सड़क नियोजन में पैदल यात्रियों, साइकिल चालकों व रिक्शा चालकों के लिए कोई जगह नहीं है । सिर्फ मोटर वाहनों की जरूरत एवं उनकी सुविधा के अनुसार सड़कें नियोजित की जाती हैं । इस वजह से सड़क पर वाहन चलाने के अलावा समाज से जुड़ी अन्य विविध गतिविधियों के लिए कोई जगह नहीं है । फलतः सड़क के किनारे एवं आसपास फेरी-रेहड़ी-पटरी के माध्यम से विभिन्न प्रकार की सुविधाएं उपलब्ध कराते हुए जीविकोपार्जन करना अवैध कार्य माना जाता है ।

इस तरह आधुनिक सड़क, सड़क नियोजन एवं उपयोगकर्ता में तालमेल न होकर उनके बीच दूरी है । यह बात हमारे नीति-निर्धारकों तथा नियोजनकर्ताओं को समझ में नहीं आती है । उल्टे वे इस बात पर जोर देते हैं कि आधुनिक सड़कों तथा उनके कानून-कायदों के अनुसार आम आदमी को सुशिक्षित तथा सुसंस्कृत बनना चाहिए । होना यह चाहिए कि हमारे नीति-निर्धारक समाज की जरूरत एवं सुविधा का ख्याल रखते हुए नीति और

नियोजन की प्रक्रिया चलाएं ।

दूसरी ओर, हम जिस विकास की नकल कर रहे हैं उस विकास को अजमा चुके उन विकसित मुल्कों में भी अब 'रिक्लेम स्ट्रीट', 'लाईव रोड' के नारे लग रहे हैं तथा इन नीतियों के गलत परिणाम के विरुद्ध आवाजें उठ रही हैं । इसलिए, यह लाजमी है कि हम बिना समय एवं संसाधन गंवाए सीखें, अन्यथा गंवा कर सीखने में कोई बुद्धिमत्ता नहीं है । ■

यह लेख फरवरी 2002 में लिखा गया था।

कारों को कॉरिडोर, काश्तकारों को बेदखली

1995 के दौरान कनार्टक सरकार ने शहरी ढांचागत विकास कार्यक्रम के तहत बंगलौर-मैसूर आधार संरचना कॉरिडोर (बी.एम.आइ.सी.) नामक परियोजना का सूत्रपात किया । इस पूरी परियोजना के अंदर 111 किलोमीटर लंबे सड़क मार्ग को 90 मीटर तक चौड़ा करते हुए अबाध आवागमन के लिए सड़कों के किनारे बाड़ लगाकर सुरक्षित रास्ता बनाना था, ताकि 120 किलोमीटर प्रति घंटे की रफ्तार से हवा में लहराती हुई कार बंगलौर से मैसूर तक की यात्रा कर सके । इसके साथ ही, इस परियोजना के अंतर्गत इस सड़क के दोनों ओर सात नए नगरों को भी विकसित करना था । इस परियोजना के लिए कर्नाटक सरकार ने 20,193 एकड़ कृषि योग्य किसानों की भूमि को अधिग्रहित किया तथा 400 मेगावाट बिजली और 2 टी.एम.सी. कावेरी के पानी की सुविधा प्रदान करने का प्रावधान किया । 7000 एकड़ सरकारी जमीन को दस रुपये प्रतिवर्ष के हिसाब से तीस वर्षों के लिए लीज पर दे दिया गया । इस परियोजना के क्रियान्वयन के लिए नंदी इंफ्रास्ट्रक्चर कॉरिडोर इंटरप्राइजेज (एन.आइ.सी.ई.) के साथ करार हुआ ।

कर्नाटक के दक्षिणी क्षेत्र (एस.के.आर.) में पानी और बिजली की कमी आम बात है । जमीन के अधिग्रहण से 173 गांव और करीब 2 लाख लोग प्रभावित होंगे । यह बात भी सर्वविदित है कि इस क्षेत्र में महज 20 प्रतिशत लोग ही ऐसे हैं जिनके पास भू-स्वामित्व के अधिकार हैं; शेष आबादी के पास जमीन के आवश्यक कागजात नहीं हैं, इसलिए जमीन पर उनका अधिकार वैध नहीं माना जाता है । इस शेष आबादी, यानी 80 प्रतिशत लोगों में से अधिकतर खेतिहर मजदूर, दस्तकार व छोटे व्यापारी हैं या खेती से जुड़ा कोई छोटा-मोटा धंधा करते हैं ।

परियोजना से विस्थापित होने वाले लोगों का ख्याल था कि कॉरिडोर से उन्हें अपना छोटा-मोटा धंधा चलाने में मदद मिलेगी । उन सीधे-सादे लोगों को इस बात का पता ही नहीं था कि कॉरिडोर की बाड़ाबंदी की जाएगी । दूसरे शब्दों में, यह कॉरिडोर सामान्य लोगों के प्रयोग के लिए नहीं होगा ।

इन ग्रामीणों द्वारा कोई दूसरा धंधा शुरू कर पाने की संभावना नगण्य है । इसलिए इस बात की पूरी-पूरी संभावना है कि इनकी जमीन का अधिग्रहण होते ही ये लोग बेकार हो जाएंगे । जिन लोगों को मुआवजे का पैसा मिलना है, वे भी खुद को इस संकट से नहीं बचा पाएंगे; पैसा खत्म होते ही वे भी बेकारों की कतार में खड़े दिखाई देंगे ।

परियोजना के लिए जमीन के अधिग्रहण का काम खुद कर्नाटक सरकार की देख-रेख में किया जा रहा है । अप्रैल 2002 तक यह कार्य संपन्न हो जाएगा । समझौते के अनुसार, मुआवजे की राशि एन.आइ.सी.ई. को देनी है । इसके बाद जमीन पर उसका कब्जा हो जाएगा । इस समझौते के तहत कई प्रावधान ऐसे भी हैं जिनके फलस्वरूप अधिग्रहित

जमीन का उपयोग मूल उद्देश्य के अलावा किसी अन्य उद्देश्य के लिए भी किया जा सकता है । एन.आइ.सी.ई. की सलाह पर कर्नाटक सरकार ने परियोजना के तकनीकी-आर्थिक, पर्यावरण और सामाजिक पुनर्वास संबंधी विभिन्न पहलुओं पर विस्तृत दस्तावेज तैयार करवाए हैं ।

जब बी.एम.आइ.सी. परियोजना के मुद्दे को कर्नाटक विधानसभा में उठाया गया तब उस संबंध में हुई बहसों पर मीडिया ने एकदम ध्यान नहीं दिया । प्रभावित लोगों के बारे में सूचना देने या उनके साथ बातचीत करने की लोकतांत्रिक प्रक्रिया सिरे से गायब रही। इसका एक कारण तो शायद यह रहा कि उस समय परियोजना की गंभीर खामियों के बारे में लोगों को कुछ पता नहीं था । दूसरे, परियोजना से होने वाले नुकसान और उसपर होने वाले वास्तविक व्यय को कम करके पेश किया गया । एन.आइ.सी.ई. और कर्नाटक सरकार दोनों जनता से सिर्फ 111 किलोमीटर लंबे कॉरिडोर के फायदे ही गिनवाती रहीं। अंग्रेजी और कन्नड़ के कुछ दैनिक अखबारों में बी.एम.आइ.सी. परियोजना से प्रभावित होने वाले लोगों के संबंध में कुछ लेख और पत्र जरूर प्रकाशित हुए, लेकिन आम जनता यही मानती रही कि परियोजना के संबंध में सरकार कोई भी सूचना भला क्यों छिपाना चाहेगी । आम धारणा यही बनी रही कि इन लेखों और पत्रों के लेखकों को सही बात का पता नहीं है तथा वे किसी के इशारे पर काम कर रहे हैं । परियोजना के संबंध में सरकारी एजेंसियां चुप्पी साधे बैठी थीं । निर्वाचित प्रतिनिधियों ने भी इस संबंध में सरकार से कोई खास सवाल नहीं पूछे, और अगर पूछे भी तो सरकार ने उन्हें उल्टे-सीधे जवाब देकर शांत कर दिया । ये दोनों बातें शायद इसीलिए संभव हुईं कि लोगों ने इस मुद्दे को गंभीरता से लिया ही नहीं था । जनता की इस व्यापक उदासीनता के चलते भूमि अधिग्रहण की प्रक्रिया बेरोकटोक चलती रही और अपने अंतिम चरण में आ पहुंची – एन.आइ.सी.ई. को सिर्फ पर्यावरण विभाग से हरी झंडी लेने का काम बाकी रह गया था।

इस 111 किलोमीटर लंबे कॉरिडोर को एक दीवार कहना ज्यादा उचित होगा, क्योंकि सड़क के दोनों ओर के लोग इस पार से उस पार नहीं जा सकेंगे । इसके बारे में एन.आइ.सी.ई. ने कहा कि मार्ग के बीच-बीच में संपर्क करने या पानी के स्रोतों को जगह देने के लिए 47 क्रॉसिंगें बनाई जाएंगी ।

परियोजना से पर्यावरण पर पड़ने वाले प्रभावों का आंकलन कराने के लिए एन.आइ.सी.ई. ने मेकॉन कंसलटैंट्स नामक संस्था की सेवाएं लीं । इस संबंध में उक्त संस्था ने जो रिपोर्ट तैयार की उसमें कई गड़बड़ियां मौजूद थीं । रिपोर्ट में प्रभावित लोगों के बारे में उचित आंकड़ों का समावेश नहीं किया गया था। विशेषकर, उसमें इन आंकड़ों की तरफ कोई ध्यान नहीं दिया गया था कि विभिन्न परिवारों के व्यवसाय क्या-क्या हैं, जमीन पर उनका स्वामित्व है या नहीं, वे सिर्फ उसे जोत रहे हैं या खेतिहर मजदूर हैं; परिवार में कितने सदस्य हैं, बालिग पुत्रों और अविवाहित लड़कियों की संख्या कितनी है, इत्यादि। इस रिपोर्ट में किसी सुसंगत पुनर्वास कार्यक्रम का भी अभाव था । रिपोर्ट के सारांश में कहा गया है कि कॉरिडोर के निर्माण में 8 से 10 वर्ष का समय लगेगा तथा निर्माण का यह कार्य उसके दोनों ओर बनाए जा रहे नगरों के निर्माण पर निर्भर करेगा ।

कर्नाटक राज्य प्रदूषण बोर्ड के तत्वावधान में परियोजना के पर्यावरण संबंधी पहलुओं को लेकर बंगलौर, मांड्या और मैसूर जैसे स्थानों पर सार्वजनिक जन-सुनवाई के कार्यक्रम

आयोजित किए गए । लेकिन इन सुनवाइयों के आयोजन से पहले जनता को पूरी सूचना नहीं दी गई । सार्वजनिक सुनवाई का यह काम मार्च 2000 में किया गया । परंतु सूचना की अपर्याप्तता को लेकर उठे विरोध के कारण जून-जुलाई 2000 में नए सिरे से सुनवाई की गई । औपचारिक ढंग से मांग करने के बावजूद लोगों को पुनः सूचना नहीं दी गई। सरकार ने इन तर्कों को भी अनसुना कर दिया कि पूर्व सूचना के बिना सार्वजनिक सुनवाई के दौरान सही प्रश्न या सुझाव नहीं रखे जा सकते । इससे भी ज्यादा बुरी बात यह थी कि सुनवाई के दौरान परियोजना का समर्थन करने वाली पार्टियों के लठैतों ने विरोधी खेमे के लोगों के साथ धक्का-मुक्की की और मार-पीट करके उन्हें भगा दिया । जब कुछ लोगों ने इस स्थिति का विरोध करते हुए अपना मत रखना चाहा तो उन्हें पुलिस द्वारा बाहर कर दिया गया । राजनेताओं, प्रशासन और व्यावसायिक हितों की सांठगांठ का इससे बेहतर उदाहरण शायद ही कहीं और देखने को मिले !

अब बी.एम.आइ.सी. परियोजना का विरोध कई तरफ से हो रहा है । सामाजिक समूह और गैर-सरकारी संगठन परियोजना के विरोध में लोगों को लामबंद करने के लिए रैलियां निकाल कर और प्रभावित गांवों में साइकिल यात्रा करके जन-जागरण कर रहे हैं । कुछ मीडिया कर्मियों ने इस समस्या के प्रति न केवल जागरूकता पैदा की है, बल्कि व्यावहारिक हल भी सामने रखे हैं । इस परियोजना के विरोध को ज्यादा धारदार बनाने के लिए एक बी.एम.आइ.सी. विरोधी साझा मोर्चा बनाया गया है ।

उल्लेखनीय है कि बी.एम.आइ.सी. जैसी महत्वाकांक्षी परियोजनाओं पर काम शुरू करने से पहले संभावित विकल्पों पर होने वाले तकनीकी-आर्थिक व्यय और उससे होने वाले लाभों का आंक्रलन करना चाहिए था । जाहिर है, यह काम कर्नाटक की सरकार का था, क्योंकि उसके इस निर्णय का प्रभाव आबादी के एक बड़े हिस्से पर प्रत्यक्षतः और उससे भी ज्यादा बड़ी आबादी पर अप्रत्यक्षतः पड़ेगा । इसके अलावा, बड़े पैमाने पर होने वाले जमीन के अधिग्रहण का मामला तो इससे जुड़ा ही है । लेकिन विकल्पों के तुलनात्मक फायदों को लेकर सरकार ने किसी योजना पर विचार नहीं किया ।

वर्ष 1998 में एन.आइ.सी.ई. ने बंगलौर और मैसूर के बीच चलने वाले ट्रैफिक का सर्वे कराया था । सर्वे से पता चला कि उक्त शहरों के बीच से एक दिन में लगभग 8,000 वाहन गुजरते हैं । यह कॉरिडोर आर्थिक रूप से लाभकारी तभी हो सकता है जब उसपर एक दिन में कम से कम 28,000 वाहन गुजरते हों । इसके अलावा दो सड़क-मार्ग और एक रेल-मार्ग के होते हुए यह कहां संभव है कि सड़क का सारा ट्रैफिक इस कॉरिडोर का इस्तेमाल करने लगेगा ।

इस प्रकार यह बात साफ हो जाती है कि पूरी परियोजना में सड़क के 90 मीटर चौड़े हिस्से पर एकाधिकार या सात नगर क्षेत्रों के निर्माण की बात न करके सिर्फ एक्सप्रेस-वे पर ही इतना जोर क्यों दिया जा रहा था । इसके पीछे कारण यह था कि कॉरिडोर के नाम पर कार-धारक मध्यवर्ग का समर्थन जुटाया जाए और नगर क्षेत्र के लिए अधिग्रहित की

जाने वाली जमीनों के मालिकों का विरोध ठंडा किया जाए ।

परियोजना के क्रियान्वयन में लगी एन.आइ.सी.ई. शुरू से ही इस परियोजना को 'बंगलौर-मैसूर कॉरिडोर-वे' कहकर प्रचारित कर रही थी । अपने इस प्रचार में वह उन नगर क्षेत्रों का उल्लेख नहीं कर रही थी जिनके निर्माण में कुल 20,193 एकड़ जमीन में से 1300 एकड़ ही लिया जाना है, और न ही इस बात का जिक्र कर रही थी कि सामान्य ट्रैफिक को दूर रखने के लिए इस एक्सप्रेस-वे के चारों तरफ बाड़ लगाई जाएगी ।

तमाम सूचनाओं के स्थान पर कुछ खास सूचनाएं ही प्रसारित करने के पीछे सरकार का उद्देश्य यह है कि परियोजना से लाभान्वित होने वाले वर्ग को अपने पक्ष में किया जाए और प्रभावित लोगों की परियोजना विरोधी भावनाओं को सार्वजनिक होने से रोका जाए।

परियोजना से विस्थापित होने वाले लोगों का ख्याल था कि कॉरिडोर से उन्हें अपना छोटा-मोटा धंधा चलाने में मदद मिलेगी । उन सीधे-सादे लोगों को इस बात का पता ही नहीं था कि कॉरिडोर की बाड़ाबंदी की जाएगी । दूसरे शब्दों में, यह कॉरिडोर सामान्य लोगों के प्रयोग के लिए नहीं होगा । कार-धारकों को कॉरिडोर का विचार इसलिए आकर्षक लगा, क्योंकि मौजूदा सड़क गलियारों की हालत उन दिनों बेहद खराब थी (आज इन सड़कों की स्थिति काफी हद तक बदल गई है) । गौरतलब है कि सरकार ने इन लोगों को भी यह जानकारी नहीं दी थी कि सड़क के इस्तेमाल के लिए शुल्क अदा करना पड़ेगा तथा मार्ग के निर्माण में 8 से 10 वर्ष का समय लगेगा । इसके बावजूद ये लोग कॉरिडोर के विरोध को मूर्खतापूर्ण मानते हैं। शुरुआत में एन.आइ.सी.ई. का कहना था कि कॉरिडोर के प्रयोग के लिए प्रत्येक कार से प्रति कि.मी. पचास पैसे लिए जाएंगे । लेकिन बाद में कहा गया कि यह शुल्क 1 रुपया प्रति कि.मी. प्रति कार होगा । उल्लेखनीय है कि शुल्क निर्धारण का अधिकार एन.आइ.सी.ई. के पास है और इस बात की पूरी संभावना है कि राजकीय मार्गों की खस्ता हालत को देखते हुए वह यह शुल्क कभी भी बढ़ा सकती है । अतः यह साफ है कि संपूर्ण परियोजना में सिर्फ कॉरिडोर की बात ही क्यों प्रचारित की गई । परियोजना के प्रायोजकों के आदेश पर काम कर रहे कुछ बड़े नौकरशाहों और राजनीतिज्ञों की मूक स्वीकृति के बिना यह काम नहीं किया जा सकता था । इस तथ्य पर विशेष ध्यान देने की जरूरत है कि कर्नाटक सरकार में लोक निर्माण विभाग के एक सचिव (जो परियोजना समझौते में शामिल थे तथा परियोजना के कार्यक्रम को देख रहे थे) और एक वरिष्ठ टाउन प्लानर (जो अपनी सेवा अवधि के दौरान परियोजना से जुड़े रहे थे) को सेवानिवृत्ति के तुरंत बाद, एन.आइ.सी.ई. ने अपने यहां रख लिया ।

एक कार-धारक को बंगलौर और मैसूर की एक तरफ यात्रा करने के लिए कॉरिडोर के उपयोग पर लगभग 111 रुपये खर्च करने होंगे । बसों के लिए जो शुल्क दर तय की गई है वह 2 रुपये 70 पैसे प्रति किलोमीटर बैठती है । इसका साफ मतलब यह है कि लोगों को प्रति टिकट आठ रुपये ज्यादा देने होंगे ।

इस 111 किलोमीटर लंबे कॉरिडोर को एक दीवार कहना ज्यादा उचित होगा, क्योंकि सड़क के दोनों ओर के लोग इस पार से उस पार नहीं जा सकेंगे । इसके बारे में एन.आइ.सी.ई. ने कहा कि मार्ग के बीच-बीच में संपर्क करने या पानी के स्रोतों को जगह देने के लिए 47 क्रॉसिंगें बनाई जाएंगी । क्रॉसिंगों की कम संख्या और पशुओं की आवाजाही के मुद्दे पर जब लोगों ने विरोध किया तो एन.आइ.सी.ई. ने पशुओं के लिए

प्रत्येक आधा किलोमीटर पर रास्ता बनाने की पेशकश कर दी । लेकिन इस प्रस्ताव को आधिकारिक तौर पर जारी नहीं किया । इस कथित रास्ते की असलियत यह है कि यह 90 मीटर लंबी एक अंधेरी सुरंग होगी जिसे न तो पशु प्रयोग करेंगे और न आदमी । परियोजना के किसी भी स्तर पर इस गंभीर सामाजिक मुद्दे पर ढंग से विचार नहीं किया गया है । इसके चलते कृषि उत्पादन में होने वाली गिरावट पर भी कोई ध्यान नहीं दिया गया है ।

बी.एम.आइ.सी. परियोजना का विरोध कर रहे लोगों का कहना है कि सरकार ने इसके और विकल्पों की तरफ कोई ध्यान ही नहीं दिया । इनका यह भी कहना है कि इस कॉरिडोर की तुलना में रेल मार्ग सबसे सस्ता और दीर्घकालिक विकल्प है । इसमें कुल समय 4-5 वर्ष ही लगता और लागत आती पांच सौ करोड़ रुपये । इसके लिए भूमि अधिग्रहण नहीं के बराबर करना पड़ता; जबकि कॉरिडोर के निर्माण में समय, साधन और जमीन सभी कई गुना ज्यादा लग रहा है । इसके साथ-साथ रेल मार्ग से ईंधन और विदेशी मुद्रा की बचत होती तथा वायु प्रदूषण से बचाव होता । प्रति टन प्रति किलोमीटर के पैमाने पर सड़क कॉरिडोर रेलवे से ज्यादा खर्चीली बैठती है । ईंधन की खपत की दृष्टि से इस पर रेल के मुकाबले 7 गुना ज्यादा ईंधन लगता है । इसी हिसाब से यह ज्यादा प्रदूषणकारी भी है । इससे ईंधन का आयात बढ़ेगा और विदेशी मुद्रा का नुकसान होगा।

समाज के सभी आर्थिक समूह छोटी दूरियों या बंगलौर-मैसूर की यात्रा के लिए रेल का इस्तेमाल कर सकते हैं । इससे शहर के मुख्य केंद्रों तक सीधी पहुंच हो जाने के कारण बंगलौर में चलने वाले सड़क यातायात के घनत्व में भी कमी आएगी ।

एक कार-धारक को बंगलौर और मैसूर की एक तरफ यात्रा करने के लिए कॉरिडोर के उपयोग पर लगभग 111 रुपये खर्च करने होंगे । बसों के लिए जो शुल्क दर तय की गई है वह 2 रुपये 70 पैसे प्रति किलोमीटर बैठती है । इसका साफ मतलब यह है कि लोगों को प्रति टिकट आठ रुपये ज्यादा देने होंगे । रिंग रोड से बंगलौर जाने के लिए लिंक रोड के उपयोग पर भी अलग से शुल्क देना होगा । गौर करें कि ये दरें 2001 की हैं, जबकि अभी कॉरिडोर के निर्माण का काम शुरू भी नहीं किया गया है । स्पष्ट है कि यह कॉरिडोर गरीब और मध्यम वर्ग के लिए नहीं है ।

विशेषज्ञों के मुताबिक, रेलवे ट्रैक पर प्रत्येक 15-20 मिनट के अंतराल पर दोनों तरफ से ट्रेनें आ-जा सकती हैं । इसका मतलब यह है कि हर घंटे कम से कम, 3000-4000 लोग यात्रा कर सकते हैं । शताब्दी एक्सप्रेस अपनी निर्धारित दूरी को बिना कहीं रुके 2 घंटों में पूरा कर लेती है । डबल ट्रैक के बिछ जाने और उसके विद्युतीकृत हो जाने के साथ-साथ अगर सिग्नल व्यवस्था और यातायात नियंत्रण प्रणाली दुरुस्त कर दी जाए तो दो सिटी सेंटरों के बीच की दूरी को ट्रेनें 90 मिनट से भी कम समय में तय कर सकती हैं ।

रेलवे की तुलना में सड़क कॉरिडोर कहीं नहीं ठहरती, क्योंकि एक तो सड़क का विस्तार

सीमित होता है, और दूसरे, निम्न आय वर्ग के लोग इसका इस्तेमाल नहीं करना चाहेंगे। इसके साथ ही सिटी सेंटर पहुंचने में भी ज्यादा समय लगेगा ।

रेलवे के जरिए ढुलाई ज्यादा सस्ती पड़ती है । प्रति टन किलोमीटर के हिंसाब से रेलवे की ढुलाई सड़क के मुकाबले बहुत सस्ती पड़ती है । दूसरे, रेल की अधिक क्षमता भी ढुलाई की दर को कम कर देती है । सड़क कॉरिडोर पर ट्रक के लिए जो शुल्क तय किया गया है, वह 1.75 पैसे प्रति टन किलोमीटर बैठता है। अब अगर यह मान लें कि किसी ट्रक में 10 टन माल है तो उसकी ढुलाई पर 17.50 रुपया प्रति किलोमीटर के हिसाब से ज्यादा खर्च करना पड़ेगा ।

रेल व सड़क कॉरिडोर के लाभों के इस तुलना से यह बात साफ हो जाती है कि एक्सप्रेस-वे के मुकाबले रेलवे एक ज्यादा बेहतर विकल्प है ।

यह बात साफ है कि सड़क कॉरिडोर और नगर क्षेत्र की यह परियोजना पूरी तरह आभिजात्य हितों से प्रेरित है । कोई भी उच्च आर्थिक हैसियत का कार-धारक यह नहीं चाहेगा कि समय बचाने के लिए, उसे आम व्यय के साथ 222 रुपये अलग से देने पड़ें। अतः एक्सप्रेस-वे कुछ ऐसे ऊंचे व्यवसायियों के लिए ही लाभकारी हो सकता है जो हर एक या दो साल बाद नई कारें खरीद लेते हैं । सिर्फ ऐसे सम्पन्न लोग ही समय बचाने के लिए इतना मोटा खर्च बर्दाश्त कर सकते हैं । एक आम कार- धारक इतनी जल्दी कार नहीं बदलता । वैसे भी हमारे यहां कार एक पूरे परिवार के लिए होती है और वह शहर में आने-जाने के लिए ही ज्यादा इस्तेमाल की जाती है । इस प्रकार, कॉरिडोर पर कारों की संख्या बहुत सीमित ही रहेगी । अगर अन्य बातें छोड़ भी दी जाएं तब भी केवल कॉरिडोर की शुल्क-दरें ही उसके औचित्य को खत्म कर देंगी । यह बात स्पष्ट है कि नगर क्षेत्र केवल इस परियोजना के अहम अंग ही नहीं हैं, बल्कि इस परियोजना की आय के भी स्रोत होंगे और इन नगरों के विकास पर सरकार पूरी तरह चुप्पी साधे है । अगर ये नगर नहीं बनते हैं तब फिर इतनी चौड़ी, खर्चीली और पर्यावरणीय हानि पहुंचाने वाली परियोजना का औचित्य ही खत्म हो जाता है । बी.एम.आइ.सी. विरोधियों ने इस सारे मामले को 'जमीन घोटाले' की संज्ञा दी है । ▢

यह लेख अक्टूबर 2000 में लिखा गया था ।

रिक्शा : पर्यावरण समस्या और गरीबी से लड़ने का हथियार

आजकल दिल्ली की सड़को । पर 'सी.एन.जी.' साइकिल रिक्शे धड़ल्ले से चल रहे हैं । यह कोई मजाक की बात नहीं है । जबसे सर्वोच्च न्यायालय ने दिल्ली में सार्वजनिक बसों को सी.एन.जी. से चलाने का आदेश दिया है, रिक्शों ने अपनी बॉडी पर सी.एन.जी. लिखवाकर अपने आपको प्रदूषण रहित योग्य वाहन घोषित कर दिया है -- भले ही, उन्हें इन सड़कों पर उन्मुक्त होकर घूमने का अधिकार न हो और ट्रैफिक पुलिस व नगर निगम के लोग उन्हें जब्त कर लेते हों ।

दिल्ली के साइकिल रिक्शा पर चर्चा के प्रसंग में पृथ्वी सम्मेलन का जिक्र करना जरूरी है । पूरी दुनिया में पर्यावरण और गरीबी के मुद्दे गर्मागर्म बहस के केंद्र में है । अब यह तय हो चुका है कि अगर पृथ्वी को बचाना है तो इन समस्याओं का निदान ढूंढे बिना कोई चारा नहीं है। तीनों पृथ्वी सम्मेलन (1972 में स्टॉकहोम, 1992 में रियो डी जिनेरो और 2002 में जोहांसबर्ग) इसी सचाई को जोरदार ढंग से उठाते हैं ।

"महज कुछ हजार सार्वजनिक बसों को सड़क से हटा लेने से प्रदूषण कैसे रुक सकता है, जबकि दिल्ली की सड़कों पर 35 लाख से अधिक कारें, स्कूटर, मोटर साइकिलें इत्यादि निजी वाहन दौड़ लगा रहे हैं । हर महीने इसमें दस हजार वाहन और शामिल हो रहे हैं । मगर इन पर रोक नहीं लगी, जबकि दिल्ली के कुल प्रदूषण में लगभग 70 प्रतिशत इन्हीं का योगदान है।"

मगर विकसित यानी अमीर देश अपनी जिम्मेवारी से पल्ला छुड़ाने की जुगत में पर्यावरण को क्षति पहुंचाने का दोषी गरीब देशों को ठहरा रहे हैं; जबकि उनकी उपभोग और हर चीज को व्यापार में बदलने की प्रवृति के कारण पूरी दुनिया भयंकर प्रदूषण की चपेट में है । भूमंडलीकरण के बहाने वे इन गरीब देशों में अपनी मंडियों का विस्तार कर रहे हैं और संयुक्त राष्ट्र के जरिये अपने लिए इन देशों में संरचनात्मक सुविधाएं हासिल कर रहे हैं ।

साइकिल रिक्शा के जरिए भारत (खासकर दिल्ली) में पर्यावरण, गरीबी और भूमंडलीकरण के आपसी संबंध और उसके प्रभाव को समझा जा सकता है । पिछले वर्षों में दिल्ली में गरीबों पर भारी कहर बरपा। पहले प्रदूषण रोकने के नाम पर हजारों फैक्टरियों को जबरिया बंद किया गया । फिर सैकड़ों झुग्गी बस्तियों को उजाड़ कर उन्हें पुनर्वास के नाम पर शहर से बहुत दूर फेंक दिया गया । तब सार्वजनिक परिवहन के साधनों -- बसों और थ्रीव्हीलरों -- को बंद करने के लिए मजबूर किया गया। इन पर आरोप था कि ये धुंआं उगलते हैं जिससे पर्यावरण को भारी क्षति पहुंचती है । सी.एन.जी. की पर्याप्त उपलब्धता न होने के बावजूद इन्हें इसी ईंधन से चलाने को बाध्य किया गया ।

इसका व्यावहारिक अर्थ यह निकला कि दिल्ली के गरीबों का जीवन तबाह हो गया ।

फैक्टरियों के बंद होने के बाद जिन्होंने रिक्शा में अपना भविष्य तलाशा झुग्गी बस्ती उजड़ने के बाद उनसे यह रोजगार भी छिन गया । सी.एन.जी. से बसों को चलाने के सर्वोच्च न्यायालय के आदेश के बाद बस किराये में भारी बढ़ोतरी हुई । सरकारी बसों की किल्लत के कारण बस पास के जरिये शहर में सफर करना असंभव हो गया ।

रिक्शा चालक शहर के सबसे गरीब आदमियों में से हैं । वे इस पूरी परिघटना को गरीबों के खिलाफ एक सोची-समझी रणनीति मानते हैं जिसका पर्यावरण समस्या को हल करने से कुछ भी लेना-देना नहीं है । रिक्शा चालक कहते हैं कि ''महज कुछ हजार सार्वजनिक बसों को सड़क से हटा लेने से प्रदूषण कैसे रुक सकता है, जबकि दिल्ली की सड़कों पर 35 लाख से अधिक कारें, स्कूटर, मोटर साइकिलें इत्यादि निजी वाहन दौड़ लगा रहे हैं । हर महीने इसमें दस हजार वाहन और शामिल हो रहे हैं । मगर इन पर रोक नहीं लगी, जबकि दिल्ली के कुल प्रदूषण में लगभग 70 प्रतिशत इन्हीं का योगदान है ।'' जाहिर है, फैक्टरियों और डीजल से चलने वाले सार्वजनिक वाहनों से प्रदूषण का खतरा इनकी तुलना में आधा से भी बहुत कम है । इनको बंद करके दरअसल ऑटो लॉबी के लिए नए वाहन बेचने का ही रास्ता तैयार किया जा रहा है । न्यायालय इस लॉबी को, अनजाने ही सही, भरपूर मदद कर रहे हैं ।

भूमंडलीकरण के इस दौर में व्यापार सर्वोपरि है । दिल्ली में इसके लिए उपयुक्त माहौल बनाने का प्रयास जोर-शोर से जारी है । बड़े पैमाने पर संरचनात्मक निर्माण कार्य हो रहे हैं। मेट्रो रेल, बहुमंजिले पुल, भूमिगत पैदल पार पथ, इत्यादि इसी कड़ी में हैं । कहा जा रहा है कि इससे जाम की समस्या खत्म हो जाएगी । मगर दिल्ली यातायात पुलिस ने अभी दो-तीन रोज पहले यह रहस्योद्घाटन किया है कि ''लोग इस मुगालते में न रहें कि सड़कों के चौड़ीकरण और फ्लाइ-ओवरों के बनने से जाम की समस्या से मुक्ति मिलने वाली है । पिछले दिनों कई पुल बनकर तैयार भी हुए हैं, मगर एक जगह से दूसरी जगह जाने में लगनेवाला समय वाहनों की भीड़ के कारण बढ़ा ही है ।'' मगर इस जाम के लिए यातायात पुलिस भी 'रिक्शा को ज्यादा जिम्मेवार मानती है,' रिक्शे के विभिन्न सड़कों पर चलने पर लगा प्रतिबंध इसी तथ्य को उजागर करता है ।

''लोग इस मुगालते में न रहें कि सड़कों के चौड़ीकरण और फ्लाई-ओवरों के बनने से जाम की समस्या से मुक्ति मिलने वाली है। पिछले दिनों कई पुल बनकर तैयार भी हुए हैं, मगर एक जगह से दूसरी जगह जाने में लगनेवाला समय वाहनों की भीड़ के कारण बढ़ा ही है।''

प्रधानमंत्री ने एक साल पहले ही यह महसूस कर लिया था कि भूमंडलीकरण और उदारीकरण गरीबों पर उलटा असर डाल रहे हैं । इसलिए इसे मानवीय चेहरा प्रदान करने के लिए उन्होंने 23 अगस्त 2001 को दिल्ली के उपराज्यपाल के नाम एक पत्र में लिखा, ''अब शहरी समाज के सबसे गरीब तबके से जुड़े फेरीवालों और रिक्शा चालकों की लाइसेंस प्रणाली में सुधार करने का समय आ गया है ताकि वे बिना भयादोहन के अपनी सामान्य आजीविका चला सकें । इससे यह संदेश जाएगा कि नीतिगत सुधार का लाभ सिर्फ संपन्न व मध्य वर्ग को ही नहीं, गरीब वर्ग को भी मिलेगा ।'' लेकिन इसे लागू करने के लिए जो उपाय बताया गया था उसमें पूरे दिल्ली शहर को हरे, पीले और लाल जोन में बांटने की बात कही गई थी। 'लाल जोन' यानी पूर्णतः प्रतिबंधित इलाका -- दिल्ली यातायात पुलिस ने इसे पहले की तुलना में बढ़ा दिया । प्रतिबंध इस तरह लगाया

गया कि पीले (कुछ समय के लिए प्रतिबंधित) जोन में भी पहुंचने के लिए रास्ता पाना कठिन हो गया । इस जोन में समय इस तरह निर्धारित किया गया कि कमाई वाले समय में रिक्शा चलाया ही नहीं जा सकता है । सुबह-शाम ही रिक्शा चालकों को सवारियां मिलती हैं। मगर इसी समय इन सड़कों पर रिक्शा चलाने की मनाही होती है। 'खग जाने खग हिय की भाषा' वाली कहावत चरितार्थ हुई । रिक्शे को लाइसेंस प्रणाली से मुक्ति नहीं मिली, मगर उसपर प्रतिबंध का शिकंजा कस गया । स्मरणीय है कि दिल्ली में करीब 4 लाख रिक्शे चलते हैं जिनमें सिर्फ 73 हजार ही लाइसेंसी हैं । नगर निगम के नियम के मुताबिक, दिल्ली में लाइसेंस प्राप्त रिक्शों की अधिकतम संख्या 99 हजार से ज्यादा नहीं हो सकती है ।

दरअसल, अंतर्राष्ट्रीय स्तर पर अमीर देश गरीब देशों के साथ जो धोखाधड़ी कर रहे हैं, वही काम हमारे देश की सरकारें कर रही हैं । ये बहुराष्ट्रीय कंपनियों को सुविधा पहुंचाने के लिए उनके मार्ग की बाधाएं हटाने में जी-जान से जुटी हैं । गरीब आदमी के पास क्रय-शक्ति नहीं होती, इसलिए वह बाजार के लिए फालतू चीज है, फिर इस खूबसूरत शहर में उसका क्या काम ? मगर इन्हें यह नहीं पता कि गरीबी चाहे कहीं भी हो उससे बचकर कोई भी सरकार विकास के रास्ते पर नहीं बढ़ सकती है ।

रिक्शा को बढ़ावा देने में ही भारत जैसे देश का कल्याण है । दिल्ली में प्रदूषण की समस्या से लड़ने में इससे मदद मिलेगी, क्योंकि यह धुंआं नहीं उगलता है । रिक्शे में किसी भी ईंधन का प्रयोग नहीं होता, इसलिए इसके प्रोत्साहन के जरिए पेट्रोलियम पदार्थों की बचत होगी। फलतः हमारा विदेशी मुद्रा भंडार भी ज्यादा सुरक्षित रहेगा । आज हमें पेट्रोलियम पदार्थों पर जो एक बड़ी रकम खर्च करनी पड़ती है, वह बचेगी। इस रिक्शे से लाखों लोगों को रोजगार मिलता है । इससे इतने लोगों के रोजगार के बारे में सरकार की चिन्ता खत्म हो जाएगी। रिक्शे से प्रतिबंध हटने से इस दिशा में शोध कार्य के लिए भी अवसर खुलेंगे। इससे रिक्शा एक ऐसा वाहन बन सकेगा जो न्यूनतम मानव श्रम से सुगमतापूर्वक चलाया जा सकेगा ।

अभी तो यह पूरा व्यवसाय एक तरह से अवैध है । कानूनी तौर पर विधवा या अपंग ही अधिकतम पांच रिक्शों के मालिक हो सकते हैं । दूसरा कोई भी व्यक्ति एक से ज्यादा रिक्शे नहीं रख सकता है । वस्तु स्थिति यह है कि नगर निकायों में बड़े पैमाने पर भ्रष्टाचार है, इसलिए गरीब रिक्शा चालक को अपना रिक्शा पास कराने के लिए बहुत पापड़ बेलना पड़ता है। उसे 50 रुपये की जगह लाइसेंस बनवाने के लिए 7-8 सौ रुपये तक खर्च करने पड़ते हैं । मगर रिक्शा मालिकों से रिश्वत लेकर नगर निगम के प्रशासनिक अधिकारी गैर-लाइसेंसी रिक्शा चलाने की इजाजत देते हैं। ये अधिकारी अपने को सख्त दिखलाने के लिए जब तब रिक्शों की धर-पकड़ करते हैं और इन्हें 15 दिन तक नहीं छुड़ाने पर तोड़ भी देते हैं । एक रिक्शे पर नगर निगम द्वारा किया जाने वाला न्यूनतम जुर्माना 325 रुपये है जो प्रतिदिन 25 रुपये बढ़ता जाता है। यह रिक्शा अकसर गरीब रिक्शा चालक का होता है । ज्ञातव्य है कि मोटर वाहनों पर चालान शुल्क सिर्फ

नई तकनॉलाजी : किसकी सेवा में

यह बिलकुल असंभव है कि साइकिल रिक्शा की तकनीक में परिवर्तन की ईमानदार चर्चा हो और नागपुर के रिक्शा चालक शेख जब्बार का नाम न आए। 1988 में इन्होंने दो गियर के रिक्शे की नई तकनालॉजी विकसित की। गांधीवादी तकनीशियन बिनू काले ने सरकारी मदद से इनसे 24 रिक्शे बनवाकर रिक्शा चालकों में बांटे भी। शेख जब्बार के पास न तो इंजीनियरिंग की डिग्री थी और न ही अपने शोध को व्यापार में बदलने के लिए पैसा। इसलिए इस देशी तकनीक ने यहीं दम तोड़ दिया ।

10 जुलाई 2000 को दिल्ली की मुख्यमंत्री शीला दीक्षित ने खूब धूम-धड़ाके के साथ बीस 'आधुनिक रिक्शे' की एक खेप का उद्घाटन किया । इस रिक्शे की तकनीक को दो देशी-विदेशी गैर-सरकारी संगठनों ने मिलकर विकसित किया था। मीडिया ने इस घटना को सर आंखों पर बिठाकर खूब प्रचारित किया । मगर बाद में मुख्यमंत्री इन रिक्शों को लाइसेंस दिलाने की बात भूल गईं । ये 'आधुनिक रिक्शे' परंपरागत रिक्शे से वजन में कम थे, इनकी सीट चौड़ी थी, सीट के ऊपर छतरी थी, इसमें गियर प्रणाली थी, इसके पायदान नीचे थे, इसकी बॉडी लोहे के पाइप की बनी थी जिसका गुरुत्व केंद्र नीचे था । इससे भी ज्यादा खूबियों वाले इस रिक्शे की यह आधुनिक तकनीक यहीं ठहर गई। इस समारोह से आगे इसमें न तो मुख्यमंत्री की रुचि है, न इस तकनीक को विकसित करने वालों की और न ही मीडिया की ।

इन दिनों दिल्ली में चल रहा नए किस्म का रिक्शा वह रिक्शा नहीं है जिसका उद्घाटन मुख्यमंत्री ने किया था । 'आधुनिक रिक्शे' को देखकर रिक्शा मालिकों ने भांप लिया था कि परंपरागत रिक्शे में मामूली परिवर्तन करके अपनी कमाई बढ़ाई जा सकती है। इसलिए उन्होंने परंपरागत रिक्शे की वाई चेसिस पर लोहे की बॉडी रखवाकर इस रिक्शे को तैयार कराया। यह परंपरागत रिक्शे से भी थोड़ा भारी है । इस परिवर्तन के कारण यह रिक्शा थोड़ा फैंसी हो गया है। अब यह संपन्न तबके की सवारियों को भी लुभाने लायक बन गया है । मगर रिक्शा मिस्त्री के लिए इस रिक्शे में उतना ही काम है जितना परंपरागत रिक्शे में । जहां तक रिक्शा चालक की बात है उसे अब भी बैल की तरह जुतना है । क्या नई, क्या पुरानी -- सब तकनॉलाजियां बराबर हैं उसके लिए। ☐

सौ रुपये है। यातायात पुलिस भी यातायात नियमों के उल्लंघन के नाम पर रिक्शों को पकड़कर घंटों रोके रखती है । इससे उस दिन रिक्शा चालक की दिहाड़ी मारी जाती है।

कई बार पुलिस रिक्शे के ट्यूब-टायर में सूआ घोंपकर पंचर कर देती है । इससे समय और पैसे की बरबादी होती है। रिक्शा चालक असंगठित हैं, इसलिए इन ज्यादतियों का विरोध करने में वे असमर्थ हैं ।

रिक्शा से अपनी जीविका चलाने वाले ये लोग आम तौर पर देश के विभिन्न भागों से आए हैं, इनमें से बहुत कम लोग हैं जो खास तौर से दिल्ली के हैं । रिक्शा चालकों में आधे बिहार के हैं । बाहरी तौर पर 'मानवीय सम्मान' और 'गरिमा' के खिलाफ लगने वाले इस पेशे को रिक्शा चालक 'आत्म-सम्मानपूर्ण' मानते हैं । एक रिक्शा चालक बताता है, ''हम लोग गांव से काम की तलाश में यहां आए हैं। वहां काम तो नहीं ही है और काम मिल भी जाता है तो मजदूरी बहुत कम मिलती है । मालिक से बेइज्जत भी होना पड़ता है ।'' एक दूसरा रिक्शा चालक कहता है, ''हम यहां गरीब हैं, गुलाम नहीं; गांव में गरीब और गुलाम दोनों थे ।''

यातायात पुलिस भी यातायात नियमों के उल्लंघन के नाम पर रिक्शों को पकड़कर घंटों रोके रखती है। इससे उस दिन रिक्शा चालक की दिहाड़ी मारी जाती है । कई बार पुलिस रिक्शे के ट्यूब-टायर में सूआ घोंपकर पंचर कर देती है । इससे समय और पैसे की बरबादी होती है। रिक्शा चालक असंगठित हैं, इसलिए इन ज्यादतियों का विरोध करने में वे असमर्थ हैं।

वैश्वीकरण और उदारीकरण से ग्रामीण आबादी की विपन्नता बढ़ी है । जंगल-जमीन से बेदखली ने रोजगार के उनके परंपरागत साधनों को छीना है । उद्योगबंदी और छंटनी के फलस्वरूप लोग बड़े पैमाने पर रोजगारविहीन हुए हैं । रोजगार के अस्थायित्व और असुरक्षा से बेरोजगारी में भारी वृद्धि हुई है। छोटे-छोटे उद्योगों की तबाही ने इसमें और इजाफा ही किया है । ऐसी दशा में रिक्शा रोजगार का एक विकल्प बन गया है। दिनेश कहता है, ''फैक्टरियां बंद हो रही हैं। गांव में हमारे लायक कोई काम नहीं है । थोड़ी जमीन पर पूरे परिवार का गुजारा संभव नहीं है । खेती भी तभी फायदा देती है जब उसमें खाद-पानी दिया जाए। खाद-पानी के लिए भी तो पैसे चाहिए । इसलिए और कोई उपाय न देखकर मैंने रिक्शा चलाना शुरू किया ।''

आज जबकि पूरी दुनिया में सूखा, बाढ़ और अकाल की स्थिति है तब पर्यावरण और गरीबी से लड़ने का एक हथियार रिक्शा भी हो सकता है -- इसे आत्मसात करने में देरी अक्लमंदी का काम नहीं है । दिल्ली के हुक्मरान इस संदेश को जितनी जल्दी पढ़ सकें, इसी में हम सबकी भलाई है । ▢

हिंदुस्तान, 21 सितंबर, 2002

साइकिल-रिक्शा में तकनीकी सुधार का रिक्शा चालकों पर प्रभाव

आजादी के पचास वर्षों में देश ने कई क्षेत्रों में तकनीकी तौर पर उल्लेखनीय विकास किया है। नयी सदी में प्रवेश करते-करते भारत सूचना क्रांति के क्षेत्र में आकाश की ऊंचाई छूने लगा है । लेकिन यह तकनीकी विकास एक विशेष वर्ग की पहुंच एवं सुविधा-प्राप्त समाज को और अधिक अवसरों से लैस करना ही साबित हो रहा है । वंचितों व कमजोरों द्वारा उपयोग में लाई जा रही तकनीक एवं उनके जीविकोपार्जन से जुड़ी तकनीक में सुधार की बात अभी भी बेमानी है। अगर तकनीकी सुधार या विकास समाज के सबसे नीचे रह रहे तबकों के जीवन-स्तर को आगे बढ़ाने में मदद नहीं कर रहा हो तब उसे संदेह की दृष्टि से देखना लाजिमी हो जाता है ।

आज भारत में करोड़ों लोग रिक्शा चलाकर जीविकोपार्जन करते हैं। इस क्षेत्र में अरबों रुपये की आर्थिक लेन-देन होती है । लेकिन सरकारी योजनाओं एवं आंकड़ों में इसके बारे में कोई जानकारी उपलब्ध नहीं है । भारत में साइकिल रिक्शे का प्रचलन कितना आम है, इसके लिए किसी सरकारी आंकड़े का मुहताज होना नहीं पड़ेगा । लेकिन साइकिल चालकों के लिए हमारे यहां की सड़कों पर अघोषित परिस्थितिजन्य पाबंदी लगती जा रही है । साइकिल रिक्शा चालक जान की जोखिम पर सड़कों पर चलते हैं, क्योंकि इनके लिए सड़कों पर सुरक्षित लेन प्रदान करना सरकारी योजना की फाइलों तक पहुंच भी नहीं पाया है ।

आज भारत में करोड़ों लोग रिक्शा चलाकर जीविकोपार्जन करते हैं । इस क्षेत्र में अरबों रुपये की आर्थिक लेन-देन होती है। लेकिन सरकारी योजनाओं एवं आंकड़ों में इसके बारे में कोई जानकारी उपलब्ध नहीं है ।

आज से कुछ वर्ष पूर्व नागपुर के एक रिक्शा चालक जब्बार भाई ने अपनी सूझबूझ से रिक्शा की तकनीक में गियर प्रणाली का विकास किया था । परंतु सरकारी मदद की कमी एवं व्यक्तिगत खराब माली हालत की वजह से वे उस तकनीक को आगे नहीं बढ़ा पाए।

1998 में आइ.टी.डी.पी. ने भारत के रिक्शा में तकनीकी सुधार की एक योजना बनाई, जिसमें भारतीय सामाजिक संगठन **लोकायन** एवं **त्रिचक्र** ने सहयोग दिया। इस योजना के लिए आर्थिक मदद यू.एस.एड. ने दिया । यू.एस.एड. ने पहली बार मानव चालित वाहन की प्रौद्योगिकी के आधुनिकीकरण के लिए सहायता प्रदान की है । इससे पूर्व इसी तरह की परियोजनाओं को भारत सरकार के साथ ही कनाडा की *सी.आइ.डी.ए.*, स्वीट्ज़रलैण्ड की *एस.के.ए.टी.* और *आइ.एल.ओ.* द्वारा सहायता प्राप्त हो चुकी है । पहले की इन परियोजनाओं में पर्यावरणीय मानकों की बजाय गरीबी-उन्मूलन को आधार बनाकर सहायता प्रदान की गई थी ।

भारतीय साइकिल रिक्शा परियोजना, मानव निर्मित सांस्कृतिक धरोहर ताजमहल (जो मोटर गाड़ियों की वजह से होने वाले वायु-प्रदूषण से लगातार क्षतिग्रस्त हो रहा है) को बचाने के लिए *यू.एस. एड.* एवं *यू.एस.ई.पी.ए.* के संयुक्त प्रयास का परिणाम है । इससे पूर्व बिजली एवं अन्य वैकल्पिक ईंधनों द्वारा चलने वाले वाहनों के विकास पर केन्द्रित, *यू.एस.एड.* द्वारा सहयोग प्राप्त ऐसे अन्य कार्यक्रमों को बहुत सीमित सफलता ही मिल पाई है।

यू.एस.एड. द्वारा साइकिल रिक्शा सुधार परियोजना को वित्तीय सहायता मिलने में लगभग दो साल का विलम्ब हुआ; क्योंकि दो वरिष्ठ कार्यक्रम अधिकारी (जिनकी सहमति इस कार्यक्रम को सहायता प्रदान करने के लिए आवश्यक थी) इसके पक्ष में नहीं थे। *यू.एस. ई.पी.ए.* इस सम्बन्ध में धन्यवाद का पात्र है जिसने *यू.एस.एड.* मिशन निदेशक (जिन्हें लगता था कि यह परियोजना शोषण को बढ़ावा देगी) के जोरदार विरोध के बावजूद हमें पर्याप्त सहयोग किया ।

भारतीय साइकिल रिक्शा सुधार परियोजना ने उत्तरी अमरीका के दो मानव चालित वाहन अभियंताओं माटियो माणटग्नोनी एवं कार्ल मिलर को आगरा और दिल्ली में काम करने के लिए भेजा है । इनके लिए आइ.आइ.टी., दिल्ली से पढ़े दो युवा यांत्रिक अभियंता *जी. श्याम* और *एस. प्रभु*, पुराने रिक्शा निर्माताओं से मिलकर नये मॉडलों के विकास में सक्रिय सहयोग प्रदान कर रहे हैं । इस दल ने पुराने डिजाइन के मुकाबले अत्यधिक सुविधायुक्त, हल्के, कई गियर युक्त एवं आरामदेह मॉडल विकसित करने का विचार सुझाया, जो अधिकतम 25 प्रतिशत तक महंगा होगा । *ताज* के शहर आगरा में ऐतिहासिक स्मारक को प्रदूषण से होने वाले नुकसान से बचाने के लिए इस परियोजना के विकास पर ध्यान केन्द्रित किया गया ।

आगरा में आम तौर पर चलने वाले एक गियर के पुराने साइकिल रिक्शे का वजन 70- 75 किलोग्राम तक होता है, जिसकी सीट भी आरामदेह नहीं होती। परंपरागत साइकिल रिक्शे में सामने की बनावट सामान्य साइकिल की तरह और पीछे की बनावट फैले हुए लोहे की होती है, जिसमें लचकदार लोहे की दो पट्टियों में लकड़ी की सीट कसी हुई होती है । इधर कई वर्षों से लचकदार लोहे की पट्टियों की जगह सस्ते नरम लोहे का प्रयोग होने लगा है, जिससे झटका रोकने की क्षमता भी समाप्त हो गई है ।

परियोजना के दूसरे चरण की समाप्ति पर दो नये डिजाइन विकसित हुए । इसमें से एक डिजाइन रेट्रोफिट (पीछे से आरामदेह) के तौर पर जाना जाता है । इसमें सामान्य डिजाइन में पुराने ऐंगिल आयरन ढांचे एवं लकड़ी की सीट के स्थान पर लोहे के पाइप में नायलोन के निवाड़ से बुना हुआ आरामदेह सीटयुक्त रिक्शे को विकसित किया गया । बुनी हुई सीट से रिक्शे का वजन कम हुआ और झटका सहने की क्षमता भी बढ़ गई । इस छोटे से परिवर्तन की वजह से रिक्शे का वजन घट कर 64 कि.ग्रा. हो गया । गति बढ़ाने के लिए दो गियर प्रणाली भी विकसित हुई । इन दो आविष्कारों की वजह से रिक्शा

चालक द्वारा रिक्शा चलाने में लगने वाली मेहनत में 25 से 30 प्रतिशत तक की कमी आई ।

दूसरा इंटिग्रल रिक्शा विकसित हुआ, जिसमें सामने से साइकिल का फ्रेम और पीछे से ऐंगिल आयरन चेसिस की बजाय पूरा फ्रेम वाला रिक्शा विकसित हुआ। इससे रिक्शे का वजन और भी घट कर 50-54 कि.ग्रा. तक हो गया । अब इस रिक्शे के निर्माताओं द्वारा तीन गियर प्रणाली भी विकसित की गई है । यह सम्पूर्ण फ्रेम वाला रिक्शा परंपरागत रिक्शे की तुलना में काफी अच्छा है । साथ ही, दूसरे चरण के रेट्रोफिट डिजाइन के मुकाबले इसकी वास्तविक लागत भी कम है ।

दूसरे चरण की समाप्ति पर एक मोटे अनुमान के अनुसार 90, इंटिग्रल एवं रेट्रोफिट, रिक्शे बगैर किसी सहायता के आगरा में व्यावसायिक उपयोग हेतु तैयार हो चुके हैं । इनकी कीमत लगभग 110 डॉलर पड़ती है जो सामान्य रिक्शों के मुकाबले 10 से 15 डॉलर ही अधिक है । स्थानीय निर्माताओं का कहना है कि वे लोग रिक्शों को उनकी वास्तविक लागत से कहीं ज्यादा लाभ पर बेचते हैं, जबकि इसकी लागत, परंपरागत रिक्शे की लागत के मुकाबले कम है । वे अपनी लागत में कमी लाने के लिए इस नये रिक्शे को आरामदायी रिक्शे के रूप में बेचना चाहते हैं ताकि व्यापार में नयापन आ सके ।

वर्तमान समय में यह परियोजना तीसरे चरण में है । 30 सितंबर 2000 तक, तीसरे चरण की समाप्ति पर आगरा में 500 और दिल्ली में 200 नये रिक्शे सड़क पर व्यावसायिक रूप से चलने के लिए आ जाएंगे । अंतरराष्ट्रीय परियोजना समूह के किसी सदस्य की सहायता के बगैर, एक मोटे अनुमान के अनुसार, निर्माताओं द्वारा प्रतिदिन दो रिक्शे बनाये जा रहे हैं । आगरा में ताज परिसर के आस-पास वर्तमान में लगभग 100 रिक्शे चल रहे हैं । हमलोगों ने अभी इन रिक्शों के यात्रियों से साक्षात्कार भी किया है ।

ताजमहल परिसर के आस-पास बढ़ते वायु-प्रदूषण की वजह से, सस्ते वाहनों के विकल्प के अभाव में पर्यटकों की संख्या में कमी आने लगी थी। लेकिन नये साइकिल रिक्शों के आने से नये विकल्पों के साथ इस क्षेत्र में मोटरजनित यातायात पर प्रतिबंध लगाने का राजनीतिक संकल्प और भी दृढ़ हुआ है।

मानव चालित वाहन प्रौद्योगिकी में सुधार से होने वाले पर्यावरणीय प्रभावों का मूल्यांकन

जी.ई.एफ. और कुछ अन्य पर्यावरणीय सहायता एजेंसियों ने परियोजना की सहायता के लिए कुछ नियम तय किए हैं। इनके अनुसार, ''जो परियोजना जितना ही कार्बन डाइऑक्साइड गैस फैलाने में कमी लाएगी उसे उतनी ही सहायता दी जाएगी ।'' ऐसा विश्लेषण हमेशा सही नहीं होता, क्योंकि कोयले से बिजली बनाने वाले संयन्त्र में तो पर्याप्त मात्रा में कार्बन डाइऑक्साइड गैस निकलती है, जबकि यह एक महत्वपूर्ण बात है कि हमलोग मानव चालित वाहनों में तकनीकी विकास के द्वारा इन दुष्प्रभावों को कम करने में लगे हैं ।

भारत में साइकिल रिक्शा परियोजना के आधार एवं शर्तों के विश्लेषण की आवश्यकता नहीं है। ध्यान देने योग्य बात है कि यह विश्लेषण परियोजना के हिस्से के रूप में ऐसी ही अन्य परियोजनाओं हेतु सहायता एजेंसियों के लिए आधार का काम कर सकता है । इसकी पद्धति इस प्रकार है –

परियोजना समूह ने सबसे पहले नये रिक्शों के यात्रियों से साक्षात्कार किया और पूछा कि जब वे इस नये रिक्शे में यात्रा नहीं करते हैं तो कौन-सा वाहन प्रयोग करेंगे ?

इस सर्वेक्षण के परिणाम यह बताते हैं कि 48 प्रतिशत लोग मोटरजनित वाहनों का प्रयोग करेंगे । बैटरी चालित बसें केवल ताजमहल परिसर के इर्द-गिर्द ही चलती हैं, जहां अन्य मोटरजनित वाहन प्रतिबंधित हैं । फिर भी वे सीमित संख्या में चल रहे हैं। वास्तव में उसके बाद बैटरीयुक्त बसें अगला सबसे पसंदीदा वाहन हैं । यह बात सही है कि बैटरीयुक्त बसें स्थानीय स्तर पर प्रदूषण नहीं उत्पन्न करतीं और ताज परिसर को सुरक्षित रखती हैं । हालांकि इस पर लागत अधिक आती है, किंतु सरकारी अनुदान प्राप्त होने की वजह से यह दिखाई नहीं पड़ती । साथ ही, विद्युत ऊर्जा उत्पादन में प्रदूषण भी ज्यादा होता है जिससे ये बैटरी चार्ज होती है । हमारे पास इन बैटरीयुक्त बसों को दिये जाने वाले अनुदान से सम्बन्धित वास्तविक आंकड़ा नहीं है। हम अन्य बैटरीयुक्त बसों की कीमत से इसकी तुलना कर सकते हैं । सामान्यतया बैटरीयुक्त बसों की लागत आम बसों की तुलना में 35 प्रतिशत अधिक होती है । इसके बाद भारत में इन बसों के पुर्जों की भी कमी है । एक मोटे अनुमान के अनुसार, एक सामान्य बस की लागत 400,000 डॉलर होती है, जबकि बैटरीयुक्त विद्युत चालित बस की लागत 540,000 डॉलर के लगभग होती है जिसमें 140,000 डॉलर का अनुदान शामिल है । अब यदि यात्रियों को उनके रखरखाव सहित पूरी कीमत अदा करनी पड़े तो क्या स्थिति होगी ? यदि एक बस एक दिन में 10 चक्कर लगाती है और उसमें एक बार में 55 यात्री यात्रा करते हैं तो इस हिसाब से कुल 550 यात्री प्रतिदिन यात्रा करते हैं। इस तरह एक वर्ष में कुल 190,000 लोग एक बस में यात्रा कर सकते हैं । चूंकि प्रति वर्ष 30,00,000 पर्यटक ताजमहल देखने आते हैं, इस तरह इसके लिए 16 बसों की आवश्यकता होगी। एक मोटे अनुमान के अनुसार, इन बैटरीयुक्त बसों के लिए 140,000 डॉलर प्रति बस के हिसाब से कुल 22,40,000 डॉलर (2.240 मिलियन डॉलर) अनुदान की आवश्यकता होगी ।

जैसा हमारा सर्वेक्षण बताता है कि 40 प्रतिशत लोग नये रिक्शे में यात्रा के इच्छुक हैं, तो कहा जा सकता है कि हमारी परियोजना के लागू होने से अनुदान में 40 प्रतिशत तक अर्थात 900,000 डॉलर की बचत हो सकती है। हमारे आर्थिक एवं वित्तीय सर्वेक्षणों से स्पष्ट होता है कि नये साइकिल रिक्शों की कीमत पुराने रिक्शों की तुलना में स्पर्धात्मक है। यह बात अलग है कि प्रौद्योगिकी सुधार, प्रोत्साहन एवं निर्माताओं के लिए अनुदान के रूप में 3,00,000 डॉलर परियोजना व्यय में शामिल है ।

जैसा कि ज्ञात है, ताजमहल परिसर के आस-पास मोटरजनित वाहनों पर प्रतिबंध है । इसके बावजूद 8 प्रतिशत लोग इन वाहनों से यात्रा के इच्छुक हैं । यदि कुल तीस लाख पर्यटकों में से 8 प्रतिशत ही दो स्ट्रोक मोटरसाइकिल या ऑटोरिक्शा से यात्रा करें तो प्रति वर्ष 240,000 यात्राएं होंगी । यदि प्रति यात्रा 5 कि.मी. का औसत माना जाए तो इसे हटाने से ताज परिसर के आस-पास होने वाली यात्रा की कुल दूरी में 12 लाख कि.मी. तक की कमी आ जाएगी । मुम्बई में हुए *यू.आर.बी.एअर अध्ययन* (विश्व बैंक, 1997)

के अनुसार, यदि ये यात्री गैर मोटरजनित वाहनों अर्थात साइकिल रिक्शा से यात्रा करें तो प्रति कि.मी. 174.75 ग्राम या 209.7 टन प्रति वर्ष कार्बन डाइऑक्साइड के फैलाव में कमी आएगी । यह लाभ तभी मिलेगा जब परियोजना प्रभावी हो और परियोजना लागत 100,000 डॉलर प्रति वर्ष हो। इस प्रकार प्रति टन कार्बन डाइऑक्साइड के फैलाव में कमी लाने के लिए 476 डॉलर खर्च होंगे ।

कार्बन डांइऑक्साइड के फैलाव में कमी के सन्दर्भ में विद्युत चालित बैटरीयुक्त बसों के लाभ का आंकलन करना कठिन है, क्योंकि भारत में ज्यादातर बिजली का उत्पादन कोयले द्वारा ताप बिजलीघरों में होता है, जिसमें पर्याप्त मात्रा में कार्बन डाइऑक्साइड का फैलाव होता है । सही आकड़ों के अभाव में बैटरीयुक्त बसों द्वारा कार्बन डाइऑक्साइड के फैलाव में आने वाली कमी का आंकलन करना कठिन होगा ।

यू.आर.बी.-एअर अध्ययन के अनुसार हम जानते हैं कि मोटरसाइकिल एवं ऑटोरिक्शा के द्वारा प्रति कि.मी. 0.5 ग्राम टी.एस.पी. एवं 1.4 ग्राम एन.ओ.एक्स. उत्पन्न होता है। इस तरह प्रति वर्ष 600 टन टी.एस.पी. एवं 120 टन एन.ओ.एक्स. को घटाने के लिए क्रमशः 166 डॉलर एवं 833 डॉलर प्रति टन व्यय होंगे ।

बैटरीयुक्त बसों के द्वारा टी.एस.पी. एवं एन.ओ.एक्स. में कमी लाना काफी ध्यान देने योग्य है । भारत में सामान्य बसों द्वारा औसत एक कि.मी. यात्रा पर दो ग्राम टी.एस. पी. उत्पन्न होता है । अर्थात प्रति यात्री एक कि.मी. यात्रा करने पर .036 ग्राम टी.एस. पी. उत्सर्जित होता है । रही बात एन.ओ.एक्स. की तो यह 13 ग्राम प्रति बस अर्थात .23 ग्राम प्रति यात्री होता है । एक बस में 950,000 यात्री, कि.मी. प्रति वर्ष यात्रा करते हैं और एक सामान्य बस को बैटरीयुक्त बस में परिवर्तित करने से 34.2 टन टी.एस. पी. एवं 218 टन एन.ओ.एक्स. में कमी आएगी । यह ज्ञात है कि एक बैटरीयुक्त बस की अतिरिक्त लागत 140,000 डॉलर आती है । इस हिसाब से टी.एस.पी. और एन. ओ.एक्स. के फैलाव में कमी लाने के लिए क्रमशः 4,093 और 458 डॉलर प्रति टन लागत आएगी ।

कई रिक्शे वालों का कहना है कि रिक्शा चलाने में यह आजादी है कि हम अपनी मर्जी के स्वयं मालिक होते हैं, यहां किसी की डांट-फटकार सुनने को नहीं मिलती है, जहां मन करे जा सकते हैं और सो सकते हैं। हालांकि वे सोचते जरूर हैं कि रिक्शा चलाने में सामाजिक प्रतिष्ठा आड़े आती है।

इस तरह ताज परिसर के आस-पास मानव चालित रिक्शों का आधुनिकीकरण ही एकमात्र विकल्प है । बैटरीयुक्त विद्युतचालित बस के द्वारा एन.ओ.एक्स. में कमी लायी जा सकती है । हालांकि ऑटोरिक्शा से ज्यादा एन.ओ.एक्स. तो नहीं फैलता, लेकिन यह पर्याप्त स्तर पर टी.एस.पी. उत्पन्न करता है ।

यह बात अभी भी स्पष्ट नहीं है कि नये साइकिल रिक्शे को शहर के अन्य हिस्सों में किस आधार पर चलवाया जाए जो क्षेत्र पर्यटन की दृष्टि से महत्वपूर्ण नहीं हैं, जबकि प्रारम्भिक संकेत सकारात्मक हैं । हमलोगों ने ताज क्षेत्र सहित पूरे आगरा शहर में यात्रियों से साक्षात्कार किया और ऑटोरिक्शा, साइकिल, परंपरागत रिक्शा इस्तेमाल करने वालों एवं पैदल यात्रियों से यह जानना चाहा कि क्या वे नये साइकिल रिक्शा में यात्रा करने

के इच्छुक हैं । साथ ही, इससे यह भी स्पष्ट होता है कि यात्री किन वैकल्पिक वाहनों का उपयोग करने के इच्छुक हैं ।

इस सर्वेक्षण के अनुसार, 33 प्रतिशत ऑटोरिक्शा यात्रियों ने नये लेकिन सुधरे हुए मानव चालित रिक्शों पर यात्रा करने की इच्छा जतायी, यदि किराया अनुकूल हो । 90 प्रतिशत परंपरागत रिक्शा यात्रियों ने नये रिक्शों पर यात्रा करने की इच्छा जतायी । आगरा के कुल यात्रियों में से केवल 10 प्रतिशत लोग ही ऑटोरिक्शा में यात्रा करते हैं, जिससे 36 प्रतिशत टी.एस.पी. एवं 13 प्रतिशत एन.ओ.एक्स. फैलता है । बस यात्रियों से आंकड़े एकत्र नहीं किए गए, लेकिन बस का किराया इतना कम है कि उनमें से ज्यादातर लोग नये रिक्शों में यात्रा नहीं करना चाहेंगे ।

यातायात की मांग के अनुरूप आगरा शहर की व्यवस्था एवं नवीनतम घरेलू सर्वेक्षण के आंकड़ों के बगैर यह सही-सही आंकलन कर पाना मुश्किल होगा कि इस परियोजना की मदद से प्रदूषण में कितनी कमी आयी है । यह भी आंकलन कर पाना मुश्किल होगा कि शहर के अन्य हिस्सों में किस आधार पर नयी प्रौद्योगिकी को बढ़ावा दिया जाए और किन आधारों पर यात्रियों को मोटरजनित वाहनों के मुकाबले नयी प्रौद्योगिकी की ओर आकृष्ट किया जाए । पहले यह जानने की आवश्यकता होगी कि सभी माध्यमों से कुल कितने यात्री यात्रा करते हैं, औसत दूरी कितना तय करते हैं और मोटरजनित वाहनों से यात्रा करने वाले ऐसे कितने यात्री हैं जो नयी प्रौद्योगिकी की वजह से गैर-मोटरजनित वाहनों की ओर आकर्षित हुए हैं । इस सर्वेक्षण से हम मोटे तौर पर यह अनुमान लगा सकते हैं कि नये साइकिल रिक्शों की वजह से ऑटोरिक्शा यात्रियों में से 30 प्रतिशत यात्री विकसित रिक्शों में यात्रा करने के इच्छुक हैं । जैसा कि अनुमान है, बड़े शहरों में कुल 10 प्रतिशत यात्री ऑटोरिक्शा से यात्रा करते हैं । इस आधार पर कहा जा सकता है कि आगरा में कुल 2,00,000 यात्री 5 कि.मी. औसत दूरी के हिसाब से प्रतिदिन ऑटोरिक्शा में यात्रा करते हैं। यदि इनमें से 30 प्रतिशत यात्री प्रतिदिन गैर मोटरजनित रिक्शों में यात्रा करने लगते हैं तो 3,00,000 कि.मी. की यात्रा भारी प्रदूषण से मुक्त हो सकती है । इससे प्रति वर्ष 52,425 टन कार्बन डाइऑक्साइड के फैलाव में कमी आ सकती है । साथ ही, 150 टन टी.एस.पी. एवं 30 टन एन.ओ.एक्स. के फैलाव में भी प्रति वर्ष कमी आ सकेगी ।

एक मोटे अनुमान के अनुसार, दिल्ली और आगरा की वायु में विषाक्त तत्वों का स्तर *विश्व स्वास्थ्य संगठन* के मानदंड से 100 गुना ज्यादा है । *विश्व स्वास्थ्य संगठन* के अनुसार, वायु में विषाक्त तत्वों की थोड़ी भी मात्रा हानिकारक है । यही कारण है कि आगरा में काफी संख्या में लोग श्वांस की बीमारी से पीड़ित हैं। परियोजना समूह के सदस्यों को भी परियोजना की कार्यावधि में श्वांस की बीमारी का सामना करना पड़ा । वहां मोटर वाहनों के धुंएं में सीसा की मात्रा, कार्बन मोनोऑक्साइड एवं जमीनी स्तर पर ओजोन की मात्रा भी विश्व स्वास्थ्य संगठन के मानदंड से ज्यादा है । ऐसा मोटर वाहनों से पर्याप्त मात्रा में निकलने वाले धुंआं की वजह से है ।

ताजमहल परिसर के आस-पास बढ़ते वायु-प्रदूषण की वजह से, सस्ते वाहनों के विकल्प के अभाव में पर्यटकों की संख्या में कमी आने लगी थी । लेकिन नये साइकिल रिक्शों के आने से नये विकल्पों के साथ इस क्षेत्र में मोटरजनित यातायात पर प्रतिबंध लगाने का राजनीतिक संकल्प और भी दृढ़ हुआ है ।

वास्तव में एक ऑटोरिक्शा चालक ने हमारे नये रिक्शे को खरीदने के लिए अपने वाहन को बेच दिया (यानि कम लागत में ज्यादा कमाई का जरिया मिल गया) । एक ऑटोरिक्शा निर्माता ने नमूने के तौर पर दो रिक्शे खरीदे और उ.प्र. की राजधानी लखनऊ में इसके निर्माण की संभावना तलाश रहा है । ऑटोरिक्शा उद्योग भी हवा में होने वाले प्रदूषण की वजह से काफी राजनीतिक दबाव में है । नये साइकिल रिक्शा चालकों में यह आत्मविश्वास उभर कर आया है कि वे भी अब किसी से कम नहीं हैं, जबकि रिक्शा चलाना सामाजिक स्तर पर छोटे दर्जे का काम माना जाता है । इस वैचारिक कमी को नये रिक्शों ने कम किया है । कुछ लोगों ने तो अपने रिक्शा को स्टीरियो, सामान रखने की जगह और अन्य साधनों से सजाया भी है ।

यू.एस.एड. मिशन की निदेशिका अपने इस विचार से सचमुच लज्जित हुईं जब उन्होंने महसूस किया कि यह परियोजना शोषण को बढ़ावा देगी । जब अमरीकी राष्ट्रपति बिल क्लिण्टन 2000 के बसन्त में ताजमहल देखने आये, तो विद्युत चालित एवं सी.एन.जी. चालित वाहनों के साथ उनका स्वागत किया गया जो *यू.एस.एड.* की सहायता से ताज के आस-पास और भारत में अन्य जगहों के वातावरण में सुधार के लिए विकसित किया गया है । मेरी जानकारी के अनुसार, इन वाहनों में विद्युत चालित बजाज (ऑटोरिक्शा) के अलावा कोई भी वाहन व्यावसायिक रूप से सफल नहीं है । विद्युत चालित बजाज केवल काठमांडू (नेपाल) में ही बिकता है, क्योंकि वहां पारंपरिक बजाज पर प्रतिबंध है। यदि *यू.एस.एड.* मिशन की निदेशिका इस विचार को पसन्द नहीं करती हैं, तो सीनेट के विदेशी मामलों की समिति के अध्यक्ष सिनेटर जेस हेल्म्स से अनुरोध करना थोड़ा मुश्किल होता । *यू.एस.ई.पी.ए.* द्वारा चीन में विद्युत चालित साइकिल के विकास के लिए जैप (ZAP) साइकिल हेतु 20,000 डॉलर सहायता का मामला अमरीकी कांग्रेस में राजनीतिक रूप से उलझ कर रह गया । अंतिम बात जो हमलोग जानना चाहते हैं कि उत्तरी कैरोलिना के वरिष्ठ सीनेटर द्वारा यह कहना कि अमरीकी टैक्स से प्राप्त डॉलर साइकिल रिक्शा के विकास के लिए खर्च किए जा रहे हैं, उत्तरी कैरोलिना के आम आदमी को स्पष्ट नहीं हुई होगी ।

नये साइकिल रिक्शा चालकों में यह आत्मविश्वास उभर कर आया है कि वे भी अब किसी से कम नहीं हैं, जबकि रिक्शा चलाना सामाजिक स्तर पर छोटे दर्जे का काम माना जाता है। इस वैचारिक कमी को नये रिक्शों ने कम किया है। कुछ लोगों ने तो अपने रिक्शा को स्टीरियो, सामान रखने की जगह और अन्य साधनों से सजाया भी है ।

हमने अपनी परियोजना को बचाने के लिए परियोजना के सहभागियों पर होने वाले प्रभावों की जानकारियों को एकत्र किया है । हमने नये रिक्शा के मालिकों से साक्षात्कार किया और नये रिक्शा से होने वाले आय के बारे में अध्ययन किया । नये रिक्शा की जिज्ञासा तो एक वजह है ही, नया रिक्शा आरामदेह भी है और इससे रिक्शा मालिकों की औसत आय भी 50 प्रतिशत तक बढ़ गई है ।

आगरा में ताजमहल के पास ताजगंज क्षेत्र में रिक्शा वालों की औसत आय 110 रुपये प्रतिदिन है अर्थात प्रतिदिन 3 डॉलर से भी कम; जबकि पूरे आगरा शहर में रिक्शा वालों की औसत आय 60 से 90 रुपये (1.5 डॉलर से 2 डॉलर) प्रतिदिन है । यह विश्व बैंक द्वारा अंतर्राष्ट्रीय स्तर पर गरीबी रेखा के लिए न्यूनतम आय सीमा, एक डॉलर के आस-पास है। इस तरह ये सभी रिक्शा वाले गरीब माने जाएंगे ।

हमारे साक्षात्कार के अनुसार, बगैर कुशलता वाली अन्य नौकरियों में जिन्हें अक्सर विस्थापित जनसंख्या दैनिक रोजगार के तौर पर अपनाती है (जैसे फैक्टरी में काम, दैनिक मजदूरी और कृषि कार्य आदि) औसत आय 50 रुपये (1.18 डॉलर) प्रतिदिन होती है। हमारे साक्षात्कार में इन अन्य विकल्पों के मुकाबले रिक्शा चालकों की लागत एवं आय को दर्शाया गया है, यह आय उससे बेहतर ही है । दूसरी बात यह कि अन्य कामों में, बन्द फैक्टरियों में असुरक्षित स्थिति की वजह से स्वास्थ्य की समस्या का सामना करना पड़ता है; जबकि इन परिस्थितियों के मुकाबले खुले वातावरण में काम करना ज्यादा बेहतर विकल्प है। कई रिक्शे वालों का कहना है कि रिक्शा चलाने में यह आजादी है कि हम अपनी मर्जी के स्वयं मालिक होते हैं, यहां किसी की डांट-फटकार सुनने को नहीं मिलती है, जहां मन करे जा सकते हैं और सो सकते हैं। हालांकि वे सोचते जरूर हैं कि रिक्शा चलाने में सामाजिक प्रतिष्ठा आड़े आती है ।

अर्थशास्त्र में नोबुल पुरस्कार विजेता डा. अमर्त्य सेन के अनुसार, गरीबों की आय क्षमता में वृद्धि करके ही गरीबी-उन्मूलन कार्यक्रम में सफलता प्राप्त की जा सकती है ।

नये साइकिल रिक्शा इस्तेमाल कर रहे 33 रिक्शे वालों से लिये गये साक्षात्कार के आधार पर हमारे विश्लेषण आधारित हैं । इनकी आय 50 प्रतिशत से भी ज्यादा बढ़कर 150 रु. से 200 रु. तक हो गयी है । रिक्शे वालों द्वारा मालिकों को अदा किया जाने वाला किराया 15 से 25 रु. ही है, जो पुराने रिक्शे के बराबर है । लेकिन नये रिक्शे से गरीबों की आय में सीधी बढ़ोतरी हुई है । आय में वृद्धि इसलिए हुई है कि नये रिक्शे के आरामदेह होने की वजह से ज्यादा यात्री आकर्षित होते हैं और ज्यादा किराया अदा करने को तैयार रहते हैं ।

साइकिल रिक्शा जिन क्षेत्रों में प्रतिबंधित है वहां गरीबों को अन्य रोजगार की तलाश में भटकना पड़ता है, जिनकी मजदूरी रिक्शे की आय के मुकाबले कम होती है । इस तरह साइकिल रिक्शा पर प्रतिबंध से गरीबों की आय पर सीधा प्रभाव पड़ता है ।

ऐसी स्थिति में यह जनसंख्या ऑटोरिक्शा के द्वारा रोजगार प्राप्त करना चाहती है, लेकिन ऑटोरिक्शा का संचालन खर्च एवं किराया दोनों ही अधिक पड़ता है । मोटे तौर पर ऑटोरिक्शा का दैनिक किराया 75 रु. से 80 रु. पड़ता है । ऑटोरिक्शा के द्वारा आय तो बढ़ती है, लेकिन किराये पर ऑटोरिक्शा चलाने वालों को थोड़ी ही अधिक आय हो पाती है, क्योंकि इसमें संचालन खर्च और आर्थिक जोखिम ज्यादा होता है । यदि ऑटोरिक्शा में बैटरी चालित मोटर लगवाया जाए तो दैनिक किराये में वृद्धि हो जाएगी,

इससे यह गरीबों की पहुंच से और भी बाहर हो जाएगा ।

दूसरी बात यह है कि नये रिक्शे के सुधरे हुए मॉडल में चालकों के ऊपर कार्य का भार भी कम पड़ता है, जबकि कम आय वर्ग के लोगों को अन्य कार्य में औसत कार्यभार काफी ज्यादा पड़ता है । इसी तरह के एवं समान वजन के साइकिल रिक्शे भारत के अलावा न्यूयार्क, सैनफ्रांसिस्को, डेनवेर, बाउल्डर, सवाना, मियामी, एम्स्टर्डम, प्राग एवं क्राकोव सहित संयुक्त राज्य अमरीका के 40 शहरों में चल रहे हैं । आगरा में इन रिक्शों के चालकों को काफी कम किराया मिलता है, इसके अलावा पश्चिम के शहरों के मुकाबले अन्य किसी मामले में इनका शोषण नहीं होता है ।

बांग्लादेश में साइकिल रिक्शा वालों के स्वास्थ्य पर हुए अध्ययन के अनुसार, सामान्य परिस्थिति में दो व्यक्तियों को बैठाकर रिक्शा खींचने में अन्य मजदूरी के मुकाबले कम तनाव पड़ता है । खेती एवं भवन निर्माण जैसे अन्य मानवीय मजदूरी में कार्य का तनाव ज्यादा होता है । इन सामान्य परिस्थितियों में यदि नये रिक्शावाले पर्याप्त भोजन लेते हैं तो उनका स्वास्थ्य ठीक रहता है, जबकि पुराने रिक्शा चालकों को उसके डिजाइन की वजह से जांघ, पीठ एवं कंधों में खिंचाव एवं दर्द का सामना करना पड़ता है ।

यदि सड़क की स्थिति खराब हो, हवा चल रही हो और रिक्शे पर 130 कि.ग्रा. से ज्यादा भार हो या चढ़ाई-युक्त सड़क हो और रिक्शाचालक पर्याप्त भोजन न ले रहा हो, तभी शरीर की स्थिति अन्य कामों में लगे मजदूरों की तरह हो सकती है ।

सामान्य परिस्थिति में दो व्यक्तियों को बैठाकर रिक्शा खींचने में अन्य मजदूरी के मुकाबले कम तनाव पड़ता है। खेती एवं भवन निर्माण जैसे अन्य मानवीय मजदूरी में कार्य का तनाव ज्यादा होता है। इन सामान्य परिस्थितियों में यदि नये रिक्शावाले पर्याप्त भोजन लेते हैं तो उनका स्वास्थ्य ठीक रहता है ।

आगरा में सड़क की स्थिति बेहतर है, हवा भी कम चलती है, लेकिन कहीं-कहीं चढ़ाई-युक्त सड़कें हैं । नये रिक्शे में गियर लग जाने से शरीर के तनाव में 17 प्रतिशत तक की कमी आती है । नये रिक्शे का वजन 80 कि.ग्रा. से घटाकर 55 कि.ग्रा. तक कर दिये जाने से, 130 कि.ग्रा. तक वजन ले जाने में 13 प्रतिशत तक कम मेहनत लगती है । अच्छी बेयरिंग, टायर और एक्सिल की वजह से रिक्शे में झटका भी कम लगता है। इस तरह मोटे तौर पर मेहनत में एक तिहाई की कमी आ जाती है । हमारे परीक्षण में आगरा के चढ़ाई वाले क्षेत्रों में अन्य मजदूरी के मुकाबले इन रिक्शों में कम मेहनत और ज्यादा लाभ महसूस किया गया ।

भारत में कार्बन डाइऑक्साइड एवं टी.एस.पी. के फैलाव में कमी लाने के लिए विद्युत एवं अन्य वैकल्पिक ईंधनों के मुकाबले साइकिल रिक्शा की प्रौद्योगिकी का आधुनिकीकरण ज्यादा लाभकारी सिद्ध हुआ है । यदि इसे सफलतापूर्वक व्यावसायिक रूप से लागू किया जाए तो इस परियोजना में प्रदूषण हटाने के मुकाबले लागत कम ही महसूस होगी । वास्तव में यदि इसे पूरे भारत में लागू कर दिया जाए तो रिक्शा प्रौद्योगिकी के क्षेत्र में हम इसे एक टिकाऊ प्रौद्योगिकी विकास प्रक्रिया के तौर पर शुरू कर सकते हैं । विश्व भर में इस परियोजना से लाभान्वित होने वाले लोग दुर्बल आय वर्ग से हैं, जबकि वैकल्पिक ईंधन के द्वारा वाहनों के विकास परियोजना से दीर्घावधि में बहुराष्ट्रीय कम्पनियों को ही लाभ होने वाला है ।

फिर भी, इस किस्म की परियोजना द्वारा वायु-प्रदूषण में कमी के लाभों का विश्लेषण संभव है । यह संभव है कि खुले विचारों वाली सहायता एजेन्सियों को मानव चालित वाहनों के लाभ के बारे में समझाया जाए कि यह ग्रीनहाउस गैस के प्रभावों एवं अन्य उत्सर्जन को कम करने में वैकल्पिक ईंधन विकास परियोजना के मुकाबले ज्यादा लाभकारी है ।

चूंकि इस परियोजना से बहुराष्ट्रीय कम्पनियों को सीधे लाभ नहीं मिलता, इसलिए व्यावसायिक घरानों द्वारा सहायता प्राप्त संस्थान, पर्याप्त राजनीतिक दबाव नहीं बना पाते हैं । इसी वजह से इस तरह की परियोजना हेतु अच्छे पर्यावरण और साइकिल पसन्द करने वाले समुदायों के लिए राजनीतिक दबाव बनाना मुश्किल हो जाता है। ▩

इस लेख के सह-लेखक हैं आइ.टी.डी.पी., न्यूयार्क के निदेशक वाल्टर हुक । यह लेख मूल रूप से अंतर्राष्ट्रीय साइकिल कांफ्रेंस 18-22 जून 2000 एम्स्टर्डम, नीदरलैण्ड में लेखकों द्वारा पढ़ा गया था। यह लेख उसका परिवर्तित रूप है।

खतरे में पैदल यात्री !

महिलाओं के अनुभव

मनुष्य सबसे पहले पैदल चलना सीखता है । पैर उसके आवागमन का सबसे आरंभिक, महत्वपूर्ण एवं आत्मनिर्भर साधन है । यह उसके लिए शारीरिक जरूरत भी है और अनिवार्य आवश्यकता भी। दुनिया में हर व्यक्ति को पैदल चलने की जरूरत होती है। कोई शारीरिक स्वास्थ्य के लिए पैदल चलता है और कोई अर्थोपार्जन के लिए । पैदल यात्रा दुनिया में अपने तरह का एकमात्र आपातकालीन परिवहन माध्यम है । पैर की तुलना किसी अन्य वाहन से करना न जरूरी है और न ही प्रासंगिक। इसीलिए अब विकसित समाजों में भी जमीन के उपयोग को पुनर्परिभाषित किया जा रहा है तथा उसके अनुरूप योजनाओं में परिवर्तन लाया जा रहा है, जिससे पैदल यात्री को आवागमन के रास्ते में महत्वपूर्ण स्थान दिया जा सके। भारत की एक विशिष्ट आर्थिक व सामाजिक संरचना है । इसकी वजह से 'पैदल चलना' एक समुदाय के जीविकोपार्जन के लिए अनिवार्य है तो दूसरे के लिए शारीरिक श्रम न करने की वजह से डॉक्टरी हिदायत ।

आधुनिक काल में सड़कों का उपयोग करने वालों में 'पैदल यात्री' सबसे कमजोर और तिरस्कृत समुदाय है। इन तिरस्कृत और कमजोर माने जाने वाले यात्रियों के अन्दर 'महिला पैदल यात्रियों' की स्थिति सबसे दयनीय और कमजोर है । महिला पैदल यात्रियों को एक तरफ पैदल यात्रा से संबंधित ढांचागत असुविधा झेलनी पड़ती है, दूसरी तरफ उन्हें महिला होने की वजह से अपने साथ पुरुष सह-यात्रियों से मानसिक और शारीरिक परेशानी उठानी पड़ती है। अभी तक हमारी सड़क योजनाएं पुरुषोन्मुख योजनाएं रही हैं। इन योजनाओं में महिलाओं की जरूरतों एवं उनकी मूलभूत सुविधाओं को अनदेखा किया जाता रहा है ।

महिला पैदल यात्रियों को एक तरफ पैदल यात्रा से संबंधित ढांचागत असुविधा झेलनी पड़ती है, दूसरी तरफ उन्हें महिला होने की वजह से अपने साथ पुरुष सह-यात्रियों से मानसिक और शारीरिक परेशानी उठानी पड़ती है।

हमारे शहरों का निरन्तर फैलाव हो रहा है । इसके बावजूद शहरी आर्थिक गतिविधियों, सांस्कृतिक परिवेश और सामाजिक ढांचे पर उन सब तत्वों का दबाव रहता है जो भारत के ग्रामीण और कस्बाई इलाकों में हैं । हमारे यहां पुरुषों की तुलना में घर से बाहर काम करने वाली महिलाओं की संख्या काफी कम है । अब भी हमारे समाज में महिलाओं का बड़ा हिस्सा घर के कामकाज में ज्यादा दखल रखता है, बनिस्बत बाहरी कामों के। आमतौर पर घरों से बाहर निकलने वाली महिलाओं को चार श्रेणियों में रखा जा सकता है :

1. कामकाजी व नौकरी-पेशा महिलाएं,

2. कामगार एवं स्वरोजगारी महिलाएं,

3. घरेलू महिलाएं,

4. अध्ययन-अध्यापन में लगी महिलाएं।

1. कामकाजी व नौकरी-पेशा महिलाएं

इस श्रेणी में वैसी महिलाएं हैं जो सरकारी और गैर-सरकारी दफ्तरों, कारखानों व दुकानों में नौकरी करती हैं । इन्हें अपने घर से बस स्टैण्ड एवं बस स्टैण्ड से कार्यस्थल तक पैदल आना-जाना पड़ता है । यदि कार्य-स्थल घर के नजदीक हो तो अधिकांश महिलाएं वहां पैदल आना-जाना ज्यादा पसंद करती हैं ।

2. कामगार एवं स्वरोजगारी महिलाएं

इस श्रेणी की महिलाएं अपने परिवार के जीविकोपार्जन के लिए दैनिक मजदूरी एवं छोटे-मोटे स्वरोजगार करती हैं । इसके लिए वे अपने घर से कार्यस्थल तक पैदल ही आती-जाती हैं । स्वरोजगारी महिलाएं घूम-घूम कर सामान बेचती हैं, उन्हें दिन भर पैदल चलना पड़ता है ।

3. घरेलू महिलाएं

इस श्रेणी की महिलाओं का ज्यादा समय घर के कामकाज में बीतता है । वे अपनी घरेलू जरूरतों के लिए आसपास के बाजारों में आती-जाती हैं । वे अपने बच्चे-बच्चियों को स्कूल जाने के लिए बस तक छोड़ने एवं लाने जाती हैं ।

4. अध्ययन-अध्यापन में लगी महिलाएं

आर्थिक रूप से कमजोर एवं मध्यम वर्ग की लड़कियां आमतौर पर अपने घर के पास के स्कूलों में अध्ययन करती हैं । वे पैदल ही विद्यालय आया-जाया करती हैं । इसी तरह महाविद्यालयों एवं विश्वविद्यालयों की छात्राएं कभी अकेले एवं कभी समूह में पैदल यात्रा करती हैं । आसपास की शिक्षण-संस्थाओं में पढ़ाने वाली कुछेक महिलाएं भी पैदल यात्रा करती हैं ।

'महिला पैदल यात्रियों' के अनुभव एवं उनकी परेशानियां

1. इन दिनों सभी शहरों की सड़कों का चौड़ीकरण एवं सौन्दर्यीकरण किया जा रहा है। इसमें 'पैदल पथ' की चौड़ाई या तो बहुत कम कर दी गई है या समाप्त । पुरुष यात्री किसी भी तरह पैदल यात्रा कर लेते हैं, लेकिन 'महिला पैदल यात्रियों' के लिए इन रास्तों से गुजरना मानसिक और शारीरिक रूप से कष्टकर होता है । संकरे पैदल पथ का लाभ उठाकर मनचले पुरुष सह-यात्रियों को महिला यात्रियों के साथ छेड़छाड़ करने व धक्का

लगाने का मौका मिल जाता है ।

2. पैदल पथों पर कहीं-कहीं पुरुष शौचालय की सुविधा उपलब्ध है, महिलाओं के लिए ऐसी सुविधा शायद ही कहीं हो । अगर यह सुविधा होती भी है तो उसका रखरखाव एवं देखरेख नहीं होती है । इससे उसका उपयोग करना महिला यात्रियों के लिए मुश्किल होता है। अगर कहीं देखरेख हो भी रही है तो वह भी पुरुषों के द्वारा । इस वजह से महिलाएं उस सुविधा का लाभ उठाने में झिझकती हैं ।

3. पिछले कुछ दिनों से 'नई दिल्ली नगरपालिका परिषद' ने 'कारपोरेट कम्पनियों' को जन-सुविधा केन्द्र स्थापित करने का ठेका दिया है । इन जन-सुविधा केन्द्रों में अगर कोई पुरुष पेशाबघर का इस्तेमाल करता है तो उससे 50 पैसे शुल्क लिया जाता है, जबकि महिलाओं से 2 रुपये शुल्क वसूला जाता है । पूछने पर तर्क दिया जाता है कि पता नहीं, महिलाएं अन्दर जाकर क्या इस्तेमाल करेंगी । इन जन-सुविधा केन्द्रों की देख-रेख के लिए पुरुषों को ही रखा गया है । इस तरह नई दिल्ली नगरपालिका परिषद द्वारा बनाए जा रहे जन-सुविधा केन्द्रों में महिलाओं को भेदभावपूर्ण तथा निर्लज्जतापूर्ण व्यवहार झेलना पड़ रहा है ।

पैदल पथों पर कहीं-कहीं पुरुष शौचालय की सुविधा उपलब्ध है, महिलाओं के लिए ऐसी सुविधा शायद ही कहीं हो। अगर यह सुविधा होती भी है तो उसका रखरखाव एवं देखरेख नहीं होती है। इससे उसका उपयोग करना महिला यात्रियों के लिए मुश्किल होता है। अगर कहीं देखरेख हो भी रही है तो वह भी पुरुषों के द्वारा। इस वजह से महिलाएं उस सुविधा का लाभ उठाने में झिझकती हैं।

4. नई दिल्ली नगरपालिका परिषद क्षेत्र में शुल्क सहित जन-सुविधा केन्द्रों के निर्माण से वे महिलाएं तो लाभान्वित होंगी जो आर्थिक तौर पर सम्पन्न हैं; परन्तु उन महिलाओं का क्या होगा, जिनकी दिनभर की आमदनी से मुश्किल से उनकी रोटी का जुगाड़ हो पाता है । इस प्रकार जन-सुविधा केन्द्र आम लोगों को सुविधा देने के बजाय कुछ लोगों के धन कमाने का जरिया बन गए हैं ।

5. अधिकतर जन-सुविधा केन्द्रों की स्थापना पदयात्री पथों तथा आसपास की हरी पट्टियों पर कब्जा कर की जा रही है । इससे या तो पैदल पथ की चौड़ाई कम हो गई है या समाप्त। इसके अलावा बड़े पैमाने पर हरी पट्टियों को नष्ट किया जा रहा है ।

6. पैदल यात्रा करने वाली महिलाओं में ऐसी महिलाओं की संख्या बहुत है जो अपने रोजगार के लिए दिन भर इधर-उधर पैदल चलती हैं । इन महिलाओं को पैदल यात्रा के दौरान कहीं कुछ समय के लिए भी आराम करने की जगह उपलब्ध नहीं है ।

7. महिला पैदल यात्रियों के लिए पैदल पथों पर पीने के पानी की सुविधा नहीं है । सुविधा- सम्पन्न महिलाएं तो बाजार से पानी खरीदकर पी लेती हैं, लेकिन गरीब महिलाएं प्रदूषित पानी पीने को मजबूर हैं ।

8. कामगार महिलाएं अपने काम पर आने-जाने के दौरान अपने छोटे बच्चों को भी साथ ले जाती हैं । पैदल यात्रा के दौरान उन्हें इस बात की आवश्यकता होती है कि कहीं आराम से बैठकर अपने छोटे बच्चे को स्तनपान या दूधपान कराएं । ऐसे स्थानों का सर्वथा अभाव है ।

9. गर्भवती एवं बीमार महिलाओं के लिए पैदल यात्रा के दौरान कहीं कोई आराम करने

की सुविधा नहीं है ।

10. जो महिलाएं अपने साथ बोझ लेकर पैदल चलती हैं, उन्हें हमेशा दुर्घटनाग्रस्त होने की आशंका बनी रहती है; क्योंकि उनके लिए संकरे पैदल पथ पर चलना एवं सड़क पार करना दुरूह कार्य होता है ।

11. पैदल यात्रा के दौरान महिलाओं को पुरुषों द्वारा छींटाकशी तथा शारीरिक छेड़छाड़ का शिकार होना पड़ता है । पुरुष पुलिसकर्मी ऐसी घटनाओं को कायदे से निपटाने की बजाय अनदेखा कर देते हैं । इससे महिलाएं ऐसी घटना होने पर भी चुप लगा जाती हैं। फलतः छेड़छाड़ में लिप्त लोगों का मनोबल बढ़ जाता है ।

12. यह भी देखने में आया है कि बस स्टॉप तथा चौराहों के इर्द-गिर्द भीड़-भाड़ वाली जगहों पर व्यस्त समयों में पान-सिगरेट की दुकानों के आसपास सिगरेट पीते, पान खाते पुरुष आती-जाती महिलाओं पर छींटाकशी करते हैं । वे लोग पैदल पथों को समूह में घेरकर खड़े रहते हैं; जहां से महिलाएं तो क्या पुरुष भी नहीं गुजर पाते हैं ।

13. विद्यालय, महाविद्यालय एवं विश्वविद्यालय के परिसरों के अंदर और आसपास अक्सर ऐसे लोगों का जमावड़ा पाया जाता है जो पैदल पथों को घेरकर खड़े रहते हैं तथा आती-जाती छात्राओं के साथ छींटाकशी एवं शारीरिक छेड़छाड़ करते हैं ।

14. भूमिगत पैदल पारपथों से गुजरने वाली महिलाओं में तब तक असुरक्षा की भावना बनी रहती है जब तक वे पारपथ से बाहर न आ जाएं । पारपथों की देख-रेख के लिए आमतौर पर कोई व्यवस्था नहीं है, यदि कहीं है तो प्राइवेट सुरक्षा गार्डों के द्वारा। इन्हें इस बात की कोई फिक्र नहीं होती है कि आती-जाती महिलाओं के साथ किस तरह की घटनाएं घट रही हैं ।

15. फ्लाईओवरों के निर्माण की योजनाओं में महिलाओं की तो बात छोड़ दें, पुरुष पैदल यात्रियों की सुविधाओं को भी समाप्त कर दिया गया है । इन योजनाओं से पैदल पथों को हटा दिया गया है तथा फ्लाईओवर के नीचे महिलाओं के सुरक्षित गुजरने की कोई व्यवस्था नहीं की गई है ।

16. पैदल पथों की डिजाइन महिलाओं की सुविधा के अनुसार नहीं बनायी गई है। पैदलपथों की ऊंचाई में एकरूपता भी नहीं है । यह ऊंचाई कहीं ज्यादा है तो कहीं कम । इससे महिलाओं को चढ़ने-उतरने में परेशानी का सामना करना पड़ता है ।

17. पैदल चलने वाली महिलाओं के अनुभव यह दर्शाते हैं कि पैदल यात्रा के दौरान सड़क से गुजरने वाली गाड़ियों तथा सहयात्रियों द्वारा दुपट्टा खींच लेने,पान का पीक फेंक देने, अश्लील हाव-भाव प्रदर्शित करने की समस्याओं का सामना करना आम बात है ।

18. मार्केट एवं सामुदायिक परिसरों में धीरे-धीरे पैदल पथों की चौड़ाई कम होती जा रही है या समाप्त कर दी जा रही है । इसके अलावा इन परिसरों में मोटर वाहनों की वजह

से पैदल पथों का अतिक्रमण हो गया है जिसका नुकसान इन परिसरों में आने-जाने वाली महिलाओं को उठाना पड़ता है । महिलाओं को कारों के काफिलों के बीच से आड़े-तिरछे होकर गुजरना पड़ता है । उस दौरान उन्हें मानसिक और शारीरिक परेशानी झेलनी पड़ती है ।

19. जेबरा क्रॉसिंग के दौरान महिलाओं को विशेष परेशानी होती है, क्योंकि सभी जेब्रा क्रॉसिंगों पर कारों द्वारा अतिक्रमण कर लिया जाता है । ट्रैफिक सिग्नल के अभाव एवं जेब्रा क्रॉसिंग से सड़क पार करने की अवधि कम होने की वजह से महिला पदयात्रियों को काफी असुविधा होती है ।

20. पैदल पथों के किनारे लगाये जाने वाले रेलिंग या तो हैं ही नहीं अथवा वे धीरे-धीरे हटाये जा रहे हैं । इसकी वजह से मोटर वाहनों द्वारा पैदल पथों पर आसानी से अतिक्रमण कर लिया जाता है । इसका खामियाजा महिला पैदल यात्रियों को भुगतना पड़ता है ।

21. धीरे-धीरे रिहाइशी परिसरों के अन्दर पैदल पथों को कम किया जा रहा है तथा बचे हुए पैदल पथों पर अवैध कार पार्किंग बना दिए गए हैं । इस वजह से उस इलाके की महिलाओं को आने-जाने में काफी असुविधा होती है । कारों की अनियंत्रित गति व भड़काऊ हॉर्न और तेज आवाज में बजाये जाने वाले संगीत कैसेटों की वजह से महिलाएं परेशानी का सामना कर रही हैं ।

परेशानियों को दूर करने के लिए कुछ सुझाव

1. ढांचागत सुधार एवं जन-सुविधा केन्द्रों व आराम-गृहों का निर्माण

i. पैदल यात्रियों के लिए 'पैदल पथ' बनाने के दौरान सरकार को उन मानदण्डों का पालन करना चाहिए जिसका सुझाव 'सड़क परिवहन मंत्रालय' द्वारा बनाई गयी कमेटी ने 'गाइड लाईन फॉर पेडेस्ट्रीयन फैसिलिटिज' नाम रपट में 1989 में दिया था।

पैदल पथों के किनारे लगाये जाने वाले रेलिंग या तो हैं ही नहीं अथवा वे धीरे-धीरे हटाये जा रहे हैं। इसकी वजह से मोटर वाहनों द्वारा पैदल पथों पर आसानी से अतिक्रमण कर लिया जाता है। इसका खामियाजा महिला पैदल यात्रियों को भुगतना पड़ता है।

ii. पैदल पथों पर एक निश्चित दूरी के अन्तराल पर सभी महिला पदयात्रियों के लिए शौचालय व पीने का पानी एवं गर्भवती, बीमार व स्तनपान कराने वाली महिलाओं के लिए आवश्यक सुविधाएं उपलब्ध कराई जाएं, जिसकी देख-रेख महिला कर्मचारियों के द्वारा हो।

iii. कामगार एवं स्वरोजगारी महिलाओं के लिए पैदल पथों पर आराम करने की सुविधा के लिए सेल्टर बनाए जाएं ।

iv. चौराहों एवं सड़क पार करने के लिए 'जेब्रा क्रॉसिंग' के पास पैदलयात्रियों के लिए ट्रैफिक सिग्नल लगाया जाए। 'जेब्रा क्रॉसिंग' से सड़क पार करने का समय वहां पार करने वाले पैदल यात्रियों की संख्या को ध्यान में रखकर निर्धारित किया जाए।

v. फ्लाईओवरों के निर्माण के दौरान पैदलयात्रियों के लिए पैदल पथ की व्यवस्था पुनः

बहाल की जाए एवं पैदल पथ के डिजाइन में महिलाओं की सुविधा का ध्यान रखा जाए।

2. प्रशासनिक पहल

i. सड़कों पर गश्त लगाने वाले पुलिसकर्मियों में महिला पुलिस की संख्या सुनिश्चित की जाए ।

ii. पैदल पारपथों की देख-रेख के लिए पुरुष सुरक्षाकर्मी के साथ-साथ महिला सुरक्षाकर्मी भी तैनात किये जाएं ।

iii. नई दिल्ली नगरपालिका परिषद द्वारा ठेके पर दिये जा रहे कार्पोरेट कम्पनियों को जन-सुविधा केन्द्रों के संचालन के अधिकार समाप्त किए जाएं तथा इन सुविधा केन्द्रों को सबके लिए निःशुल्क किया जाए ।

iv. नई दिल्ली नगरपालिका परिषद द्वारा बनाये जा रहे जन-सुविधा केन्द्रों के माध्यम से पैदल पथों एवं हरी पट्टियों पर किया जा रहा अवैध अतिक्रमण रोका जाए ।

v. विद्यालय, महाविद्यालय तथा विश्वविद्यालय आने-जाने वाली छात्राओं की पैदल यात्रा के दौरान सुरक्षा सुनिश्चित की जाए ।

vi. मोटर वाहनों द्वारा उपयोग में लाए जा रहे प्रेसर हॉर्न एवं भड़काऊ संगीत टेपों को बन्द कराया जाए ।

vii. बाजारों, सामुदायिक परिसरों एवं रिहायशी परिसरों के अंदर पैदल पथों के अतिक्रमण को रोका जाए एवं मोटर वाहनों की गति सीमा न्यूनतम की जाए ।

3. सामाजिक एवं सांस्कृतिक पहल

पैदल यात्रा के दौरान महिलाओं के साथ होने वाले शारीरिक छेड़छाड़, व्यंग्य एवं अश्लील हाव-भाव के प्रदर्शन को प्रशासनिक स्तर पर पहल करके एक हद तक कम किया जा सकता है । लेकिन इससे स्थायी निजात पाने के लिए सामाजिक एवं सांस्कृतिक स्तर पर पहल की आवश्यकता है । इसके लिए समाज के विभिन्न स्तरों पर जागरूकता अभियान चलाया जाए। सामाजिक सहयोग के माध्यम से असामाजिक तत्वों को सुधारा जा सकता है ।

इस तरह हमने देखा कि पैदलयात्री आधुनिक सड़क व्यवस्था का सबसे कमजोर अंग है और उसमें महिलाओं की स्थिति और भी बदतर है । उन्हें सड़क व्यवस्था के ढांचे की वजह से तो परेशानी का सामना करना ही पड़ता है; साथ ही, पुरुष सहयात्रियों द्वारा मानसिक और शारीरिक उत्पीड़न किए जाने से स्थिति और भी भयावह हो जाती है । इस समाज में हर किसी को पैदल चलने की आवश्यकता होती है, परंतु महिलाओं का पैदल चलना ज्यादा जोखिम का काम है ।

अतः एक ऐसी 'सड़क संस्कृति' विकसित करने की जरूरत है, ताकि समाज के सबसे कमजोर व्यक्ति को भी न्याय मिल सके।

हम यहां अपने योजनाकारों, नीति निर्धारकों तथा क्रियान्वयन में लगे कर्ताओं को गांधी की उस उक्ति की याद दिलाना चाहेंगे जिसमें उन्होंने कहा है–

''तुम्हें एक जन्तर देता हूं । जब भी तुम्हें सन्देह हो या तुम्हारा अहम तुम पर हावी होने लगे, तो यह कसौटी आजमाओ :

जो सबसे गरीब और कमजोर आदमी तुमने देखा हो, उसकी शक्ल याद करो और अपने दिल से पूछो कि तुम जो कदम उठाने का विचार कर रहे हो, वह उस आदमी के लिए कितना उपयोगी होगा । क्या उससे उसे कुछ लाभ पहुंचेगा ? क्या उससे वह अपने ही जीवन और भाग्य पर कुछ काबू रख सकेगा ? यानि क्या उससे उन करोड़ों लोगों को स्वराज्य मिल सकेगा जिनके पेट भूखे हैं और आत्मा अतृप्त है ? तब तुम देखोगे कि तुम्हारा सन्देह मिट रहा है और अहम समाप्त होता जा रहा है ।'' ■

यह लेख 28 सितंबर 2001 को नई दिल्ली में आयोजित 'पैदलयात्रियों पर राष्ट्रीय सम्मेलन' में पढ़ा गया था ।

शहरी परिवहन : कोलंबिया से सबक

"सबसे अच्छा शहर वह है जिसमें एक बच्चा अपनी तिपहिया साइकिल के साथ कहीं भी सुरक्षित आ जा सके । यदि एक बच्चे के लिए शहर अच्छा है तो वह औरों के लिए भी अच्छा ही होगा ।''

''सिर्फ सार्वजनिक परिवहन, पार्क या साइकिल लेन जैसे स्थानों पर ही समान रूप से समाज के सभी व्यक्ति मिल-जुल सकते हैं । ये वे स्थान हैं जहां राज्याध्यक्ष और सफाई कर्मचारी बिना भेदभाव के समान हैसियत से आ-जा सकते हैं ।''

इन सपने जैसी उक्तियों को गढ़ने वाला व्यक्ति है कोलंबिया की राजधानी बोगोटा का मेयर एनरिक पेनॉलोसा, जिसने अपने महज तीन साल के कार्यकाल (1998-2001) में अपने शहर को नए दृष्टिकोण से विकसित किया । इस कारण यह व्यक्ति लातीनी अमेरिका के शहरी विकास नियोजकों के पथ-प्रदर्शक के रूप में जाना जा रहा है । इतना ही नहीं, पश्चिमी देशों के योजनाकार भी उसकी योजना के मूल सिद्धांत को अपनाते हुए अपने स्थानीय सामाजिक, आर्थिक और भौगोलिक जरूरतों के अनुसार आवश्यक सुधार लागू कर रहे हैं ।

बोगोटा शहर का आर्थिक, सामाजिक, राजनीतिक और भौगोलिक चरित्र भारत और दक्षिण एशिया के शहरों जैसा ही है । यहां की 55 प्रतिशत आबादी गरीबी रेखा से नीचे रहती है। 20 प्रतिशत नौजवानों को रोजगार उपलब्ध नहीं है । अवैध ड्रग, अपहरण और लूट-पाट का धंधा यहां जोरों पर रहा है । बोगोटा राजनैतिक अस्थिरता एवं प्रदूषण की समस्या, खास कर जंगलों की कटाई, कीटनाशक दवाओं का उपयोग और वायु-प्रदूषण की समस्या के लिए भी जाना जाता रहा है । इसके साथ-साथ अवैध कॉलोनियों का निर्माण, झुग्गी-झोपड़ियों का फैलाव एवं पानी, बिजली जैसी मौलिक आवश्यकताओं से यहां की दो-तिहाई आबादी को वंचित रहना पड़ा है ।

"सबसे अच्छा शहर वह है जिसमें एक बच्चा अपनी तिपहिया साइकिल के साथ कहीं भी सुरक्षित आ-जा सके । यदि एक बच्चे के लिए शहर अच्छा है तो वह औरों के लिए भी अच्छा ही होगा ।"

ऐसी स्थिति में वहां के नियोजकों ने इन समस्याओं से निजात पाने के लिए मेट्रो रेल एवं उपरिगामी सड़कों के निर्माण जैसी पूंजी-प्रधान योजनाओं को अनुमोदित एवं लागू करने की योजना बनायी थी । ठीक उसी वक्त एनरिक पेनॉलोसा बोगोटा के मेयर पद पर चुन कर आए । वे दक्ष एवं कुशल प्रशासक तथा एक सुलझे हुए अर्थशास्त्री के रूप में जाने जाते रहे हैं । समाजशास्त्र उनकी रुचि का विषय रहा है । आने के तुरंत बाद उन्होंने पूंजी-प्रधान योजनाओं को निरस्त किया और अपने राजनैतिक सूझ-बूझ एवं

अनुभवों की नींव पर नए बोगोटा के निर्माण की आधार-शिला रखी । उन्होंने अपने राजनीतिक साथियों को संबोधित करते हुए कहा, "हां, यह एक चुनौती है। यदि राजनीतिज्ञ चुनौतियां लेने को तैयार नहीं हैं तो इसका मतलब है कि वे केवल सत्ता-शक्ति समीकरण का ध्यान रखते हैं । शायद वे इस चुनौती को लेने से इसलिए घबड़ाते हैं कि पुनः चुनकर नहीं आने का खतरा बना रहता है । तब प्रश्न उठता है कि उनका सामाजिक सरोकार क्या और कहां है – सत्ता या शहर ? आप किसको चुनते हैं ? राजनीतिज्ञों को एक का चुनाव करना होता है – शहर, आम लोग, शहर का भविष्य यानी बच्चे या सत्ता-शक्ति समीकरण ? क्योंकि, राजनीति से ही परिवर्तन होता है ।"

यही वह दृष्टि थी जिसने पेनॉलोसा को बेहतर बोगोटा के लिए प्रेरित किया । 'क्या बच्चा कारों के आतंक में विकास कर सकता है?' यह प्रश्न उनके अंदर बार-बार उमड़ता रहा। इसका उत्तर था – नहीं, नहीं, नहीं । पेनॉलोसा ने निश्चय किया कि शहर को कार-मुक्त कराने की दिशा में पहल लेनी है । एक और मंत्र मिला इस सोच से, "5,000 वर्षों तक पूरी दुनिया के शहर ऐसे थे जिनमें पैदल ही आया-जाया जाता था । पुरानी पेंटिंगें दिखाती हैं कि लोग कैसे घोड़ों और घोड़ागाड़ियों के साथ आपस में मिलते-जुलते थे । ऐसे वाहन कहीं किसी से टकरा भी जाते थे तो शायद ही कभी जानलेवा दुर्घटना होती थी । बच्चे लगभग हमेशा सड़क पर होते थे और घर से दूर बिल्कुल सुरक्षित चले जाते थे । तीसरी दुनिया के कम आय वाले लोग आज भी पैदल हैं, जैसा 200 वर्ष पहले के नगरों में थे। इनके पास आधुनिक सुख-साधनों का अभाव हो सकता है, लेकिन वहीं समृद्ध सामुदायिक जीवन है और इनके बच्चे गलियों में खेलते हैं ।" इस सोच ने पेनॉलोसा को प्रेरित किया कि नगर परिवहन-व्यवस्था ऐसी बनानी है जिसमें पैदल चलने वालों को भरपूर तरजीह मिले ।

मनुष्य स्वाभाविक रूप से पैदल है । जन्म के साथ ही उसे दो पैर मिलते हैं । वह इन्हीं के साथ अपनी यात्रा शुरू करता है । ये पैर ऐसा वाहन हैं जो अमीर के पास भी होते हैं और गरीब के पास भी । प्रकृति की नजर में सब बराबर हैं । इसलिए सबके दो ही पैर हैं – न कम, न ज्यादा । इन पैरों से कहीं भी आना-जाना संभव है – अगर बना-बनाया रास्ता हो तो और भी अच्छा ।

एनरिक पेनॉलोसा को अपने समय का पूरा-पूरा ज्ञान है । वह कहते हैं, "हम उत्तर-साम्यवाद युग में रहते हैं जिसमें बहुतों ने समता का स्वांग कर रखा है, क्योंकि सामाजिक लक्ष्य गायब है । हमने सोच लिया है कि केवल आर्थिक विकास पर केंद्रित होना है, क्योंकि अन्य सामाजिक लक्ष्य इसी से निष्कर्ष रूप में निकलेंगे। मेरा मानना है कि ऐसा दृष्टिकोण सामाजिक या राजनीतिक रूप से टिकाऊ नहीं है । विगत 300 वर्षों से अधिक समय से समता और न्याय की तलाश सामाजिक आंदोलनों, क्रांतियों और युद्धों को संचालित करने वाली सबसे शक्तिशाली ताकत रही है । यह सही है कि आज दुनिया के ज्यादातर देशों ने समाज के अधिकांश संसाधनों के प्रबंधन के लिए सबसे बेहतर रास्ते के रूप में बाजारोन्मुख अर्थव्यवस्था और निजी संपत्ति को चुना है । यह बिल्कुल सत्य है कि बाजारोन्मुख अर्थव्यवस्था आय की असमानता पैदा करती है । तब समानता के दूसरे प्रकारों का निर्माण करना जरूरी है जिसके जरिए सामाजिक संगठन की वैधता को समर्थन मिले । यद्यपि बाजारोन्मुख अर्थव्यवस्था में अवधारणा के रूप में आय की समानता खत्म नहीं हो जाती, हम जीवन की समानता की गुणवत्ता को पाने की कोशिश कर सकते हैं ।" इस कथन से पता चलता है कि पेनॉलोसा राजनीतिक रूप से कितना परिपक्व

हैं । 'जीवन की समानता की गुणवत्ता' पर बल देते हुए पेनॉलोसा ने बोगोटा के नियोजन में एक क्रांतिकारी परिवर्तन ला दिया । इस मेयर के मजबूत नेतृत्व, लोकप्रिय समर्थन और राजनीतिक प्रतिबद्धता के चलते नगर को एकदम नया रूप मिला ।

हर योजना और नियोजन इस प्रकार से निर्धारित की गई जिससे समाज के अधिकतम लोगों को लाभ पहुंचे। गरीबों की भी बस्तियों में पार्क बनाए गए जहां लोग आपस में मिल-जुल सकें और मुक्त हवा में सांस ले सकें । इनके लिए उच्च गुणवत्ता वाले मकान बनाए गए ताकि इन्हें स्लम में रहने को मजबूर न होना पड़े। इनके बच्चों की शिक्षा के लिए बेहतर स्कूल बनाए गए ताकि ये बच्चे भी समान नागरिक होने में पिछड़ न जाएं। एक बेहतर परिवहन-व्यवस्था खड़ा करने की दिशा में कदम बढ़ाया गया ताकि गरीब से गरीब आदमी भी पूरे नगर में कहीं से कहीं कम खर्च में निर्भय होकर आ-जा सके । चौपाल और खेल की सुविधाएं भी मुहैया कराई गईं । सार्वजनिक परिसरों को अधिकाधिक रूप से पारदर्शी बनाया गया – ऊंची दीवारों की जगह लोहे के जाल लगाए गए ताकि लोग बाहर से ही देख सके कि अंदर क्या कुछ गतिविधियां चल रही हैं ।

मनुष्य स्वाभाविक रूप से पैदल है । जन्म के साथ ही उसे दो पैर मिलते हैं । वह इन्हीं के साथ अपनी यात्रा शुरू करता है । ये पैर ऐसा वाहन हैं जो अमीर के पास भी होते हैं और गरीब के पास भी । प्रकृति की नजर में सब बराबर हैं । इसलिए सबके दो ही पैर हैं – न कम, न ज्यादा । इन पैरों से कहीं भी आना-जाना संभव है – अगर बना-बनाया रास्ता हो तो और भी अच्छा । पैर एक इंसान को जीविकोपार्जन की जगह ही नहीं ले जाते, ये हर उस जगह ले जाते हैं जहां वह जाना चाहता है । अपनी मंजिल पर पहुंचकर मनुष्य अपने पैरों से अलग नहीं हो जाता । ये पैर हर वक्त उसके साथ होते हैं – खान-पान की टेबुल हो, अध्ययन कक्ष हो, बेड रूम हो या और कोई जगह । इसलिए 'पैदल सामुदायिक स्थानों' के महत्त्व का मूल्य आंकना एकदम असंभव है । हम गणितीय तरीके से यह नहीं बता सकते कि फुटपाथ, पैदल सड़क और पार्क मनुष्य को खुश रखने में कितना योगदान करते हैं । नगर को नजदीक से देखने और देखने का आनंद लेने के लिए पैदल से बढ़िया कोई विकल्प नहीं हो सकता । बोगोटा की नगर-व्यवस्था में पैदल को अधिक से अधिक जगह देने की वजह यही है । इस व्यवस्था के चलते हर नागरिक को कहीं भी पैदल आने-जाने में सहूलियत है । पैदल यात्रियों के लिए नगर में जगह-जगह ओवरपास और अंडरपास बने हुए हैं और इनकी समुचित देखरेख भी की जाती है ।

साइकिल पैर से चलती है । इसलिए इसे चलाने में किसी और ईंधन की जरूरत नहीं होती। इसे गरीब आदमी भी खरीद सकता है, कारों की तरह इसे खरीदने के लिए किसी बड़ी रकम की आवश्यकता नहीं । कारें जहां एक आदमी से दूसरे को अलग करती हैं, साइकिलें इन्हें परस्पर जोड़ती हैं । पैदल की तरह, साइकिल से चलते हुए भी प्रकृति और समाज से सतत रिश्ता बना रहता है । ये दोनों साधन प्रकृति को एकदम नुकसान नहीं पहुंचाते और न ही किसी को दुर्घटनाग्रस्त करते हैं । साइकिलें आवागमन को सुगम

बनाती हैं । इनसे कहीं से कहीं भी जाया जा सकता है । अगर इनके अनुकूल रास्ते हों तो फिर क्या कहना ! साइकिल और समाज की जरूरतों को देखते हुए पूरे बोगोटा शहर में पिछले तीन वर्षों में 300 कि.मी. लंबे साइकिल पथ का निर्माण किया गया है और यह प्रक्रिया अब भी जारी है। साइकिलों की सुरक्षा एवं सुविधा के लिए नगर निकाय के नियमों-अधिनियमों में विशेष प्रावधान किए गए हैं । साइकिलों को मोटर वाहनों की टक्कर से बचाने के लिए खास तरह के इंतजाम किए गए हैं – मोटर वाहन लेन और साइकिल लेन को ठोस पदार्थों के जरिए अलग किया गया है, केवल पेंटिंग-रेखाओं द्वारा नहीं। यह सब तब शुरू किया गया जब महज 0.3 फीसदी आबादी घर से कार्यस्थल जाने के लिए साइकिल का इस्तेमाल करती थी । साइकिल पथ बनने के बाद साइकिल चालकों की संख्या 5 फीसदी हो गई है ।

एनरिक पेनॉलोसा कहते हैं, ''साइकिल पथ का महत्त्व परिवहन और पर्यावरण की दृष्टि से तो है ही; इसके परे यह मानव-गरिमा के प्रति सम्मान को भी व्यक्त करता है । साइकिलों का इस्तेमाल करने वालों में से ज्यादातर लोग कम आय वाले नागरिक हैं । मासिक परिवहन खर्च में बचत इनके लिए बहुत महत्त्व रखती है । कुछ वर्षों पहले सड़क पर साइकिल चालक को एक विध्न-बाधा डालने वाले तत्त्व के रूप में देखा जाता था । आज एक सुरक्षित और संरक्षित पथ पर साइकिल चालक लोकतंत्र का गवाह है । सुरक्षित साइकिल पथों का उतना ही महत्त्व है जितना साइकिल चालकों की सुरक्षा । वे प्रतीक की तरह हैं जो दिखाता है कि 20 डॉलर की साइकिल पर सवार नागरिक का महत्त्व उतना ही है जितना 1 लाख डॉलर की कार पर सवार नागरिक का ।''

पैदल और साइकिल- दोनों साधन प्रकृति को एकदम नुकसान नहीं पहुंचाते और न ही किसी को दुर्घटनाग्रस्त करते हैं। साइकिलें आवागमन को सुगम बनाती हैं । इनसे कहीं से कहीं भी जाया जा सकता है । अगर इनके अनुकूल रास्ते हों तो फिर क्या कहना !

व्यस्त समयों में नगरों की सड़कों पर कारों पर प्रतिबंध से बड़ी आबादी को कई तरह से फायदे पहुंचते हैं। इससे न केवल सड़क पर वाहनों की भीड़ कम होती है, बल्कि लोगों की यात्रा में लगने वाला समय भी बचता है । साइकिलों और पैदल यात्रियों को अलग सुविधा मुहैया कराने के बावजूद बोगोटा में प्रतिदिन सुबह और शाम के व्यस्त समयों में कारें प्रतिबंधित रहती हैं । प्रतिदिन 35 फीसदी कारें कार-लाइसेंस प्लेट के क्रम से सड़क पर नहीं रहतीं । इस तरह हर कार सप्ताह में दो दिन गैराज में पड़ी रहती है । 1997 में शहर के 110 कि.मी. मुख्य सड़क पर प्रत्येक रविवार को 7 घंटे के लिए सभी मोटर वाहनों के चलने पर रोक लगना शुरू हुआ । इस दिन लगभग 15 लाख लोग इस सड़क का उपयोग मनोरंजन और उत्सव के लिए करते हैं । अच्छा मौसम होने पर इस दिन इस मार्ग पर करीब 10 लाख लोग साइकिल की सवारी करते हैं । 2000 की फरवरी में बोगोटा में पहला कार-फ्री डे मनाया गया । तब से हर साल यह मनाया जाता है । इस दिन सभी निजी कारों पर पूर्णतः प्रतिबंध रहता है । कार प्रतिबंध के बारे में पेनॉलोसा की टिप्पणी है, '' बोगोटा में कार पर प्रतिबंध का मतलब है ट्रैफिक में कमी यानी बस में सफर करने वाले लोगों के समय में बचत । तब लोगों के पास अपने बच्चों और परिवार के साथ रहने का ज्यादा वक्त मिलता है । बस में होने वाली थकावट में कमी आती है, जिससे वे ज्यादा ऊर्जा के साथ अपने काम में लगते हैं । कम मोटर वाहनों का अर्थ है

— कम सड़क निर्माण और इसकी देखरेख पर होने वाले खर्चे में कटौती । इस सार्वजनिक कोष का उपयोग गरीबों की जरूरतों को पूरा करने में किया जा सकता है । सार्वजनिक परिवहन में सामाजिक एकीकरण लोकतंत्र को वैधता प्रदान करता है । और चूंकि लोग सार्वजनिक परिवहन के किसी खास रूप के उपयोग के लिए बाध्य होते हैं, बेकायदा उपनगरीय प्रसार पर रोक लगती है ।'' जाहिर है, कार पर प्रतिबंध होने से सड़क, गाड़ी, ईंधन और इनसे संबंधित दूसरे मदों में होने वाले सार्वजनिक और निजी खर्चों में भी कमी आती है। बोगोटा प्रशासन ने इस पैसे का उपयोग वहां के निवासियों के कल्याण के लिए चलाई जा रही अन्य योजनाओं पर किया है ।

बोगोटा में लगभग 25 हजार व्यक्तिगत मालिकाना वाली बसें चलती थीं । ये आम तौर पर पुरानी और प्रदूषण फैलाने वाली बसें थीं । इनके ड्राइवरों और कंडक्टरों को प्रतिदिन 12 घंटे से भी अधिक काम करना पड़ता था। ये बसें अधिक से अधिक लाभ बटोरने के लिए एक-दूसरे से होड़ करती हुईं आगे निकलने के फेरे में अकसर खुद दुर्घटनाओं का शिकार होती थीं या लोगों को रौंद डालती थीं । सड़कों पर पूरा जंगलराज था । सड़कों पर वाहनों की इतनी भीड़ थी कि इनकी गति आम तौर पर 12 कि.मी. प्रति घंटा थी । यह स्थिति शहर, यात्री, ड्राइवर और बस मालिक सभी के लिए बहुत बुरी थी।

इस स्थिति से निकलने का रास्ता मिला ट्रांसमिलेनियो से । ट्रांसमिलेनियो यानी बस आधारित सार्वजनिक परिवहन व्यवस्था । यह व्यवस्था ठीक रेल व्यवस्था की तरह काम करती है । ट्रांसमिलेनियो के अंतर्गत मुख्य सड़क के केंद्रीय भाग में दो या चार लेनें ऐसी हैं जो केवल बसों के लिए आरक्षित हैं । इनमें दूसरी ट्रैफिक के लिए प्रतिबंध है । 1999 में 16 कि.मी. बस लेन बनाई गई, लेकिन इसपर समुचित प्रबंधन नहीं था । यह लेन बोगोटा के उत्तरी और दक्षिणी भागों को एक-दूसरे से जोड़ती थी । बाद में ट्रांसमिलेनियो के प्रथम चरण में 40 कि.मी. आरक्षित बस मार्ग का विकास किया गया, दूसरे चरण में और 40 कि.मी. बस मार्ग इस साल तैयार हो जाएगा । ट्रांसमिलेनियो के अंतर्गत अब तक तीन कॉरिडोर हैं — (i) काराकस (ii) काले 80 (iii) ऑटोपिस्टा नार्ट ।

15 वर्षों में जब पूरा बस-पथ बनकर तैयार हो जाएगा तब इसकी कुल लंबाई 388 कि. मी. होगी और यह बोगोटा के कुल आवागमन ट्रिप में से 85 फीसदी का भार वहन करेगा। उस समय बस-पथ में कुल 22 कॉरिडोर होंगे ।

ट्रांसमिलेनियो के मुख्य मार्ग पर कुल 470 बसें (एक्सप्रेस और लोकल) चलती हैं । इनके साथ 300 बसें फीडर-सेवा के रूप में जुड़ी हैं, जो शहर की अन्य सड़कों पर चलती हैं। हर 500 मीटर पर बस-स्टेशन है। लोकल बसें हर बस-स्टेशन पर रुकती हैं, जबकि एक्सप्रेस बसें खास-खास स्टेशनों पर ही । मुख्य मार्ग पर चलनेवाली बसें उच्च क्षमता वाली (हाइकैपसिटी) बसें हैं । एक बस में 160 आदमी सवार हो सकते हैं। इन ट्रांसमिलेनियो बसों की सेवा प्रतिदिन 18 घंटे उपलब्ध रहती है । इसमें 9 एक्सप्रेस सेवाएं हैं और 3 लोकल सेवाएं । व्यस्त समय में ये सेवाएं हर 2 मिनट पर और सामान्य समय

में हर 6 मिनट पर हैं। व्यस्त समय में फीडर सेवाएं 3-3 मिनट के अंतराल पर उपलब्ध होती हैं । ट्रांसमिलेनियो और फीडर सेवाओं के नेटवर्क में शहर के उपनगरीय भाग को अनिवार्य तौर पर शामिल किया गया है । एक्सप्रेस बसें हर 10 या 20 स्टेशन के बाद रुकती हैं । यात्री लोकल बस से एक्सप्रेस बस में, एक लाइन की बस से दूसरी लाइन के बस में या फीडर सेवा की बस से मुख्य मार्ग की बस में आसानी से अदला-बदली कर सकता है । इस मामले में एक स्थान से दूसरे स्थान के बीच की दूरी का किराया देकर टिकट लेने के बाद उस दूरी के लिए अतिरिक्त राशि खर्च करने की जरूरत नहीं होती है । ट्रांसमिलेनियो के मुख्य मार्ग पर 58 कि.मी. की बस सेवा का लाभ प्रतिदिन लगभग 10 लाख यात्री उठा रहे हैं ।

बोगोटा में जो गैसोलिन पर 25 प्रतिशत टैक्स लगता है उसका आधा ट्रांसमिलेनियो के ढांचागत विस्तार पर खर्च किया जाता है । कोलंबिया की सरकार भी इस बस व्यवस्था पर अपने बजट का एक हिस्सा खर्च करती है । बोगोटा की तरह इस देश के अन्य शहरों में भी ऐसी परिवहन-व्यवस्था बनाने की योजना पर काम शुरू हो गया है । ट्रांसमिलेनियो के ढांचागत विकास (जिसमें उच्च गुणवत्ता के सार्वजनिक स्थल भी शामिल हैं) पर प्रति किलोमीटर लगभग 60 लाख अमेरिकी डॉलर खर्च हो रहा है, यदि मेट्रो का विकास किया जाता तो प्रति किलोमीटर इससे 16 गुना से भी ज्यादा यानी 10 करोड़ डॉलर प्रति कि.मी. खर्च आता । ट्रांसमिलेनियो की बसें सुंदर हैं । इनके संचालन का तौर-तरीका बेहतर है । इसलिए बोगोटा के लोग धीरे-धीरे स्वयं कारों को छोड़कर इन बसों में सफर करने लगे हैं । अब तक 15 फीसदी कार यात्री ट्रांसमिलेनियो को अपना चुके हैं । बसों की गति में बाधा न पहुंचे और पैदल चलने वालों व साइकिल चालकों को सड़क पार करने में दिक्कत न हो, इसके लिए जगह-जगह अंडरपास, ओवरपास और सिगनल वाले पारपथ बनाए गए हैं । ट्रांसमिलेनियो दिसंबर 2000 से शुरू है । अब इस पथ पर बसों की गति 26 कि.मी. प्रति घंटा है । इस बस द्रुत आवागमन (BRT) पद्धति में सरकारी और निजी दोनों तरह की बसें हैं । निजी बसों का भुगतान कुल तय की गई कि.मी. दूरी के आधार पर होता है । इसलिए ये बसें ठीक समय और गति से चलती हैं । इस व्यवस्था के अंतर्गत न केवल यात्रियों का समय और पैसा बचता है, बल्कि इनके स्वास्थ्य और जानमाल की भी सुरक्षा है। जिन कॉरिडोरों पर यह बस सेवा शुरू हुई है उनपर अब दुर्घटनाएं नगण्य हो गई हैं । चूंकि एनरिक पेनॉलोसा हमेशा आम आदमी की जरूरत को प्राथमिकता देते रहे हैं, इसलिए इन्होंने यात्रा खर्च को न्यूनतम करने के लिए ऐसी पद्धति बनाई है जिसमें फीडर-सेवा और ट्रांसमिलेनियो के मातहत चलनेवाली बसों के लिए अलग-अलग टिकट नहीं लेना पड़ता । एक ही टिकट से दोनों बसों में सफर किया जा सकता है। यह टिकट रेल सेवा की तरह बस में चढ़ने से पहले स्टेशन पर ही प्राप्त किया जाता है ।

बढ़ती हुई आबादी की अपनी समस्याएं हैं, लेकिन इससे कहीं ज्यादा समस्या है वह दृष्टिकोण जो लोगों को ही समस्या मानता है । गांधी जी ने कहा है कि 'इस पृथ्वी पर सभी लोगों की जरूरतों को पूरा करने के साधन हैं, लेकिन ये साधन एक आदमी के भी लोभ को पूरा नहीं कर सकते ।'

ट्रांसमिलेनियो योजना पर 1998 में काम शुरू किया गया । पेनॉलोसा ने जीवन की गुणवत्ता की समानता तथा नगर की आर्थिक स्थिति को ध्यान में रखकर शहर के उस

‘ट्रांसपोर्टेशन मास्टर प्लान’ को खारिज कर दिया जिसमें मेट्रो-व्यवस्था और उपरिगामी उच्च पथों की वकालत की गई थी । मेट्रो की व्यवस्था में सिर्फ कुछ लोगों का फायदा था, सबका नहीं । मेट्रो के लिए जो कर्ज लिया जाता उसके एक वर्ष के ब्याज के पैसे से पेनॉलोसा ने 155 मील साइकिल पथ का निर्माण कराया जिसपर कुल आबादी का 5 फीसदी साइकिल से चलता है । यह 1998 में साइकिल से चलनेवालों की तुलना में 10 गुना है । इस व्यवस्था के अंतर्गत विभिन्न ट्रांसमिलेनियो स्टेशनों के पास साइकिलों की पार्किंग भी उपलब्ध है । बोगोटा में बी.आर.टी. की सफलता में सार्वजनिक स्थलों के सुधार, साइकिल पथ और साइडवॉकों के निर्माण का बहुत बड़ा हाथ है।

इस तरह जहां एक ओर एनरिक पेनॉलोसा के द्वारा बनायी गयी योजना पर बोगोटा के साथ-साथ कोलंबिया के दूसरे शहरों में अमल हो रहा है, पूरी दुनिया में ‘वैकल्पिक परिवहन योजनाकारों’ में उनकी हैसियत और सम्मान बढ़ा है, वहीं दूसरी तरफ तीन वर्ष की अवधि के बाद मेयर के चुनाव में वे पराजित हो गये। चुनावी पराजय ने उन्हें मायूस होने के बजाय उनके मनोबल को और बढ़ा दिया तथा आज वे दुनिया के विभिन्न भू-भागों में शहरी परिवहन की समस्या से निजात दिलाने और एक खुशहाल शहर के निर्माण के एजेण्डों को आगे बढ़ाने में दुगुनी तन्मयता से जुटे हुए हैं।

अब प्रश्न उठता है कि क्या भारत के राजनीतिज्ञ और योजनाकार यहां के शहरी परिवहन की समस्याओं से निपटने के लिए एनरिक पेनॉलोसा जैसी राजनैतिक इच्छा-शक्ति और जनोन्मुख योजना बनाने के साथ-साथ उसको अमली जामा पहनाने की पहल कर पाएंगे?

क्या है शहरों के प्रति हमारा नजरिया? क्या है हमारी समस्या? हम लोग स्कूली टेक्स्टबुक में पढ़ा करते थे और आज भी पढ़ाया जा रहा है कि भारत गांवों का देश है। यहां की सत्तर फीसदी आबादी गांवों में रहती है, इसलिए सिर्फ गांवों के विकास में ही देश की सर्वांगीण तरक्की सम्भव है। परन्तु समय का पहिया आगे बढ़ता गया। सामाजिक, आर्थिक और राजनैतिक कारणों ने हमारे गांवों से पलायन की बाढ़ को शहरों की ओर ऐसा ढकेला कि शहरों का ढांचा ताश के महल की तरह चरमराकर गिरता जा रहा है। जिन पश्चिमी देशों ने शहरीकरण के वेग को पहले भांप लिया था, उन्होंने अपने शहरों को एक विधिवत स्वरूप प्रदान करने की कोशिश की है, परन्तु भारत और भारतीय भू-भाग के आसपास के देशों के शहरों के ढांचे बालू की भीत की तरह ढहते जा रहे हैं; जबकि वस्तुगत स्थिति यह है कि तीव्र शहरीकरण आधुनिक दुनिया की सच्चाई है। इससे मुंह मोड़ना सच्चाई से मुंह चुराना होगा।

जी हां, तेज शहरीकरण आधुनिक दुनिया की सच्चाई है । औद्योगिक क्रांति के शुरू होते ही गांवों से नगरों की ओर आने का जो सिलसिला तेज हुआ, आज अपने ऊफान पर है । नगरों की संख्या बढ़ रही है और पहले से मौजूद नगरों की आकृति व आबादी में भी बढ़ोतरी हो रही है । यूरोप और उत्तरी अमेरिका की तीन-चौथाई आबादी नगरों में बसती है। पूरी दुनिया की लगभग आधी आबादी गांवों में और आधी आबादी शहरों में निवास

करती है। यद्यपि समृद्ध देशों में शहरीकरण की दर लगभग 30 वर्षों से स्थिर है, मगर गरीब मुल्कों में यह दर तेज रफ्तार पकड़े हुए है । एशियाई देशों के ज्यादातर लोग अब भी ग्रामवासी हैं, फिर भी 30 फीसदी लोग शहरों में रहते हैं । शहरीकरण की इस प्रवृत्ति को देखते हुए अनुमान लगाया जा रहा है कि अगले 30 वर्षों में केवल विकासशील देशों की शहरी आबादी 2 अरब हो जाएगी ।

लोग महज आबादी और आंकड़ा भर नहीं होते । ये संवेदनाओं और क्रियाओं से भरे इस जगत के सर्वश्रेष्ठ प्राणी हैं जिनका एक-दूसरे और समस्त चर-अचर के साथ एक जीवंत रिश्ता है । बढ़ती हुई आबादी की अपनी समस्याएं हैं, लेकिन इससे कहीं ज्यादा समस्या है वह दृष्टिकोण जो लोगों को ही समस्या मानता है । गांधी जी ने कहा है कि 'इस पृथ्वी पर सभी लोगों की जरूरतों को पूरा करने के साधन हैं, लेकिन ये साधन एक आदमी के भी लोभ को पूरा नहीं कर सकते ।' इसलिए यह जरूरी है कि शहर के नियोजन में सबकी समस्याओं का ख्याल रखा जाए । 'सबका शहर' से बेहतर और कोई युक्ति नहीं हो सकती। लोग हैं तो उन्हें रहने के लिए मकान, काम करने के लिए दुकान, दफ्तर व फैक्टरी, कहीं आने-जाने के लिए आवागमन के साधन चाहिए; स्वास्थ्य की देखभाल के लिए अस्पताल चाहिए; मनोरंजन के लिए पार्क, सिनेमा हॉल, नाटकशाला चाहिए । खरीदारी के लिए इन्हें हाट-बाजार और शॉपिंग सेंटर भी चाहिए । जितना बड़ा नगर, उतनी ही अधिक जरूरतें । दिल्ली, मुंबई, कलकत्ता की बढ़ती आबादी और नगर-नियोजकों द्वारा इसकी समस्याओं को निबटाने के तरीके कई तरह की आशंकाएं पैदा करते हैं । इससे न केवल स्थानीय पर्यावरण और सामाजिक टिकाऊपन को खतरा है, बल्कि इसके वैश्विक पहलू भी हैं ।

परिवहन के क्षेत्र में जो ढांचागत निर्माण कार्य चल रहा है वह और भी हवा-हवाई है । इसमें कहीं सबका हित नहीं दिखता । फ्लाईओवर-दर-फ्लाईओवर बनाए जा रहे हैं । किस्म-किस्म के फ्लाईओवर – एक से एक डिजाइन, वास्तुकला के अद्‌भुत नमूने, मनमोहक छटा वाले, एक मंजिले भी व बहुमंजिले भी । इनपर आप पैदल नहीं चल सकते, साइकिल चलाना थकान भरा काम है।

शहर वास्तव में जीवन-शैली का एक साधन है । अगर हम मानवीय शहर बनाना चाहते हैं तो बच्चों, बूढ़ों, विकलांगों, गरीबों और अल्पसंख्यकों की समस्याओं पर पूरा-पूरा ध्यान देना होगा । **लाइफ बिट्वीन बिल्डिंग्स** के लेखक जॉन गेल (Jan Gehl) ने लिखा है, "लोग वहीं आते हैं जहां लोग होते हैं ।" यह कथन शहरों की आबादी के बढ़ने के रहस्य को खोलता है । शहर में अमीर भी होते हैं और गरीब भी, पुरुष भी होते हैं और स्त्रियां भी । शहर में विभिन्न आयु, वर्ग, समुदाय, शारीरिक और मानसिक अवस्था के लोग होते हैं । लोगबाग अकेला व्यक्ति नहीं होते, उनका परिवार होता है । इस परिवार में विभिन्न आयु, लिंग और शारीरिक अवस्था के लोग होते हैं । इन सबके हित को पूरा करने वाला शहर ही 'सबका शहर' होता है । लेकिन भारतीय नगरों का नियोजन लोकतंत्र विरोधी है । अकसर ऐसा होता है कि लोगों की बस्तियां बिना पूर्व सूचना के उंजाड़ दी जाती हैं । विरोध करने पर उनपर लाठियां और गोलियां बरसाई जाती हैं ।

हम यहां इस समस्या को समझने के लिए भारत की राजधानी दिल्ली को एक केस के तौर पर ले रहे हैं। यह प्रश्न उठना स्वाभाविक है कि "क्या दिल्ली यहां के सभी निवासियों का शहर है ?" उत्तर स्पष्ट है, "नहीं ।" भारत की आजादी के बाद पाकिस्तान से आए शरणार्थियों को आवास और रोजगार की सुविधा दी गई थी । डेढ़ दशक पहले तक, देश

के अन्य भागों से यहां आकर झुग्गी बस्तियों में रहने वालों को जब भी उस स्थान से हटाया गया उनके पुनर्वास की व्यवस्था की गई, लेकिन पुनर्वास के लिए मिलनेवाला जमीन का टुकड़ा लगातार घटता चला गया है – प्रारंभ में 80 वर्ग मीटर, बाद में 25 वर्ग मीटर, और बाद में 18 वर्ग मीटर । अब 12.5 वर्ग मीटर के हिसाब से प्रति परिवार को पुनर्वास की जगह मिल रही है, हर विस्थापित परिवार को यह जमीन मिलती भी नहीं । जो जमीन मिलती है वह मुख्य शहर से बहुत दूर होती है – शहर की परिधि पर या उससे भी दूर। न तो वहां अस्पताल होता है, न स्कूल, न रोजगार का साधन, न आने-जाने के लिए कोई व्यवस्था । वैश्वीकरण के इस दौर में दिल्ली को विश्व-स्तरीय शहर बनाने का यही तरीका अपनाया जा रहा है ।

दिल्ली नगर का जो ढांचा तैयार हो रहा है वह न तो अमीरों के हक में है और न ही गरीबों के हक में। यह केवल कुछ निहित स्वार्थों के हक में है । यह सिर्फ उन लोगों के हक में है जो हर निर्माण के ठेके या रिश्वत से मोटी कमाई कर रहे हैं । अपार्टमेंट की संस्कृति मनुष्य से मनुष्य के रिश्ते को काट रही है । इससे पूरा समाज असुरक्षित हो रहा है। अपराध बढ़ रहे हैं । आज पुराने घने मुहल्लों की तुलना में नए अपार्टमेंटों में रहना ज्यादा असुरक्षित है । चांदनी चौक में कम, वसंतकुंज में ज्यादा हत्याएं होती हैं ।

परिवहन के क्षेत्र में जो ढांचागत निर्माण कार्य चल रहा है वह और भी हवा-हवाई है । इसमें कहीं सबका हित नहीं दिखता । फ्लाईओवर-दर-फ्लाईओवर बनाए जा रहे हैं । किस्म-किस्म के फ्लाईओवर – एक से एक डिजाइन, वास्तुकला के अद्भुत नमूने, मनमोहक छटा वाले, एक मंजिले भी व बहुमंजिले भी । इनपर आप पैदल नहीं चल सकते, साइकिल चलाना थकान भरा काम है । सड़कें चौड़ी की जा रही हैं । किनारे के पेड़ों का सफाया हो रहा है । पैदल चलिए या साइकिल से – मरने के लिए तैयार रहिए । कभी भी कोई कार आपको रौंद कर आगे बढ़ जाएगी । इन कारों के लिए फतेहपुरी, कनॉट प्लेस इत्यादि शहर के हृदय प्रदेश में भूमिगत पार्किंग बनाए गए हैं । लालकिला के मैदान में एक बहुमंजिली पार्किंग बनाई जानेवाली है । आवासीय और व्यावसायिक इलाकों में बहुमंजिली इमारतों के भूतल कार-पार्किंग के लिए रिजर्व हैं । सड़कों पर कारें ही कारें दिखती हैं । अधिकतर में एक आदमी बैठा हुआ रहता है । सार्वजनिक परिवहन का साधन डी.टी.सी. के मातहत चलने वाली बसें और राज्य परिवहन प्राधिकरण के मातहत चलने वाली प्राइवेट बसें हैं । एक की संख्या बहुत ही कम है और दूसरी एक-दूसरे से आगे निकलने के फेर में आंख मिचौली करती होती हैं । दोनों में यात्री ठूंस-ठूंस कर भरे होते हैं, मानो जीवित प्राणी नहीं वस्तु मात्र हैं । प्राइवेट बसों में यात्रियों के साथ अभद्र व्यवहार, गाली-गलौज, मारपीट, छेड़-छाड़ आम बात है । इन बसों में किराया देने में असमर्थ लोग पैदल चलते हैं या साइकिल से – मोटरगाड़ी वालों से अपमानित होते हुए। न तो इनके लिए सभी जगह फुटपाथ हैं और न साइकिल लेन । पैदलयात्रियों के लिए सड़क पर पारपथों की भी समुचित व्यवस्था नहीं – क्रासिंग और फुटपाथों पर मोटर वाहन काबिज हो जाते हैं, कभी पार्किंग की तरह इस्तेमाल करते हुए तो कभी जल्दी चौराहा पार

करने के खातिर । सड़क पर चलते हुए जो लोग दुर्घटनाग्रस्त होते हैं और मरते हैं, उनमें पैदल यात्री और साइकिल सवारों की संख्या सर्वाधिक है ।

दिल्ली में हर रोज पांच सौ नए मोटर वाहन सड़कों पर आ रहे हैं । सुबह-शाम के व्यस्त घंटों में सड़क जाम एक सामान्य घटना है । मोटरगाड़ियां धुंआं उगलती हुई या तो जहां की तहां खड़ी रहती हैं या रेंगती हुई आगे सरकती हैं । बसों को सी.एन.जी. से चलाने की अनिवार्यता के बावजूद कारों की वृद्धि के चलते वायु-प्रदूषण में कमी नहीं हुई है । फ्लाईओवरों के निर्माण से बस इतना फर्क आया है कि इस चौराहे का जाम अगले चौराहे पर चला गया है, मगर चौराहों को सिगनल-फ्री करने का दावा सोलहो आने झूठा निकला है। बढ़ते फ्लाईओवर एक अच्छे भले शहर को समतल शहर से पहाड़ीनुमा शहर में बदल रहे हैं।

कहीं-कहीं भूमिगत पैदल पारपथ भी बनाए गए हैं । इन पारपथों की देखरेख की समुचित व्यवस्था न होने से ये असामाजिक तत्वों के अड्डे बन गए हैं या मूत्रालय में परिवर्तित हो गए हैं । जो पारपथ ठीक हालत में भी हैं वे चौबीसों घंटे खुले नहीं रहते और ये जितने समय बंद रहते हैं उस समय सड़क पार करने की कोई वैकल्पिक व्यवस्था नहीं है । सड़क पर जो पैदल ओवरपास बने हैं उनका उपयोग तो और भी नहीं होता । यही हाल दस-पांच कि.मी.बने साइकिलपथों का है। ये पथ कूड़ा फेंकने, कार, थ्रीह्वीलर, बस पार्क करने या अन्य गतिविधियों के काम आ रहे हैं ।

यदि 'कंक्रीट के ढांचागत विकास' पर जोर न देकर शहर, शहरी लोग और शहर के भविष्य को ध्यान में रखकर राजनैतिक प्रतिबद्धता और कुशल दक्षता से 'जीवन्त शहर' और 'सबका शहर' बनाने की योजनाओं को अमली जामा पहनाया जाए तभी हमारे शहर बच पाएंगे; अन्यथा 'मरता हुआ शहर' को ही चरितार्थ करेंगे।

नगर की परिवहन व्यवस्था को दुरुस्त करने के नाम पर इन दिनों सबसे बड़ी परियोजना मेट्रो रेल है । इसका जाल लगातार फैलता जा रहा है । मेट्रो रेल तीन तरह की होगी — (1) जमीन के नीचे (2) जमीन पर और (3) जमीन के ऊपर । जमीन के ऊपर शाहदरा से रिठाला के बीच 22.8 कि.मी. की कॉरिडोर पर 18 स्टेशनों से होकर रेल दौड़ रही है। जमीन के नीचे दिल्ली विश्वविद्यालय से कश्मीरी गेट के बीच 4 कि.मी. के कॉरिडोर पर 4 स्टेशनों से भी मेट्रो गुजरती है। जमीन के नीचे की यह लाइन इस साल जून के पहले केंद्रीय सचिवालय तक कार्य करने लगेगी। तब इस लाइन की पूरी लंबाई हो जाएगी 11 कि.मी. । बाराखंबा से द्वारका उपनगर तक की उपरिगामी मेट्रो लाइन इस साल दिसंबर में चालू होने की संभावना है। दिल्ली में 2010 में कॉमनवेल्थ खेलों के आयोजन को ध्यान में रखकर इस शहर में दर्जनों पांच-सितारा होटल बनाने की योजना के साथ मेट्रो रेल का विस्तार गाजियाबाद और गुड़गांव तक करने पर भी गहन मंत्रणा जारी है ।

मेट्रो रेल का अब तक का प्रदर्शन जनता के बहुत काम का नहीं दिखता । इसे बनाने पर प्रति कि.मी. सौ करोड़ से भी ऊपर का खर्च आ रहा है । इसका किराया बसों की तुलना में ज्यादा है और इसका फीडर सिस्टम भी बहुत उपयोगी नहीं है । ऐसी दशा में यह परियोजना सचमुच एक सफेद हाथी साबित हो रही है । कहीं कोई लक्षण नहीं दिख रहा कि इसके चलने से जनता को लाभ मिल रहा है और नगर की बेहतरी में कुछ इजाफा हो रहा है । अगर पूरी दिल्ली में इसका जाल फैल भी जाए और मोटरगाड़ियां इस तरह

अबाध गति से बढ़ती रहें तो इस नगर की परिवहन व्यवस्था और आबोहवा का और बुरा हाल होने वाला है ।

नगर की परिवहन व्यवस्था में कुछ हाइ कैपिसिटी बसों, ट्राली बसों और ट्रामों के शामिल किए जाने की भी जब तब खबरें सुर्खियों में आती हैं । मोनोरेल और स्काई बसों के बारे में भी चर्चाएं जारी हैं । लगता है, यह नगर विविध प्रकार के परिवहन साधनों का एक बड़ा अजायबघर बनने वाला है। इससे आम जनता को लाभ हो या न हो, बड़ी-बड़ी देशी-विदेशी कंपनियां मुनाफा कमाएंगी जरूर। फ्लाईओवर, हाइ-वे और मेट्रो रेल के निर्माण में यह दिख भी रहा है ।

बोगोटा का नगर-नियोजन न केवल कोलंबियाई नगरों, बल्कि तीसरी दुनिया के सभी देशों के नगरों के लिए एक अनुकरणीय उदाहरण है । दिल्ली के नियोजन में वहां के अनुभव का लाभ उठाया जा सकता है । कुछ ही दिनों पहले सुनामी लहरों ने जो भारी तबाही मचाई है, उसके बाद तो दिल्ली के विकास की योजना को अमल में लाते हुए और सतर्क रहने की आवश्यकता है । वैज्ञानिक यह चेतावनी दे रहे हैं कि दिल्ली में जो भूमिगत कार्य हो रहे हैं उससे दिल्ली को खतरा है । इससे भूकंप के झटके भारी तबाही मचा सकते हैं । ऐसी दशा में यमुना के किनारे से कुछ ही दूर होने के कारण भूमिगत मेट्रो रेल में पानी भर सकता है। उपरिगामी मेट्रो रेल के आधार ढांचे भहराकर गिर सकते हैं । कारों की संख्या रोज-रोज जिस गति से बढ़ रही है उस कारण महानगर की हवा में दिन प्रति दिन जहर की मात्रा तो बढ़ ही रही है, सड़क पर ट्रैफिक का बुरा हाल कम होने की बजाय बढ़ रहा है । परिवहन किराये में कम आमदनी वाले व्यक्तियों के पॉकेट का ध्यान न होने से वे बसों का उपयोग नहीं कर पाते हैं, मेट्रो तो उनके लिए बहुत दूर की चीज है। कोलंबिया से यह सिखा जा सकता है कि हम मेट्रो की जगह बस आधारित ऐसी परिवहन व्यवस्था पर विचार करें जिसमें हर साल कारों की संख्या में कटौती हो तथा सभी परिवहन साधनों के बीच समुचित तालमेल हो । इसमें अब तक बनी मेट्रो रेल, परिक्रमा रेल और नयी प्रतिबद्ध बस सड़कों का एक नेटवर्क तैयार किया जा सकता है । एक जगह से दूसरी जगह जाने के लिए जो टिकट जारी हो उसे एक साधन से दूसरे साधन बदलने पर भी मान्यता मिले । यह किराया न्यूनतम होना चाहिए जिसे गरीब से गरीब आदमी भी दे सके । एक और बात – शहर में बड़े पैमाने पर साइकिल पथों का निर्माण किया जाना चाहिए और मेट्रो-स्टेशनों, रेल स्टेशनों और बस स्टेशनों पर अनिवार्य तौर पर साइकिल पार्किंग की सुविधा दी जानी चाहिए । हमारे पास एक मौका यह भी है कि केन्द्र सरकार का शहरी विकास मंत्रालय भारत के साठ शहरों के लिए 'नेशनल अर्बन रिन्यूअल मिशन' तथा बाकी शहरों के लिए 'अर्बन इन्फ्रास्ट्रक्चर डेवलपमेंट' की योजना पर काम कर रहा है। साथ ही साथ, दिल्ली में 'कामनवेल्थ गेम्स' को ध्यान में रखते हुए ढांचागत विकास के एक 'पूंजी प्रधान' पैकेज पर भी काम चल रहा है।

इन योजनाओं के अन्दर यदि 'कंक्रीट के ढांचागत विकास' पर जोर न देकर शहर, शहरी लोग और शहर के भविष्य को ध्यान में रखकर राजनैतिक प्रतिबद्धता और कुशल दक्षता

से 'जीवन्त शहर' और 'सबका शहर' बनाने की योजनाओं को अमली जामा पहनाया जाए तभी हमारे शहर बच पाएंगे; अन्यथा 'मरता हुआ शहर' को ही चरितार्थ करेंगे। इसके लिए आवश्यक है कि मेट्रो रेल और फ्लाईओवर के निर्माण पर फौरन रोक लगे और इस बचे हुए पैसे को स्कूल, अस्पताल, सिवर, पानी, पार्क, आवासीय मकान पर खर्च करके शहर में जीवन की गुणवत्ता का विकास किया जाए। हमें हर समय एनरिक पेनॉलोसा का यह कथन ध्यान में रखना चाहिए कि ''शहरी परिवहन राजनैतिक मुद्दा है, तकनीकी मुद्दा नहीं। तकनीकी पहलू बहुत ही सरल हैं। कठिन निर्णय का संबंध इससे है कि जो परिवहन का मॉडल आप अपना रहे हैं उसका लाभ किसको मिलने जा रहा है।'' ■

इस लेख की सह-लेखिका हैं अन्विता आनन्द । ये 'इंडियन इंस्टिट्यूट ऑफ टेकनॉलोजी, नई दिल्ली' में परिवहन योजनाकार व शोधार्थी हैं तथा 'इंस्टिट्यूट फॉर डेमोक्रेसी एण्ड सस्टेनेबिलिटी' की सीनियर फेलो हैं। इस लेख का संपादित रूप 24 अप्रैल 2005 को जनसत्ता, नई दिल्ली के रविवारी परिशिष्ट में छपा था ।

खंड-2

पर्यावरण

पारिस्थितिक असंतुलन और अकाल

अफ्रीका महादेश के इथियोपिया में भयंकर अकाल पड़ा जिसमें हजारों लोग बिना मौत मर गए तथा संपत्ति एवं पशुधन की भारी क्षति हुई । क्या भारत भी ऐसे ही किसी संकट की ओर अग्रसर है ?

सूखे और बंजरीकरण के लिए प्रकृति दोषी है या आदमी ? मिट्टी, जल और हरियाली का ठीक प्रबंध किये बिना क्या आसन्न गहरे संकट से बचा जा सकता है ? इन सवालों के उत्तर खोजना बहुत जरूरी है ।

पिछले वर्ष करीब आधे हिंदुस्तान में सूखे का प्रकोप रहा । सैंकड़ों लोग भूख और बीमारी से मर गए, करोड़ों रुपये की पैदावार प्रभावित हुई तथा एक बड़ी तादाद में जानवर मौत के मुंह में चले गए । पर्यावरण-शास्त्रियों ने आगाह किया कि यदि यह सिलसिला नहीं रोका गया तो वह दिन दूर नहीं जब भारत अफ्रीका की तरह एक बड़े अकाल की चपेट में आ जाएगा । कमोबेश यही स्थिति पूरे दक्षिण एशिया की बन रही है ।

सूखे का संबंध केवल अनावृष्टि से नहीं है । पर्यावरण-शास्त्री अध्ययन कर इस निष्कर्ष पर पहुंचे हैं कि औसत वर्षा होने के बाद भी पानी की कमी हुई है । भू-गर्भ जल में, उपजाऊ जमीन की नमी में और भू-सतह के पानी में भारी कमी हो रही है । इस वजह से बंजरीकरण हो रहा है ।

फ्रेंच इन्स्टीट्यूट ऑफ साइंटिफिक रिसर्च के पर्यावरण-शास्त्री श्री मेहर होमजी तथा एनर्जी बोर्ड के अध्यक्ष एवं प्रसिद्ध पर्यावरण-शास्त्री श्री बी.बी. व्होरा, यूकेलिप्टस से होने वाली हानि संबंधी खोज से जुड़े श्री बंद्योपाध्याय तथा अन्य अनेक पर्यावरण-शास्त्रियों ने इस बात की ओर ध्यान आकृष्ट किया है कि बंजरीकरण केवल रेगिस्तान के आसपास ही नहीं हो रहा है, यह देश के अच्छे से अच्छे उपजाऊ मैदान में भी हो रहा है । जमीन और पानी के गलत बंदोबस्त के कारण पानी की जो कमी हो रही है, उसी के फलस्वरूप बंजरीकरण बढ़ रहा है । इसकी ओर ध्यान देना जरूरी है । पानी की कमी या सूखे को केवल अनावृष्टि-सी प्राकृतिक परिस्थिति ही समझना एक बड़ा भारी भ्रम है ।

बंजरीकरण केवल रेगिस्तान के आसपास ही नहीं हो रहा है, यह देश के अच्छे से अच्छे उपजाऊ मैदान में भी हो रहा है । जमीन और पानी के गलत बंदोबस्त के कारण पानी की जो कमी हो रही है, उसी के फलस्वरूप बंजरीकरण बढ़ रहा है । इसकी ओर ध्यान देना जरूरी है। पानी की कमी या सूखे को केवल अनावृष्टि-सी प्राकृतिक परिस्थिति ही समझना एक बड़ा भारी भ्रम है ।

सूखे से निबटने के लिए चलाये जा रहे कार्यक्रमों से समस्या सुलझने की बजाय और विकट हो रही है तथा बंजरीकरण बढ़ रहा है । दरअसल, इन कार्यक्रमों के पीछे वैज्ञानिक दृष्टिकोण नहीं है । उदाहरण के लिए, कर्नाटक के कोलार जिले में चले जंगलीकरण के कार्यक्रम को लिया जा सकता है। इसे सामाजिक वानिकी के दावेदार सबसे अधिक सफल

अभियान मानते हैं । यहां विश्व बैंक की मदद से भारी तादाद में यूकेलिप्टस उगाये गए हैं । इसी जिले में सबसे अधिक पानी तथा पशु-आहार की कमी हुई है । कारण स्पष्ट है, यूकेलिप्टस उगाओ कार्यक्रम में व्यापारिक लाभ के खातिर पारिस्थितिकी (इकॉलॉजिकल) सिद्धांतों की अवहेलना की गई । नतीजा यह हुआ है कि पानी का स्तर नीचे चला गया, पशु आहार नहीं रहा, जमीन बंजर हो गई और एक विशाल हरा रेगिस्तान खड़ा हो गया।

जहां तक जंगल के सुप्रबंध का प्रश्न है, पर्यावरण-शास्त्री श्री बी.बी. व्होरा का कहना है कि 15 लाख हैक्टर प्रति वर्ष के हिसाब से जंगल नष्ट हो रहे हैं । कुल जंगल 10 करोड़ हैक्टर होना चाहिए था, वह केवल 3 करोड़ हैक्टर ही बचा है । इसी रफ्तार से यदि जंगल नष्ट होते रहे तथा जो जंगल लगाये जा रहे हैं उनमें पारिस्थितिकीय सिद्धांतों की अवहेलना चलती रही तो 21वीं सदी के शुरू होते-होते और दो-तिहाई जंगल साफ हो जाएंगे । जंगलों के नष्ट होने से वर्तमान में ही यह स्थिति हो गई है कि पानी की रोक नहीं रही। इसके कारण भूगर्भीय जल में तथा उपजाऊ जमीन की नमी में कमी हो गई है । बाढ़ की वजह से जमीन बंजर होती जा रही है, क्योंकि यह उस उपजाऊ जमीन को बहा ले जा रही है जिसके निर्माण में पांच सौ से हजार वर्ष लगते हैं । इतना ही नहीं, तालाबों, नदियों और बांधों में गाद भरती जा रही है, जिसके कारण पानी को समेट कर रख सकने की उनकी क्षमता अत्यधिक कम होती जा रही है । अधिक जंगल कट जाने पर स्थिति कितनी भयानक हो जाएगी, इसका अंदाजा लगाया जा सकता है । स्पष्ट है कि पानी की कमी एवं भूमि के बंजरीकरण के लिए मौसम उतना बड़ा कारण नहीं है जितना वह आदमी, जो अपने तथाकथित विकास के लिए जंगल का गलत प्रबंधन कर रहा है ।

सूखा-उन्मुख (ड्राटप्रौन) इलाकों में जमीन के परंपरागत तरीकों को तिलांजलि देकर अधिकतम उत्पादन के तात्कालिक कार्यक्रम चलाये जाते हैं । इससे जमीन की उपजाऊ शक्ति कमजोर हो रही है । जैविक खाद के स्थान पर रासायनिक खाद और कई किस्मों की एक साथ पैदावार के स्थान पर एक ही संकर बीज वाली खेती इसका कारण है । इस तरह की खेती में अत्यधिक सिंचाई की जरूरत होती है । इससे पानी की और कमी हो जाती है । नतीजा यह होता है कि सूखा-उन्मुख इलाकों की सूखे से बचने की क्षमता और भी कम हो जाती है ।

पानी की कमी एवं भूमि के बंजरीकरण के लिए मौसम उतना बड़ा कारण नहीं है. जितना वह आदमी, जो अपने तथाकथित विकास के लिए जंगल का गलत प्रबंधन कर रहा है ।

कर्नाटक के मारवाड़ जिले के एक सर्वेक्षण में पर्यावरण-शास्त्री श्री बंद्योपाध्याय ने बताया कि इस इलाके में लोगों द्वारा अनाज की कई स्थानीय किस्में बोई जाती थीं जो सूखे का मुकाबला कर लेती थीं; लेकिन जब से संकर ज्वार आया है न केवल पशु आहार कम हो गया है, बल्कि अनाज की पैदावार भी नष्ट हो जाती है । रासायनिक खाद से जमीन के जैविक तत्व कम हो जाते हैं जो सूखे का मुकाबला नहीं कर सकते । एक सर्वेक्षण में यह भी पाया गया कि जैविक (देसी) खाद का उपयोग करने पर जमीन की नमी में 10 से 20 फीसदी का इजाफा हुआ तथा पानी के व्यर्थ बह जाने की तादाद में 2 से 5 गुना फर्क आया ।

महाराष्ट्र में 1972 से लेकर अभी तक सूखे की स्थिति में कोई परिवर्तन नहीं हुआ है । इसका भी एक प्रमुख कारण जमीन से पानी का अत्यधिक खींचा जाना है । महाराष्ट्र में गन्ने की खेती बड़े पैमाने पर होती है । गन्ना 8-10 गुना अधिक पानी मांगता है । प्रसिद्ध अर्थशास्त्री श्री दांडेकर का कहना है कि महाराष्ट्र में अनाजों की कमजोर पैदावार और पीने के पानी की कमी के लिए गन्ने की खेती जिम्मेदार है । गन्ने की खेती से बड़े किसान जुड़े हुए हैं । इनके पास पानी खींचने के बड़े साधन होने से ये अधिकांश पानी का उपयोग अपने लिए ही कर लेते हैं तथा बाकी प्यासे रह जाते हैं । कई संपन्न किसान तो पंद्रह-पंद्रह कि.मी. के लंबे-लंबे पाइपों द्वारा पानी खींच लेते हैं । नतीजा यह है कि उनके आसपास के लोगों को अनाज के लिए और पीने के लिए पानी नहीं बचता ।

आशा की किरण यह है कि उत्तर प्रदेश के चिपको आंदोलन कर्नाटक के इप्को (चिपको) आंदोलन, कुंवारी घाटी (साइलेंट वेली) संबंधी केरल के आंदोलन, पेड़ों को बचाने के लिए विश्नोई समाज के आंदोलन, अरावली में काले रेगिस्तान (नंगे पहाड़) को रोकने के आंदोलन, कर्नाटक में हरे रेगिस्तान को रोकने के आंदोलन, आदि में आम लोगों के साथ-साथ विशेषज्ञ भी जुड़े रहे हैं । इन आंदोलनों को मजबूत होना चाहिए ताकि पानी, मिट्टी और हरियाली बचे; हमारी भावी पीढ़ी अकाल के मुंह में जाने से बचे । ■

हिंदुस्तान, 12 नवंबर 1986

परमाणु युद्ध के बाद

परमाणु-युद्ध के बाद विश्व की हालत क्या होगी ?

50,000 परमाणु-अस्त्रों के वर्तमान भंडार के रहते इस सवाल का जवाब खोजना मुश्किल नहीं है ।

दो साल पहले दोनों ही महाशक्तियों तथा अन्य अणु-शक्ति संपन्न राष्ट्रों के वैज्ञानिकों ने इस बात का अध्ययन किया कि परमाणु-युद्ध के क्या परिणाम निकलेंगे । उनका निष्कर्ष है कि युद्ध के बाद की स्थिति अत्यंत दुखद होगी, किंतु प्राणी कीट-पतंगों की तरह नहीं मरेंगे ।

अब कुछ वैज्ञानिक यह कहते हैं कि ऐसे आशावादी विचारों का कोई औचित्य नहीं है। इन लोगों के अनुसार, महायुद्ध के बाद जब दिन निकलेगा तो माहौल कुछ दूसरा ही होगा। कंप्यूटरों ने परमाणु युद्ध की विभिन्न परिस्थितियों का अध्ययन किया है । युद्ध में छोड़े गए बमों की क्षमता 100 से 5000 मेगावाट के बीच कहीं होगी । इनके परिणाम तात्कालिक प्रभावों (जैसे झटकों, भयंकर गर्मी तथा विकिरण आदि) से कहीं अधिक भयंकर तथा जानलेवा होंगे ।

मंगल पर ग्रीष्म के आगमन के साथ ही धूल उठनी शुरू हो जाती है और इतनी शीघ्रता से संपूर्ण ग्रह को ढंक लेती है कि तापमान की समूची पद्धति ही बदल जाती है । इसका तापमान ज्यादा हो जाता है, जबकि सतह ठंडी हो जाती है । परमाणु-युद्ध के बाद धरती की हालत भी बिल्कुल वैसी ही होगी।

वातावरण और मौसम के मॉडल अमरीकी तथा रूसी वैज्ञानिकों द्वारा स्वतंत्र रूप से तैयार किए गए। कार्नेल यूनीवर्सिटी तथा यूनाइटेड स्टेट्स नेशनल सेंटर फॉर एटामिक रिसर्च ने संयुक्त राज्य अमरीका में तथा सोवियत मेथेमेटिकल सेंटे तथा इंस्टीट्यूट ऑफ एटमसफियरिक फिजिक्स ने सोवियत संघ में इन अध्ययनों का आयोजन किया । दोनों जगह जो परिणाम निकले, वे आश्चर्यजनक रूप से एक समान थे ।

परमाणु-युद्ध का प्रमुख परिणाम होगा तापमान में एकाएक, तीव्र तथा स्थायी गिरावट । कम से कम एक वर्ष के लिए समूची धरती उत्तरी ध्रुव जैसी सर्दी की चपेट में आ जाएगी। भीषण तबाही के एक सप्ताह बाद भयानक 'आणविक शीत' का आगमन होगा, जिसके साथ ही सर्वत्र अंधकार छा जाएगा और भयानक सर्दी पड़ेगी । बिजली आदि का उत्पादन तथा सप्लाई बंद हो जाएगी । महाद्वीपों पर दौड़ती हुई आग की लपटों से निकलने वाली लाखों टन राख तथा धुंआं एक छाते की तरह हमारी धरती को ढंक लेंगे । ऊपर अत्यधिक गर्मी तथा निचले हिस्सों में अत्यधिक शीत के कारण धरती की जलवायु एकदम बदल जाएगी । 10,000 से 15,000 मीटर की ऊंचाई तक तापमान 100 डिग्री सेल्शियस को पार कर जाएगा, जबकि धरातल पर यह 50 डिग्री सेल्शियस होगा । इसके परिणामस्वरूप

पर्यावरण का विश्वव्यापी महाविनाश होगा ।

सोवियत भविष्यवाणियां दिल दहला देने वाली हैं । महासागरों तथा महाद्वीपों के बीच तापमान में व्यापक अंतर (जमीन के मुकाबले समुद्र पर हवा देर से सूखती है) के कारण तटों पर विकराल उफान तथा तूफान आएंगे । परिणामस्वरूप धरती पर व्यापक हिमपात होगा, जो इसके जलविज्ञान चक्र को मिटा देगा । सूर्य की रोशनी से विहीन, जमे पड़े महाद्वीपों पर निरंतर चलने वाला रेगिस्तान उत्पन्न होगा । आग से जो कुछ भी बच पाएगा वह हवाओं, शीत तथा सूखे की चपेट में आकर खत्म हो जाएगा । एकाएक उत्पन्न शीत मध्य अक्षांशों के वनों का खात्मा कर देगी । उष्णकटिबंधीय तथा कटिबंधीय वन एकाएक समाप्त हो जाएंगे, क्योंकि ऐसे वन तापमान अथवा रोशनी में व्यापक अंतर का सामना करने में समर्थ नहीं होते ।

सूर्य की रोशनी को धरती पर पुनः लौटने में कम से कम एक वर्ष का समय लगेगा । तब तक देखने के लिए यदि कोई बचा तो वह पाएगा कि धरती लगभग पूर्ण रूप से एक रेगिस्तान में परिवर्तित हो चुकी है । धरती की प्रकाश को परावर्तित करने की शक्ति कई गुना बढ़ जाएगी । धरती कम से कम रोशनी को सोखेगी, जिसके परिणामस्वरूप समूची वातावरण-प्रणाली में भीषण परिवर्तन होंगे । धरती पर एक और हिम युग शुरू होगा ।

तो भी, जहां कहीं भी बर्फ और हिम खंड होंगे, पिघलने लगेंगे, क्योंकि वे ऊंचे क्षेत्रों में होंगे और तापमान अधिक होगा । उबलते पानी के स्रोतों के फूट पड़ने की संभावना होगी।

अदृश्य भूमध्य रेखा द्वारा अलग किए गए उत्तरी तथा दक्षिणी गोलार्धों की वायु-प्रणालियां पूर्ण रूप से अस्त-व्यस्त हो जाएंगी । किसी के लिए भी दक्षिण से उत्तर की ओर बच भागने की कोई संभावना नहीं रहेगी, क्योंकि उन गोलार्धों में भी हालात वही होंगे । धरती का कोई भी भाग बच नहीं पाएगा। बचाव का कोई रास्ता नहीं होगा ।

इन परिणामों पर पहुंचते समय अमरीका तथा रूस दोनों ही देशों के वैज्ञानिकों ने मंगल ग्रह पर विद्यमान परिस्थितियों का अध्ययन किया है । मंगल पर ग्रीष्म के आगमन के साथ ही धूल उठनी शुरू हो जाती है और इतनी शीघ्रता से संपूर्ण ग्रह को ढंक लेती है कि तापमान की समूची पद्धति ही बदल जाती है । इसका तापमान ज्यादा हो जाता है, जबकि सतह ठंडी हो जाती है । परमाणु-युद्ध के बाद धरती की हालत भी बिल्कुल वैसी ही होगी ।

अमरीकी तथा रूसी अध्ययनों ने यह सिद्ध किया है कि 100 मेगावाट बमों (हिरोशिमा पर गिराए गए बम से 8000 गुना अधिक) के विस्फोट के बाद भूमि और जल दोनों ही किसी भी जीवित जीव, मानव, पशु अथवा पौधे के लिए उपयुक्त नहीं रहेंगे ।

स्टेनफोर्ड विश्वविद्यालय के पाल हेरलिक के अनुसार, इस प्रलय से जो भी प्राणी जीवित बच पाएगा, उसकी हालत और भी बदतर होगी; क्योंकि पादप जीवन का आधार

फोटोसिथसिस नहीं रहेगा । इसके बिना पौधों तथा पशुओं के जीवित रहने की कोई संभावना नहीं है ।

इस महाविनाश का एक और भयावह पहलू है – पराबैंगनी विकिरण । बम में विस्फोट नाइट्रोजन आक्साइडों को आकर्षित करता है और ये धरती के वातावरण की ओजोन परत को नष्ट कर देंगे, जो पराबैंगनी विकिरण से जीवन की रक्षा करती है । सोवियत संघ के विद्वान यूरी इजरायल के अनुसार, धरती पर जीवन की शुरुआत पराबैंगनी विकिरण से हुई और यही इसका खात्मा भी कर सकता है । संयुक्त राज्य अमरीका के वैज्ञानिक कार्ल सेगान भी इसी निष्कर्ष पर पहुंचे हैं । पराबैंगनी विकिरण अधिकांश एककोशिकीय जीवों को काल का ग्रास बना देगा, जो समुद्री जंतु जगत की खाद्य-शृंखला की मुख्य कड़ी हैं। अतः यह शृंखला स्वयं ही नष्ट हो जाएगी । डी.एन.ए. अणु जो आनुवंशिक विशिष्टताओं को एक पीढ़ी से दूसरी पीढ़ी में ले जाते हैं, नष्ट हो जाएंगे । आदमी और पशु अपनी आंखों की रक्षा नहीं कर पाएंगे और अंधे हो जाएंगे । लाखों-करोड़ों अंधे पशु-पक्षी (यदि बचे तो) धरती की छाती पर पानी की खोज में बेतहाशा इधर-उधर गिरते-पड़ते दौड़ेंगे। आनुवंशिकता विद्वान निकोलाई बोकोव कहते हैं, "यह सोचना मूर्खता होगी कि आनुवंशिक तौर पर मानव जाति बच पाएगी और आगे चलती रहेगी । आयोनाइजिंग विकिरण तथा रेडियोधर्मी वर्षा के कारण जीवित बचे प्राणियों में भयानक परिवर्तन होंगे। जो जीवाणु आज बिल्कुल हानिरहित माने जाते हैं, वे अत्यन्त प्राणघाती बन जाएंगे और जीवित बचे प्राणियों के लिए गंभीर खतरा उत्पन्न करेंगे ।"

मुस्कराते फूलों, स्वर्णिम पर्वतमालाओं और जीवन की चहल-पहल से सजी-संवरी हमारी पृथ्वी एक ऐसे निर्जीव ग्रह में बदल जाएगी जहां बर्फ, नीरवता और बर्बादी के सिवा कुछ भी नहीं होगा और धरती पर छाया सन्नाटा शायद उस दिन का इंतजार करेगा जब समुद्र के जल से जीवन की नये सिरे से शुरुआत होगी ।

बची-खुची जनसंख्या की संतानोत्पत्ति क्षमता लगभग समाप्त हो चुकी होगी, क्योंकि संख्या के हिसाब से वे काफी निम्न स्तर पर आ जाएंगे । आनुवंशिक विभिन्नता न्यूनतम हो जाएगी। निकट संबंधों के द्वारा संतानोत्पत्ति से बच पाना संभव नहीं होगा । अपने विकास के दौरान मानव जाति में जो आनुवंशिक रोग आ गए हैं वे कई कारणों से कई गुना बढ़ जाएंगे और जीवित बचे गिने-चुने मानव भी समाप्त हो जाएंगे।

संक्षेप में मुस्कराते फूलों, स्वर्णिम पर्वतमालाओं और जीवन की चहल-पहल से सजी-संवरी हमारी पृथ्वी एक ऐसे निर्जीव ग्रह में बदल जाएगी जहां बर्फ, नीरवता और बर्बादी के सिवा कुछ भी नहीं होगा और धरती पर छाया सन्नाटा शायद उस दिन का इंतजार करेगा जब समुद्र के जल से जीवन की नये सिरे से शुरुआत होगी । ■

इतवारी पत्रिका, 16 मार्च 1986

हवा में जहर

प्रगति की ओर चलने का प्रयास एक अच्छी महत्त्वाकांक्षा है, किंतु प्रगति की अंधी दौड़ में शामिल होना विनाश का मार्ग प्रशस्त करना है । आज इस दौड़ से समस्त वातावरण विषाक्त हो उठा है, प्रकृति चक्र का असंतुलन बढ़ता जा रहा है । बढ़ती विषाक्तता से वायुमंडल की पोषक विशेषता समाप्त होती जा रही है और अनगिनत प्रकार से संकट उभर रहे हैं । पृथ्वी के वायुमंडल में 21 प्रतिशत आक्सीजन तथा 0.32 प्रतिशत कार्बनडाइआक्साइड की मात्रा को संतुलित माना गया है । यह अनुपात 650 तथा 1 का पड़ता है। पर मनुष्य की अदूरदर्शिता के कारण कार्बनडाइआक्साइड की मात्रा वायुमंडल में निरंतर बढ़ती जा रही है । यह सूर्य प्रकाश तथा विद्यमान विकिरण को अपने में शोषित कर लेती है और पृथ्वी की गर्मी को अंतरिक्ष में जाने से रोकती है । फलस्वरूप विश्व का तापक्रम निरंतर बढ़ता जा रहा है। अनुमानतः सारे संसार में वार्षिक ईंधन की खपत में 5 प्रतिशत की वृद्धि होने से आगामी दस वर्षों में विश्व के तापक्रम में 4 डिग्री फारेनहाइट की बढ़ोतरी हो जाएगी ।

रासायनिक तत्वों से फैलते प्रदूषण के कारण यूरोप की लगभग चालीस प्रतिशत जमीन अब कृषि योग्य नहीं रही। फ्रांस में एक करोड़ एकड़ जमीन बर्बाद हो चुकी है । अनुमानतः, संसार में रेगिस्तान का क्षेत्रफल हर वर्ष तीस हजार एकड़ बढ़ता जा रहा है। एक ओर संसार की बढ़ती आबादी के लिए अधिक कृषि योग्य भूमि चाहिए, दूसरी ओर योग्य भूमि का एक बड़ा भाग प्रदूषण की विषाक्तता के कारण अपनी उपज क्षमता गंवाता जा रहा है ।

1979 में किए गए एक पर्यवेक्षण के अनुसार, अकेले संयुक्त राज्य अमरीका में 14 करोड़ 70 लाख टन कार्बन मोनोक्साइड, 2 करोड़ 50 लाख टन धूलिकण, 3 करोड़ 40 लाख टन सल्फर डाइआक्साइड और 3 करोड़ 50 लाख टन हाइड्रोकार्बन वायुमंडल में फेंके गए। ये विजातीय पदार्थ विभिन्न माध्यमों से विपुल मात्रा में निकलते हैं । उद्योगों की बाढ़ ने गत तीन वर्षों में यह स्थिति और भी विकट बना दी है । कार्बन मोनोक्साइड, सल्फर डाइआक्साइड और हाइड्रोकार्बन रंगहीन व गंधहीन हैं, पर विषैली गैसें हैं, जो दहन-प्रक्रिया के अंतर्गत ईंधन में कार्बन के पूर्णतः जलने की स्थिति में आक्सीजन से मिलकर पैदा होती हैं। सल्फर डाइआक्साइड की उत्पत्ति तेल व कोयला बनाने से होती है । 60 प्रतिशत सल्फर डाइआक्साइड का उत्पादन कोयला जलाने से ही होता है । हाइड्रोकार्बन अधजला अवशिष्ट ईंधन से पैदा होता है । इसी प्रकार विषैली गैस नाइट्रोजन आक्साइड की उत्पत्ति जीवाश्म ईंधन को अत्यधिक तापमान पर जलाने से होती है । वह यातायात साधनों तथा भारी उद्योगों से पैदा होती है ।

कार्बन मोनोक्साइड को एक धीमा विष कहा जाता है । यह शरीर में प्रवेश करके उसमें विद्यमान जीवनदायी आक्सीजन की मात्रा में ह्रास उत्पन्न करती है । इससे शारीरिक शिथिलता तथा मानसिक अवसाद की अनुभूति होती है । इससे स्वस्थ व्यक्ति की भी कार्यक्षमता घट जाती है, मानसिक विक्षोभ के कारण दुर्घटनाग्रस्त होने की संभावना बढ़ती

है । श्वास तथा स्नायु संबंधी क्रानिक रोगों को बढ़ावा देने में इस गैस की प्रमुख भूमिका होती है । सल्फर डाइआक्साइड श्वसन तंत्र को उत्तेजित करती है तथा उसके सामान्य क्रम में व्यतिरेक उत्पन्न करती है । नाइट्रोजन आक्साइड रक्त विकारों तथा बच्चों में इन्फ्लूएन्जा जैसा रोग उत्पन्न करती है । प्रमुख बात यह है कि सभी विषैली गैसें मनोविकारों को जन्म देने के लिए जितनी उत्तरदायी हैं, उतनी पर्यावरण संबंधी अन्य कोई परिस्थिति नहीं । कुछ विशेषज्ञों का निष्कर्ष है कि 1950 के बाद संसार का तापक्रम घटने लगा है । इसका कारण वे वायुमंडल में बढ़ते कोहरे को बता रहे हैं । इस सघन कोहरे के अनेक कारण हैं – कार्बनडाइआक्साइड की मात्रा में वृद्धि, कारखानों की चिमनियों से निकलता धुंआं, भूगर्भ में आणविक परीक्षण, विपुल परिणाम में ईंधन का दहन आदि ।

मौसम विज्ञानियों का मत है कि वायुमंडल में धूलिकणों तथा एयरोसाल्स का यदि पचास अरब टन जमाव हो जाए तो वायुमंडल का तापक्रम 4 डिग्री घट जाएगा । ऐसी हालत में हिमयुग की शुरुआत हो सकती है । वायुमंडल में विषाक्त रासायनिक तत्वों के मिलते-जुलते रहने से उसकी उर्वरता धीरे-धीरे नष्ट होती जा रही है । रासायनिक तत्वों से फैलते प्रदूषण के कारण यूरोप की लगभग चालीस प्रतिशत जमीन अब कृषि योग्य नहीं रही । फ्रांस में एक करोड़ एकड़ जमीन बर्बाद हो चुकी है । अनुमानतः, संसार में रेगिस्तान का क्षेत्रफल हर वर्ष तीस हजार एकड़ बढ़ता जा रहा है। एक ओर संसार की बढ़ती आबादी के लिए अधिक कृषि योग्य भूमि चाहिए, दूसरी ओर योग्य भूमि का एक बड़ा भाग प्रदूषण की विषाक्तता के कारण अपनी उपज क्षमता गंवाता जा रहा है । ऐसी स्थिति में आने वाले समय में अन्न का संकट और भी गंभीर हो सकता है । जल-स्रोतों की स्वच्छता एवं विशेषता अब नष्ट होती जा रही है । अछूते समझे जाने वाले सौंदर्य-स्थल प्रदूषण की चपेट में आ गए हैं । पर्यावरण मंत्रालय के अध्ययन की रिपोर्ट के अनुसार, नैनीताल की प्रख्यात झील अब पूर्णतः प्रदूषित हो चुकी है । झील के जल का अध्ययन करने वाले डा. एस.एम. दास तथा अन्य विशेषज्ञों की आम राय है कि उसमें कॉपर, कोबाल्ट, सीसा, मैगनीज, जस्ता, सोडियम तथा कैल्शियम जैसे तत्वों का प्राचुर्य है । इसके अतिरिक्त जल में और अनेक विषाक्त रासायनिक तत्व तथा जीवाणु पाए गए हैं । प्रदूषण बढ़ने से झील की अधिकांश मछलियों की प्रजातियां अब दम तोड़ रही हैं; जो जीवित हैं, वे विषाक्त हैं ।

अपनी सुंदरता के लिए प्रख्यात टोकियो अब संसार का सबसे अधिक प्रदूषित नगर है । यहां सुरक्षा चौकियों पर आक्सीजन के सिलेंडर टंगे रहते हैं ताकि श्वास के लिए शुद्ध वायु की कमी पड़ते ही तैनात सिपाही आक्सीजन ग्रहण कर सके । एक रिपोर्ट के अनुसार, लंदन में चार घंटे ट्रैफिक की ड्यूटी संभालने वाले पुलिसकर्मियों के फेफड़ों में इतना विष भर जाता है, मानो उसने 105 सिगरेटें पी ली हों ।

नदियों में बढ़ती विषाक्तता के कारण मछली को आहार में लेने वालों के सामने गंभीर संकट आ खड़ा हुआ है । जापान के क्यू शू द्वीप के पूर्व में मीनीमाता नामक सागर में एक विशाल फैक्ट्री विनाउल क्लोराइड तथा इसी रिल डी हाइड्रेट नामक रसायनों का निर्माण करती है । कुछ वर्षों पूर्व वहां एक भयंकर महामारी फैली । एक जैसे रोग से ग्रसित होकर लोग मरने लगे । आरंभ में रोगी के अंग व होंठ सुन्न हो जाते थे तथा एक सप्ताह बाद स्पर्शबोध और बोलने-सुनने की क्षमता समाप्त हो जाती थी । नेत्र ज्योति भी कुछ ही दिनों बाद नष्ट हो जाती थी । गंभीर यंत्रणा सहते हुए अंततः रोगी मृत्यु का

शिकार हो जाता था। इससे सैकड़ों व्यक्ति मरे और हजारों बीमार होकर अपाहिज बन गए । कारण की खोज करने पर मालूम हुआ कि मीनीमाता खाड़ी की मछलियां फैक्ट्री द्वारा फैलाए गए प्रदूषण के कारण विषाक्त हो गई हैं । इनमें पारे की मात्रा अत्यधिक पाई गई । तबसे खाड़ी में मछली पकड़ना पूर्णतः निषिद्ध कर दिया गया । अपनी सुंदरता के लिए प्रख्यात टोकियो अब संसार का सबसे अधिक प्रदूषित नगर है । यहां सुरक्षा चौकियों पर आक्सीजन के सिलेंडर टंगे रहते हैं ताकि श्वास के लिए शुद्ध वायु की कमी पड़ते ही तैनात सिपाही आक्सीजन ग्रहण कर सके । एक रिपोर्ट के अनुसार, लंदन में चार घंटे ट्रैफिक की ड्यूटी संभालने वाले पुलिसकर्मियों के फेफड़ों में इतना विष भर जाता है, मानो उसने 105 सिगरेटें पी ली हो । लंदन के सत्तर प्रतिशत विद्यार्थियों की आम शिकायत आंख, नाक एवं गले के रोगों की है । जब पूछा गया कि टोकियो में लोगों को सबसे अधिक किस चीज की जरूरत है, तो चारों ओर से एक ही उत्तर मिला, "शुद्ध हवा और साफ आकाश की ।"

कृषि विज्ञानियों का मत है कि पृथ्वी का लगभग एक-तिहाई कृषि क्षेत्र पांच वर्षों के अंदर ही बेकार हो जाएगा । प्रभावित होने वाले क्षेत्रों में भारत, पाकिस्तान, चीन, पश्चिम एशिया, अमरीका तथा कनाडा प्रमुख हैं । एक अन्य रिपोर्ट के अनुसार, पृथ्वी का पांचवां हिस्सा अर्थात 3 करोड़ वर्ग किलोमीटर क्षेत्र पूर्णतः सूखने की स्थिति में पहुंच गया है । अनुमानतः 2 लाख वर्ग किलोमीटर का क्षेत्र प्रतिवर्ष कृषि कार्य के लिए अनुपयुक्त होता जा रहा है । इससे 30 अरब रुपये की फसल का नुकसान हो रहा है । विशेषज्ञ इसका कारण वृक्षों की अंधाधुंध कटाई मानते हैं । हरियाली बादलों को बरसने के लिए आकर्षित करती है । उनके उन्मूलन के कारण पृथ्वी की उर्वरता नष्ट हो रही है । दूसरी ओर वृक्ष वायुमंडल को प्रदूषित होने से बचाते हैं । उनकी बड़ी संख्या प्रतिवर्ष तंबाकू रूपी विष के उत्पादन में आहुति स्वरूप दी जा रही है । एनसाइक्लोपीडिया ब्रिटेनिका 1982 के अनुसार, 3 लाख 63 हजार टन तंबाकू के उत्पादन के लिए भारत में मात्र एक वर्ष में 12 लाख 86 हजार एकड़ भूमि में विद्यमान जंगलों को खत्म कर दिया गया । खेत से काटी गई तंबाकू की कच्ची पत्तियों को सुखाने के लिए वृक्षों के ईंधन का ताप देना पड़ता है । प्रतिदिन भारत में 10 करोड़ सिगरेट तथा 44 करोड़ बीड़ियां बनती हैं । बीड़ी अथवा सिगरेट के तंबाकू को पकाने के लिए पेड़ों के ईंधन की जरूरत होगी । यह तो मात्र भारत के आंकड़े हैं । समस्त विश्व में तंबाकू उत्पादन के लिए प्रतिवर्ष एक बड़े भू-भाग की हरियाली नष्ट की जा रही है ।

प्रदूषण का विज्ञापन करने वाले पेड़-पौधों के घटने तथा निरंतर वायुमंडल में विषाक्तता उभरने से अब गंभीर संकट की स्थिति आ खड़ी हुई है । वैज्ञानिकों का अनुमान है कि अब से 25 वर्ष बाद वायुमंडल में बढ़ती कार्बनडाइआक्साइड गैस की मात्रा के कारण भू-मंडल का औसत तापक्रम 5 डिग्री सेंटीग्रेड से भी अधिक बढ़ जाएगा और ऐसी विनाशकारी परिस्थितियां पैदा हो जाएंगी जिसकी कल्पना भी नहीं की जा सकती है । अनगिनत प्रकार के उभरते संकट इस बात का संकेत देते हैं कि यदि मनुष्य ने अपनी

अदूरदर्शिता न छोड़ी तो मानव जाति को घुट-घुट कर मरने को विवश होना पड़ेगा। प्रस्तुत संकट की महाविभीषिका मनुष्य की सामूहिक आत्महत्या की विवशता जैसी होगी ।

इतवारी पत्रिका, 2 मार्च 1986

दिल्ली चली भोपाल की राह

देश अभी भोपाल गैस त्रासदी की पहली बरसी के मातम में डूबा ही था कि ठीक अगले दिन 4 दिसंबर को दिल्ली में भी गैस-रिसन का हादसा हो गया । सैकड़ों लोग गैस की दहशत से बदहवास हुए । कोई 250 से अधिक लोग गैस-पीड़ित होकर अस्पतालों में भर्ती हुए । एक की जान भी चली गई । 'श्रीराम फूड एवं फर्टीलाइजर्स' कारखाने से रिसी यह गैस भले भोपाल जैसी वीभत्स दुर्घटना का कारण नहीं बनी, मगर यह 21वीं सदी में ले चलने को बेताब हमारी सरकार की निठल्लई का भरपूर पर्दाफाश कर गई ।

पिछले साल भोपाल में विश्व की सबसे बड़ी औद्योगिक दुर्घटना हुई थी । उसी समय से दिल्ली के पर्यावरण समूहों, समाजसेवी संस्थाओं एवं जागरूक नागरिकों ने यहां के रिहायशी इलाकों एवं उसके आसपास की छोटी-बड़ी औद्योगिक इकाइयों में असुरक्षा के खिलाफ आवाज उठानी शुरू कर दी थी। कई पर्यावरण समूहों ने कुछ फैक्टरियों का सर्वेक्षण करके आम लोगों में इसकी रपट भी जारी की थी । 'भोपाल गैस त्रासदी विरोधी समिति' ने तो श्रीराम फूड एण्ड फर्टिलाइजर्स के विरुद्ध 21 अक्टूबर को धरना भी दिया था । तीन दिसंबर को 'पर्यावरण समूहों' एवं 'भोपाल गैस त्रासदी विरोधी समिति' ने ''भोपाल त्रासदी जारी है ! अब दिल्ली की बारी है !!'' जैसे नारों के जरिए लोगों को सचेत करते हुए बड़े-बड़े पोस्टर चिपकाए । इस सबके बावजूद सरकार आंखें मूंदे रही ।

दिल्ली में छोटी-बड़ी लगभग 60 फैक्टरियां हैं जिनसे अक्सर विषैली गैसें रिसा करती हैं। ये तमाम फैक्टरियां घनी आबादी वाले इलाके सुभाष नगर, जखीरा, मोती नगर, राजौरी गार्डन, सुदर्शन गार्डन, नांगलोई, सदर बाजार, बाड़ा हिन्दुराव, पंजाबी बाग, तिलक बाजार, जी.टी. करनाल रोड एवं शाहदरा में स्थापित हैं ।

4 दिसंबर को दिल्ली में भी गैस-रिसन का हादसा हो गया । सैकड़ों लोग गैस की दहशत से बदहवास हुए । कोई 250 से अधिक लोग गैस-पीड़ित होकर अस्पतालों में भर्ती हुए । एक की जान भी चली गई ।

सुभाष पार्क के रिहायशी इलाके के बीच में विषैले रसायनों की एक फैक्टरी है । यहां कोलतार को पिघलाकर वाशर बनाया जाता है । फैक्टरी के अंदर चार भट्टियों में दिन-रात कोलतार पिघलाने का काम चलता रहता है । इससे जो धुंआं निकलता है वह इलाके के तमाम घरों में भर जाता है । इससे लोगों को सांस और फेफड़ों की बीमारियां हो गई हैं। इलाके के तमाम लोग घबराए हुए रहते हैं, क्योंकि इसी तरह की और कई भट्टियां बन रही हैं । लोगों की यह आशंका निर्मूल नहीं है कि अगर ये तमाम भट्टियां चालू हो जाएंगी तो यहां जीना दूभर हो जाएगा ।

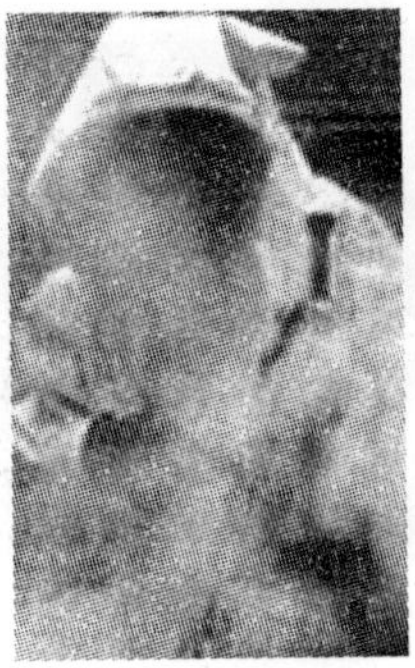

नजफगढ़ रोड पर डी.सी.एम. केमिकल की फैक्टरी है । यहां इसी वर्ष 30 जनवरी को एक बड़ी दुर्घटना हुई थी । इससे 15 व्यक्तियों की हालत गंभीर हो गयी थी । पहले तो प्रशासन ने इस दुर्घटना से ही इंकार किया, फिर पता चला कि 'ट्रीबेन' में खराबी के कारण क्लोरिन गैस 'सील' के रास्ते बाहर निकल गयी । असल में समय-समय पर क्लोरिन गैस को नजफगढ़ नाले में छोड़ दिया जाता है । पिछले 17 सितंबर को सुबह स्कूल जाते वक्त कई बच्चे बेहोश हो गये । ऐसा इसलिए हुआ, क्योंकि 16 सितंबर की रात को क्लोरिन गैस नाले में छोड़ी गयी थी । नाले के किनारे झोपड़ियों में रहने वाले लोग तो इस तरह की गैस से हमेशा ही प्रभावित होते रहते हैं । नित्य-दिन घटने वाली दुर्घटनाओं के बारे में प्रेम नगर, पंजाबी बस्ती, बलजीत नगर, नेहरू नगर के निवासियों की जुबान पर किस्से हैं । आसपास के निवासी हमेशा भयभीत रहते हैं – पता नहीं, आसमान में कब सफेद धुंआं दिखाई देगा और दम घुटने लगेगा ! इसके भुक्तभोगी हुकुमचंद, भीम सिंह, जेठा और रेनू देवी हैं । ये लोग 10 सितंबर की रात में फैक्टरी से निकलने वाली जहरीली गैस से प्रभावित हुए थे ।

भविष्य में कितनी बड़ी दुर्घटना हो सकती है, इसका अनुमान इसी से लगाया जा सकता है कि सिर्फ डी.सी.एम. केमिकल में प्रतिदिन 80 टन क्लोरिन गैस बनायी जाती है । 400 टन गैस मिल में है, परंतु रिकार्ड में मात्र 280 टन ही दिखाई जाती है । यह गैस कितनी जहरीली है, इसका अनुमान इससे चलता है कि इसके एक मिलीग्राम के पंद्रहवें हिस्से को सूंघने मात्र से कोई व्यक्ति मर सकता है । खुदा न खास्ता कभी यहां कोई दुर्घटना हो गई तो क्या वह भोपाल से कम होगी? इस गैस का इस्तेमाल ब्लिचिंग पाउडर बनाने के काम में होता है । इस प्रक्रिया को पूरा करने में जितनी सावधानी की जरूरत है, आमतौर पर उसकी अवहेलना ही की जाती है । इस वजह से हमेशा छोटी-मोटी दुर्घटनाएं होती ही रहती हैं।

दिल्ली की सीमा पर उत्तर प्रदेश का औद्योगिक क्षेत्र नोएडा है । उत्तर प्रदेश सरकार तमाम ऐसे उद्योगों को लाइसेंस दे रही है जिसमें न तो पर्यावरण का ख्याल रखा जाता है और न ही उचित जांच-परख की जाती है । पिछले 23 सितंबर को 'किंडन रेगुलेटर' के पास क्लोरिन के दो सिलेंडर मिले जिससे गैस के रिसाव की वजह से तत्काल एक व्यक्ति की मृत्यु हो गयी और 200 से ज्यादा लोग उससे पीड़ित हुए । बाद में प्रदेश के मुख्यमंत्री और नोएडा के अध्यक्ष यह कह कर अपने उत्तरदायित्व से बरी हो गये कि दुर्घटना स्थल मेरे प्रदेश की सीमा से बाहर है । जानकारी मिली है कि नोएडा की अधिकतर फैक्टरियों से निकलने वाले विषैले पानी को सीधे नाले में या बिना शोधन के सीवर में डाला जाता है । यहां स्थापित किसी भी फैक्टरी में शोधक संयंत्र नहीं है ।

नोएडा की अधिकतर फैक्टरियों से निकलने वाले विषैले पानी को सीधे नाले में या बिना शोधन के सीवर में डाला जाता है । यहां स्थापित किसी भी फैक्टरी में शोधक संयंत्र नहीं है ।

दिल्ली में स्थित श्रीराम फूड एण्ड फर्टिलाइजर्स की गैस टंकी से विषैली गैस रिसने की घटना कोई नयी नहीं है । नयी बात सिर्फ यह है कि इस बार विषैली गैस से ज्यादा लोग प्रभावित हुए और गैस का प्रवाह झुग्गी-झोपड़ियों को लांघकर अभिजात वर्ग के रिहायशी इलाकों तक बढ़ने लगा । लेकिन आखिर हुआ क्या ? गैस रिसने की खबर मिलते ही

प्रशासन ने वही स्वांग शुरू किया जो भोपाल में किया गया था । कार्रवाई के नाम पर फैक्टरी के तीन अधिकारियों को हिरासत में लेने और जमानत पर रिहा करने का नाटक किया गया । यह नाटक ही कहा जाएगा, वरना क्या कारण है कि दिल्ली के श्रम आयुक्त ने श्रीराम फूड एण्ड फर्टिलाइजर्स को खतरनाक घोषित करते हुए इसे बंद करने की सिफारिश की; इसके बावजूद कारखाना अबाध गति से चल रहा है!

यह तो भला हो ओलियम का (कारखाने से रिसी गैस), जो मिथाइल आइसोसाइनेट की तरह भयानक जहरीली नहीं थी – वरना क्या देर लगती दिल्ली को भोपाल बनते !

इतवारी पत्रिका, 22 दिसंबर 1985

आदिवासियों की कीमत पर विकास

आदिवासियों की जीविका के साधन छीनने और उन्हें दर-दर भटकने को मजबूर करने वाली एक और विकास योजना की शुरुआत हो गई है । इसका नाम है औरंगा जलाशय परियोजना। बिहार सरकार सूखे से निपटने के नाम पर पलामू जिले में औरंगा नदी पर पुराने ऐतिहासिक किले के पास 125 करोड़ 40 लाख रुपये की लागत से यह योजना पूरा करेगी । परियोजना के लिए सर्वेक्षण 1967 से प्रारंभ होकर 1984 में खत्म हुआ । सरकारी घोषणा के अनुसार, इस जलाशय से पलामू जिले के पांच और औरंगाबाद जिले के एक प्रखंड में सिंचाई की सुविधा उपलब्ध हो सकेगी; साथ ही बेतला राष्ट्रीय उद्यान के पशु-पक्षियों के लिए साल भर पानी मिल पाएगा । इस परियोजना से 22 गांवों की 5000 जनसंख्या की जिंदगी प्रभावित होगी ।

जब इस परियोजना के विविध पहलुओं की जांच-पड़ताल की गई तो सरकारी घोषणा के विपरीत तथ्य सामने आए – परियोजना से प्रभावित होने वाले कुल गांवों की संख्या 30 और उनकी जनसंख्या 15000 है । आंकड़ों में विरोधाभास पर बिहार सरकार ने दलील दी है कि अभी तक पूरे डूब क्षेत्र का सर्वेक्षण ही नहीं हुआ है । सवाल उठता है कि अगर सर्वेक्षण पूरा नहीं हुआ है तो सिंचाई विभाग ने योजना आयोग के सामने किस क्षेत्र की योजना का विश्लेषण कर हानि से डेढ़ गुना लाभ दर्शाया ? सरकारी तौर पर प्रभावित होने वाले मनिका और बरवाडीह के समस्त पक्के विकास कार्य पर किस आधार पर प्रतिबंध लगा दिया गया ?

पलामू जिले का परियोजना क्षेत्र पलाश और बेर के वृक्षों से भरा पड़ा है । पलाश से लाह बनता है जिसे विदेशों में निर्यात किया जाता है। ऐसे मूल्यवान वृक्षों का मूल्य मात्र एक रुपया प्रति वृक्ष लगाया गया ।

औरंगा परियोजना के विस्थापितों के लिए कब और कहां पुनर्वास की व्यवस्था की जाएगी – सरकार की ओर से इसकी अब तक कोई घोषणा नहीं हुई है । जंगल से जुड़े अन्य इलाकों की तरह इस क्षेत्र में भी गैरमजरूआ भूमि पर व्यापक रूप से खेती होती है । भूमि का अधिकार रैयतों को है । कालांतर में सरकार भूमि जोत रहे रैयतों के नाम बंदोबस्त कर देगी, इसका भी प्रावधान है । पर गैरमजरूआ बंदोबस्ती पर पहले से ही रोक लगा दी गई है, ताकि विस्थापितों को दिए जाने वाले मुआवजे का एक बड़ा अंश बचा लिया जाए । यहां अनेक परिवार ऐसे हैं जो कई पुश्तों से इसी जमीन पर खेती करके जीविकोपार्जन करते हैं तथा इनके घर भी ऐसी ही जमीन पर हैं । विस्थापित होने वालों का कहना है कि यह सारी जमीन यदि सरकारी है तो अब तक प्रबंधक सरकार ने हमें बेदखल क्यों नहीं किया ?

1978 में सिंचाई विभाग के कार्यालय और कॉलोनी के लिए ग्राम तुंबागड़ा में मनमानी

दर पर जमीन ले ली गई । पूरन साह की 3.50 एकड़ जमीन मात्र 4100 रुपये में ली गई । जब लोगों ने विरोध किया तो उन्हें आश्वासन दिया गया कि बाद में और पैसे दिए जाएंगे । कार्यालय और कॉलोनी बन गए, वहां से विभागीय कार्य किया भी जा रहा है; पर विस्थापितों की बढ़ी हुई मुआवजे की राशि तो दूर, उनके हजारों बहुमूल्य पलाश और महुआ वृक्षों का भी मुआवजा नहीं दिया गया है। 1979-80 में मुख्य सड़क से बांध-स्थल तक जाने के लिए ग्राम दुलसुलमा, तुंबागड़ा, चेतमा और हुड़मुड़ में छह किलोमीटर जमीन ली गई तथा बहुसंख्य वृक्ष काट दिए गए । 1981 में कच्चा बांध निर्माण के लिए ग्राम तुंबागड़ा, पीपरा और चेतमा में 1000 फीट चौड़ी ली गई भूमि तथा उसपर कुंआं, घर व वृक्ष के मूल्यांकन में भारी अनियमितता बरती गई । तुंबागड़ा के प्लॉट नंबर 76 की जमीन एक प्रभावशाली व्यक्ति की है । यह जमीन 18,000 रुपए एकड़ की दर से ली गई, जबकि इसी जगह एक निरीह आदिवासी की जमीन मात्र 2300 रुपए एकड़ की दर से। जिस जमीन की कीमत ज्यादा आंकी गई, वह पथरीली है । जिसका मूल्य कम लगाया गया वह जमीन समतल और उपजाऊ है । ऐसे सैकड़ों मामले हैं जिनमें आदिवासी कृषकों की संपत्ति कौड़ी के मोल हड़प ली गई। इस मामले की जांच 1981 में 'बिहार विधान सभा' की 'याचिका समिति' ने की थी। अपनी रिपोर्ट में उस समिति ने मूल्यांकन में घोटाला रोकने और दोषी भ्रष्ट पदाधिकारियों पर कानूनी कार्रवाई करने की सिफारिश की थी । लेकिन अभी तक उसका कोई परिणाम नहीं निकला है ।

पलामू जिले का परियोजना क्षेत्र पलाश और बेर के वृक्षों से भरा पड़ा है । पलाश से लाह बनता है जिसे विदेशों में निर्यात किया जाता है । ऐसे मूल्यवान वृक्षों का मूल्य मात्र एक रुपया प्रति वृक्ष लगाया गया । मूल्यांकन में अनियमितता के कई मामले सब-जज, पलामू के न्यायालय में लंबित हैं । विस्थापितों द्वारा फसल मुआवजे की मांग करने पर उनपर पुलिस दमन चलाया जाता है । इस प्रकार सरकार 75 फीसदी आदिवासी-हरिजनों को जबरन खदेड़कर औरंगा जलाशय का निर्माण कर पलामू और औरंगाबाद के प्रभावशाली धनी लोगों को हरा-भरा बनाने जा रही है । इस योजना से उत्पन्न अनेक समस्याओं के समाधान के लिए स्थानीय जनता ''औरंगा विस्थापित संघर्ष समिति'' का गठन करके शांतिमय तरीके से आंदोलन चला रही है । ■

जनसत्ता, 6 अगस्त 1985

साफ पानी की खोज में

पूरी दुनिया में 1990 तक पीने का साफ पानी और सफाई की व्यवस्था का वादा करते हुए विश्व के कई देशों ने इस कार्यक्रम के लिए 'अंतर्राष्ट्रीय दशक' (1981-1990) मनाने का निर्णय लिया था। आज इस कार्यक्रम का आधा समय निकल गया है और कहने लायक कोई खास प्रगति नहीं हो पायी है । संयुक्त राष्ट्र संघ के महासचिव ने इस बारे में एक अंतरिम रिपोर्ट प्रस्तुत करते हुए कहा है : ''विकासशील देशों में लगभग साढ़े चौंतीस करोड़ लोगों को पीने का साफ पानी मुहैया कराया गया है और इस दशक को सफल बनाने के लिए संकल्प करने वाले राष्ट्रों की संख्या 9 से 90 हो गयी है । परन्तु यह प्रगति एक भ्रम है ।''

एशिया में साफ पानी से वंचित होने वाले लोगों की संख्या में हर साल कम से कम 4 करोड़ की वृद्धि होती जा रही है । भारत के योजना आयोग के सलाहकार श्री नलिनी जयाल का कहना है कि 'इस दशक के दरम्यान, पूर्व एशिया में 1970 के दशक में जितनों को स्वच्छ पानी मिलता था, उससे बहुत ही कम लोगों को इस अवधि में शुद्ध और पर्याप्त पानी की सुविधा मिल सकी है ।' वे कहते हैं कि केवल कुएं खोदने से ही समस्या हल नहीं हो सकती है, क्योंकि भूमिगत जल घटता ही जा रहा है ।

श्री जयाल के कथनानुसार, हाल के वर्षों में जंगलों को बेहिसाब खत्म कर दिया गया है, जबकि भूमि के नीचे पानी का भंडार कायम रखने वाला मुख्य स्रोत ये जंगल ही थे । धरती पर हरियाली खत्म होती है तो मिट्टी में पानी सोखने की शक्ति खत्म होती है और बारिश का सारा पानी जमीन में जाने की बजाय ऊपर से बहकर नदियों द्वारा समुद्र में जा गिरता है। भूमिगत जल को थामे रखना धरती की ऊपरी सतह का ही काम है ।

नदियों के जल-ग्रहण क्षेत्र में जंगलों का कटाव और खेतों तथा जंगली इलाकों में नकदी फसलें पैदा करने का पागलपन – ये दो बातें इस प्राकृतिक जल संकट के मुख्य कारण हैं ।

महाराष्ट्र में इस दशक के शुरू में 16,112 गांव ऐसे थे जिन्हें पीने के पानी की समस्या का सामना करना पड़ता था । लेकिन अब ऐसे गांवों की संख्या 23,000 हो गयी है । उत्तर प्रदेश में राज्य की कुल 2700 जल आपूर्ति योजनाओं में से 2300 योजनाएं विफल रह गईं, क्योंकि वहां के जल-स्रोत सूख गए । पड़ोसी देश नेपाल, थाईलैंड और मलेशिया में भी पेयजल की स्थिति ऐसी ही है ।

पश्चिम बंगाल में पिछले साल की शुरुआत में करीब 2000 लोग हैजे से मर गए । यह भी वहां की जल समस्या की भयंकरता का सूचक है । भूमिगत जल स्रोतों के सूख जाने के कारण वहां लोगों को खुली बावड़ियों का लगातार अशुद्ध होता पानी पीने को मजबूर होना पड़ा ।

श्री जयाल का कहना है कि नदियों के जल-ग्रहण क्षेत्र में जंगलों का कटाव और खेतों तथा जंगली इलाकों में नकदी फसलें पैदा करने का पागलपन – ये दो बातें इस प्राकृतिक जल संकट के मुख्य कारण हैं ।

जल-ग्रहण क्षेत्र का ठीक प्रबंध न करा पाने का नतीजा यह हुआ है कि हमारे देश में बार-बार बाढ़ का शिकार होने वाले भू-भाग में वृद्धि हो गई – 1971 के बाद पिछले दस सालों में यह भू-भाग 2 करोड़ हेक्टर से बढ़कर 4 करोड़ हेक्टर हो गया । सतह के पानी का समुचित मात्रा में भाप बनना और बारिश के रूप में पुनः इसका धरती पर आना – ये प्राकृतिक क्रियाएं वनों के सफाये के कारण अस्त-व्यस्त हो चली हैं । अब बरसात में बेहद बारिश होती है, बाकी मौसम में बूंद भर भी पानी नहीं गिरता । फिर बाढ़ और सूखे का चक्र चालू हो जाता है, बाढ़ आकर सारी मिट्टी को बहा ले जाती है और सूखे में सारी धरती तवे की तरह तपकर झुलसने लगती है । हमारे देश में सूखे का शिकार होने वाला भाग इस समय 5 करोड़ 90 लाख हेक्टेयर हो गया है ।

भारत में ज्यादातर खेती असिंचित है । इसलिए लोगों ने बारिश पर निर्भर बारानी खेती को सूखे का मुकाबला करने लायक बना लिया था । दक्षिणी पठारी क्षेत्र में सिंचाई का साधन केवल बारिश ही है । यहां लाल मिट्टी वाली जमीन में ऐसी फसलें बोयी जाती थीं जो सूखे के खतरे को बर्दाश्त कर सकें । वे एक साथ अलग-अलग अवधि में पकने वाली फसलें होती थीं । पर अब यहां नकदी फसलें बोयी जाती हैं । श्री जयाल इस जमीन में फिर से उन फसलों को ही बोने पर जोर देते हैं जो पीढ़ियों से विपरीत मौसमों का मुकाबला करती आयी हैं, ज्यादा समय तक टिकी रह सकती हैं और प्राकृतिक ऊंच-नीच को बर्दाश्त कर सकती हैं।

आज गेहूं और चावल भी नकदी फसल हो गए हैं । उन्नत गेहूं को भरपूर पानी और खाद की जरूरत होती है और एशिया के ज्यादातर अधभूखे इलाकों में इन दोनों की बेहद कमी है। इन इलाकों की पारंपरिक फसलें तो चना और छोटी मटर हैं, जो कमजोर मिट्टी और विभिन्न हवामान में भी पैदा होती हैं और प्राकृतिक भंडार को खाली नहीं करती हैं ।

आज का औद्योगिकीकरण का दौर विकासशील देशों के पर्यावरण और व्यापार व्यवस्था दोनों को खतरनाक हालत की ओर धकेल रहा है । वस्तुओं के दाम घटते हैं और नकदी फसलों से आय कम होती जाती है, तब विदेशी ऋण चुकाना और तकनीकी आदि मदद जुटाना दूभर होने लगता है । विदेशी मुद्रा कमाने की मजबूरी में उन्हें नकदी फसलों का क्षेत्र विस्तार करते जाना पड़ता है । नतीजा है – हमेशा के लिए बिगड़ता और उजड़ता पर्यावरण ।

इस प्रकार आज विदेशी मुद्रा की पाई-पाई राष्ट्र की जमीन, पानी और जंगल को बर्बाद करके प्राप्त की जाती है । इन प्राकृतिक संसाधनों की क्षति-पूर्ति आसान नहीं है । भूमिगत जल समाप्त होने पर पानी को कहीं दूर से पाइप के जरिए लाने, गंदे पानी को उपचारित करने या नये जलाशय बांधने जैसे उपाय करने पड़ेंगे, जो बहुत ही मंहगे हैं ।

एशिया के उष्ण कटिबंधीय देशों में प्राकृतिक संकट का सबसे भयंकर पहलू पानी की कमी है। अफसोस की बात यह है कि इनमें से एक भी देश अभी चेता नहीं है और न ही वह अपने जल स्रोतों के सही प्रबंधन की ओर ध्यान दे रहा है । अंतर्राष्ट्रीय पेयजल दशक के घोषणा-पत्र पर दस्तखत कर देने भर से कुछ नहीं होने वाला। ▣

अमृत प्रभात, रविवार 7 सितंबर 1986

शोर

शोर यानी ध्वनि-प्रदूषण भारत में एक प्रमुख समस्या है । यहां यह अंतर्राष्ट्रीय स्तरों की सारी सीमाएं पार कर गई है । दिल्ली, मुंबई तथा कलकत्ता भारत के सर्वाधिक शोर वाले नगर हैं। अखिल भारतीय आयुर्विज्ञान संस्थान के एक अध्ययन से पता चला है कि यहां इसका स्तर कभी भी 60 डैसिब्ल से कम नहीं होता, जबकि इसका अधिकतम मान्य स्तर 45 डैसिब्ल है ।

भारतीय नगरों में शोर का औसत, निर्धारित अंतर्राष्ट्रीय स्तर के दुगने के लगभग है । यहां शोर का स्तर अंतर्राष्ट्रीय 45 डैसिब्ल के मुकाबले 90 डैसिब्ल है । पर्यावरण विभाग के एक अध्ययन के अनुसार, दिल्ली में जितने लोगों से इस संबंध में बातचीत की गई उसमें से 86 प्रतिशत ने कहा कि इस शहर में शोर इतना अधिक है कि इससे उनका जीवन प्रभावित होता है । 90 प्रतिशत लोगों ने वाहनों के शोर को सर्वाधिक तकलीफदेह बताया ।

दिल्ली के 65 प्रतिशत कार्यस्थलों में 90 से 100 डैसिब्ल तक शोर है । इनमें अधिकतम शोर 120 डैसिब्ल तक पाया गया । दिल्ली के एक बड़े कारखाने में जहां 5000 के लगभग कर्मचारी काम करते थे, लगभग 4500 कर्मचारी 90 डैसिब्ल से अधिक शोर में काम करने पर मजबूर पाए गए ।

एक अन्य अध्ययन में पाया गया कि गांवों की तुलना में दिल्ली में शोर से होने वाले बहरेपन का शिकार होने वालों की संख्या कहीं अधिक है । इस बहरेपन को 'प्रोस्बीक्यूसिस' कहा जाता है । लखनऊ में चुने हुए भीड़ भरे स्थलों पर, विशेषकर उन जगहों पर जहां लाटरी टिकटों आदि की बिक्री होती है, शोर का स्तर 90 से 100 डैसिब्ल और कभी-कभी इससे भी अधिक पाया गया । अध्ययनों से यह भी पता चलता है कि कानों में लगातार शोर पड़ने से, भले ही उसका स्तर कम हो, सुनने संबंधी समस्याएं पैदा हो सकती हैं । यही कारण है कि खोमचे वाले तथा फल-सब्जी आदि बेचने वाले शोर से उत्पन्न बहरेपन तथा श्रवण संबंधी तकलीफों का सर्वाधिक शिकार होते हैं । इस वर्ग के 40 प्रतिशत से अधिक लोगों को, बिना किसी अन्य बाहरी कारण के, कानों में घंटियां-सी बजती सुनाई देने की शिकायत है ।

कानों में लगातार शोर पड़ने से, भले ही उसका स्तर कम हो, सुनने संबंधी समस्याएं पैदा हो सकती हैं । यही कारण है कि खोमचे वाले तथा फल-सब्जी आदि बेचने वाले शोर से उत्पन्न बहरेपन तथा श्रवण संबंधी तकलीफों का सर्वाधिक शिकार होते हैं । इस वर्ग के 40 प्रतिशत से अधिक लोगों को, बिना किसी अन्य बाहरी कारण के, कानों में घंटियां-सी बजती सुनाई देने की शिकायत है ।

दक्षिण भारत के पांच नगरों में किए गए एक सर्वेक्षण के दौरान बड़ी संख्या में औद्योगिक मजदूर 'शोर-जनित श्रवण शक्ति ह्रास' के शिकार पाए गए । मद्रास, कोयम्बटूर, कोचीन,

मदुरै तथा त्रिवेन्द्रम के ऑटोमोबाइल, तेल मिल, खाद तथा अन्य उद्योगों में किए गए एक अध्ययन के दौरान वहां हर चार में से एक मजदूर 'शोर-जनित श्रवण शक्ति ह्रास' का शिकार पाया गया । भारत के मजदूरों ने शोर से होने वाले बहरेपन के सवाल पर हर्जाने का दावा करना शुरू नहीं किया है, जबकि ब्रिटेन में सिर्फ 1970 के वर्ष में ही 100000 से अधिक मजदूरों ने इस मुद्दे पर हर्जाने का दावा किया था ।

सीमा से अधिक शोर का प्रभाव कपड़ा मिलों और बर्तन मिलों के मजदूरों पर पड़ता है। भिवंडी जैसे नगरों में, जहां क्रियात्मक रूप से हर घर में हथकरघा लगा हुआ है, वहां तो हालत और भी बुरी है । यहां तक कि ग्रामीण क्षेत्र भी शोर की इस लानत से मुक्त नहीं है । तिरुपति के निकट एक गांव आनंदपुर पालयम में बर्तन बनाए जाते हैं । यहां 95 से 115 डैसिब्ल तक शोर पाया गया । इससे सहज ही अनुमान लगाया जा सकता है कि उन गांवों के निवासियों को कैसी यातना सहनी पड़ती होगी ।

जापान व फ्रांस में हाल ही में किए गए एक जनमत संग्रह में बताया गया है कि 'पर्यावरण को असंतुलित करने में शोर एक बड़ा कारण है ।' ब्रिटेन में शोर के कारण लगभग एक लाख लोगों की श्रवण-शक्ति क्षीण हो जाने का खतरा उत्पन्न हो गया है, जबकि अमरीका में कानों में निरंतर शोर पड़ने के कारण लगभग 8 प्रतिशत मजदूर श्रवण संबंधी तकलीफों का शिकार हो चुके हैं । भारत में शोर संबंधी अनुसंधान अभी शैशवकाल में है । फिर भी, उद्योगों आदि में अब तक किए गए छिटपुट सर्वेक्षण ही इसके भयानक परिणामों की गंभीर चेतावनी देने के लिए काफी हैं । भारत सरकार के कारखाना सलाह सेवा के उपमहानिदेशक डॉ. एस.एस. राधास्वामी के अनुसार, ''यदि यह भी मान लिया जाए कि केवल 5 प्रतिशत कर्मचारी ही उच्च शोर स्तर में काम करते हैं, तब भी कम से कम 3000000 मजदूरों के सामने बहरेपन का खतरा मौजूद है ।''

'कानों के रक्षक' यदि सही ढंग से फिट किए जाएं तो शोर से पर्याप्त बचाव हो सकता है । लंकाशायर (ब्रिटेन) में 86 प्रतिशत कपड़ा मिल कर्मचारी 'ईयर प्रोटेक्टर' लगाते हैं। लेकिन गर्मियों के मौसम में इनका इस्तेमाल संभव नहीं । इससे इन्फैक्शन होने का भी खतरा रहता है, विशेषकर जब इनका इस्तेमाल अस्वच्छ हाथों से किया जाता है। कर्मचारियों को इसे 8 घंटे लगाना पड़ता है । इससे इनका सिर दर्द करने लगता है और कानों से पानी बहने लगता है ।

'कानों के रक्षक' यदि सही ढंग से फिट किए जाएं तो शोर से पर्याप्त बचाव हो सकता है । लंकाशायर (ब्रिटेन) में 86 प्रतिशत कपड़ा मिल कर्मचारी 'ईयर प्रोटेक्टर' लगाते हैं । लेकिन गर्मियों के मौसम में इनका इस्तेमाल संभव नहीं। इससे इन्फैक्शन होने का भी खतरा रहता है, विशेषकर जब इनका इस्तेमाल अस्वच्छ हाथों से किया जाता है ।

लाउडस्पीकर भारत में शोर पैदा होने का एक अतिरिक्त कारण है । अधिकतर देशों में इसका उपयोग नियंत्रित वा प्रतिबंधित है । बम्बई में गणपति उत्सव के दिनों में आधी रात के साथ शोर का स्तर 95 डैसिब्ल तक जा पहुंचता है । हालांकि केवल बाक्स टाइप स्पीकरों की अनुमति है, इसके बावजूद लोग कोण टाईप स्पीकरों का उपयोग करते हैं, इनसे अधिक शोर उत्पन्न होता है ।

बहुत अधिक समय तक शोर में रहने से कई तरह के मानसिक विकार भी उत्पन्न हो सकते हैं । कुछ मामलों में तो व्यक्ति का व्यवहार अत्यन्त हिंसक हो जाता है । मद्रास

में किए गए एक सर्वे से पता चला है कि 50 प्रतिशत से अधिक उद्योगों के उस हिस्से के मजदूरों में आन्दोलनात्मक स्थिति पनप उठती है जो उस उद्योग का सर्वाधिक शोर वाला हिस्सा होता है । कलकत्ता तथा उसके आसपास के क्षेत्रों में तो हालत और भी खराब है, जहां 1000 में से 8 व्यक्तियों की श्रवण-शक्ति शोर से प्रभावित हुई है ।

शोर हमारे पर्यावरण को विषैले रसायनों की भांति ही दूषित करता है । इसके प्रभावों को समाप्त नहीं किया जा सकता । इससे हृदय रोग तथा रक्तचाप जैसे रोग उत्पन्न होते हैं । शोर का प्रभाव श्रव्य, शारीरिक एवं मानसिक इन तीनों स्तरों पर पड़ता है ।

वैज्ञानिकों के अनुसार, हवाई अड्डों के निकटवर्ती उपनगरों में रहने वाली महिलाओं का मासिक रक्तस्राव सामान्य से अधिक लंबा (लगभग 8 दिन तक) चलता है । जी.एस. मेडिकल कॉलेज, बंबई के डॉ. राजाराम के अनुसार, शोर के परिणामस्वरूप शहरी लड़कियों में ग्रामीण लड़कियों की तुलना में मासिक धर्म जल्दी शुरू हो जाता है । शोर का स्तर हर छह वर्षों में बढ़कर दुगना हो जाता है । यदि इसे इसी दर से बढ़ने दिया गया, जिस दर से पिछले बीस वर्षों से बढ़ता चला जा रहा है, तो भारत की बहुत बड़ी जनसंख्या कहीं प्रकृति प्रदत्त शक्ति के वरदान से वंचित न हो जाए । ■

इतवारी पत्रिका, 17 जनवरी 1998

खंड-3

महिला

औरतों का छिनता रोजगार

तमाम प्रचार माध्यमों पर सरकार के अंकुश और मिथ्या प्रचार के बावजूद देश का आम नागरिक यह मानने को तैयार नहीं है कि मशीनीकरण और कंप्यूटरीकरण के बाद भी रोजगार के मार्ग खुले रहेंगे और बेरोजगारी कम होगी । मशीनीकरण के परिणाम लोगों के दिलो-दिमाग को कई गुणा ज्यादा प्रभावित करते हैं, बनिस्बत इन माध्यमों के खोखले प्रचार के ।

सभी विकसित देशों से तकनीकी और व्यापारिक समझौते किए जा रहे हैं ताकि अपने देश में भी आधुनिक तौर-तरीके लागू करवाए जा सकें । तम्बाकू उद्योग देश का दूसरे नंबर का रोजगार प्रदान करता हुआ उद्योग है । यह इसी मशीनीकरण के चंगुल में फंसने वाला है । यों भी तम्बाकू उद्योग में कम शोषण और दमन नहीं है, मशीनीकरण के बाद भी यह कम नहीं होने वाला । साथ ही साथ बहुत से लोग रोजगार से भी वंचित हो जाएंगे। यह समस्या तब और विकराल होगी जब बेरोजगार होने वाले श्रमिकों में से एक बड़ा तबका स्त्रियों का होगा ।

कपड़ा, सूत और पटसन की मिलों में 25 से 40 प्रतिशत कामगार स्त्रियां हुआ करती थीं । स्वचालित मशीनों के आने से पहला वार इन्हीं पर हुआ, देखते-देखते हजारों स्त्रियां बेकार हो गईं । अंततः इन उद्योगों में इनकी तादाद घटकर तीन-चार प्रतिशत रह गई। किसी ने इसके खिलाफ आवाज नहीं उठाई । यहां तक कि श्रमिक संगठनों के भी कानों में जूं नहीं रेंगी । अब इस मशीनीकरण ने तंबाकू उद्योग में भी घुसपैठ शुरू कर दी है। सबसे पहला आक्रमण इनके खलिहानों पर हुआ। तमाम छोटे-छोटे खलिहान समाप्त हो रहे हैं । इसके बाद बड़े खलिहानों की बारी आएगी । छोटे-छोटे खलिहानों में हाथों से होने वाली प्रक्रिया में हजारों स्त्रियां काम करती थीं। मशीनों के आने के बाद थोड़े से पुरुष मजदूर बच गए और स्त्रियों की रोजी-रोटी छिन गई ।

स्थानीय मजदूरों को दैनिक मजदूरी दी जाती है तथा बाहर के मजदूरों को काम के अनुपात के आधार पर दिहाड़ी । इनकी मजदूरी सीधे इनको न देकर इनके ठेकेदार को दी जाती है । वह इस पैसे में से कुछ प्रतिशत अपने पास रख लेता है ।

ऐसी मशीनें क्यों आनी चाहिए जिनसे स्त्रियां बेरोजगार हो जाएं ! एक ओर तो इनके लिए नए रोजगार की योजनाएं न बनें और दूसरी ओर इनके पास जो रोजगार उपलब्ध हैं, वह भी छिन जाएं ! यह कहां का न्याय है ! कैसी वैज्ञानिक सोच है ! मजदूर संघ स्त्री मजदूरों के प्रश्न को समूची यूनियन का प्रश्न बनाकर क्यों नहीं लड़ते हैं ! मशीन चलाने का काम स्त्रियों को क्यों नहीं सिखाया जाता ! इनके बेरोजगार होने से परिवार की रोटी छिनती है – यह सीधी-सी बात किसी की समझ में क्यों नहीं आती !

तम्बाकू उद्योग करोड़ों भारतीयों को रोजगार देता है । रोजगार देने वाले उद्योगों में खेती का स्थान प्रथम है, दूसरे स्थान पर है तम्बाकू उद्योग । प्रत्यक्षतः यह करीब पचास लाख लोगों को रोटी उपलब्ध कराता है । इसमें बीड़ी बनाकर रोटी कमाने वालों की संख्या सबसे बड़ी है। इनमें लगभग 90 प्रतिशत स्त्रियां हैं । ये घर में यह काम कर लेती हैं। गांवों और शहरों की गरीब औरतें बीड़ी बनाकर पेट पालती हैं । बीड़ी के लिए पीसी हुई तंबाकू की जरूरत होती है । उसके बड़े-बड़े गोदाम होते हैं और उसके लिए प्रमुख उद्योग निरीक्षक से परवाना बनवाना पड़ता है । सालों तक तंबाकू तैयार करने की प्रक्रिया हाथों से होती रही । 1970 के बाद कुछ प्रक्रियाओं के लिए मशीन लाई गई । इस प्रकार बीड़ी योग्य तंबाकू तैयार करने के लिए अर्ध-मशीनीकरण हुआ । पहले हाथों से ही तंबाकू के पत्ते सुखाए जाते थे, पीसे जाते थे, छाने जाते थे, तब कहीं जाकर सूखी पत्ती तैयार होती थी । 1982 में सबसे पहले इस प्रक्रिया के लिए कर्नाटक में निपाणी की फैक्ट्री में मशीन लगाई गई । इसके बाद गुजरात के आणद में दूसरी मशीन लगी । उपरोक्त सारी प्रक्रियाओं को यह मशीन पल भर में निपटा देती है । एक तरफ से मशीन के मुंह में पत्ती डाली जाती है, दूसरी ओर से सूखी तैयार पत्ती बाहर निकलती है । अंत में पत्तियों को अलग-अलग किस्म के पाउडरों में मिलाने का काम ही बच जाता है, जो हाथों से होता है ।

तंबाकू के खलिहान का काम खेत मजदूरी के प्रकार का ही काम है । खलिहान का काम बीड़ी उद्योग का ही अंग है । स्त्रियों के उद्योग की दृष्टि से देखा जाए तो खलिहान का उद्योग ध्यान से बाहर ही रहा है । अब इन मशीनों ने घर देख लिया है, इसलिए स्त्रियों की रोजी में कमी आएगी। निपाणी में तो इसका प्रभाव पड़ भी चुका है । धीरे-धीरे अन्य जगहें भी इसकी गिरफ्त में आ जाएंगी ।

बीड़ी तंबाकू देश भर में सिर्फ दो ही राज्यों में होती है – गुजरात और कर्नाटक में । यों तो 19वीं शताब्दी से ही तंबाकू की फसल गुजरात में होती रही है, लेकिन व्यावसायिक दृष्टि से इसी शताब्दी के शुरू में उसको महत्व मिलने लगा । अभी बीड़ी पत्ती का कुल उत्पादन 4 करोड़ 66 लाख किलोग्राम है । इसमें से 80 प्रतिशत तंबाकू गुजरात में तथा 20 प्रतिशत कर्नाटक में उगाई जाती है । खेड़ा जिले में 850 कारखानों में साधी तंबाकू बनाई जाती है । कर्नाटक के बेलगाम जिले के निपाणी में लगभग 100 खलिहानों के कारखाने चलते हैं । कर्नाटक के कारखानों के भी मालिक गुजराती ही हैं । तंबाकू उगाने वाला किसान ही बीड़ी पत्ती तैयार करके बेचने वाला व्यापारी भी है । ये लोग बीड़ी बनाने वाले व्यापारियों को उनकी जरूरत के अनुसार तंबाकू की पूर्ति करते हैं । बीड़ी पत्ती बनाने वाले शायद ही कभी खुद बीड़ी बनाते हों। बीड़ी तंबाकू के खलिहान अधिकांश आणद और नडियाद के गांवों में हैं । निपाणी में तंबाकू की खेती छोटे-छोटे किसान करते हैं और उनकी बिक्री तंबाकू के व्यापारी या दलाल करते हैं । ये लोग बीड़ी, तंबाकू की फैक्ट्री के मालिक भी होते हैं ।

तंबाकू बनाने की प्रक्रिया तीन तरीके से संपन्न होती है – हाथ से, आधी मशीन से, तथा

पूरी मशीन से । पहले तरीके में कूटने तथा अलगाने का काम हाथ से होता है, सिर्फ फटकने के लिए ही पंखे का उपयोग होता है । अर्धमशीन वाले तरीके में कूटने के लिए कटर मशीन, अलगाने तथा छानने के लिए दूसरी मशीन का उपयोग होता है । इसके अलावा टहनियों व डंठलों को पीसने के लिए तीसरी मशीन काम में लाई जाती है । ब्लेण्डिंग यानी आनुपातिक मिश्रण को तैयार करने का काम हाथ से होता है । संपूर्ण मशीन वाले तरीके में माल डालने का काम स्त्री मजदूर करती हैं । मशीन के आने से विभिन्न काम विभाजित हो गए हैं ।

इन तीनों तरीकों में उत्पादकता में भी अंतर है । हाथ से काम करने वाली मजदूर एक पारी में 15 किलोग्राम सूखी पत्ती तैयार कर सकती है, अर्धमशीनीकरण में 40 किलोग्राम और संपूर्ण मशीनीकरण में 320 किलोग्राम उत्पादन कर सकती है । निपाणी में लगाई गई एक मशीन एक घंटे में तीन टन माल का उत्पादन करती है । इस तरह मशीन हाथ की तुलना में 21 गुणा काम कर सकती है ।

1981-82 में निपाणी में 2,24,49,200 किलोग्राम तंबाकू का उत्पादन हुआ । इतनी तंबाकू प्रोसेसिंग के लिए कितने स्त्री दिन चाहिए इसका हिसाब लगाया गया तो पता चला कि पूरा काम हाथ से करने पर 14,96,613 स्त्री-दिन लगेंगे और अर्धमशीन से करने पर 70,153 स्त्री-दिन लगेंगे । इसे हम दूसरे तरीके से देखें कि इतना काम होने पर पूरे एक वर्ष में कितनी स्त्रियों को काम मिल पाएगा । मान लिया जाए कि एक स्त्री मजदूर साल भर में 300 दिन स्थाई मजदूर की तरह काम करती है — तब हाथ से काम करने में 4988 स्त्रियों को काम मिलेगा, अर्धमशीन में 1496 स्त्रियों को काम मिलेगा तथा संपूर्ण मशीन वाले तरीके में सिर्फ 233 स्त्रियों को ही काम मिल पाएगा । तीनों तरीकों के बीच का फर्क चौंकाने वाला है । आज निपाणी में आने वाली कुल तंबाकू में से सिर्फ पांच प्रतिशत ही नई मशीनों से प्रोसेस की जाती है । जल्द ही सारे व्यापारी नई मशीन लाने की फिराक में हैं । इससे हजारों स्त्रियां बेरोजगार होंगी, यह तय है ।

महिलाओं में से लगभग 30 प्रतिशत विधवा, परित्यक्ता या तलाकशुदा हैं । इसलिए उनकी आय पूरक न होकर मुख्य आय है । बिना बच्चों वाली स्त्री शायद ही कोई हो । मां-बाप या सास-ससुर के पालन-पोषण की जिम्मेवारी भी इन्हीं के कंधों पर है ।

सरकारी आंकड़ों के आधार पर जानकारी मिली है कि गुजरात में लगभग 22,000 से 25,000 मजदूर तंबाकू के खलिहानों में काम करते हैं । परंतु ऐसे छोटे-छोटे और फुटकर खलिहानों में काम करने वाले श्रमिकों का कोई आंकड़ा उपलब्ध नहीं है । एक अनुमान के अनुसार, ऐसे मजदूरों की संख्या 40,000 से 60,000 तक हो सकती है । कुल श्रमिकों में 70 प्रतिशत स्त्री मजदूर हैं और 30 प्रतिशत पुरुष । इन मजदूरों में 60 प्रतिशत स्थानीय हैं और 40 प्रतिशत बाहर के । स्थानीय मजदूरों को दैनिक मजदूरी दी जाती है तथा बाहर के मजदूरों को काम के अनुपात के आधार पर दिहाड़ी । इनकी मजदूरी सीधे इनको न देकर इनके ठेकेदार को दी जाती है । वह इस पैसे में से कुछ प्रतिशत अपने पास रख लेता है । बाहर से आने वाले मजदूरों में से अधिकतर पंचमहल और राजस्थान के आदिवासी हैं । खलिहानों में उन्हें टपरे खड़े करने के लिए जगह दी जाती है । यहां वे बंधक के रूप में जीवन व्यतीत करते हैं । वहां माइग्रेट लेबर एक्ट का रत्ती भर पालन नहीं होता है । खलिहानों में श्रमिकों का न्यूनतम वेतन 14 रुपये

है, परंतु हकीकत में इन्हें 7 रुपये ही दिए जाते हैं । पीस रेट की मजदूरी 20 किलोग्राम पर 3.50 रुपये है । यह सारा काम मूलतः हाथ से ही होता है ।

निपाणी में फैक्ट्री इंस्पेक्टर के रिकार्ड के मुताबिक, 3000 मजदूर ही काम पर लगे हैं; जबकि वहां की एक यूनियन के अनुसार, 6000 मजदूर इस काम में हैं । रवीन्द्र जोशी के एक अध्ययन के अनुसार, 1963 में मालिकों के बही-खाते में 7000 स्त्री मजदूर दर्शाए गए थे, उसमें से 50 प्रतिशत हरिजन महिलाएं थीं । कुल महिलाओं में से 30 प्रतिशत आसपास के गांवों से थीं; स्थानीय महिलाओं की स्थिति बाहरी लोगों से थोड़ी अच्छी है। महिलाओं में से लगभग 30 प्रतिशत विधवा, परित्यक्ता या तलाकशुदा हैं । इसलिए उनकी आय पूरक न होकर मुख्य आय है । बिना बच्चों वाली स्त्री शायद ही कोई हो। मां-बाप या सास-ससुर के पालन-पोषण की जिम्मेवारी भी इन्हीं के कंधों पर है ।

गुजरात तथा निपाणी दोनों जगहों पर इन स्त्रियों को वैकल्पिक रोजगार के अवसर कम ही हैं। ऐसा नहीं कि बीड़ी उद्योग में लगे श्रमिकों के कल्याण के लिए कोई कानून नहीं है । सरकार ने समय-समय पर बीड़ी एवं सिगार कानून 1966, बीड़ी एवं सिगार मजदूर कानून 1966, बीड़ी वर्क्स एण्ड संस कानून 1976, बीड़ी मजदूर कल्याण और उपकर कानून 1979, बीड़ी वर्क्स वेलफेयर फण्ड कानून 1976, बीड़ी मजदूर कल्याण कोष कानून 1976, जैसे कानून बनाए हैं । लेकिन ये तमाम कानून पंगु साबित हो जाते हैं जब व्यापारी और नौकरशाह मिलकर श्रमिकों पर प्रहार करते हैं । दूसरी ओर, ये कानून सरकार ने फौरी तौर पर नहीं बनाए हैं, बल्कि इसके लिए भी मजदूरों को लंबा संघर्ष करना पड़ा है । राज्य सरकार भी बीड़ी उद्योग के मशीनीकरण के लिए आर्थिक मदद दे रही है । निपाणी पिछड़ा इलाका माना जाता है । इलाके में औद्योगिक इकाई लगाने के लिए सरकार सस्ती दर पर कर्ज दे रही है, साथ में सब्सीडी की व्यवस्था अलग से है । 1979 तक आबकारी कर बीड़ी पत्ती पर था, लेकिन बाद में इसे बीड़ी पर लगा दिया गया । इस प्रकार तंबाकू तैयार करने वाले व्यापारी पर सरकार का कोई नियंत्रण नहीं है । आधुनिक यंत्र लगने लगे हैं तो एक साथ हजारों हाथ रोजगार-विहीन हो जाएंगे । आधुनिक विकास रूपी चादर जैसे-जैसे फैल रही है परंपरागत उद्योगों का दायरा सिकुड़ रहा है । जो हाथ कल तक उत्पादन में अहम भूमिका अदा करता था, आज वही बेरोजगार, बेगार और शोषण का शिकार है । जब मशीनें आती हैं तब पुरुष का काम तो छिनता ही है, सबसे ज्यादा महिलाओं का काम छिन जाता है । वे पहले से ज्यादा शोषण के गर्त में ढकेल दी जाती हैं और यह सब हो रहा है आधुनिक विकास के नाम पर ! ■

इतवारी पत्रिका, 23 मार्च 1986

गुलामी की जिंदगी

देश को इक्कीसवीं सदी में ले जाने का अभियान बड़े जोर-शोर से चल रहा है । दूसरी ओर, देश की आधी आबादी यानी औरतों का एक बड़ा हिस्सा आज भी कोठों पर कैद है । छिटपुट तरीके से कुछ संगठन व स्वयंसेवी संस्थाएं इसकी मुक्ति की लड़ाई लड़ रहे हैं । छात्र युवा संघर्ष वाहिनी ने आगरा के कोठों पर कैद कई औरतों को छुड़ाने में सफलता प्राप्त की है । यह महाराष्ट्र में देवदासी प्रथा के खिलाफ लगातार चेतना विकसित करने का काम कर रही है ।

कभी-कभी पत्र-पत्रिकाओं के माध्यम से इस समस्या की जानकारी लोगों के सामने आती है, परंतु कालांतर में वह भी दब जाती है । 4 अक्टूबर 1985 को दिल्ली के जी.बी. रोड के एक कोठे की दूसरी मंजिल से एक लड़की कूद पड़ी । पेड़ की डाली में अटकने के कारण वह मरने से बच गई। उसे देखने के लिए भीड़ इकट्ठी हो गई । तभी कोठे से उतरकर एक औरत आई और उसे यह कहते हुए घसीटकर ले जाने लगी, "चल, शराब पीकर नशे में कूद पड़ी है ।" वह लड़की चीखने लगी, "मुझे इससे बचाओ । मुझे सूंघकर देखो, मैंने शराब नहीं पी है ।" भीड़ से निकलकर एक आदमी आगे आया और उसने पुलिस को बुलाकर लड़की को अस्पताल पहुंचा दिया।

आज से बहुत पहले (1935 में) की एक गणना के अनुसार, बंबई में 5000 एवं कलकत्ता में 7445 वेश्याएं थीं । परंतु आज बंबई में एक लाख वेश्याएं हैं – ऐसा नारी संघर्ष समिति का मानना है। एक अनुमान के अनुसार, आज भारत के कस्बों, नगरों, महानगरों को मिलाकर दस लाख से ऊपर औरतें वेश्यावृति के पिंजरों में कैद हैं ।

इस लड़की को कलकत्ता में इसके पति ने छोड़ दिया था । वह गर्भवती थी । उसके पेट में आठ माह का बच्चा था । वहां से एक औरत 400 रुपये महीना की नौकरी दिलाने के बहाने लाकर उसे जी.बी. रोड के कोठे पर बेच गई थी । यहां उससे वेश्यावृति के लिए कहा गया । वह तैयार नहीं हुई । तब उसके बाल काट दिए गए, उसे पीटा गया और उसका खाना बंद कर दिया गया। इस अत्याचार से तंग आकर, मौका मिलते ही वह छत की खिड़की से कूद गई ।

संयोग से वह मुक्त हो गई । लेकिन कितनी स्त्रियों को ऐसी मुक्ति मिल पाती है – कहीं आकड़े नहीं हैं। भारत भी अन्य देशों की तरह दावा करता है कि यहां वेश्यावृति नहीं होती है । इसलिए उसकी गणना की भी जरूरत नहीं है । आज से बहुत पहले (1935 में) की एक गणना के अनुसार, बंबई में 5000 एवं कलकत्ता में 7445 वेश्याएं थीं । परंतु आज बंबई में एक लाख वेश्याएं हैं – ऐसा **नारी संघर्ष समिति** का मानना है । एक अनुमान के अनुसार, आज भारत के कस्बों, नगरों, महानगरों को मिलाकर दस लाख से ऊपर औरतें वेश्यावृति के पिंजरों में कैद हैं ।

विश्व में इनकी कितनी संख्या है, इस संबंध में अंतर्राष्ट्रीय संस्थान एंटी स्लेवरी समिति ने एक सर्वेक्षण कराया है । इसके अनुसार, इनकी संख्या लगभग तीन करोड़ है । केवल साम्यवादी देश ही इससे अछूता हैं। 1963 में यूनेस्को के माध्यम से इनके सही आंकड़े जानने एवं वेश्यावृति उन्मूलन के उपाय के बारे में सोचने के लिए राष्ट्रसंघ ने एक प्रश्नावली बनाकर सभी देशों के पास भेजी थी। लेकिन विश्व के 40 देशों ने अपने झूठे सम्मान की रक्षा के लिए इसका उत्तर देने से ही इंकार कर दिया । तीन देशों को छोड़कर बाकी सभी ने दावा किया कि उनके यहां वेश्यावृति की समस्या नहीं है । फिर यूनेस्को ने एक सलाहकार समिति गठित की जो प्रत्येक देश की सरकारों से सहयोग लेकर इस समस्या का अध्ययन करती । परंतु किसी देश ने इसका सहयोग नहीं किया । अंत में यह मामला 'मानवाधिकार आयोग' को सौंप दिया गया, जहां वह फाइलों के नीचे दबकर रह गया है ।

विश्व में वेश्यावृति भी एक व्यवसाय हो गया है । इसे धनी और प्रतिष्ठित वर्ग अपने संरक्षण में चलाते हैं । सिर्फ न्यूयार्क में 500 करोड़ डॉलर इस व्यवसाय में लगा हुआ है । भारत भी इस दौड़ में पीछे नहीं है । यहां के 'प्रतिष्ठित' लोग इसे क्लब, डांसिंग स्कूल, फाइव स्टार होटल, सरकारी गेस्ट हाउस में चलाते हैं । एक कोठे को दिल्ली में चलाने के लिए पांच लाख रुपया लगाना पड़ता है; कुछ ही वर्षों में इसका मालिक करोड़पति हो जाता है । लगभग दस हजार वेश्याओं के साथ बीस हजार दूसरे लोग लगे हुए हैं । इनमें संगीत वाले, दलाल, मकान मालिक, इत्र वाले, फूल बेचने वाले, शराब एवं नशीले पदार्थ बेचने वाले शामिल हैं । इसके अलावा, औरतों को इस कोठे तक पहुंचाने की प्रक्रिया में न जाने कितने लोग लगे हैं !

इस व्यवसाय की कार्य-पद्धति अलग-अलग है । इस पेशे में महिलाएं अलग-अलग तरीके से उतारी जाती हैं। कहीं लड़कियों का अपहरण किया जाता है और कहीं नौकरी का झांसा दिया जाता है । कहीं इन्हें झूठे प्रेम में फंसाया जाता है तो कहीं पति, पिता या भाई इनकी बिक्री कर देता है । कहीं इसकी बिक्री के लिए खुली मंडियां लगती हैं । इंडियन एक्सप्रेस के अश्विनी सरीन ने धौलपुर की एक मंडी से कमला को खरीद कर इस व्यवसाय का पर्दाफाश किया । इस मंडी में हर वर्ष हजारों-लाखों रुपये का कारोबार होता है ।

अलग-अलग देशों में इस कारोबार को चलाने के लिए अलग-अलग प्रक्रिया अपनायी जाती है। इंग्लैंड की एक कंपनी ने काफी ऊंचे वेतन पर स्टेनोग्राफर के लिए सुंदर लड़कियों का विज्ञापन निकाला । दो सौ पचास आवेदन आए । सबको इंटरव्यू के लिए बुलाया गया । फिर एक हाल में बंद करके जहाज में भरकर लैटिन अमरीका भेज दिया गया । भारत से अरब देशों में नौकरी के बहाने बहुत-सी लड़कियां ले जायी जाती हैं । कुछ वर्ष पहले एक युवक भारत में पकड़ा गया था । यह हर वर्ष कानूनी शादियां करता था, फिर उन युवतियों को बेरूत में तलाक़ देकर बेच आता था । रॉबिन गुप्त आइ.ए. एस. के एक अध्ययन के अनुसार, उत्तरकाशी में साहूकारों के यहां बंधक पति, पिता व भाई अपने कर्ज को चुकाने के लिए अपनी लड़कियों को दिल्ली के कोठे में बेच दिया

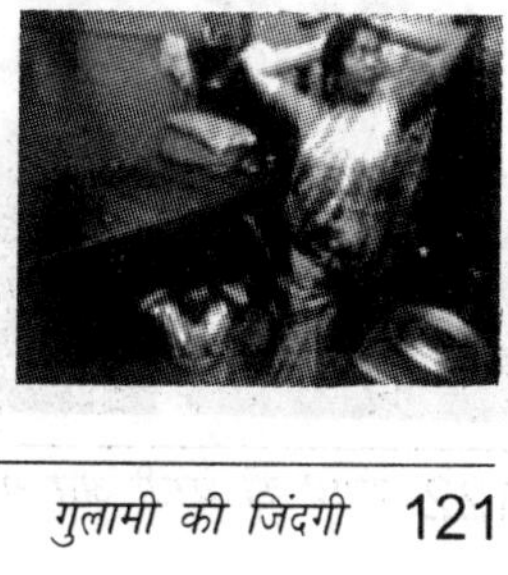

करते हैं । अकाल आदि संकटों से घिरे या गरीबी से तंग कुछ मां-बाप अपनी लड़कियों को बेच देते हैं । इसी तरह नशाखोर या भ्रष्ट पिता अपनी लड़कियों को बेच देते हैं या इनसे वेश्यावृति कराते हैं ।

भारत में कुछ वंशगत वेश्याएं भी हैं – जैसे बेड़िन, देरदा इत्यादि । यहां मां स्वयं अपनी बेटी को चकले में बेच देती है ।

कारण और तरीका चाहे जो भी हो, बिकने के बाद लड़कियां गुलामी की जिंदगी जीती हैं । भारत में वेश्यावृति उन्मूलन कानून भी कारगर नहीं है । जब तक इनकी मुक्ति के बाद वैकल्पिक रोजगार की व्यवस्था नहीं की जाएगी, तब तक इस प्रक्रिया को रोकना संभव नहीं होगा । भारत में इस तरह का कार्यक्रम श्रीमती रामेश्वरी ने चलाया था । लेकिन उनकी मृत्यु के बाद वह भी समाप्तप्राय हो गया ।

इतवारी पत्रिका, 2 जनवरी 1986

घरेलू प्रदूषण की शिकार स्त्रियां

प्रदूषण का सवाल सिर्फ बड़े-बड़े कल-कारखानों और शहरों में चलती हुई भीमकाय मोटरयानों से निकले धुंएं से ही नहीं जुड़ा है । लंबे अरसे से वायुमंडल के प्रदूषण को देश की पर्यावरण समस्याओं में शायद गौण माना गया है । इसको केवल बड़े शहरों और औद्योगिक केंद्रों की ही समस्या माना गया है । परंतु अब धीरे-धीरे इस बात के पर्याप्त सबूत मिल रहे हैं कि घरों के अंदर का प्रदूषण प्रति वर्ष लाखों लोगों की मौत का जिम्मेदार है । खाना पकाने के ईंधन के जलने से घर में घना धुंआं भर जाता है । इससे हर रोज घर का खाना पकाने वाली औरतें प्रदूषणकारी तत्वों का शिकार होती हैं । सबसे ज्यादा प्रदूषण वाले उद्योगों में भी इतने औद्योगिक मजदूर प्रदूषण का निवाला नहीं बनते हैं । औरतें खाना पकाने के चक्र के हर पहलू से प्रतिकूल प्रभाव सहन करती हैं । जैसे-जैसे जलाने की लकड़ी दुर्लभ होती जा रही है उसे पाने के लिए उन्हें और ज्यादा मेहनत करनी पड़ती है । फिर उन्हें जलती हुई लकड़ी के धुंआं से उत्पन्न खतरे को हर रोज सहन करना पड़ता है ।

परंपरागत रूप से लोग लकड़ी और गोबर की आग पर खाना पकाते आए हैं । आज भी 90 फीसदी से ज्यादा परिवार लकड़ी, गोबर और फसल के बचे-खुचे माल को ईंधन के रूप में काम में लाते हैं । धुंएं से भरी झोपड़ी गांव में एक आम दृश्य है । सर्दियों में तापमान कम होने के कारण धुंआं ऊपर नहीं जा पाता, तब सभी गांव ऐसे लगते हैं जैसे उन पर आंसू गैस छोड़ी गई हो । लकड़ी की ज्यादा खपत होने पर विकसित देशों के पर्यावरण बचाव के इच्छुक कार्यकर्ताओं ने जलाने की लकड़ी के उपयोग से पर्यावरण पर पड़ने वाले प्रभाव आंकने के लिए अध्ययन शुरू किया। इन अध्ययनों से ज्ञात हुआ कि विशेष रूप से छोटे आकार के ज्वलन में (जैसा घरेलू चूल्हे से होता है) जीव जनित ईंधन से प्रदूषण ज्यादा होता है । गैस, तेल या कोयला जैसे जीवाश्म ईंधनों से कम प्रदूषण होता है ।

आज भी 90 फीसदी से ज्यादा परिवार लकड़ी, गोबर और फसल के बचे-खुचे माल को ईंधन के रूप में काम में लाते हैं । धुंएं से भरी झोपड़ी गांव में एक आम दृश्य है । सर्दियों में तापमान कम होने के कारण धुंआं ऊपर नहीं जा पाता, तब सभी गांव ऐसे लगते हैं जैसे उन पर आंसू गैस छोड़ी गई हो ।

विकसित राष्ट्रों में ज्यादा चिंता बाहरी प्रदूषण की है । वहां प्रायः सभी घरेलू स्टोव घर को गर्म करने के लिए बनाए जाते हैं, न कि खाना पकाने के लिए । सभी घरों में फालतू गैस व धुंआं बाहर निकलने का इंतजाम रहता है । अध्ययन यह बताता है कि तब भी लकड़ी जलने से अंदर का वातावरण दूषित हो जाता है । तब प्रश्न उठता है कि

भारत जैसे देश के घरों में क्या हाल होगा जहां खाना खुले में और चूल्हों पर पकाया जाता है। "जब विकसित देशों और शहरों की प्रदूषण की समस्या पर लगे हजारों मानव वर्षों और अरबों डॉलर की तुलना उस थोड़े से धन और प्रयास से की जाए जो खाना पकाने वालों पर खर्च होता है तब इस बात का एहसास होता है कि विकासशील देशों की महिलाएं कितनी उपेक्षित हैं ।" इस बात के मद्देनजर नेशनल इंस्टीट्यूट ऑफ औक्यूपेशनल हैल्थ, अहमदाबाद एवं ज्योति सोलर एनर्जी इंस्टीट्यूट, वल्लभ विद्यानगर ने गुजरात के कुछ गांवों में अध्ययन शुरू करने का निश्चय किया । यह अध्ययन अहमदाबाद से 90 किलोमीटर दूर आनंद जिले के 36 परिवारों पर किया गया । प्रत्येक परिवार की खाना पकाने वाली स्त्री को गले में एक पट्टी पहनने को दी गई जिसमें हवा परीक्षण का एक यंत्र लगा था। लकड़ी के धुंएं से दो मुख्य प्रदूषणकारी तत्व टोटल सस्पैंड पार्टीक्यूलेट्स (टी.एस.पी.) और बैंजोपाइरीन को इस यंत्र के द्वारा नापा गया ।

इस अध्ययन से जो नतीजे निकले काफी भयावह थे । खाना पकाने के दौरान औरतों को 1110 से 56,600 तक टी.एस.पी. झेलना पड़ा । औरतों को हवा में औसतन 7000 माइक्रोग्राम प्रति क्यूबिक मीटर टी.एस.पी. बर्दाश्त करना पड़ा, जबकि अमरीका और विश्व स्वास्थ्य संगठन ने इसकी अधिकतम सीमा क्रमशः 120 तथा 150 निर्धारित की है । भारत में आठ घंटे के कार्य दिवस वाले औद्योगिक संस्थानों के लिए यह सीमा 500 है । किंतु टी.एस.पी. की मात्रा की उपस्थिति से भी ज्यादा महत्वपूर्ण है इन कणों का आकार। यदि ये कण 1 मीटर के 1/3000000 हिस्से आकार से छोटे हों तो उन्हें श्वांस के जरिये शरीर के अंदर दाखिला मिल सकता है । बायोमास या जीवजनित ईंधन से उत्पन्न धुंएं के सारे ही कण एक प्रकार से छोटे आकार के होते हैं ।

गांवों में प्रदूषण के प्रभाव और कई कारणों से बढ़ जाते हैं – गांव के घर छोटे हैं, उनमें ताजा हवा के आने का कोई प्रबंध नहीं होता है । बरसात के दिनों में छत के छेद भी बंद कर दिए जाते हैं जिससे धुंआं निकलने का कोई रास्ता नहीं बचता । किसी बाहरी व्यक्ति के लिए ऐसे घर में कुछ पल भी रहना दूभर हो जाता है, किंतु खाना बनाने वाली औरत के लिए यह रोज का वातावरण है ।

गुजरात के रसोईघरों में प्रदूषणकारी तत्व खाना पकाने के समय (लगभग तीन घंटे) उपलब्ध रहते हैं । देश के अनेक भागों में प्रतिदिन खाना पकाने का समय छह घंटे तक होता है । औरतों को स्वीकार्य स्तर से कितने गुना ज्यादा प्रदूषित वातावरण में गुजारना पड़ता है ! टोटल सस्पैंड पार्टीक्यूलेट्स और बैंजोपाइरीन की माप भी उतना ही भयावह सिद्ध हुई – औसतन 3.850 नानोग्राम प्रति क्यूबिक मीटर । सिगरेट के धुंएं में भी यह पाया जाता है । गुजराती घरों में इतना अधिक टी.एस.पी. और बैंजोपाइरीन पाया जाता है जितना बीस पैकेट सिगरेट एक दिन पीने में ।

अध्ययन से यह विदित हुआ है कि जिन ग्रामीण घरों में बायोमास ईंधन जलाया जाता है, उनमें प्रदूषणकारी तत्वों की मात्रा और घनत्व अत्यधिक होता है । खाना बनाने वाले व्यक्ति को सबसे गंदे शहरी वातावरण और विश्व स्वास्थ्य संगठन द्वारा निर्धारित अधिकतम मात्रा से कहीं अधिक प्रदूषण का शिकार होना पड़ता है। शायद ही कोई ऐसा औद्योगिक मजदूर होगा जिसे इस स्तर के प्रदूषित वातावरण में काम करना पड़ता हो । गांवों में प्रदूषण के प्रभाव और कई कारणों से बढ़ जाते हैं – गांव के घर छोटे हैं, उनमें

ताजा हवा के आने का कोई प्रबंध नहीं होता है । बरसात के दिनों में छत के छेद भी बंद कर दिए जाते हैं जिससे धुंआं निकलने का कोई रास्ता नहीं बचता । किसी बाहरी व्यक्ति के लिए ऐसे घर में कुछ पल भी रहना दूभर हो जाता है, किंतु खाना बनाने वाली औरत के लिए यह रोज का वातावरण है । कई घरों में एक से ज्यादा मुंह के चूल्हे थे। इनका इस्तेमाल जल्दी या अधिक मात्रा में खाना बनाने के लिए किया जाता है। जब एक ही समय में दो चूल्हे जलते हैं तो प्रदूषण का स्तर लगभग दुगना हो जाता है । रसोई के बराबर के कमरों में भी प्रदूषण कम तो होता है, किंतु होता जरूर है । इससे खाना न पकाने वाले व्यक्ति भी प्रदूषण का शिकार बनते हैं ।

प्रदूषण बढ़ाने में मौसम का भी योगदान रहता है । सर्दियों में (विशेषकर पहाड़ों पर) लकड़ी केवल खाना पकाने के लिए ही नहीं, घर गर्म करने के लिए भी जलायी जाती है । पहाड़ के छोटे घरों में हवा के आने-जाने की कोई व्यवस्था नहीं होती । इससे प्रदूषण कई गुणा बढ़ जाता है । बरसात में लकड़ी कम सूखी रहती है । गीली लकड़ी जलने में ज्यादा धुंआं देती है । इस प्रकार वर्ष में दो बार (सर्दी और वर्षा ऋतु में) प्रदूषणकारी तत्वों का घनत्व और भी अधिक हो जाता है ।

सर्वेक्षण में पाया गया कि लकड़ी के धुंएं का सबसे ज्यादा प्रभाव रसोई का काम करने वाली औरतों के दिल पर पड़ा है । कोर पलमोनेल नामक हृदय रोग में, हृदय का दाहिना निचला हिस्सा बढ़ जाने से और फेफड़े के ठीक से न काम करने से हृदय गति रुक जाती है । यह सर्वेक्षण दिल्ली के अस्पतालों में भी किया गया था । यह पाया गया कि कोर पलमोनेल बीमारी पुरुषों और औरतों में लगभग बराबर थी । यह भी तब जब 75 प्रतिशत पुरुष धूम्रपान करते थे और औरतों में यह प्रतिशत केवल दस था । विकसित देशों में इस रोग का प्रकोप धूम्रपान के आधिक्य से निकट रूप से संबद्ध पाया गया और पुरुषों में ज्यादा । हमारे यहां औरतों में यह बीमारी काफी छोटी आयु में हो जाती है । सर्वेक्षण में शामिल प्रायः सभी औरतें निर्धनतम परिवार से थीं और सभी खाना पकाती थीं । पुरुषों में केवल 7 फीसदी ने खाना पकाने का दावा किया । इस्तेमाल किए जाने वाले ईंधनों में 63 प्रतिशत गोबर, 25 प्रतिशत लकड़ी और 12 प्रतिशत कोयला था ।

इस अध्ययन में यह भी पाया गया कि दिल्ली में घरेलू वायु प्रदूषण ही औरतों में कोर पलमोनेल के अत्यधिक प्रकोप का कारण है । इस प्रदूषण का कुप्रभाव छोटी उम्र से ही होने के कारण बीमारियां जल्दी हो जाती हैं । सर्वेक्षणकर्ताओं ने यह तर्क दिया कि दक्षिण भारत में कोर पलमोनेल का कम होने का मुख्य कारण वहां के रसोईघरों में बेहतर वातायन है ।

गुजरात के अध्ययन के दौरान यह भी जानकारी मिली कि गांवों में औसतन तेरह वर्ष की आयु से ही लड़कियों ने खाना पकाना सीख लिया था । कई इससे भी छोटी उम्र की

लड़कियां मां के पास बैठकर धुंएं का शिकार हो जाती हैं । अहमदाबाद के एक अन्य सर्वेक्षण के अनुसार खांसी, कफ की बीमारी, सांस लेने में परेशानी और फेफड़ों की बीमारियों का प्रकोप धुंएं वाले ईंधन पर खाना पकाने वाली औरतों में ज्यादा है । भारत के पडोसी देश नेपाल में किए गए एक अध्ययन में घरेलू धुंएं और लगातार रहने वाले ब्रोंकाइटिस में निकट का संबंध पाया गया । जुमला नामक दूरदराज के पहाड़ी जिले में, जो 2300 मीटर की ऊंचाई पर स्थित है, किए गए सर्वेक्षण से ज्ञात हुआ कि इस इलाके में निवास करने वाले परिवारों को घर के अंदर बहुत ज्यादा धुंआं बर्दाश्त करना पड़ता है, धुंएं से उत्पन्न होने वाली कालिख से इन लोगों के कपड़े और त्वचा भी काले हो जाते हैं । कई लोगों में भीषण किस्म के रैस्पीरेट्री इनफैक्शन पाया गया । यह एक वर्ष से कम आयु के शिशुओं में मृत्यु और रुग्णता के लिए जिम्मेवार पाया गया । शिशुओं की मृत्यु दर 490 प्रति 1000 थी। इसमें से 333 मृत्यु रैस्पीरेट्री इनफैक्शन के कारण थी । यह मृत्यु दर संसार में सबसे अधिक है और यह काफी संभव है कि यह धुंएं वाले वातावरण की वजह से हो । हिमालय के गांवों में भी ऐसे हालातों का होना संभव है । यद्यपि बायोमास धुंआं हजारों प्रदूषणकारी तत्वों का मिश्रण है और इसका प्रभाव प्रत्येक तत्व के प्रभाव के जोड़ से ज्यादा हो सकता है, तथापि एक-एक तत्व पर किए गए अध्ययन से प्राप्त नतीजे भी इस धुंएं पर लागू होते हैं। कणों और टोटल सस्पैंड पार्टीकुलेट्स और बैंजोपाइरीन जैसे मिश्रण के अतिरिक्त दो अन्य प्रदूषणकारी तत्व कार्बन मोनोक्साइड और फरमालडिहाइड हैं ।

इस सर्वेक्षण में इस तथ्य के काफी प्रमाण मिले कि हृदय रोग और भ्रूण के अपूर्ण या विकृत विकास का लंबे अरसे तक कार्बन मोनोक्साइड एक्सपोजर से घनिष्ठ संबंध है । कार्बन मोनोक्साइड कैंसर भी पैदा करता है । यदि खून की कमी की वजह से पहले ही आक्सीजन ले जाने वाले पदार्थ हीमोग्लोबिन की कमी है, तब कार्बन मोनोक्साइड का असर और अधिक घातक होता है । अनुमान है कि भारत में 40-60 फीसदी तक 1-6 वर्ष की आयु वर्ग के बच्चे, 25-30 प्रतिशत तक 15-40 वर्ष की आयु वर्ग की औरतें और गर्भधारण के तीसरे मास वाली 50 फीसदी औरतें अनीमिया से पीड़ित हैं । कार्बन मोनोक्साइड का खतरा औरतों को ज्यादा इसलिए है कि उनके खून में पहले से हिमोग्लोबिन की कमी रहती है । गर्भावस्था में यह और भी कम हो जाता है । इस कमी का भ्रूण विकास पर भी कुप्रभाव पड़ता है । पांच वर्ष से बड़ी लड़कियों और औरतों में सांस की बीमारी मौत का एक मुख्य कारण बनी हुई है । कुपोषण, अनीमिया और फेफड़े की बीमारी की शिकार किसी औरत – जो गर्भवती है, पहाड़ में रहती है और बायोमास ईंधन पर खाना बनाती है – पर कुल प्रभाव कैसा होगा, इसका अंदाजा लगाया जा सकता है ।

कार्बन मोनोक्साइड का खतरा औरतों को ज्यादा इसलिए है कि उनके खून में पहले से हिमोग्लोबिन की कमी रहती है । गर्भावस्था में यह और भी कम हो जाता है। इस कमी का भ्रूण विकास पर भी कुप्रभाव पड़ता है । पांच वर्ष से बड़ी लड़कियों और औरतों में सांस की बीमारी मौत का एक मुख्य कारण बनी हुई है ।

फारमाल्डिहाइड धुंएं का एक अन्य प्रदूषणकारी तत्व है । इससे आंख, नाक और गले में परेशानी उत्पन्न हो सकती है । इस पदार्थ से फेफड़े को नुकसान पहुंच सकता है । सिगरेट के धुंएं से शारीरिक हानि पहुंचने की संभावना बढ़ जाती है, परंतु खाना बनाते समय जो धुंआं शरीर के अंदर जाता है वह तो प्रत्येक श्वास के साथ जाता है । गुजरात

के खेड़ा जिले से प्राप्त आंकड़ों से ज्ञात होता है कि औरतों में 15 वर्ष की उम्र तक अंतड़ियों और पाचन संबंधी बीमारियां पुरुषों से ज्यादा रहती हैं, परंतु 15 साल के बाद श्वास रोग का स्थान प्रथम हो जाता है । इन तमाम तथ्यों के विश्लेषण से लगता है कि घरेलू वायु प्रदूषण कहीं शहरी और अन्य प्रदूषण जनित चित्रों से पीछे नहीं है । निश्चय ही यह पर्यावरणवादियों के लिए एक बड़ी चुनौती है । ■

इतवारी पत्रिका, 20 अप्रैल 1986

औरतों के हक

पिछले वर्ष अंतर्राष्ट्रीय महिला दशक समाप्त हुआ । इस पूरे दशक में महिला मुक्ति आंदोलन को कई पड़ावों से होकर गुजरना पड़ा । इस वर्ष अंतर्राष्ट्रीय महिला दिवस को अलग-अलग संगठनों ने अपने-अपने ढंग से याद किया । छात्र-युवा संघर्ष वाहिनी, जो देश के कई हिस्सों में कार्य कर रही है, ने स्त्री मुक्ति आंदोलन को भी अपने निरंतर संघर्ष का एक मुद्दा बनाया है । हाल ही वाहिनी ने 'बुनियादी संघर्ष एवं स्त्री मुक्ति' विषय पर एक परिचर्चा का आयोजन किया । इसमें कई स्त्री संगठनों के प्रतिनिधियों के अलावा 'बोधगया भूमि-मुक्ति आंदोलन' की स्त्रियों ने भी हिस्सा लिया।

परिचर्चा में शामिल प्रतिनिधियों का मानना था कि देश में जो राजनैतिक, सामाजिक और आर्थिक संघर्ष चल रहे हैं उनमें औरतों की भागीदारी तो रही है, लेकिन इन आंदोलनों से स्त्री के स्वतंत्र अस्तित्व की पहचान नहीं बन सकी है । फिर भी, इन आंदोलनों में भागीदारी से औरतों में राजनैतिक-सामाजिक चेतना का विकास अवश्य हुआ है । आज औरतों के सवाल पर चल रहे संघर्ष को दो भागों में बांटा जा सकता है – (i) औरतों के खुद के सवालों पर संघर्ष, स्त्रियों पर अत्याचार के खिलाफ आंदोलन (ii) बुनियादी सवालों पर चल रहे संघर्ष के साथ स्त्री संघर्ष । अर्थात, व्यवस्था परिवर्तन की लड़ाई की संपूर्ण सोच से युक्त स्त्री मुक्ति आंदोलन ।

गुजरे हुए दशक में स्त्री मुक्ति के संदर्भ में जो सवाल उठाए गए हैं उससे मौजूदा ढांचे का चेहरा साफ होता है । 'चिपको आंदोलन' में औरतें काफी तादाद में शामिल हुई हैं। जंगल से उन्हें जलावन मिलता है, इसलिए जंगल कटाई के विरोध में वे आक्रामक और प्रभावी रूप से सामने आयीं । नये जंगल लगाने का सवाल लें । पुरुष ऐसे पेड़ लगाना चाहते हैं जिसका बाजार मूल्य हो । औरतें जलावन में उपयोगी पेड़ लगाने के पक्ष में हैं। इस तरह यह साफ दिखता है कि पुरुष किसी भी फायदे को अपने पक्ष में ले जाना चाहते हैं । आधुनिक तकनीकी के विकास में उत्पादन की प्रक्रिया से औरतें बाहर निकाल दी जाती हैं, इस सवाल को उठाकर केरल की मछुआरा औरतों ने बहस पैदा की ।

'चिपको आंदोलन' में औरतें काफी तादाद में शामिल हुई हैं । जंगल से उन्हें जलावन मिलता है, इसलिए जंगल कटाई के विरोध में वे आक्रामक और प्रभावी रूप से सामने आयीं। नये जंगल लगाने का सवाल लें । पुरुष ऐसे पेड़ लगाना चाहते हैं जिसका बाजार मूल्य हो । औरतें जलावन में उपयोगी पेड़ लगाने के पक्ष में हैं ।

तिलक-दहेज की बढ़ती भयंकरता से यह साफ हुआ है कि पितृसत्तात्मक व्यवस्था विकासमान पूंजीवाद से मिलकर औरतों को सिर्फ वस्तु और भोग का साधन बना देती है । साथ ही, इसके जो दुष्परिणाम सामने आ रहे हैं उनसे सतही तौर पर निपटा नहीं जा सकता ।

उत्पादन के साधनों पर पुरुषों के स्वामित्व और यौन के आधार पर श्रम-विभाजन औरतों को उत्पादन के स्वामित्व में कोई हिस्सा नहीं देते । श्रम-विभाजन के आधार पर हमारी सामाजिक व्यवस्था और मान्यताएं टिकी हैं । यौन के आधार पर श्रम-विभाजन इस तरह के शोषण का औजार बन गया है। इसलिए उत्पादन-प्रक्रिया बदलनी होगी और उत्पादन की वह प्रक्रिया खोजनी होगी जिससे उत्पादन के साधनों पर सिर्फ पुरुषों का नहीं, औरतों का भी हक बने ।

प्रतिनिधियों का मानना था कि व्यक्तिगत संपत्ति आधारित पितृसत्तात्मक व्यवस्था स्त्री-शोषण का मूल है। निजी संपत्ति आधारित पितृसत्तात्मक समाज के खिलाफ संघर्ष द्वारा एक वैकल्पिक व्यवस्था का निर्माण हमारा लक्ष्य है । बुनियादी बदलाव लाना होगा, क्योंकि संपूर्ण व्यवस्था परिवर्तन के बगैर स्त्री-मुक्ति संभव नहीं है । साथ ही, स्त्री मुक्ति की लड़ाई कमजोर तबके की औरतों को केंद्र में रखकर औरतों द्वारा ही लड़ी जाएगी।

आर्थिक हितों की लड़ाई में गरीब वर्ग की औरतों की अधिक भागीदारी के दो कारण हैं – एक तो ये उच्च मध्यम वर्ग की जड़ता से मुक्त होती हैं और दूसरे, उत्पादन की प्रक्रिया में प्रत्यक्षतः खुद शामिल रहने के कारण इनके लिए आर्थिक हितों को सिर्फ पति के हित में नहीं, बल्कि अपने हित में ले जाने की बात समझना भी आसान होता है । जैसे, जमीन पर स्त्री को भी स्वामित्व का हक मिले या पुरुष के बराबर औरतों की मजदूरी हो । इस तरीके से बुनियादी सवालों पर खड़े आंदोलनों में उनकी भागीदारी द्वारा पुरुष प्रधान व्यवस्था पर चोट भी ज्यादा स्पष्ट तरीके से की जा सकती है । समाज व्यवस्था में बदलाव के बुनियादी संघर्षों में औरत के सहभाग से उनके स्वतंत्र अस्तित्व के संघर्ष हेतु वातावरण तैयार होता है ।

किसी क्षेत्र के सभी अंतर्विरोधों को उभारकर हल करते हुए हमें अपनी व्यवस्था परिवर्तन की लड़ाई चलानी होगी । आर्थिक अंतर्विरोध, जातिगत अंतर्विरोध और स्त्री-पुरुष के अंतर्विरोध – अलग-अलग स्थितियों में अलग-अलग अंतर्विरोध केंद्र में हो सकते हैं ।

'बोधगया भूमि-मुक्ति आंदोलन' में स्त्री-पुरुष के अंतर्विरोध को स्पष्ट करने के लिए शराब और औरतों की पिटाई के सवाल को शुरुआत में उठाया गया । शराब पुरुष की हिंसक प्रवृत्ति को बढ़ाती है जिसे औरत झेलती है । औरत की पिटाई का विरोध उसकी अपनी अस्मिता की लड़ाई है । गांव-गांव में औरतों की अलग-अलग बैठकें की गईं जिससे ये शराब और पिटाई के खिलाफ संगठित हो सकें । घरों में शराब बनायी जाती थी । औरतों ने घर-घर घूमकर, धरना देकर और शराब के मटके फोड़कर शराब बंद की । इसके लिए औरतों के अलग दस्ते बने । ये दस्ते गांव में शराब न बने, इसपर नजर रखते थे । औरतों की पिटाई मात्र हिंसा का मामला नहीं है । दरअसल इसके पीछे औरत को हीन, कमजोर और गुलाम मानने की प्रवृत्ति है । इसलिए औरत की पिटाई सिर्फ व्यक्तिगत मामला नहीं है, यह औरत जाति का अपमान है । इसके खिलाफ भी औरतें संगठित हुई हैं ।

आज दहेज प्रथा व विवाह की रीतियां औरतों को दोयम दर्जे का आदमी मानकर तय की

गई हैं । विकल्प के रूप में आंदोलन के क्षेत्र में 'जयमाला पर विवाह' कार्यक्रम के रूप में चले। यह विकल्प औरत के दोयम दर्जे को नकारते हुए पूरी पितृसत्तात्मक व्यवस्था पर चोट है । आंदोलन द्वारा प्रसारित पर्चों में और सम्मेलनों में पारित प्रस्तावों में औरतों को समान दर्जा दिया गया । औरतें हक की लड़ाई में प्रायः एक बराबर की सहभागी बनीं।

इस प्रकार, जब वर्तमान परिस्थिति में तमाम संगठन महिला दिवस को एक औपचारिकता के रूप में लेते हैं, छात्र युवा संघर्ष वाहिनी ने न केवल स्त्री-मुक्ति और बुनियादी संघर्ष के बहस की शुरुआत की, बल्कि वह इसे एक व्यावहारिक धरातल देने के लिए भी प्रयासरत है । ▢

इतवारी पत्रिका, 23 मार्च 1986

संपूर्ण क्रांति का एक प्रयोग

हवा और पानी की तरह जमीन भी एक प्राकृतिक साधन है । इस पर किसी की पीढ़ी-दर-पीढ़ी मिलकियत नहीं हो सकती है । यह उसी की हो सकती है जिसकी मेहनत से यह आबाद होती है । परंतु आज ऐसा नहीं है । भूमि पर श्रम करने वाले बहुसंख्यक श्रमजीवी भूखे हैं और कभी न मेहनत करने वाले थोड़े से लोग भूपति बने बैठे हैं । ऐसे ही मुट्ठी भर लोगों ने देश की बहुसंख्यक आबादी के जीवन, शिक्षण और विकास को रोक रखा है । उद्योगों पर इनका अधिकार, प्रशासन पर इनका अधिकार, शिक्षण संस्थाओं पर इनका अधिकार, कानून व्यवस्था पर इनका अधिकार, सरकारी नौकरियों पर इनका अधिकार, विकास के संपूर्ण साधनों पर इनका अधिकार, यहां तक कि मेहनतकशों की मेहनत पर भी इनका ही अधिकार है । ऐसी ही व्यवस्थाओं में एक महत्त्वपूर्ण व्यवस्था है, बोधगया का शंकर मठ । इसके पास लगभग 1200 एकड़ फर्जी बेनामी जमीन है ।

देश के बड़े भूपतियों का अन्य शोषक शक्तियों से सीधा रिश्ता रहता है । छात्र युवा संघर्ष वाहिनी ने वर्तमान भूमि व्यवस्था के खिलाफ संघर्ष छेड़कर इसे व्यवस्था परिवर्तन का एक साधन बनाने की शुरुआत की है । वाहिनी की मान्यता है कि यह भूमि-मुक्ति आंदोलन समाज-व्यवस्था परिवर्तन के आंदोलन का एक छोटा मगर महत्त्वपूर्ण हिस्सा है ।

छात्र युवा संघर्ष वाहिनी ने अंतिम जन-जन को केंद्र में रखकर मजदूरों-किसानों को संगठित करने का लक्ष्य लेकर 8 अप्रैल 1978 को बोधगया में शान्तिमय तरीके से प्रदर्शन किया था । तब से लेकर आज तक आंदोलन में कई सांस्कृतिक, सामाजिक और राजनैतिक सवाल जुड़ते चले गए हैं । कई नयी मान्यताओं एवं आदर्शों का निर्माण होता चला गया है । प्रशासन, सरकार एवं मठ से टकराहटों के सीधे अवसर कई बार आए। तब आंदोलन को पुनर्मूल्यांकन के दौर से गुजरना पड़ा । प्रशासनिक ताकतों से टकराहट एक ओर एवं मान्यताओं से टकराहट दूसरी ओर । इसके कारण आंदोलन को कई जटिल दौर से गुजरना पड़ा । संघर्ष अपनी संपूर्णता और मान्यताओं की मानवीयता को फैला सके, संघर्ष क्षेत्र में लगे साथी इसकी पूरी कोशिश कर रहे हैं ।

शांतिमयता छात्र युवा संघर्ष वाहिनी की निष्ठा है । इसकी पकड़ बोधगया भूमि आंदोलन में भी मिलती है । शायद, शांतिमय साधनों द्वारा वर्ग संघर्ष का यह पहला प्रयोग है । शांतिमय तरीके के कारण ही इस आंदोलन में ज्यादा से ज्यादा लोगों की भागीदारी संभव

हवा और पानी की तरह जमीन भी एक प्राकृतिक साधन है । इस पर किसी की पीढ़ी-दर-पीढ़ी मिलकियत नहीं हो सकती है । यह उसी की हो सकती है जिसकी मेहनत से यह आबाद होती है । परंतु आज ऐसा नहीं है । भूमि पर श्रम करने वाले बहुसंख्यक श्रमजीवी भूखे हैं और कभी न मेहनत करने वाले थोड़े से लोग भूपति बने बैठे हैं ।

हो सकी है। शांतिमय आंदोलन की अनिवार्यता होती है सहकारी और सामूहिक नेतृत्व। इस तरह से व्यक्ति मजबूत नहीं होते हैं, संगठन मजबूत होता है । चूंकि आंदोलन शांतिमय है, इसलिए गांव के सारे निवासी इसके सहभागी हैं । कोई भी कार्यक्रम या रणनीति जनता के बीच बनाई जाती है । कोई गोपनीयता नहीं होती है । खुलेपन की छूट की वजह से इतनी खुली समीक्षा की भी गुंजाइश है । आंदोलन की समीक्षा में जितनी व्यापकता आती है, उतने ही ज्यादा लोग इसके प्रति जागरूक होते हैं । फलस्वरूप इसमें निर्दलीय लोगों का मानसिक, नैतिक और आर्थिक सहयोग व्यापक होता चला जाता है। आंदोलन का निर्दलीय चरित्र भी उभर कर सामने आता है ।

जब आंदोलन दल और संगठन की संकीर्ण सीमाओं को लांघ कर बाहर आता है तो वह दलितों व शोषितों के दूसरे आंदोलनों से अपना रिश्ता बनाता है । बोधगया आंदोलन के दौरान इसकी भी झलक मिलती है । जब मसौढ़ी भाता को पीपरा गांव में कमजोर वर्ग के लोगों द्वारा अपना हक की मांग किये जाने पर जिंदा जला दिया गया, तब आंदोलन के साथियों ने मस्तीपुर से परसबीघा डोहिया होते हुए पीपरा तक लंबी पदयात्रा की । यह कार्यक्रम इस बात का प्रतीक था कि वे किसी भी क्षेत्र में हो रहे अन्याय के खिलाफ न्याय के लिए किए जा रहे संघर्ष के समर्थक हैं । प्रक्रिया का विरोध होते हुए भी हम सरकारी एवं उच्च वर्गीय-वर्णीय अत्याचार के खिलाफ चुप नहीं बैठेंगे । गुआ गोली कांड के विरोध में भी बोधगया के आंदोलनकारियों ने कार्यक्रम लिया । एक क्षेत्र में चल रहा आंदोलन दूसरे क्षेत्र में चल रहे आंदोलन से जितना अधिक जुड़ता है, आंदोलनकारियों की राजनैतिक समझ उतनी अधिक बढ़ती है । इससे आंदोलन में फैलाव आता है एवं दबाने वाले राजनीतिक हथकंडों की ज्यादा जानकारी होती है । बोधगया भूमि आंदोलन के साथियों ने इसी क्रम में सरकार के काले कानूनों को समझा । इन्होंने महसूस किया कि ये सारे कानून जनतांत्रिक आंदोलनों को दबाने के लिए बनाए जाते हैं । इन्होंने ऐसे तमाम काले कानूनों का सक्रिय विरोध किया है ।

लिंग के आधार पर चलने वाली गैर-बराबरी के खिलाफ भी सजगता बढ़ी । बागपत की घटना के विरोध में गया में पहली बार कॉलेज की छात्राओं के साथ बोधगया की आंदोलनकारी महिलाओं ने भी बड़ी संख्या में प्रदर्शन में भाग लिया ।

शांतिमय एवं लोकतांत्रिक आंदोलन होने की वजह से जब आंदोलनकारियों को लड़ाई के मैदान में जनतंत्र का प्रशिक्षण मिलता है तो सहज ढंग से उस आधी आबादी का सवाल जुड़ता है जो सामंती मान्यताओं के तहत एवं पुरुष प्रधान व्यवस्था में इंसान नहीं मानी जाती रही है । ऐसे नए माहौल में औरत को इंसान मानने वाली मान्यताओं का निर्माण होता है । बोधगया आंदोलन में साथियों ने इस सवाल को उतनी ही तेजी से उठाया जितनी तेजी से जमीन के सवाल को । आंदोलन में औरतों की भागीदारी बढ़ाने के लिए कई जगह उनके अलग शिविरों, सम्मेलनों एवं कार्यक्रमों का आयोजन किया गया । इस आधी आबादी के आंदोलन में जुड़ने के साथ उसकी समस्याएं भी प्रकाश में आनी शुरू हुईं । औरतों पर होने वाले अत्याचार को केंद्र में रखकर कार्यक्रम किए गए । पहले पुरुष शराब पीकर औरतों को पीटते थे । औरतों ने इसका विरोध किया। मर्दों ने इसे गलती महसूस कर बंद किया । गया के सलुजा होटल में किए गए बलात्कार के खिलाफ यहां की औरतों ने अपना विरोध जाहिर किया । औरतों के व्यापक भागीदारी के कारण संचालन

समिति में इनका प्रतिनिधित्व हुआ, नीतिनिर्धारण में इनकी भी अहम भूमिका बनी । इनकी सक्रियता मात्र इसलिए नहीं रही कि जमीन ले लेना है । लिंग के आधार पर चलने वाली गैर-बराबरी के खिलाफ भी सजगता बढ़ी । बागपत की घटना के विरोध में गया में पहली बार कॉलेज की छात्राओं के साथ बोधगया की आंदोलनकारी महिलाओं ने भी बड़ी संख्या में प्रदर्शन में भाग लिया ।

जब औरत-मर्द दोनों इकाई के रूप में महिला मुक्ति के मंच पर आए तो औरतों के शोषण को दोनों ने साथ-साथ समझा । फलस्वरूप आंदोलन में महिलाओं के प्रति पुरुषों का रुख सहयोगी एवं स्वीकारात्मक ज्यादा रहा; आतंक और आक्रामकता नहीं के बराबर रही । एक सवाल पिछले कई आंदोलनों में उठता रहा है कि नारी-मुक्ति आंदोलन औरत-मर्द के बीच असहज रिश्ते बनाकर आर्थिक लड़ाई को कमजोर करेगा । वह यहां सैद्धांतिक पक्ष के साथ-साथ व्यावहारिक रूप में भी स्पष्ट होता है कि औरत-मर्द के रिश्तों में पल रहे शोषक मान्यताओं और व्यवहारों को जितनी तेजी से हम दूर कर पाएंगे, उतनी ही हमारी दोस्ती मजबूत होगी और हम आर्थिक लड़ाइयों में उतनी ही ज्यादा शक्ति से भागीदारी कर सकेंगे । इसी सोच के तहत चल रहा नारी-मुक्ति आंदोलन, अन्याय के खिलाफ चल रहे दूसरे आंदोलनों को मजबूत करेगा ।

आंदोलन के दौर में जब यह बात समझ में आती है कि हमारे रहन-सहन के तौर-तरीके कुछ जगहों पर गलत हैं तो अपनी संस्कृति के प्रति बना हमारा अनावश्यक मोह टूटता है । तब हम मानवीय संस्कृति को लक्ष्य में रखकर पूरी संस्कृति का मूल्यांकन करते हैं। हम पाते हैं कि जाति-व्यवस्था सहित कई अन्य बातें मानव-हित में नहीं हैं । बोधगया आंदोलन के साथियों ने इसे तेजी से समझा । इस नई समझ के चलते कमजोर हरिजनों एवं पिछड़ी जातियों के बीच दोस्ती बनी एवं अन्याय के प्रतिकार का साझा प्रयास किया गया । फिर भी इस स्तर पर बहुत कम ही सफलता मिली है । कुछ कारण तो परिस्थितिजन्य रहे हैं । वर्षों से चली आ रही आपसी कटुता, जाति और अर्थ का आपसी गठबंधन का गहरा प्रभाव इत्यादि इन्हीं कारणों में से हैं । इसके चलते कई जगह भयंकर कठिनाइयों का सामना करना पड़ा है ।

जैसे-जैसे आंदोलनकारियों ने सांस्कृतिक प्रश्नों को उठाया, वैसे-वैसे सांस्कृतिक टकराहटें भी बढ़ीं । साथ ही, देश के अन्य हिस्सों में चल रहे सांस्कृतिक आंदोलनों की जानकारी का आदान-प्रदान शुरू हुआ । असम आंदोलन एवं मराठवाड़ा में चल रहे नामांतर आंदोलन का विश्लेषण किया गया । इन आंदोलनों की मांगों को न्याय-संगत मानकर इनके दमन के खिलाफ 'दमन विरोधी सप्ताह' मनाया गया ।

सरकार देश में चल रहे अन्य जनतांत्रिक आंदोलनों की तरह 'बोधगया भूमि-मुक्ति आंदोलन' को भी कुचलने का प्रयास बराबर करती रही है । परंतु आंदोलन की व्यापकता, पकड़ एवं जनसमर्थन के कारण इसे सफलता नहीं मिली है । उलटे आंदोलन के दबाव

के कारण सरकार ने एक 'भूमि जांच समिति' गठित की थी । इसकी रिपोर्ट वह दबाये बैठी है । एक स्तर तक आंदोलन को सफलता मिली है – लगभग तीन हजार एकड़ जमीन भूमिहीनों के बीच वितरित की गई है । जमीन वितरण के साथ आंदोलन की परिस्थितियां भी बदली हैं और इस बदली परिस्थिति में आंदोलन नए तेवर के साथ जारी है । ■

जनतंत्र समाज, सितंबर 1985

शहरी विस्थापन : महिलाएं और रोजगार

सरकार पिछले कई वर्षों से स्लम बस्तियों को उजाड़कर पुनर्वासित करने की प्रक्रिया युद्ध स्तर पर चला रही है । उसका दावा है कि इन पुनर्वासित बस्तियों में आवास के साथ-साथ पीने का पानी, बच्चों के लिए स्कूल, अस्पताल और बेहतर आबो-हवा की सुविधाएं झुग्गियों को तोड़ने से पहले उपलब्ध करा दी जाएंगी । लेकिन जमीनी सच्चाई यह है कि जिन-जिन जगहों पर इन झुग्गियों को स्थानान्तरित किया जा रहा है वहां न पानी है, न बिजली और न ही शौचालय – स्कूल तो बहुत दूर की बात है । लोगों को खुले आसमान के नीचे कड़ाके की सर्दी में जानवरों से भी बदतर समझकर पटक दिया जाता है ।

कोई भी व्यक्ति या परिवार जब एक जगह से दूसरी जगह स्थायी या अस्थायी रूप से रहने के लिए जाता है तो उससे पूर्व सारी तैयारी करके जाता है; कम से कम पानी, बिजली, शौचालय और आवास जैसी मूलभूत सुविधाओं की व्यवस्था तो स्थानांतरित होने से पहले सभी करते हैं । यह प्रत्येक नागरिक की मूलभूत जरूरत है। मगर झुग्गियों के पुनर्वासित होने के संदर्भ में दिल्ली नगर निगम का रवैया बिलकुल उलटा है । झुग्गियां पहले तोड़ी जाती हैं, आवास आदि सुविधाएं बाद में उपलब्ध कराई जाती हैं । खुले आसमान के नीचे रहते हुए हफ्ता, महीना निकल जाता है ।

महिलाएं अपनी झुग्गीनुमा घोंसले को अपने आदमी के सहयोग से एक-एक तिनका जोड़कर, भूखे पेट रहकर, बच्चों को कम खिलाकर और इधर-उधर से लकड़ी की व्यवस्था कर अपने परिवार के लिए छत तैयार करती हैं। जब झुग्गियां तोड़ी जाती हैं तब सबसे ज्यादा मानसिक आघात महिलाओं और बच्चों को झेलना पड़ता है ।

जहां भी पुनर्वासित झुग्गियों को स्थानांतरण के लिए जगह दी गई है, सभी की हालत एक जैसी है – कहीं थोड़ा कम तो कहीं ज्यादा; उस जगह पर उपलब्ध सुविधाओं के मामले में हालत अत्यंत दयनीय है । भलस्वा, होलम्बी कलां, हस्तसाल या फिर बक्करवाला – ये सभी पुनर्वासित स्थल मुख्य शहर से कोसों दूर बियावान जंगल या धान के खेत और कटीली झाड़ियों से पटे हैं । यहां से पक्की सड़क कई-कई किलोमीटर दूरी पर है । यहां न रोजगार के साधन हैं और न ही मूलभूत सुविधाएं। यहां विकास के नाम पर है तो सिर्फ स्लम विभाग का ऑफिस ।

झुग्गियां टूटने से लेकर पुनर्वासित होने तक जिन्हें लगातार कई-कई समस्याओं से जूझना पड़ता है, वे हैं महिलाएं ।

दिल्ली नगर निगम रघुवीर नगर से झुग्गियों को तोड़कर बक्करवाला (नजफगढ़-हरियाणा बार्डर पर) में पुनर्वासित कर रही है । पुनर्वास की दूरी लगभग 20-25 किलोमीटर है । रघुवीर नगर में वर्षों से गुजराती बाघरी समाज के लोग रहते हैं । इनके परिवार में कमाने

वाले के नाम पर मुख्य रूप से महिलाएं ही होती हैं । ये दिल्ली के विभिन्न इलाकों में पुराने कपड़े के बदले में बर्तन बेचकर व्यवसाय करती हैं । इनके परिवार का आर्थिक नियोजन मूलतः महिला सदस्यों पर आधारित है ।

यहां इन्हें पानी, बिजली, शौचालय आदि सभी मूलभूत सुविधाएं मिली हुई थीं। साथ ही, स्कूल की भी व्यवस्था थी । इन झुग्गी कालोनी में दिल्ली नगर निगम ने दो एकड़ में मार्केट बनाकर दिया है । सुबह 4.30 से 10-11 बजे तक यहां महिलाओं द्वारा जमा किए गए कपड़ों को बेचा जाता है । इस मार्केट में दिल्ली के दूर-दूर के इलाकों से आकर लोग पुराने कपड़े खरीदते हैं । यहीं बगल में स्टील के बर्तनों की पंक्तिबद्ध दुकानें भी हैं जहां से ये महिलाएं बर्तन खरीदकर ले जाती हैं । ये महिलाएं सिर पर बर्तन और कंधे पर पुराने कपड़ों को लादकर जीविकोपार्जन की जुगाड़ में हर सुबह निकल पड़ती हैं । यहीं इनके देवी-देवताओं के सुंदर-सुंदर मंदिर हैं जिनमें इनकी बड़ी आस्था है। शहर के बीचों-बीच होने की वजह से यहां जान-माल की एक निश्चित सुविधा भी प्राप्त है । स्वास्थ्य सेवाएं भी यहां उपलब्ध हैं।

इन झुग्गी-झोंपड़ियों के टूटने से इनमें रहने वाली महिलाओं की स्थिति का अंदाजा इसी बात से लगाया जा सकता है कि आज इन्हें बक्करवाला में खुले में शौच के लिए जाना पड़ता है, बिजली की व्यवस्था न के बराबर है, आये दिन बदमाश शराबी लोग इनके साथ छेड़खानी और बदतमीजी करते हैं । एक सुरक्षित माहौल और समुदाय में रहने के बाद अचानक इतनी असुरक्षा और परेशानी में रहने की वजह से इन महिलाओं में बेहद आक्रोश है । ये महिलाएं अपनी बहादुरी के लिए चर्चित हैं । ये स्वभाव से बेहद निडर और सरल हंसमुख होती हैं । इनका कहना है कि हमें यहां (बक्करवाला) चाहे जितनी सुविधाएं दे दो, मगर हमारा बाजार, हमारे देवता व अपने गांव के लोग तो वहीं हैं । फिर हम यहां रहकर क्या करेंगी ? जब रोजगार हमारा रघुवीर नगर में है तो हम यहां तो भूखों ही मरेंगी ! हर रोज 20-25 किलोमीटर चलकर हम अपना काम धंधा कैसे कर पाएंगी ? यहां तो आने-जाने के लिए बस का साधन भी नहीं है ।

महिलाएं सिर पर बर्तन और कंधे पर पुराने कपड़ों को लादकर जीविकोपार्जन की जुगाड़ में हर सुबह निकल पड़ती हैं। यहीं इनके देवी-देवताओं के सुंदर-सुंदर मंदिर हैं जिनमें इनकी बड़ी आस्था है। शहर के बीचों-बीच होने की वजह से यहां जान-माल की एक निश्चित सुविधा भी प्राप्त है। स्वास्थ्य सेवाएं भी यहां उपलब्ध हैं ।

स्लम विस्थापन और पुनर्वास का सबसे ज्यादा खामियाजा महिलाओं को ही भुगतना पड़ता है । नई जगह पर नया कुनबा खड़ा करने में महिलाएं पुरुषों की अपेक्षा ज्यादा योगदान देती हैं । महिलाएं अपनी झुग्गीनुमा घोंसले को अपने आदमी के सहयोग से एक-एक तिनका जोड़कर, भूखे पेट रहकर, बच्चों को कम खिलाकर और इधर-उधर से लकड़ी की व्यवस्था कर अपने परिवार के लिए छत तैयार करती हैं । जब झुग्गियां तोड़ी जाती हैं तब सबसे ज्यादा मानसिक आघात महिलाओं और बच्चों कों झेलना पड़ता है । इनके चूल्हे चौखट पर ही सबसे पहला वार होता है। घर के हांडी-बर्तन बेरहमी से तोड़ दिए जाते हैं । बार-बार यहां से वहां झुग्गियां हटाए जाने के क्रम में न जाने कितने छोटे-मोटे घरेलू सामान – जिन्हें महिलाएं एक-एक पैसा बचाकर खरीदती हैं, कभी उधार लेकर तो कभी बीमारी में भी जी-तोड़ मेहनत कर कैसे-कैसे जुगाड़ लगाकर लाती हैं – इधर-उधर बिखर जाते हैं ।

जाहिर तौर पर महिलाएं पुनर्वासित होने के दौरान घर के सारे सामानों को सहेजने में जी-जान से लगी रहती हैं । पुरुष कमाने की चिंता में सुबह घर से बाहर निकल जाते हैं । बच्चों की देखरेख और घर के सारे कामों की जिम्मेवारी पहले से ही महिलाओं पर ही होती है । एक जगह से दूसरी जगह जाने पर बच्चों का स्कूल जाना छूट जाता है ।

हर मां-बाप – चाहे वह कितना ही गरीब क्यों न हो – अपने बच्चों को पढ़ाना चाहता है । ऐसा नहीं है कि झुग्गी की महिलाएं अपनी लड़कियों को नहीं पढ़ाना चाहतीं । वे भी चाहती हैं कि हमारी लड़कियां भी पढ़ी-लिखी हों ताकि घर को अच्छी तरह से चला सकें । मगर बार-बार उजड़ने की वजह से लड़कियों का स्कूल लड़कों की अपेक्षा अधिक छूटता है । लड़कियों को स्कूल जाने की बजाय मां के काम में हाथ बंटाना पड़ता है। वे कम उम्र से ही रोटी की जुगाड़ में मां-बाप के साथ लग जाती हैं । अगर मां-बाप अपनी लड़की को स्कूल भेजना भी चाहें तो नहीं भेज सकते, क्योंकि स्कूल की दूरी इतनी अधिक होती है कि उसका पहले वाले स्कूल में जाना सुरक्षित नहीं रहता । लड़कियां अकेले बस में सफर करती हुई घबराती हैं। जिस जगह वीराने में इन्हें लाकर बसाया जाता है वहां तो कोई पुरुष भी शाम के बाद जाते हुए डरे बिना नहीं रहता, फिर भला इन मासूम बच्चियों और महिलाओं की क्या बिसात है !

झुग्गियों में रहने वाली अधिकतर महिलाएं कुछ न कुछ छोटे-मोटे काम करती हैं – चाहे वे फैक्टरियों से थोक सामान लाकर घर के कामकाज में से समय निकालकर अपने घर पर ही पीस के हिसाब से काम करती हों । कुछ महिलाएं कागज के खिलौने, डमरू आदि बनाकर सिर पर टोकरी में लिए हुए घूम-घूम कर बेचती हैं तो कुछ विभिन्न कालोनियों के घरों में चौका बर्तन करने, कपड़ा धोने आदि जैसे घरेलू काम करती हैं ।

विस्थापन के दौरान ऐसी महिलाओं का अपना चौका बर्तन आदि का काम अधिक दूरी की वजह से छूट जाता है । अगर वे करना भी चाहें तो जो समय वे घर के अन्य कामों में लगाती थीं, वह समय आने-जाने में ही चला जाता है । थका-हारा घर लौटने पर पति की मारपीट व बच्चों के नखरों से उनके स्वास्थ्य पर बहुत गहरा विपरीत असर पड़ता है। वे बेहद चिड़चिड़ी हो जाती हैं ।

जहां-जहां झुग्गियां पुनर्वासित की जा रही हैं वहां स्वास्थ्य सेवाएं खस्ताहाल हैं । डिस्पेंसरियों में कभी डॉक्टर नहीं होते तो कभी दवाएं नहीं होतीं । दवा के नाम पर सिर्फ खानापूर्ति होती है । विस्थापित कालोनियों में मूलभूत सुविधाओं की हालत चिंताजनक तो है ही ।

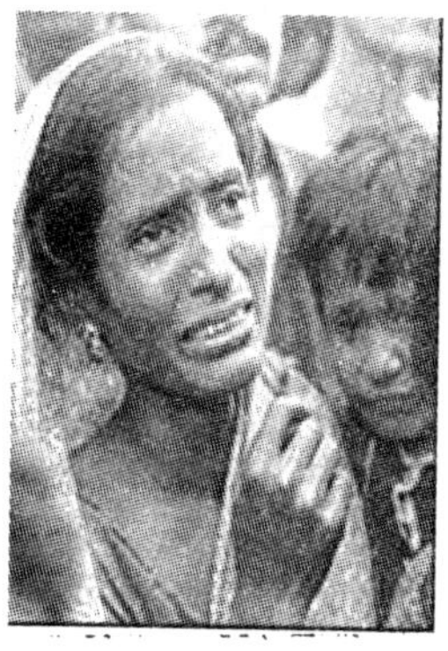

बातचीत के दौरान पुनर्वासित कालोनी बक्करवाला की एक महिला ने बताया, ''हमें यहां जानवर समझकर पटक दिया गया है । आप खुद देख लो – क्या है यहां खुले मैदान और झाड़ियों के अलावा । क्या हम यहां बैठकर मिट्टी खाएंगे ? अपने परिवार में हम औरतें कमाती हैं । अब यहां से इतनी दूर हम अपने पुराने कपड़े और बर्तन का रोजगार करने कैसे जाएंगी ? हमें अगर बिजली, पानी, शौचालय की सुविधा दे दी जाए तो भी

हम यहां नहीं रहना चाहते । हमारे देवी-देवताओं का मंदिर तो रघुवीर नगर में है । हमारे हाट-बाजार भी वहीं हैं । फिर हमें यहां क्यों पटक दिया? हमारे देवी-देवता व बाजार सब लाएं। एक तो यहां खुले आसमान के नीचे इस सर्दी में लाया गया हमें और फिर जगह भी पक्की नहीं है । कब टूट जाए दुबारा बस्ती, यह भी पता नहीं। इधर बगल में जाटों का गांव है । वे हमें इधर रहने नहीं देंगे । पहले से धमकी दे रहे हैं । कहते हैं, 'इनके आने से गंदगी फैलेगी।' अभी तो आप देख ही रहे हो – हमने अपना सामान बड़ी-बड़ी गठरियों में रखा हुआ है । इधर पानी, शौचालय, बिजली की बहुत दिक्कत है । एक-दो शौचालय की गाड़ियां इतने सारे लोगों पर कम पड़ती हैं। सुबह लाईन लगी रहती है । मजबूरन महिलाओं को भी खुले में जाना पड़ता है । अभी तो खुले में ही नलके के नीचे नहाना पड़ता है । एक पानी की टंकी या एक नलका से क्या होगा ! लंबी लाईन लगी रहती है । बीमार पड़ने पर इधर अगल-बगल दूर-दूर तक कोई डिस्पेंसरी या अस्पताल या दवा की दुकान नहीं है । स्वास्थ्य सेवाओं के नाम पर कुछ भी नहीं है । एक ही प्लाट कई लोगों के नाम दे दिया गया है। अभी तो हमें यह भी नहीं पता कि हमारी जगह कौन-सी है । हम गुजराती महिलाएं थोड़ा हिम्मतवाली हैं, वर्ना पता नहीं कब हमें इधर लुच्चे-लफंगे नोच खाएं । कई बदमाश रात में इधर शराब पीकर हंगामा करने आ जाते हैं ।''

कुछ ऐसी ही स्थिति होलम्बी कलां में मेट्रो विहार के नाम से बनी पुनर्वास कालोनी की महिलाओं व बच्चों की है । इन्हें मेट्रो वालों ने मालरोड से उजाड़ा है। दिल्ली के अन्य कई इलाकों से भी झुग्गियां तोड़कर यहां पुनर्वासित की जा रही हैं । एक महिला ने बताया, ''मेरा पति रिक्शा चलाता है । अपना रिक्शा है । हम मालरोड के पास दुर्गाबस्ती में सुख-चैन से 15-20 साल से रह रहे थे । वहां रहते हुए हमारे परिवार में ऐसी स्थिति कभी नहीं आई कि एक शाम चूल्हा जले । मगर यहां आने पर हमें खाने के लाले पड़ रहे हैं । आज एक हफ्ता से मेरा आदमी बीमार पड़ा है । इधर कोई दवा की दुकान नहीं है । रिक्शा का काम बंद है । मेरे आदमी को रिक्शा चलाने के लिए दूर की आबादी वाली कालोनियों में जाना पड़ता है । इधर तो दूर-दूर तक कोई कालोनी या बाजार नहीं है, फिर रिक्शा किधर चलाएं । टैंट के नीचे यहां क्लासें लगती हैं, वह भी टीचर की मर्जी से – कभी लगीं, कभी नहीं । यहां पीने का पानी भी गंदा और बेस्वाद है । इधर हम हर तरह से परेशान ही परेशान हैं ।''

"हम मालरोड के पास दुर्गाबस्ती में सुख-चैन से 15-20 साल से रह रहे थे। वहां रहते हुए हमारे परिवार में ऐसी स्थिति कभी नहीं आई कि एक शाम चूल्हा जले। मगर यहां आने पर हमें खाने के लाले पड़ रहे हैं। आज एक हफ्ता से मेरा आदमी बीमार पड़ा है। इधर कोई दवा की दुकान नहीं है।"

अन्य कई महिलाओं ने बताया कि इधर हम सब बगल के राईस फैक्टरियों में काम मांगने गईं, मगर उन्होंने हमें डांटकर भगा दिया । बोले – 'इधर तुम लोगों के लिए कोई काम नहीं है ।' मालरोड के पास दुर्गाबस्ती और शिवबस्ती में हमारी बहुत सारी औरतें घरों में चौका बर्तन करने, कबाड़ बीनने आदि का काम करती थीं, मगर यहां आने से सब छूट गया । हम थोड़ा-बहुत जो भी घर चलाने के लिए कमाती थीं, वह भी छूट गया। अब तो जो भी कमाई है वह हमारे आदमियों से ही है । हमारे आदमी सुबह जल्दी निकल जाते हैं और रात को देर से आते हैं । सारा दिन हम बच्चों के साथ इधर-उधर रहती हैं।

जहां हम पहले रहती थीं, वहां बड़ी रौनक थी । सब कुछ की सुविधा थी । यहां हमारा और हमारे बच्चों का मन बिल्कुल नहीं लगता । सरकार वहां मेट्रो गाड़ी चलाएगी, इसलिए हम लोगों को वहां से हटाया ।

कई ऐसे परिवार भी हैं जो अभी मेट्रो विहार नहीं गए हैं । माल रोड के आसपास ही किराये पर कमरा या झुग्गी लेकर रह रहे हैं । ऐसे ही रिक्शा चालक सुरेश पहलवान से बातचीत हुई । उन्होंने बताया कि वहां हम अपनी जगह की देखरेख के लिए तीसरे-चौथे दिन चक्कर लगा आते हैं । मगर वहां की हालत ऐसी नहीं है कि हम अपनी जवान बीबी-बेटियों को वहां रखें । वहां का माहौल अभी अच्छा नहीं है और न ही अभी वहां कुछ सुविधाएं हैं । जब तक वहां बिजली, पानी, शौचालय व स्कूल वगैरह की सही सुविधा और थोड़ा सही माहौल नहीं हो जाता तब तक हम उधर अपने परिवार को अकेला छोड़कर काम पर नहीं जा सकते, इसलिए अभी इधर ही किसी तरह गुजारा कर रहे हैं । उधर परिवार लेकर जाने से तो हमारी सारी कमाई चौपट हो जाएगी । अभी हमारा पूरा परिवार इधर कुछ न कुछ कमाई करता है । मेरी पत्नी, चारों लड़कियां, कुछ न कुछ काम करके अपनी थोड़ी बहुत बचत करती हैं । मैं इधर किराये का रिक्शा चलाता हूं । हमारी बच्चियां इधर के स्कूल में पढ़ती हैं। उधर जाने से इनका स्कूल भी छूट जाएगा ।

गौतमपुरी से उजाड़कर भलस्वा में विस्थापित हुई झुग्गी कालोनी की महिलाओं व बच्चों की स्थिति भी यही दर्शाती है ।

आइ.टी.ओ. पर दिल्ली सरकार का पुराना सचिवालय स्थानान्तरित होने की वजह से गौतमपुरी की झुग्गियों को तोड़कर भलस्वा में पुनर्वासित किया गया है । गौतमपुरी की महिलाओं व बच्चों ने झुग्गियों को तोड़ने से लेकर पुनर्वास के दौरान न जाने कितने मानसिक व शारीरिक कष्ट सहे हैं । इन झुग्गियों में रहने वाली कई बच्चियों का स्कूल छूट गया। भलस्वा आने पर स्कूल में प्रवेश पाने के लिए काफी भागदौड़ करनी पड़ी । टी.सी. निकलवाने में बच्चियों व उनके मां-बाप को यहां-वहां आने-जाने में काफी पैसे खर्च हो गए ।

झुग्गियों में रहने वाली इन बच्चियों के साथ बड़ा भेदभाव का व्यवहार होता है । उन्हें प्रिंसिपल ने बहुत बुरा-भला कहा और अपमानित भी किया । कई बच्चों के कोमल मन पर इन सब बातों का ऐसा असर हुआ कि वे स्कूल जाने के नाम से घबराते हैं । झुग्गियां उजड़ने से मां-बाप का रोजगार तो छूटा ही, बच्चे-बच्चियों की पढ़ाई भी चौपट हो गई ।

बहुत सारी महिलाओं का रोजगार (जैसे -- चौका बर्तन, फैक्ट्री आदि काम) छूट गया । इनके आदमियों को बहुत दूर अपनी रोजी-रोटी के लिए जाना पड़ता है । स्कूल में बच्चियों के साथ अच्छा व्यवहार नहीं होता है । मुस्लिम बच्चे-बच्चियों के साथ टीचर अच्छा व्यवहार नहीं करते हैं । इनको अलग बिठाया जाता है । कई बच्चों का साल-दो साल खराब हो गया, उनकी पढ़ाई पिछड़ गई ।

गरीबी में मजदूरी के लिए दूर-दूर तक जाने की वजह से कई बच्चों के टी.सी. अभी भी उनके पुराने स्कूल में पड़े हैं । मां-बाप को इतनी दूर जाकर टी.सी. निकलवाने के लिए न इतने पैसे हैं और न ही समय ।

झुग्गियों को उजड़ने और विस्थापित होने के दौरान बस्तियों में रहने वाले परिवारों की रोटी मुख्यतः आदमियों की कमाई पर ही चलती है । महिलाएं दोहरी मार झेलती हैं – कम से कम खर्चे में, भूखे पेट रहकर घर चलाती हैं । दूसरी बात, वे चाहकर भी घर की आमदनी में अपना योगदान नहीं कर पातीं ।

सरकार द्वारा एक तरफ खोखले वादे किए जाते हैं जिसमें महिला सशक्तिकरण की बात की जाती है तो दूसरी तरफ उनसे उनका रोजगार छीना जाता है । सरकार अगर रोजगार नहीं दे सकती तो फिर इसको छीनने का हक उसे किसने दिया ?

यह लेख दिसम्बर 2001 में लिखा गया था।

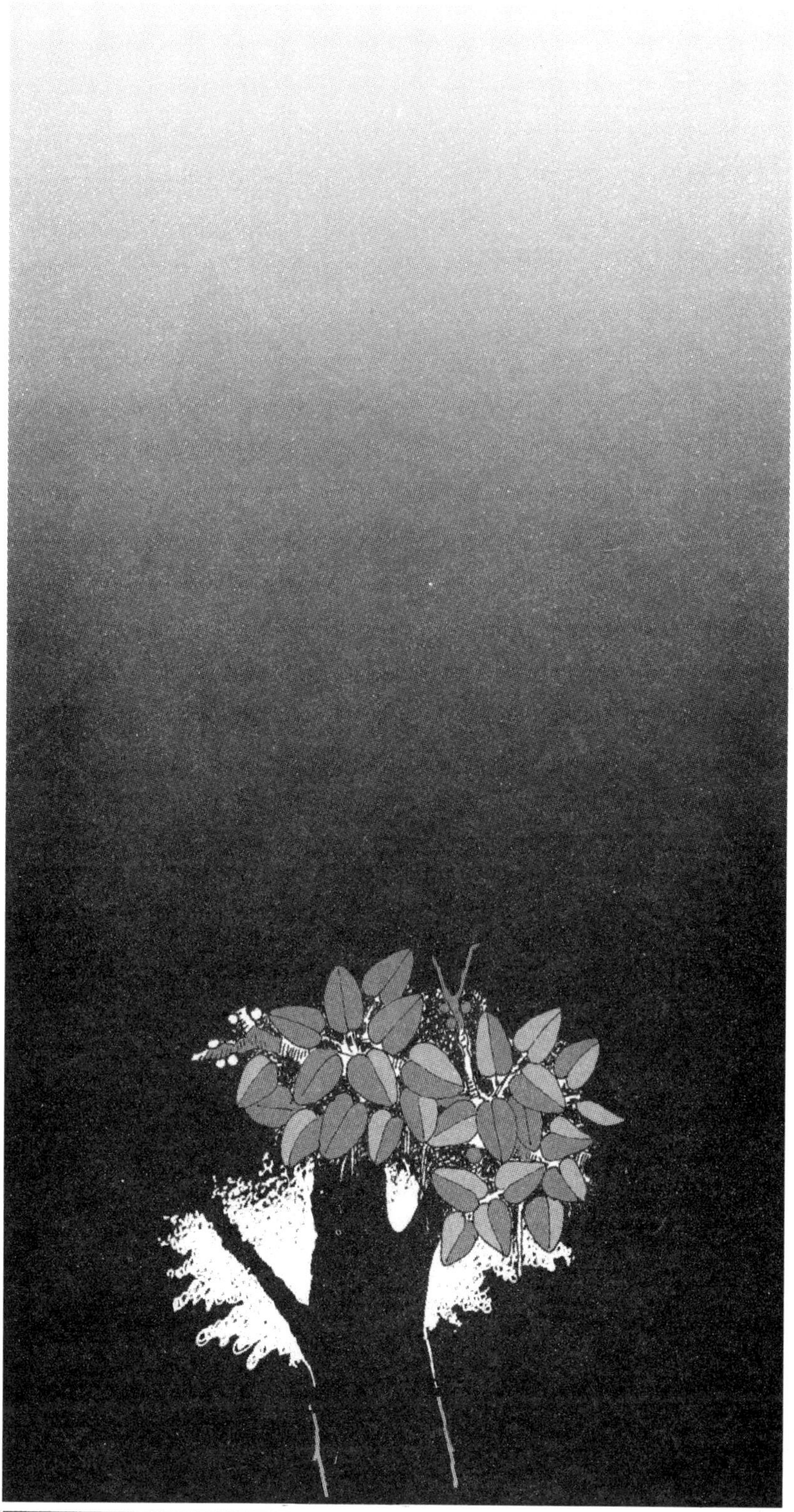

खंड-4

विविध

मुरझाते उद्यान-कर्मी

दिल्ली को हरा-भरा बनाने और पर्यावरण सुरक्षित रखने के लिए खट रहे मजदूर फटेहाली, गरीबी और बंधुआ जिंदगी जीने को मजबूर हैं ।

राजधानी में वन विभाग का काम अलग-अलग निकायों से चलता है । इसमें दिल्ली प्रशासन के अधीन नजफगढ़, अलीपुर, नांगलोई, शाहदरा और महरौली का इलाका है । इन पांच केंद्रों में लगभग 600 मजदूर काम करते हैं । ये सुबह से शाम तक राजधानी की सड़कों के किनारे नए पौधे लगाते हैं और लगे हुए पेड़ों की रक्षा करते हैं । इस इलाके में कई छोटे-मोटे जंगल हैं जिनकी देखरेख की पूरी जिम्मेवारी इन्हीं पर रहती है । इसके अलावा नर्सरी में पौधे विकसित करना इनका एक महत्वपूर्ण काम है । ये सभी काम निरंतर चलते रहते हैं । इन मजदूरों की नौकरी हमेशा नहीं चलती । इनका भविष्य अफसरों की मर्जी पर टिका रहता है ।

समय से वेतन की बात तो दूर, हाल-हाल तक इन्हें न्यूनतम मजदूरी भी नहीं मिलती थी। प्रशासन ने इन असहाय मजदूरों पर आतंक का राज जमा रखा है । इन लोगों ने जो बातें बताईं, उससे दिल्ली प्रशासन की कलई खुलती है । न्यादर की उम्र 50 वर्ष है । वह नजफगढ़ वन विभाग के अधीन काम करता है । उसने बताया, ''20 वर्षों से काम करने के बाद भी हमारे सिर पर नौकरी गंवा बैठने की तलवार लटकती रहती है । हम लोगों ने स्थायीकरण के लिए सर्वोच्च न्यायालय में एक याचिका और श्रम न्यायालय में एक मुकदमा बहुत पहले किया है । इन पर अभी तक फैसला नहीं हुआ है । तमाम पदाधिकारी भ्रष्टाचार में लिप्त रहते हैं । इससे होने वाली आमदनी ठेकेदार और अधिकारी मिलकर खाते हैं । पिछली 31 जुलाई को हमलोगों ने मांगेराम ठेकेदार को जंगल में अवैध लकड़ी की कटाई करते रंगे हाथ पकड़ा था । उसके खिलाफ नजफगढ़ थाने में रिपोर्ट भी दर्ज कराई, जिसका नंबर 25ए/31.7.85 है । पकड़ी गई लकड़ी ग्राम प्रधान के यहां जमा करवा दी गई । केस का तो कुछ नहीं हुआ, उल्टे एक दिन जब मैं पौधों में पानी डाल रहा था तो रेंजर चोखेलाल और वन अधिकारी एस.के. पुरी आए और हमें भद्दी गालियां देते हुए मारना शुरू कर दिया । किसी तरह मैं बचकर भागा और प्रधान से शिकायत की । इसके पहले अगस्त 1983 में हमलोगों ने एक ट्रक डीएलजी 8774 और स्कूटर डीईएच 7902 को अवैध कटी लकड़ी ले जाते पकड़ा और उत्तमनगर थाने में बंद करवाया था । बाद में वन अधिकारी ने पुलिस से मिलकर उन्हें छुड़ा लिया । पेड़ों पर कोई नंबर नहीं होता जिससे पता चल सके कि कुल कितने पेड़ हैं तथा किस वर्ष कितनी कटाई हुई ।''

पहले सरकार काम करने के लिए मजदूरों को खुरपी व कुदाल तथा पौधे में पानी देने के लिए बाल्टी देती थी । अब अधिकारी कहते हैं कि काम करना है तो ये सामान अपने घर से लाओ, वरना काम नहीं मिलेगा ।

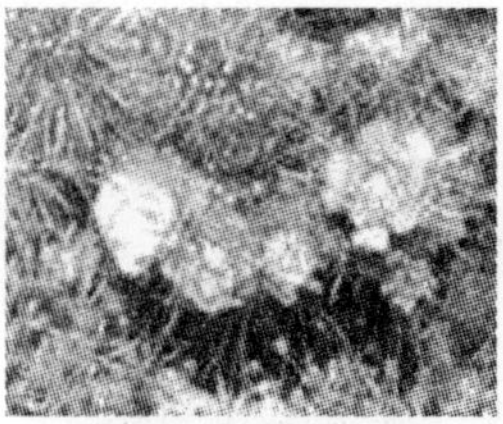

इन्हीं के साथ काम कर रहे बलवीर ने बताया कि पहले सरकार काम करने के लिए मजदूरों को खुरपी व कुदाल तथा पौधे में पानी देने के लिए बाल्टी देती थी । अब अधिकारी कहते हैं कि काम करना है तो ये सामान अपने घर से लाओ, वरना काम नहीं मिलेगा । नजफगढ़ ब्लाक में पानी का एक टैंकर है, जो हमेशा खराब रहता है । एक मजदूर पर एक हजार पौधों की देखभाल की जिम्मेवारी होती है । ऐसी स्थिति में पौधों में पानी देने के लिए काफी दूर जाना पड़ता है । यह काफी कठिन काम है । पहले 27 दिनों की हाजिरी बनती थी जिसे अब घटाकर 25 दिन कर दिया गया है । किसी भी पर्व-त्यौहार में छुट्टियां नहीं मिलतीं। अभी दो महीने से वेतन नहीं मिला है । कभी-कभी तो वेतन मिले तीन-चार माह गुजर जाते हैं । नर्सरी में जितने पौधे उगाए जाते हैं, अधिकारी अधिकांश को प्राइवेट नर्सरियों को बेच देते हैं। कितने पौधे उगाए गए, कहां कितना लगाए गए – इसका कहीं कोई हिसाब नहीं रखा जाता।

इस अन्याय के बावजूद फरवरी 1984 में नजफगढ़ में बिना कोई पूर्व सूचना के 30 मजदूरों को नौकरी से निकाल दिया गया । काफी संघर्ष करने पर इनमें से अधिकतर को रखा गया, बाकी लोगों का मामला अभी भी श्रम न्यायालय में पड़ा हुआ है ।

अलीपुर ब्लॉक में काम कर रहे मजदूर सिरदारे ने बताया, "पिछले वर्ष सरकार ने 5 एकड़ जमीन का अधिग्रहण किया जो जिंदपुर जंगल नंबर 2, जी.टी. रोड के नाम से जाना जाता है । अधिकारियों ने उसपर जंगल लगाने का आदेश दिया । मजदूरों का कहना था कि वहां पर पटवन की सुविधा नहीं है । इसके जवाब में अधिकारियों ने फतवा दिया कि नौकरी करनी है तो इसकी व्यवस्था खुद करनी होगी । पांच-पांच रुपये चंदा करके एक चापाकल हमने लगवाया, जो कुछ ही दिनों में चोरी हो गया । बाद में फिर चंदा करके चापाकल लगवाया और वृक्षारोपण किया ।" हमने पाया कि महरौली, शाहदरा, नांगलोई इन तमाम ब्लॉकों के वन विभाग में इसी तरह की मनमानी, भ्रष्टाचार और उत्पीड़न चल रहा है ।

सरकार करोड़ों रुपये खर्च करके वृक्षारोपण और पर्यावरण सुरक्षा का काम कर रही है । पर्यावरण सुरक्षा के नाम पर सैकड़ों परियोजनाएं हमेशा चलती रहती हैं और साथ ही, इन्हीं अफसरों की शह पर पुराने जंगलों की अवैध कटाई भी । इस अवैध कटाई को रोकने की बात तो दूर, इसके खिलाफ जो मजदूर आवाज उठाते हैं उन्हें ही आतंकित किया जाता है और इनको सबक भी सिखाया जाता है । सरकार वृक्षारोपण को एक स्थायी नीति मानकर चल रही है । जो मजदूर इसमें काम करते हैं वे हमेशा अभाव और दुर्दिन में जीवन बिता रहे हैं । पूरी जिंदगी श्रम करने के बावजूद ये एक आम नौकरी-पेशा कर्मचारी की तरह कोई एक सुविधा भी पाने के मोहताज हैं ।

जनसत्ता, 17 अक्टूबर 1985

झुग्गी-झोपड़ी की समस्याएं

देश के महानगर कई समस्याओं से जूझ रहे हैं – चाहे वह कलकत्ता, बंबई, मद्रास हो या दिल्ली। हर योजना में यह कार्यक्रम शामिल रहता है कि शहर के विभिन्न इलाकों की झुग्गी-झोपड़ियां उजाड़कर नई जगह व्यवस्थित तरीके से बसायी जाएंगी, ताकि इन महानगरों की खूबसूरती बरकरार रहे । दिल्ली में इसका एक जबरदस्त प्रयास आपातकाल के दौरान हुआ था । अब यह इन महानगरों तक ही सीमित नहीं है, दूसरे सभी शहर भी इसकी चपेट में हैं । सवाल यह नहीं है कि झुग्गी-झोपड़ियों को उजाड़ा जाए या नहीं, महत्वपूर्ण बात यह है कि इनकी संख्या दिन दूनी रात चौगुनी बढ़ती क्यों जा रही है ? व्यवस्था के पोषक लोग यह आवाज उठाने लगे हैं कि बंबई में रह रहे बाहरी लोगों को निकाल बाहर किया जाए । सर्वोच्च न्यायालय को यह फैसला देना पड़ता है कि "फुटपाथ, पार्क-मैदान या अन्य सार्वजनिक जगहों पर अतिक्रमण करना और झुग्गी-झोपड़ी डालना गैर-कानूनी है ।" आधुनिक विकास के भारतीय प्रणेताओं ने यह कल्पना भी नहीं की होगी कि उन्हीं के औजार से उनके अपने ही महल की दीवार में दरार पड़ने लगेगी । भारतीय समाज का जो आर्थिक, राजनैतिक व सांस्कृतिक ढांचा है उसमें पश्चिमी विकास की धारा कतई लागू नहीं हो पा रही है । इसके परिणाम धीरे-धीरे सामने आने लगे हैं ।

कुछ सामाजिक-आर्थिक अंतर्विरोधों को छोड़कर भारतीय गांव अपने आप में स्वायत्त स्वरूप वाले थे । गांववासियों के जीवन-यापन से संबंधित सभी चीजों की आपूर्ति स्थानीय स्तर पर ही हो जाती थी । गांव में ट्रैक्टर प्रवेश के साथ ही बहुत सारे हलवाहे और कृषि कार्य में लगे मजदूर बेकार हो गए। औजार बनाने की नई तकनीकी आई, इससे लोहार का जीवन साधन छीन गया, बढ़ई के हाथ बेकार हो गए । पूरा का पूरा ढांचा चरमरा गया। सारा विकेंद्रीकृत स्वरूप धीरे-धीरे सिमट कर कुछ जगहों पर केंद्रित हो गया । लोग भूखों मरने लगे । पेट की भूख और काम की ललक उन्हें शहरी चकाचौंध वाली संस्कृति में खींच लायी । उनका परंपरागत अनुभव कहीं काम न आया । न रहने का ठौर, न खाने का ठिकाना । किसी तरह कोई काम, जो शारीरिक परिश्रम का होता, मिल जाता । इतनी हैसियत नहीं होती कि किराये का मकान ले लिया जाए । जो शहर आया वह काम में लगाने वाली अपनी फैक्टरी, दुकान या दफ्तर के आसपास खाली पड़ी जमीन पर झोपड़ी डालकर रहने लगा । शुरू के दिनों में ये लोग कुछ समय के लिए आते, कुछ पैसा कमाते, फिर गांव वापस लौट जाते । धीरे-धीरे मंहगाई के बढ़ते बोझ और गांवों में सिमटते

शहरों में जितना पैसा ये लोग कमाते हैं, उसका अधिकांश हिस्सा ऐसी सुविधाएं खरीदने में लगाते हैं, जिससे व्यवस्था ही मजबूत होती है । घर में खाने-पीने की स्थिति जैसी भी हो, टेलीविजन, फ्रीज तथा आधुनिक प्रदर्शन के अन्य सामान तो रहेंगे ही। ये उसी संस्कृति का गुलाम होते जा रहे हैं जिससे वे खुद त्रस्त हैं ।

आर्थिक स्रोतों ने उन्हें पूरी तरह इन शहरों पर निर्भर होने के लिए मजबूर किया । इनका पूरा परिवार इन शहरों में आकर बसने लगा । यहां कहीं भी उनकी आर्थिक, राजनैतिक व सांस्कृतिक पहचान बन नहीं पाई । वे अपनी सांस्कृतिक पहचान, राजनैतिक सोच तथा अपनी भाषा को गैर समझ कर छोड़ने लगे । इन्हें एक संवेदनहीन शहरी संस्कृति को अंगीकार करना पड़ा जिसमें कहीं मानवीयता नहीं होती, मानव के प्रति कहीं कोई आदरभाव नहीं होता । यहां कहीं भी कोई परिचित चेहरा नहीं मिलता, हर कदम पर भीड़ से भेंट होती है । मात्र शिष्टाचार की औपचारिकताएं – पैर कुचलता, सौरी कहता, हर व्यक्ति अपनी मंजिल की तलाश में आगे बढ़ जाता ।

व्यवस्था ने गांव-घर छोड़ कर नगर में नारकीय जीवन जीने को विवश किया । यहां न सीधा खड़ा होने की गुंजाइश होती और न पूरा पैर फैलाकर सोने की । मात्र सिर छुपाने के लिए छोटी-सी झोपड़ी होती जिसमें पूरा परिवार किसी तरह जीवन बसर करता । खुली हवा की जगह सीलन-सड़न युक्त वायु मिलती । फिर इन शहरों में जितना पैसा ये लोग कमाते हैं, उसका अधिकांश हिस्सा ऐसी सुविधाएं खरीदने में लगाते हैं, जिससे व्यवस्था ही मजबूत होती है । घर में खाने-पीने की स्थिति जैसी भी हो, टेलीविजन, फ्रीज तथा आधुनिक प्रदर्शन के अन्य सामान तो रहेंगे ही । ये उसी संस्कृति का गुलाम होते जा रहे हैं जिससे वे खुद त्रस्त हैं । कोई भी त्रासदी हो, उसका शिकार ये लोग ही होते हैं। पिछले दिनों दिल्ली के कई इलाकों की झोपड़पट्टियां जलकर राख हो गईं । भोपाल में जो गैस दुर्घटना हुई उसमें अधिकतर झुग्गी-झोपड़ियों के निवासी ही शिकार हुए । इसके बावजूद, इनके सिर पर हमेशा मौत की तलवार लटकती रहती है । न जाने कब सरकार इनकी झोपड़ी तुड़वा दे ! तमाम नकारात्मक पहलुओं के होते हुए, वर्तमान व्यवस्था से उपजी यह समस्या इनके लिए एक बड़ी चुनौती बन रही है ।

व्यवस्था ने गांव-घर छोड़ कर नगर में नारकीय जीवन जीने को विवश किया । यहां न सीधा खड़ा होने की गुंजाइश होती और न पूरा पैर फैलाकर सोने की । मात्र सिर छुपाने के लिए छोटी-सी झोपड़ी होती जिसमें पूरा परिवार किसी तरह जीवन बसर करता ।

पिछले दिनों सरकार ने यह घोषणा की कि झुग्गी-झोपड़ियों को तोड़कर उसके निवासियों को ट्रांजिट कैंपों में रखा जाएगा । दिल्ली के विभिन्न इलाकों में लगभग दस लाख परिवार इन झुग्गी-झोपड़ियों में अपना गुजर-बसर करते हैं और उनपर आश्रित व्यक्तियों की संख्या कई गुना होगी । सरकार इतनी बड़ी संख्या को कुछ सीमित शिविरों में रखने की कैसी व्यवस्था करेगी या मुआवजे के रूप में जमीन या मकान कितने को दे पाएगी ! अलग-अलग इलाकों में रहने वाले इन लोगों के लिए सरकार कभी न तो शौचालय और न ही पीने के पानी का उचित प्रबंध कर पायी । तब इसके इस कोरे आश्वासन पर कैसे विश्वास किया जाए ?

अब दिल्ली विकास प्राधिकरण इन झोपड़पट्टियों का एक सर्वेक्षण करवा रहा है । इसके आधार पर इन तमाम झोपड़पट्टियों के निवासियों को परिचय-पत्र दिया जा रहा है । यह सर्वे क्यों किया जा रहा है, इसके बारे में सर्वे कर्मचारी भी कुछ बताने से इंकार करते हैं। लोग इस भ्रम में कि रहने की कहीं कोई वैकल्पिक व्यवस्था हो जाएगी, अपनी दिहाड़ी

छोड़कर कई दिनों से इन कर्मचारियों के आगे-पीछे कर रहे हैं । कई लोगों ने बताया कि इस सर्वे में काफी धांधली चल रही है; बहुतों से जबरदस्ती पैसा लेकर सर्वे किया जा रहा है । इस प्रकार, डी.डी.ए. के कर्मचारियों को एक नई कामधेनु मिल गई है जिसे वे अपनी मर्जी के अनुसार दुह रहे हैं । ■

जनतंत्र समाज, जुलाई 1985

अंधेरे में है देश की श्वेत-क्रांति

हमारे देश में एक दुधारू पशु वर्ष में औसतन 750 किलोग्राम दूध देती है, जबकि विश्व का यह औसत 2000 किलोग्राम है । विकसित देशों में यह प्रति वर्ष औसतन 5000 किलोग्राम दूध देती है।

भारत में श्वेत-क्रांति कछुए की चाल से आगे बढ़ रही है । अपने पदार्पण के एक दशक बाद भी यह अपने उद्देश्य की पूर्ति की दिशा में बहुत कम आगे बढ़ी है । देश में दूध का संघठित उत्पादन और वसूली की मात्रा आज भी केवल क्रमशः 80 लाख व 30 लाख लीटर है, जबकि दूध का कुल उत्पादन 810 लाख लीटर है । इस तरह, दूध योजनाओं के अंतर्गत देश के कुल दुग्ध उत्पादन का केवल 10 प्रतिशत दूध पैदा होता है और सिर्फ चार प्रतिशत की उगाही होती है ।

दुग्ध उत्पादन योजनाओं की सबसे बड़ी त्रुटि यह है कि वे नगरों की होकर रह गई हैं। इनको शहरों में केंद्रित इसलिए किया गया है, क्योंकि वहां दूध की खपत सालों भर होती है।

देश में दूध का संघठित उत्पादन और वसूली की मात्रा आज भी केवल क्रमशः 80 लाख व 30 लाख लीटर है, जबकि दूध का कुल उत्पादन 810 लाख लीटर है । इस तरह, दूध योजनाओं के अंतर्गत देश के कुल दुग्ध उत्पादन का केवल 10 प्रतिशत दूध पैदा होता है और सिर्फ चार प्रतिशत की उगाही होती है ।

भारत में श्वेत-क्रांति का पहला दौर विश्व खाद्यान्न कार्यक्रम की सहायता से जुलाई 1970 में शुरू हुआ । इसके अंतर्गत ग्रामीण गरीबों के लिए दूध का पाउडर और घी उपलब्ध कराया गया । यद्यपि इस कार्यक्रम की अवधि पांच वर्ष (1970-75) थी, किंतु इसका समापन 11 वर्षों बाद 31 मार्च 1981 को हुआ । दूध का पाउडर तथा घी बनाने की योजना के लिए 1970 में 400 करोड़ रुपये मंजूर किए गए थे, किंतु वास्तव में अगस्त 1979 तक 628 करोड़ रुपये खर्च हुए । दूसरी ओर, दुग्ध उत्पादन के विकास के लिए जो 497 करोड़ रुपये निर्धारित किए गए थे, उसमें से केवल 210 करोड़ का ही उपयोग किया जा सका ।

योजना के प्रथम चरण में विश्व खाद्यान्न कार्यक्रम के अंतर्गत प्राप्त पाउडर दूध और घी के बेचे जाने से 116 करोड़ रुपये की आय हुई । इस चरण में दूध के उत्पादन को सर्वोच्च प्राथमिकता देने का निश्चय किया गया तथा तय किया गया कि कुल आय का 50 प्रतिशत इस उद्देश्य से खर्च किया जाएगा । इसके विपरीत, भारतीय डेयरी निगम ने केवल 25 प्रतिशत हिस्सा खर्च किया । दूसरी डेयरी तकनीक के विकास के लिए 116 करोड़ रुपये का 26 प्रतिशत हिस्सा व्यय करने की योजना बनायी गई थी, किंतु बाद में यह अंश बढ़ाकर 66 प्रतिशत कर दिया गया । इस तरह प्रक्रियायन में मूल निर्धारण (37

करोड़ रुपये) की अपेक्षा दुगुना धन खर्च किया गया, किंतु उत्पादन में कटौती करके राशि 55 करोड़ रुपये से घटाकर केवल 29 करोड़ रुपये खर्च कर दी गई । इस तरह प्रक्रियायन की क्षमता 148 लाख लीटर प्रतिदिन के लक्ष्य की अपेक्षा दुगुनी से भी अधिक कर दी गई, किंतु उसमें प्रक्रियायन किस चीज का किया जाएगा, इस ओर ध्यान नहीं दिया गया।

भारत में 1979-80 के वर्ष में दूध का वार्षिक उत्पादन 300 लाख टन रिकार्ड किया गया था, जो 1970 के 210 लाख टन से पर्याप्त ज्यादा है । पिछले दशक में दूध के उत्पादन में वृद्धि की दर चार प्रतिशत वार्षिक रही है, जो आबादी में वृद्धि की दर प्रतिशत (2.6) से ज्यादा है । इस कारण दूध की प्रति व्यक्ति प्रतिदिन उपलब्धता 1969 में 110 ग्राम से बढ़कर 1979-80 में 122 ग्राम हो गई । इस तरह 10 वर्षों में केवल 12 ग्राम ही वृद्धि अत्यन्त असंतोषजनक है ।

पोषकाहार सलाहकार कमेटी की सलाह है कि प्रति व्यक्ति प्रतिदिन 280 ग्राम दूध उपलब्ध कराया जाना चाहिए । इस सलाह को यदि मान लिया जाए तो देश की वर्तमान आबादी के लिए प्रतिदिन 700 टन दूध की आवश्यकता है । कम-से-कम 150 ग्राम भी दूध उपलब्ध कराने के लिए 380 लाख टन दूध का उत्पादन जरूरी है ।

देश में दूध की खपत अलग-अलग मात्रा स्तर पर होती है । महानगरों में प्रति व्यक्ति प्रतिदिन खपत 230 ग्राम है और छोटे शहरों व ग्रामीण क्षेत्रों में क्रमशः 170 और 63 ग्राम। ग्रामीणों की निम्न क्रय-शक्ति वहां दूध की खपत में वृद्धि नहीं होने देती । दूसरी ओर, डेयरी विकास की योजनाओं को केवल शहरों तक ही सीमित रखा गया है । प्रायोजकों का तर्क है कि ग्रामीणों की प्रोटीन की आवश्यकता की पूर्ति दालों से हो जाती है ।

1951 में देश में प्रति व्यक्ति दूध की दैनिक खपत 150 ग्राम थी, 1961 में गिरकर 126 ग्राम हो गई तथा 1971 में 100 ग्राम । 1972 तथा 1973 में थोड़ा सुधार हुआ और कोटा 110 ग्राम तक पहुंचा । वर्तमान दशक के शुरू में यह औसत 122 ग्राम रहा और 1984-85 तक बढ़कर 144 ग्राम हो गया । किंतु 1951 का स्तर पुनः प्राप्त करना एक कठिन कार्य सिद्ध हो रहा है ।

1951 से 1971 के दो दशकों के दौरान जनसंख्या में वृद्धि की दर 26 प्रतिशत थी, लेकिन दूध उत्पादन में वृद्धि दर केवल 0.4 प्रतिशत थी । 1972 में यह स्थिति पलटी और 1971 की तुलना में दूध के उत्पादन में पांच प्रतिशत और जनसंख्या में केवल 2.2 प्रतिशत की वृद्धि हुई है । 1973 में जनसंख्या वृद्धि दर में कमी (2.1 प्रतिशत हुई, किंतु इसके साथ ही दूध उत्पादन में वृद्धि की दर में भी गिरावट 3.1 प्रतिशत) आ गई । प्रति व्यक्ति दैनिक औसत 107 ग्राम से बढ़कर सिर्फ 111 ग्राम हो सका ।

दुधारू पशुओं की विशाल संख्या के बावजूद दूध के उत्पादन में वृद्धि इसलिए कमजोर है कि प्रति पशु दूध बहुत कम पैदा होता है । दुधारू पशु पालने वालों में 75 से 80

प्रतिशत लोग ऐसे हैं जो केवल घरेलू तौर पर 1-2 पशु पालते हैं और अपने घर की दूध की आवश्यकता पूरी करने के पश्चात बाकी बचा दूध बेच देते हैं । इसमें सिर्फ चारे का खर्च निकालने से ज्यादा उनका कोई स्वार्थ नहीं होता । गरीबी के कारण भारत के दुधारू पशुओं के चारे-पानी की ठीक से व्यवस्था नहीं की जाती । ग्रामीणों की गरीबी के कारण उनके पशुओं का दूध नहीं बढ़ता और दूध उत्पादन नहीं बढ़ने से उनकी गरीबी तो दूर नहीं ही होती, साथ ही उन्हें पौष्टिकता से भी वंचित रहना पड़ता है।

समस्या का दूसरा पहलू यह है कि 1951 के बाद, जबसे शहरों की विकसित योजनाओं का सिलसिला शुरू हुआ है, गांवों के अच्छी नस्ल के अधिकतर पशु एक-एक कर शहरों में चले आ रहे हैं । शहरों में ये दुधारू पशु जब कम दूध देने लगते हैं तो कसाइयों को बेच दिये जाते हैं । इस तरह अच्छे दुधारू पशु दूध की अधिक कीमत के लालच में शहरों की ओर लाकर नष्ट किये जा रहे हैं । बूचड़खाना में काट दिए जाने वाले पशु यदि गांवों में रहते तो अंत तक कुछ न कुछ मात्रा में दूध का योगदान करते ही । दूसरे, शहरों में दूध की आपूर्ति की योजनाएं कारगर ढंग से क्रियान्वित नहीं की गईं । शुरू में इसके लिए 15 करोड़ रुपये का प्रावधान किया गया था, किंतु केवल 20 लाख रुपये खर्च किये जा सके। इसका परिणाम यह है कि जिन नगरों-महानगरों में दुग्ध आपूर्ति की योजनाएं चल रही हैं, वहां आज भी इसका 50 प्रतिशत कारोबार ग्वालों के हाथों में है।

मणिपुर और त्रिपुरा जैसे छोटे राज्यों का देश के कुल दुग्ध उत्पादन में योगदान नगण्य है, किंतु यहां प्रति पशु दूध उत्पादन का औसत सब राज्यों से ज्यादा (क्रमशः 4.40 व 3.76 लीटर प्रतिदिन) है । मणिपुर के बाद पंजाब (4.14), त्रिपुरा (3.76), हरियाणा (3. 46) तथा गुजरात (2.91) का क्रम आता है ।

हमारे देश में पशुओं के चारे का अभाव है । इसके कारण उसकी कीमत लगातार बढ़ती जा रही है । हमारे देश में अभी भी अधिकतर पशुओं को खली, भूसा और बाजरा व ज्वार जैसा मोटा अनाज इत्यादि खिलाया जाता है । आजकल फैक्ट्रियों में विभिन्न खाद्य पदार्थों में मिश्रण वाला चारा भी बनाया जा रहा है, किंतु परंपरागत ढंग से पशु पालने वालों ने अभी इसे नहीं अपनाया है । पशुओं को हरा व सूखा चारा आमतौर पर कृषि के अवशेषों से प्राप्त होता है, किंतु उससे संपूर्ण आवश्यकता की पूर्ति नहीं होती । चारे की खेती केवल 80 लाख हैक्टेयर क्षेत्र में होती है, जबकि आवश्यकता 140 लाख हैक्टेयर में किए जाने की है । हमारे यहां एक बड़ी समस्या यह भी है कि गाय-भैसों में नर पशुओं की आबादी ज्यादा है । विश्व का 17 प्रतिशत (2400 लाख) गो-वंश भारत में है, पर इसमें से दो तिहाई सांड़ अथवा बैल हैं । भारत में 820 लाख तीन वर्ष से बड़े अर्थात प्रजनन योग्य मादा पशुओं में से करीब 540 लाख गायें हैं और 280 लाख भैंसें । कुल दूध उत्पादन में भैंसों के दूध का उत्पादन अधिक होता है ।

भारत में उत्तर प्रदेश, पंजाब, राजस्थान, गुजरात और हरियाणा दूध उत्पादन करनेवाले पांच प्रमुख राज्य हैं और सबसे ज्यादा दुधारू पशुओं की संख्या उत्तर प्रदेश, मध्यप्रदेश, आंध्रप्रदेश, राजस्थान तथा महाराष्ट्र में है । जानने योग्य रोचक बात यह है कि मणिपुर और त्रिपुरा जैसे छोटे राज्यों का देश के कुल दुग्ध उत्पादन में योगदान नगण्य है, किंतु यहां प्रति पशु दूध उत्पादन का औसत सब राज्यों से ज्यादा (क्रमशः 4.40 व 3.76 लीटर प्रतिदिन) है । मणिपुर के बाद पंजाब (4.14), त्रिपुरा (3.76), हरियाणा (3.46) तथा गुजरात (2.91) का क्रम आता है । उत्तर प्रदेश में दूध का अधिक उत्पादन उसकी विशाल

पशु आबादी के कारण है तो पंजाब में पशुओं की उच्च्य दुधारूता के कारण । पंजाब में प्रति व्यक्ति प्रतिदिन की औसत दूध उपलब्धता 524 ग्राम है । इसके बाद हरियाणा 445 ग्राम, राजस्थान 265 ग्राम, हिमाचल प्रदेश 208 ग्राम और गुजरात 180 ग्राम का क्रम आता है । भारत की पशु संख्या में दुधारू पशुओं की संख्या 43 प्रतिशत है, जबकि पंजाब में 62.5, हरियाणा में गुजरात में 54.3, केरल में 51.8 तथा त्रिपुरा में 51.3 प्रतिशत है और यहां पशुओं का दुधारू जीवन भी लंबा होता है ।

इसके बावजूद देश में श्वेत-क्रांति आशा के अनुरूप सफल नहीं हो पायी है । यहां तक कि सहकारी समितियां भी खुशहाल नहीं दिखती हैं । दूसरी ओर, शहरी उपभोक्ता दूध की कीमत बढ़ाये जाने के विरुद्ध आन्दोलन करते रहे हैं, जिसने कई बार भयंकर रूप धारण कर लिया था । ग्रामीण दूध उत्पादकों और वितरकों के बीच बिचौलिये उपरोक्त दोनों पक्षों के साथ-साथ उपभोक्ताओं की जेब भी काटते हैं । शहरों में दूध की कीमत बढ़ती है, लेकिन गरीब दूध उत्पादक को कोई लाभ नहीं मिलता ।

वर्तमान में देश में 190 डेयरी प्लांट है जिसमें 14 तरह की दुग्ध प्लांट, 30 दुग्ध उत्पादन फैक्ट्रियां तथा 66 पायलट ग्रामीण डेयरी केंद्र शामिल हैं ।

आज, पटना, 12 जून 1986

हमारे देश में मानवाधिकार

कई बार हमारी सरकार भी असली मुद्दों से जनता का ध्यान हटाने के उद्देश्य से रोटी बनाम आजादी की बेकार बहस छेड़ देती है । कौन नहीं जानता कि मानवाधिकारों की सार्वलौकिक घोषणा में दोनों – जीने का राजनीतिक अधिकार एवं इंसान की सुरक्षा (धारा-3) और प्रत्येक व्यक्ति के काम का अधिकार एवं बेरोजगारी के खिलाफ सुरक्षा (धारा-23) शामिल है । कुछेक राजनेता समय-समय पर आर्थिक अधिकारों को राजनीतिक अधिकारों पर तरजीह देते रहे हैं। कुछेक कभी इसके उलटा भी करते रहे हैं । किंतु वास्तव में रोटी और आजादी एक ही सिक्के के दो पहलू हैं, किसी एक से मानव को वंचित करने से लाजमी तौर पर दूसरे को भी नुकसान पहुंचता है ।

हमारे सामाजिक तंत्र में धन और आय की विषमता भयानक है । इससे मानवाधिकार संबंधी यह धारणा कि सभी व्यक्ति कानून की निगाह में समान हैं (राजनीतिक अधिकारों की धारा-26) एक मजाक-सी लगती है । जी.एस.ओ. के अनुसार, हमारे समाज के शीर्ष पर बैठे 15 प्रतिशत के पास राष्ट्रीय धन-संपत्ति का 33 प्रतिशत भाग है । उसमें से एक प्रतिशत लोग संपदा के 17 प्रतिशत भाग पर काबिज हैं, जबकि नीचे तल में 5 प्रतिशत केवल .001 प्रतिशत संपदा के मालिक हैं ।

आय में विषमता भी कोई कम कष्टप्रद नहीं । धरातल की कुल आबादी के 20 प्रतिशत भाग के पास आय का 7 प्रतिशत हिस्सा है , जबकि चोटी की आबादी को आय का 34 प्रतिशत भाग हासिल है । एक चौथाई गांवों में पीने का पानी तक नहीं । 1984 में प्रकाशित राष्ट्रीय बानगी सर्वेक्षण के मुताबिक, 52 करोड़ 41.9 लाख ग्रामीण आबादी में से करीब 91.52 प्रतिशत यानी 47 करोड़ 59.5 लाख लोग प्रति व्यक्ति प्रति वर्ष 1200 रुपये खर्च करते हैं । शहरी इलाकों में 15 करोड़ 95 लाख 30 हजार आबादी में से 74.3 प्रतिशत यानी 11 करोड़ 87 लाख 50 हजार लोगों की आय प्रति वर्ष प्रति व्यक्ति 1200 रुपये से कम है। जून 1984 में प्रकाशित रिपोर्ट में बताया गया है कि कृषि प्रधान राज्य पंजाब तक में कृषि कार्यों में लगी कुल आबादी के 40 प्रतिशत के पास भूमि का केवल 7 प्रतिशत भाग है । उनमें से प्रत्येक किसान के पास एक हैक्टर से भी कम भूमि है । इसी सर्वेक्षण के अनुसार, सीमांत कृषक, भूमिहीन मजदूर और दस्तकार देश की कुल ग्रामीण आबादी का 50 प्रतिशत से ज्यादा हैं । एक अनुदार अंदाज के हिसाब से, कम-से-कम 28 करोड़ 80 लाख भारतीय गरीबी रेखा से नीचे जिंदगी बसर कर रहे हैं।

वास्तव में रोटी और आजादी एक ही सिक्के के दो पहलू हैं, किसी एक से मानव को वंचित करने से लाजमी तौर पर दूसरे को भी नुकसान पहुंचता है ।

इसका साफ मतलब यह है कि राजनीतिक तथा सामाजिक समानता के लिए एक लंबे और कठिन संघर्ष की जरूरत है । न्याय दिलाने का एक साधन यानी अदालतें, जिन्हें मानवाधिकारों के लिए संघर्षरत कार्यकर्ता 'सामाजिक क्रिया मुकदमेबाजी' के सहारे इस्तेमाल करते हैं, अब अपनी सीमा पहचान चुकी हैं । और इसमें भी शक है कि वे अधिक उपयोगी सिद्ध हो पाएंगी । फिर भी, यह एक सत्य है और हमारे न्यायिक संस्थानों में गर्व की भी बात है कि सार्वजनिक सेवा भावी नागरिकों के अनुरोध पर सर्वोच्च न्यायालय ने कई मामलों में हस्तक्षेप किया है । मिसाल के तौर पर, एक कैदी की दरख्वास्त पर दूसरे कैदी को राहत पहुंचाई गई (सुनील बत्रा-1982), आगरा रक्षक गृह के सहवासियों को राहत मिली (डा. उपेन्द्र बख्शी - 1980) और एशियाड कार्यकर्ताओं को राहत दिलाई गई, आदि ।

इस सिलसिले में एक चेतावनी जरूरी है । कुछेक विद्वानों, वकीलों और न्यायाधीशों का यह विचार है कि 'सामाजिक क्रिया मुकदमेबाजी' उस चुनौती का सामना करने की भी क्षमता रखती है जो देश में गरीबों की दुर्दशा से पैदा हुई है । यह विचार सही नहीं है। कुछ उदाहरण हैं, जैसे – दिल्ली प्रशासन तथा दिल्ली विकास प्राधिकरण द्वारा लगाए गए मजदूरों को न्यूनतम वेतन भी नहीं मिलता था, न ही राज्य एजेंसियों द्वारा नियुक्त ठेकेदार ही इन्हें न्यूनतम वेतन देते थे । अदालत ने 11.5.82 को निर्देश दिया कि इमारत निर्माण के खतरनाक कामों में बच्चे न लगाए जाएं । परंतु सर्वोच्च न्यायालय को एक ही साल बाद सलाल पन बिजली परियोजना के मुकदमे में ऐसी ही शिशु मजदूरी की समस्या का सामना करना पड़ गया । अदालत ने स्वीकार किया कि सामाजिक तथा आर्थिक परिस्थितियों के कारण शिशु मजदूरी बंद करना संभव नहीं है । इसी से 'सामाजिक क्रिया मुकदमेबाजी' की सीमा का भी पता चलता है । इसी तरह अंधा करने वाली खेसारी दाल पैदा करने पर लगातार पाबंदी लगाने की नाकाम कोशिश से भी यही साबित होता है । 1984 में 'बधुआ मुक्ति मोर्चा' के मुकदमे में सरकार की निर्दयता भी नंगी होती है । अदालत ने मजदूरों को न्यूनतम उजरत तथा पीने का पानी मुहैया करने में विफलता पर दुख प्रकट किया है । आखिर में मजबूर होकर इसने भारत सरकार के कामगार मंत्रालय को यह जांच करने को कहा कि इसके निर्देश का पालन किया गया है या नहीं ? कामगारों को पीने का पानी मुहैया किया गया है कि नहीं ?

इससे यह तर्कसंगत निष्कर्ष निकलता है कि जब तक कारखानों और खेतों में सामाजिक न्यायोन्मुख आंदोलन नहीं चलाए जाते, 'सामाजिक क्रिया मुकदमेबाजी' कारगर साबित नहीं होगी ।

इसी प्रकार, व्यक्ति की स्वतंत्रता, जो मानवाधिकारों का एक आधारभूत तत्व है, कोई महत्व नहीं रखती । अगर देश की गरीब जनता की आर्थिक स्थिति सुधारी नहीं जाती और भेद-भाव आधारित विशेषाधिकार समाप्त नहीं होते तो केवल संवैधानिक निर्देश के फरमानों से इस समस्या का अपने-आप समाधान कतई मुमकिन नहीं । बिहार में जमींदारों और पुलिस की मिलीभगत द्वारा गरीबों और निचली जातियों के लोगों की आए दिन

हत्याएं प्रशासन की निष्क्रियता की द्योतक हैं । इन अत्याचारों और सरकार की अकर्मण्यता के विरोध में कितनी ही जनसभाएं हुईं, किंतु बिहार सरकार के कान पर जूं तक नहीं रेंगी । निहित स्वार्थों तथा पुलिस के गठजोड़ के अत्याचारों के कच्चे चिट्ठे यदा-कदा सामने आते ही रहते हैं ।

ऐसे अत्याचार केवल कांग्रेस शासित राज्यों में ही नहीं हो रहे हैं, अन्य राज्यों में भी घटित हुए हैं और हो रहे हैं । नागरिक आजादी का जन संगठन की आंध्र प्रदेश शाखा की रिपोर्ट से आखें खुल जाती हैं । पुलिस ने एक हजार व्यक्तियों को गिरफ्तार कर पिटाई की और दूसरे तरीकों से यातनाएं दीं ।

मानव का एक अन्य मूलाधिकार है स्वतंत्र चुनाव का अधिकार । इसकी भी कई बार अवहेलना होती देखी गई है । बिहार राज्य तो इसमें बहुत बदनाम है । इस विषय में न्यायमूर्ति बी.एम. तारकुण्डे के नेतृत्व में एक दल की रिपोर्ट भी साक्षी है ।

मानवाधिकार के अन्य पहलुओं पर भी विचार करना जरूरी है । संविधान व कानून की दृष्टि में हम सब बराबर हैं, कोई उत्कृष्ट-निकृष्ट नहीं, सभी समान व्यवहार के हकदार हैं । लेकिन वास्तव में वर्तमान सामाजिक व्यवस्था ऐसी स्थिति से कोसों दूर है । मुट्ठी भर साधन-सम्पन्न व्यक्तियों के सामने शेष सभी बेबस हैं । स्वामी विवेकानंद ने कई दशक पहले कहा था कि अल्पसंख्यक की तानाशाही संसार में सबसे ज्यादा भयावह है। अनुसूचित जातियों और जन-जातियों के साथ होने वाले दुर्व्यवहार से कौन अनभिज्ञ है! अभी तक कई आम धर्म-स्थानों और पूजा-पाठ की जगहों में उनका प्रवेश निषिद्ध है, बिना सिर ढंके वे गांवों की गलियों में चल-फिर नहीं सकते, खास-खास रास्तों से शादी का जुलूस तक नहीं गुजार सकते । यद्यपि अस्पृश्यता कानूनन दण्डनीय है, फिर भी आचरण में यह कायम है ।

हम अमरीका में कालों के संघर्ष का समर्थन करते हैं और अपने देश में हरिजनों के साथ बदसलूकी करने में जरा भी संकोच नहीं करते ।

वह समाज सभ्य होने का दावा हरगिज नहीं कर सकता जिसमें महिलाओं को समान सामाजिक दर्जा प्राप्त नहीं है । शरीर-हाट में 'कमला' की बिक्री की भयानक घटना ने सारे देश को झकझोर दिया था, फिर भी यह स्त्री-मंडी बंद होने की बजाय फल-फूल रही है । इस पुरुष प्रधान समाज में मानवाधिकारों के लिए व्यापक संघर्ष में मर्दों के समान महिलाओं की हैसियत की लड़ाई भी शामिल है । ■

आदर्श पत्र, 4 सितंबर 1987

फैली बाल-मजदूरों की बेल

बाल-मजदूरों की संख्या भारतवर्ष में सबसे अधिक है । अंतर्राष्ट्रीय श्रम संगठन के अनुसार, 8 से 15 वर्ष की आयु के 7.5 करोड़ बाल-मजदूर विकासशील देशों में हैं, जिनमें से 3.8 करोड़ एशिया में हैं ।

राष्ट्रीय सर्वेक्षण के आंकड़ों के अनुसार, हमारे देश में 5 से 14 वर्ष के आयुवर्ग में 1.62 करोड़ बाल-मजदूर 1978 में ही थे । यदि घरों में काम करने वाले और असंगठित सेक्टरों में काम करने वाले बच्चों को भी गिना जाता तो यह संख्या और अधिक निकलती । आंध्रप्रदेश में मजदूरों की संख्या सर्वाधिक है । बाल-मजदूरों की निश्चित संख्या कितनी है, बताना संभव नहीं है; क्योंकि इनको एक ही स्थान पर वर्ष में हर समय काम नहीं मिलता है, इसके लिए इन्हें इधर-उधर घूमना पड़ता है ।

गांवों में अधिक बाल-मजदूर

1971 की जनगणना के अनुसार, शहरों की अपेक्षा बाल-मजदूर गांवों में अधिक हैं । सरकारी आंकड़ों के अनुसार, 1978 में 1.46 करोड़ बाल-मजदूर गांवों में थे, जबकि उस समय शहरों में उनकी संख्या केवल 16 लाख थी । अधिकतर बाल-मजदूर कृषि के काम में लगे हैं। कृषि में लगे कुल लोगों में से 10 प्रतिशत तो बाल-मजदूर ही हैं, और उनमें लड़कियां भी बड़ी संख्या में हैं । बच्चों को काम में लगाने में बड़े काश्तकारों को अधिक मुनाफा है, क्योंकि इन्हें कम मजदूरी देनी पड़ती है । यही कारण है कि कृषि के व्यस्त दिनों में बच्चों की बहुत मांग रहती है ।

शहरों में भी अधिकतर बाल-मजदूर उन्हीं परिवारों से हैं जो काम-धंधे और जीविका की तलाश में गांव छोड़कर यहां आए हैं । ये बच्चे घरेलू नौकर हैं, छोटे-छोटे ढाबों में कप-प्लेट और थालियां धोते हैं, बीड़ी बनाते हैं, बूट-पॉलिश करते हैं या कूड़े से रद्दी बीनने जैसे कामों में लगे हुए हैं ।

दिल्ली का हाल

इन बाल-मजदूरों का सबसे अधिक शोषण असंगठित क्षेत्रों में होता है । अधिकतर बच्चे इसी क्षेत्र में हैं । एक रिपोर्ट के अनुसार, लगभग 60,000 बच्चे दिल्ली के ढाबों में लगे हुए हैं और उन्हें 10-20 घंटे प्रतिदिन काम करना पड़ता है । आम तौर पर बिहार और उत्तरप्रदेश से आए ये बच्चे 16 से 50 रुपये मासिक कमा पाते हैं । इनमें से बहुत बच्चों को तो काम सीखने के दौरान कोई वेतन नहीं मिलता, खाने को कुछ दे दिया जाता है

लगभग 60,000 बच्चे दिल्ली के ढाबों में लगे हुए हैं और उन्हें 10-20 घंटे प्रतिदिन काम करना पड़ता है। आम तौर पर बिहार और उत्तरप्रदेश से आए ये बच्चे 16 से 50 रुपये मासिक कमा पाते हैं । इनमें से बहुत बच्चों को तो काम सीखने के दौरान कोई वेतन नहीं मिलता, खाने को कुछ दे दिया जाता है और जैसे-तैसे किसी कोने में सो जाते हैं।

और जैसे-तैसे किसी कोने में सो जाते हैं । घरेलू नौकरों और ढाबों में लगे इन मजदूरों की काम की दशा और काम के अधिकतम घंटे पर नियंत्रण के लिए कोई कानून नहीं है । इन मजदूरों की बड़ी संख्या परंपरागत उद्योगों (जैसे कालीन बुनने, शीशे का काम और ईंट बनाने आदि) में लगी हुई है । परंपरागत उद्योगों में बच्चे अपने परिवार के अन्य बड़ों के साथ काम करते हुए अपने काम में दक्ष हो जाते हैं और उनका शोषण उतना अधिक नहीं होता; किंतु कुछ उद्योगों में इनका शोषण अधिक होता ही है, वे किसी काम में दक्षता भी हासिल नहीं कर पाते ।

प्रवासियों के बच्चे

वन-पशु एवं उससे संबंधित जीवनचक्र के सुनियोजित विनाश से उसपर आश्रित वनवासी भी शहरों में विस्थापित होकर आए । ग्रामीणों और वनवासी परिवारों से ही शहरी मजदूरों की अधिकांश जमात है। ये मजदूर छोटे-छोटे झोपड़ों में रहते हैं, जहां सफाई आदि का कोई प्रबंध नहीं होता । सबसे अधिक दुर्दशा तो इनके बच्चों की होती है । इन प्रवासी मजदूरों के बच्चों में से 80 प्रतिशत बड़े शहरों में मजदूरी करते हैं । ये भवन-निर्माण व ईंटों के भट्ठों में मजदूरी करते हैं या घरेलू नौकर का काम करते हैं । काम पर लगाने वाले लोग गांव से आए परिवारों के बच्चों को अधिक पसंद करते हैं, क्योंकि उनसे कम पैसे में अधिक काम लिया जा सकता है ।

रोगों की शृंखला

पिछले कुछ वर्षों में नागरिक अधिकार संगठनों के समाचार-पत्रों ने बाल-मजदूरों के शोषण के जो तथ्य सामने लाए हैं वे चौंकाने वाले हैं । जम्मू और काश्मीर में 10 वर्ष से भी कम उम्र के 6,500 बच्चे कालीन उद्योग में लगे हुए हैं । प्रतिदिन 8 घंटे काम करने पर उन्हें औसतन 80 रुपया मासिक मिलता है । ऊन के रेशों और गर्द से भरे वातावरण में लगातार काम करने से उनमें से बहुत बच्चों को यक्ष्मा और तपेदिक जैसी बीमारियों ने घेर रखा है ।

कानूनों में अंतर्विरोध है । इसके अलावा बाल शब्द को स्पष्ट रूप से परिभाषित भी नहीं किया गया है । सभी कानूनों में तारतम्यता का भी अभाव है । बाल-मजदूरों की आयु अलग-अलग कानूनों में भिन्न-भिन्न है । अलग-अलग उद्योगों के लिए भी उम्र के निर्धारण में विभिन्नता है ।

मेघालय में बच्चे प्राइवेट कंपनियों की 90 सेंटीमीटर चौड़ी और 1 मीटर गहरी खाईनुमा खदानों में काम करते हैं । केरल के लगभग 100 मछली की ऊपरी खाल निकालने के केंद्रों में बच्चों से 15 घंटे प्रतिदिन काम लिया जाता है । एक किलो मछली की चमड़ी सफाई के लिए 50 पैसे दिए जाते हैं । यह सफाई मछली पहुंचने के साथ ही शुरू हो जाती है और बहुधा शाम से लेकर अगली सुबह तक बच्चे यह काम करते रहते हैं ।

शिवकाशी (तमिलनाडु) में 40-50 हजार बच्चे दियासलाई व आतिशबाजी उद्योग में लगे हैं, क्योंकि पूरा राजनन्द जिला सूखाग्रस्त रहता है और लोग गरीब हैं । खुश्क जलवायु दियासलाई और आतिशबाजी के लिए उपयुक्त है । संसार में कोई भी जगह ऐसी नहीं है जहां एक ही स्थान पर शिवकाशी से अधिक बाल-मजदूर हों । कितने ही बच्चे, जिनकी उम्र केवल 5 वर्ष है, प्रतिदिन 12 घंटे से अधिक काम करते हैं । एक ही कारखाने में

इनकी निश्चित माहवार नौकरी हो, ऐसा नहीं है । इन्हें जो दैनिक मजदूरी मिलती है वह बहुत कम है । 5,000 दियासलाई की तीलियां बनाने पर इन्हें 3 रुपये मिलते हैं ।

संवैधानिक संरक्षण

19वीं सदी में यंत्र संचालित बड़े उद्योगों की शुरुआत से उद्योगपति मजदूरों का शोषण करने लगे । तब बाल मजदूरों के बारे में कोई नियमावली नहीं थी । कपड़ा मिलों, जूट मिलों और कोयला की खानों में बच्चे भी मजदूरी करते थे । जब बच्चों का शोषण चलता ही रहा तो जनता और सरकार का ध्यान इस बुराई की ओर गया । परिणामस्वरूप, बच्चों को इसके दुष्परिणाम से बचाने के लिए देश में पहला कानून 1881 में पास हुआ । यह इंडियन फैक्टरीज एक्ट 1881 के नाम से जाना जाता है । इसमें मुख्य रूप से सात साल से कम आयु के बच्चों को काम पर लगाए जाने और एक ही दिन में दो फैक्टरियों में काम करने पर रोक लगाने का प्रावधान था । इसने काम के घंटों की अधिकतम सीमा 9 घंटे निश्चित की और बीच में विश्राम और छुट्टी के दिनों की भी बात की । परंतु यह एक्ट (कानून) केवल उन फैक्टरियों के लिए था, जिनमें 100 या इससे अधिक बच्चे काम करते हों । कृषि और असंगठित उद्योग के बारे में कुछ नहीं सोचा गया था । इससे बच्चों का शोषण पूर्ववत चलता रहा । उसके पश्चात बाल मजदूरों को काम में लगाने के विरोध में कई कानून पास हुए ।

संवैधानिक प्रावधानों और बच्चों की सुरक्षा के निमित्त अनेक कानूनों के होते हुए भी इस देश में बच्चों पर अत्याचार और शोषण जारी है । संविधान की धारा 24 के अनुसार, 14 वर्ष से कम आयु का कोई बच्चा किसी फैक्टरी या खान या किसी अन्य जोखिम के काम में नहीं लगाया जाएगा । राष्ट्र के नीति निर्धारक तत्वों की धारा 39 (सी) और (एफ) के अनुसार, ''आर्थिक कारणों से पुरुष, स्त्री अथवा बच्चे के स्वास्थ्य व शक्ति का ऐसा दुरुपयोग न किया जाए जो उसकी आयु व शक्ति के अनुकूल न हो ।'' ''बच्चों को स्वास्थ्यजनक, स्वतंत्र व गरिमामय विकास के अवसर व सुविधाएं दी जाएं और बालावस्था एवं युवावस्था को शोषण तथा नैतिक व भौतिक अभाव, तिरस्कार, दारिद्र्य से बचाया जाए।''

बाल-मजदूरों के हितों की रक्षा के लिए कई कानून हैं । उदाहरणार्थ – फैक्टरी एक्ट 1948, खदान एक्ट 1952, प्लांटेशन एक्ट 1951, व्यापारिक शीप एक्ट 1958, मोटर ट्रांसपोर्ट वर्कर एक्ट 1961, बाल-मजदूर अधिनियम 1933, बाल रोजगार अधिनियम 1938, अप्रेंटीसीज एक्ट 1961, बीड़ी एवं सिगार अधिनियम 1966, ठेका मजदूर अधिनियम 1970, शाप एवं इस्टेबलिशमेंट एक्ट इत्यादि । उपरोक्त तमाम कानून अपने आप में पर्याप्त नहीं हैं । कितने ही कानूनों में अंतर्विरोध है । इसके अलावा बाल शब्द को स्पष्ट रूप से परिभाषित भी नहीं किया गया है । सभी कानूनों में तारतम्यता का भी अभाव है । बाल-मजदूरों की आयु अलग-अलग कानूनों में भिन्न-भिन्न है । अलग-अलग उद्योगों के लिए भी उम्र के निर्धारण में विभिन्नता है । काम के घंटे, विश्राम-अंतराल,

रात की ड्यूटी आदि की परिभाषा में भी ऐसी ही विविधता है । मौजूदा कानून छोटी फैक्टरियों, कृषि और भवन-निर्माण में लगे बच्चों के बारे में खामोश हैं। ढाबों, मोटर गैराजों और घरेलू नौकर के रूप में काम करने वाले बाल-मजदूरों के हितों की रक्षा के लिए कोई भी कानून नहीं है ।

भारत की तेज तर्रार ट्रेड यूनियनों ने भी बाल-मजदूरों के हितों की अभी तक अवहेलना की है । वे बच्चों को शोषण से बचाने में असमर्थ रही हैं । सक्रिय ग्रुपों और स्वयं सेवी संस्थाओं को बाल-मजदूरों के अधिकारों के लिए संघर्ष करना चाहिए । देश के सामाजिक व आर्थिक ढांचे में परिवर्तन के बिना शिवकाशी, मेघालय और काश्मीर जैसी जगहों का बचपन लुट जाएगा । ☐

पांचजन्य, 13 जुलाई 1986

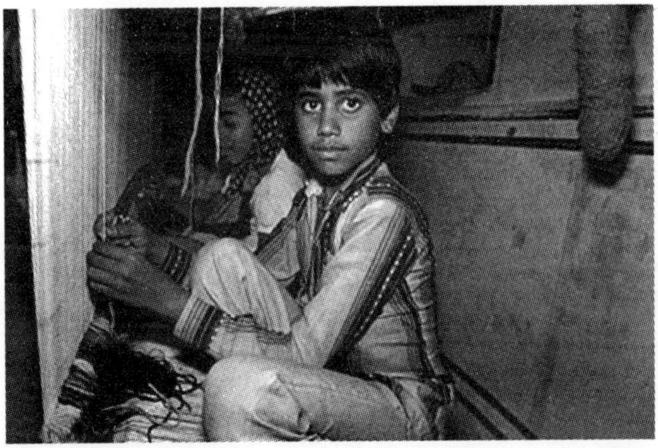

रोजी-रोटी के दबाव और सामाजिक-राजनैतिक कर्म

दिल्ली में रहने वाली एक बड़ी आबादी दूर-दराज के गांवों-कस्बों से आई है । यहां ये लोग इज्जत के साथ रोजी-रोटी कमाने का सपना लेकर आते हैं । ये ज्यादा से ज्यादा समय अर्थोपार्जन में ही लगाना चाहते हैं। जिस काम से अर्थोपार्जन नहीं होता या जिससे इनका हित नहीं सधता, उससे ये नहीं जुड़ पाते हैं । ये उन सामाजिक-राजनीतिक गतिविधियों से आसानी से जुड़ जाते हैं, जिनसे उनका अपना हित सीधा जुड़ा होता है। 'निर्माण पंचायत संगम' और 'मंडल समर्थक सभाएं' इसके दो सटीक उदाहरण हैं ।

समस्याओं का तत्काल समाधान चाहिए

हालांकि ये राजनीतिक सक्रियता के लिए बहुत कम समय निकाल पाते हैं, फिर भी इस राजधानी शहर में देश के अन्य हिस्सों की तुलना में राजनीतिक रूप से ज्यादा सक्रिय हैं । इनके बीच काम करने के लिए दो चीजें बहुत ज्यादा जरूरी हैं – (1) राजनीतिक, आर्थिक, सामाजिक पारदर्शिता (2) भाषा । जब कोई इनकी जुबान में बातें करता है या करने की कोशिश करता है तो ये साथ में उठकर खड़े होते हैं । गैर-राजनीतिक संस्थाओं में इनकी कम भागीदारी का मुख्य कारण संस्थाओं के आर्थिक प्रबंधन में गोपनीयता तथा काम-काज की भाषा है । दूसरी महत्वपूर्ण बात यह है कि ये अपनी रोजमर्रा की समस्याओं का ठोस समाधान चाहते हैं; सिर्फ नीतिगत बातों में इनकी रुचि नहीं होती, अगर होती भी है तो बहुत कम होती है।

आठ साल पहले जो लोग 'बिकाऊ मतदाता' के नाम से पहचाने जाते थे, वे एक निर्धन-दलित नौजवान के पीछे अपनी पूरी ताकत से खड़े थे । बस्ती के लोग अपने लोगों से चंदा उगाह रहे थे; चुनाव कार्यालय चला रहे थे । कार्यकर्ताओं की कहीं कोई कमी नहीं थी ।

1985 में हम दंगा पीड़ितों के बीच सक्रिय थे, उस समय हमें इस बात का गहरा एहसास हुआ । मैं उसी साल दिल्ली आया था । मेरे एक मित्र 1984 के दंगा पीड़ितों के बीच राहत और पुनर्वास का काम कर रहे थे । मैं भी उनके साथ हो लिया । मेरे ये मित्र दिल्ली विश्वविद्यालय में प्राध्यापक हैं । उस इलाके में उनकी इज्जत है। लोग उनका सम्मान करते हैं, विश्वास भी करते हैं । फिर भी अगर बस्ती की समस्या सामने आती है, तो लोग राजनीतिक पार्टियों के नेताओं के पास दौड़ते हैं । पूछने पर कहते हैं, "भाई जी ! मास्टर जी हम लोगों के लिए पूजनीय हैं । वे भले आदमी हैं । हम लोग उनका आदर करते हैं । लेकिन जिस तरह की परेशानी हम लोगों को झेलनी पड़ती है उसका समाधान इनसे नहीं हो पाता है । वह तो पार्टी वाला ही करा पाता है ।" बाद में हमारा वहां जाना धीरे-धीरे कम हो गया ।

संवेदनशील जनतांत्रिक मुद्दे चाहिए

दूसरा अनुभव रहा चुनाव के दरम्यान मॉडल टाउन विधान सभा चुनाव क्षेत्र में काम करने का। वहां से जनता दल ने एक दलित नौजवान को टिकट दिया था । हम उसी के प्रचार में लगे हुए थे । हमने यह महसूस किया कि लाल बाग का पूरा राजनीतिक-सामाजिक-आर्थिक समीकरण बदला हुआ था । आठ साल पहले जो लोग 'बिकाऊ मतदाता' के नाम से पहचाने जाते थे, वे एक निर्धन-दलित नौजवान के पीछे अपनी पूरी ताकत से खड़े थे । बस्ती के लोग अपने लोगों से चंदा उगाह रहे थे; चुनाव कार्यालय चला रहे थे । कार्यकर्ताओं की कहीं कोई कमी नहीं थी । पर कौशल की कमी जरूर थी । सांगठनिक अनुभव के अभाव में सब कुछ बिखरा-बिखरा था । कांग्रेस की ओर से पैसे और शराब का प्रलोभन था और गुंडों का आतंक भी । फिर भी कोई बिकने को तैयार नहीं था । हमें ऐसा लगा कि जब लोगों के खुद के मान-सम्मान से जुड़ा हुआ कोई भी मुद्दा बड़े राजनीतिक मुद्दे के रूप में खड़ा होता है, तब वे किसी न किसी तरह समय निकाल ही लेते हैं ।

आर्थिक स्थिति बदल रही है

इस तरह के राजनीतिक सवालों ने उनकी आर्थिक स्थिति भी बदली है । कुछ साल पहले जो लोग छोटी-छोटी प्राइवेट नौकरियां कर रहे थे, वे अपनी फैक्टरी चलाने लगे । कुछ लोगों ने रिक्शा चलाने का काम शुरू किया । राजनीतिक सक्रियता के इस दौर में कई सांसदों से इनका संपर्क हुआ । एक सांसद इनके चुनाव प्रचार में भी आया । चूंकि जनता दल के पास कोई लोकतांत्रिक ढांचा नहीं था, इसलिए किसी संतुलित राजनीतिक संस्कृति के अभाव में कार्यकर्ताओं ने इस संपर्क को अपनी ऐसी पूंजी समझा जिसके बल पर वे रुआब गांठ सके ।

शामिल होना, शामिल करने से बेहतर

हमने महसूस किया कि जिन मुद्दों पर वे पहले से लड़ रहे थे, उन मुद्दों पर अगर कोई संगठन उनसे जुड़ता है तो उनकी सक्रियता काफी बढ़ जाती है । जिन दिनों प्रशांत विहार (कॉलोनी) के झुग्गी-निवासियों को हटाने की कोशिशें चल रही थीं और वे इसके खिलाफ आंदोलन कर रहे थे, उन्हीं दिनों 'निर्माण मजदूर पंचायत संगम' ने निर्माण मजदूरों के हक में राष्ट्रीय कानून के लिए अभियान शुरू किया । इसका काफी असर हुआ । लोगों को लगा कि संगठन का ढांचा काफी लोकतांत्रिक है । गोपनीयता कम है । कार्यकर्ता राजनैतिक-सामाजिक स्तर पर काफी शिक्षित और सचेत हैं । सांगठनिक और प्रबंध कौशल भी है । दूसरे निर्माण मजदूरों की रक्षा का सवाल उनकी अपनी जिंदगी का वह सवाल था जिससे वे जूझ रहे थे । कई बस्तियों में संगठन खड़ा हुआ । बहुत सारे राजनैतिक कार्यकर्ता तैयार हुए । कई तो अपनी नौकरी या कारोबार छोड़-छाड़कर पूर्णकालिक कार्यकर्ता बन गए । इनमें से कुछ को संगठन की ओर से मानदेय मिलता था ।

पूर्णकालिक कार्यकर्ता का चुनाव कौन करेगा और कैसे करेगा — यह पहला सवाल था। दूसरा सवाल था कि जो नेता संगठन में पूरा समय लगाते हैं उनके जीवकोपार्जन के लिए पैसा कहां से आता है । इन बहुत सीधे दो सवालों का जवाब संगठन का नेतृत्व नहीं दे सका और स्थानीय इकाई के चुनाव में नेतृत्व विरोधी कार्यकर्ता विजयी रहे।

पारदर्शिता के अभाव में

मानदेय के इस सवाल पर कार्यकर्ता उलझ गए और संगठन नेतृत्व इसे सुलझा न सका। लोगों ने दो सवाल उठाए । पूर्णकालिक कार्यकर्ता का चुनाव कौन करेगा और कैसे करेगा – यह पहला सवाल था । दूसरा सवाल था कि जो नेता संगठन में पूरा समय लगाते हैं उनके जीवकोपार्जन के लिए पैसा कहां से आता है । इन बहुत सीधे दो सवालों का जवाब संगठन का नेतृत्व नहीं दे सका और स्थानीय इकाई के चुनाव में नेतृत्व विरोधी कार्यकर्ता विजयी रहे।

संगठन नेतृत्व इसे पचा नहीं पाया । इसने खुद को सही ठहराने के लिए हर तरह का हथकंडा अपनाया । इसने बेबुनियाद घटिया आरोप लगाए । यहां तक कि इस तरह के आरोपों वाले पर्चे भी बंटवाये । स्थानीय नेतृत्व ने अपनी बातें समझाने की कोशिश तो बहुत की, पर इसका असर नहीं हुआ। संगठन नेतृत्व ने उसकी एक नहीं सुनी । आखिरकार स्थानीय इकाई ने निर्माण मजदूर पंचायत संगम से अपना नाता तोड़ लिया।

संगठन भी टूटा और मैं भी

यह नाता क्या टूटा, आंदोलन और संगठन की रीढ़ ही टूट गई । मैं भी टूटा इसके साथ। प्रशांत विहार झुग्गी तोड़ने के विरुद्ध आंदोलन को दिल्ली के कई संगठनों और व्यक्तियों ने मदद की थी, उनमें से मैं भी एक था । एक सप्ताह तक हम धरना-स्थल पर साथ ही रहे थे । वहां बिहारियों की संख्या काफी थी । बोल-चाल, बात-व्यवहार, तीज-त्यौहार की वजह से हम एक-दूसरे से काफी जुड़ गए थे । 'निर्माण मजदूर पंचायत संगम' के नेतृत्व के साथ भी मेरा पुराना संबंध था । आंदोलन के इस दौर में झुग्गियों में दलाल किस्म के नेता•अलग-थलग पड़ गए थे ।

प्रशांत विहार झुग्गी बस्ती के टूटते ही पंचायत संगम के नेतृत्व के साथ मेरे संबंध चरमराने लगे । वैसे हम दोनों की राजनीतिक पृष्ठभूमि अलग-अलग रही है । विचारों में फर्क भी इतना रहा कि एक साथ काम करने की गुंजाइश कभी बनी नहीं । फिर भी हम उन इलाकों में बराबर आते-जाते रहे, जहां पंचायत संगम का काम था । हमने उनसे आग्रह किया था कि स्थानीय लोगों की भी सुनें, फिर कोई निर्णय लें, थोड़ा बड़प्पन दिखाएं । उन्होंने मेरी भी नहीं सुनी । उल्टे मुझपर ही शक करने लगे कि ये सब मेरा ही किया-कराया है । एक दिन तो ऐसा आया जब उन्होंने पर्चा बंटवा दिया कि मैंने इस संगठन को तोड़ा है।

मैं फिर भी बातचीत की कोशिश करता रहा । वे नहीं माने । उन्होंने कहा कि हमारे मंच से बोलो कि तुम स्थानीय नेतृत्व के खिलाफ हो । यह संभव न था, क्योंकि स्थानीय नेतृत्व गलत नहीं था । यह उन्हीं सवालों को उठा रहा था, जिन सवालों को उठाने की अपेक्षा संगम ने की थी । पर इन कोशिशों का कोई असर नहीं हुआ और यह तनाव मुकदमेबाजी तक पहुंच गया । कई स्थानीय कार्यकर्ताओं को पिटवाने की कोशिश हुई । कइयों को थाने और जेल में बंद करवा दिया गया । इस दौरान ज्यादातर मजदूर यूनियनों के नेताओं,

आंदोलन के समर्थक वकीलों तथा अन्य सामाजिक-राजनैतिक कार्यकर्ताओं ने स्थानीय नेतृत्व के खिलाफ संगठन के नेतृत्व का साथ दिया ।

हमें इस बात का गहरा एहसास हुआ कि जो लोग गरीबों की राजनीति का दावा करते हैं, जातिवाद और संप्रदायवाद के खिलाफ जन-जागरण की बात करते हैं, वे भी नहीं चाहते कि उनपर कोई सवाल करे । इसी वजह से आम लोग इन संगठनों से टूटने लगते हैं।

फिर भी उम्मीद बाकी है

तो क्या इन बस्तियों में काम करने की कोई गुंजाइश नहीं बनती ? नहीं, इन सबके अलावा एक तीसरी धारा भी है । यह धारा उनकी है जो महानगर के सामाजिक, सांस्कृतिक, आर्थिक दबाव के बावजूद अपनी मूल सांस्कृतिक पहचान बनाए हुए हैं । वे इस राजधानी शहर में भी एक समूह के तौर पर जी रहे हैं । वे समारोह आयोजित करते हैं, अपने पारंपरिक त्यौहार मनाते हैं । अब तो ये हर साल सूर्य-देवता की आराधना का आयोजन करते हैं । इनके द्वारा भोजपुरी, मैथिली के लोकगीतों की प्रतियोगिताएं आयोजित होती हैं । अब इनमें अपनी परंपराओं, रीति-रिवाजों और कला-संस्कृति के प्रति कोई हीनभावना नहीं रही । यही तीज-त्यौहार और लोक शैली के कार्यक्रम इनके बीच संपर्क सूत्र बन रहे हैं । अनेकानेक आर्थिक दबावों के बावजूद इनके बीच सांस्कृतिक हलचल और राजनीतिक सक्रियता बढ़ रही है। इसे पहचानने, समझने और इससे जुड़ने की जरूरत है । ■

यह लेख फरवरी 1994 में लिखा गया था ।

श्रम और अर्थतंत्र की नई अवधारणा

आज दुनिया में संगठित तथा असंगठित क्षेत्र में रोजगार की स्थिति और इनके अर्थतंत्र चर्चा का विषय है । रोजगार के हालात पर विभिन्न स्तर पर जारी चर्चा के केंद्र में आजीविका, आवास, स्वास्थ्य, शिक्षा और परिवहन जैसे मसले भी शामिल हैं। स्पष्ट दृष्टिकोण के अभाव में संगठित क्षेत्र इन जमीनी मसलों को समझने में विफल साबित हुआ है ।

विकास के वर्तमान ढांचे को दुनिया के उत्तरी गोलार्ध के देशों ने सबसे पहले अपनाया। इसके विनाशकारी परिणाम सामने आए हैं । विकास की इस विनाशकारी प्रक्रिया ने देशज तथा स्थानीय व्यवस्था और इसके संवाहक असंगठित क्षेत्र के असंख्य कामगारों को तबाह कर छोड़ा है । अब तो इस व्यवस्था के मात्र कुछ अवशेष ही नजर आते हैं । दुर्भाग्य से विश्व के दक्षिणी हिस्से में स्थित देशों ने भी उत्तरी देशों के विनाशकारी विकास मॉडल का अंधानुकरण शुरू कर दिया है । इस प्रक्रिया में विकासशील देश भी अपनी स्थानीय व्यवस्था को नष्ट कर रहे हैं । इस तरह टिकाऊ देशज एवं स्थानीय व्यवस्था को छोड़ गैर-टिकाऊ व्यवस्था को अपनाया जा रहा है ।

पिछली सदी का अंत दुनिया के लगभग सभी देशों में सार्वजनिक क्षेत्र का भी अंत लेकर आया। सार्वजनिक क्षेत्र के खात्मे से उत्पन्न बेरोजगारी के कारण असंगठित क्षेत्र की संख्या में बेतहाशा वृद्धि दर्ज की गई है । हालांकि नीति निर्माताओं ने असंगठित क्षेत्र की विशाल संख्या की मौजूदगी को कभी स्वीकार नहीं किया । राज्य सत्ता ने अब जनहित की जिम्मेदारियों से किनारा कर लिया है । श्रम और अर्थतंत्र के बीच पनपते नये रिश्ते में भी असंगठित क्षेत्र की उपेक्षा जारी है । नई आर्थिक व्यवस्था में भी असंगठित क्षेत्र को मुख्यधारा में शामिल करने का कोई ढांचा नहीं बनाया जा रहा है । सामाजिक और आर्थिक रूप से पिछड़े तबके के कामगारों को हाशिये पर डाल दिया गया है ।

पिछली सदी का अंत दुनिया के लगभग सभी देशों में सार्वजनिक क्षेत्र का भी अंत लेकर आया। सार्वजनिक क्षेत्र के खात्मे से उत्पन्न बेरोजगारी के कारण असंगठित क्षेत्र की संख्या में बेतहाशा वृद्धि दर्ज की गई है।

भारत की स्थिति भी अलग नहीं है । एक दशक पहले तक भारत में उच्च तकनीक आधारित सूचना प्रौद्योगिकी क्षेत्र का यह स्वरूप नहीं था । मात्र दस साल पुराने इस क्षेत्र की मांग पर भारत सरकार ने श्रम कानूनों में उसकी मनमर्जी का बदलाव कर दिया । भारत में पिछड़ों, दलितों, आदिवासियों, महिलाओं और अपंगों को नौकरियों में आरक्षण देने की व्यवस्था है । सरकारी और सार्वजनिक क्षेत्र में नौकरियों के सिमटते अवसर के कारण आरक्षण व्यवस्था बेमानी हो गई है । असंगठित क्षेत्र के कामगारों की आजीविका

पर लगातार हमले जारी हैं । भारत के शहरों से बड़े पैमाने पर गरीबों को उजाड़ा जा रहा है । ये गरीब ग्रामीण अर्थव्यवस्था के नष्ट होने से उत्पन्न बेरोजगारी के कारण पलायन कर रोजगार की तलाश में शहरों की ओर रुख करते हैं । पहले से हाशिये पर पड़े इस तबके को उजाड़ना उनके संकट को और गहराना है । विश्वस्तरीय शहर बनाने के बहाने दिल्ली से बड़े पैमाने पर लघु उद्योगों और गरीब बस्तियों को पुनर्वास के नाम पर उजाड़ फेंका गया । 2004 की शुरुआत में मुंबई में चार लाख गरीबों के आशियाने छिन लिए गए ।

भारत पर जारी एक आर्थिक आंकड़े में बताया गया है कि यहां के लोगों की संपन्नता बढ़ी है और जीवन-स्तर खुशहाल हुआ है । दूसरी तरफ जमीनी हकीकत बयां कर रही है कि श्रमिकों के वेतन और सुविधाओं में भारी कटौती हुई है । बढ़ोतरी हुई है तो सिर्फ पूंजीपति वर्ग के 'मुनाफे' में। सिर्फ 'प्रति व्यक्ति आय' के आंकड़े को विकास का सूचकांक मानना आंकलन की सही प्रक्रिया नहीं है ।

दक्षिण एशिया के ताजा विकास संकेतक के अनुसार, शहरों में सेवा प्रदान करने वाले कामगारों की संख्या बढ़ रही है । ये लोग घरेलू नौकर, फुटपाथ दुकानदार, रिक्शा चालक आदि के रूप में शहरवासियों को मूलभूत सेवाएं प्रदान करते हैं । आर्थिक परिदृश्य बदल गया है, पर नई अर्थव्यवस्था में इन तबकों के लिए कोई जगह नहीं है ।

नई अर्थव्यवस्था का बड़ा रूप 'निजीकरण' की व्यवस्था है । सार्वजनिक क्षेत्र का गला घोंट कर निजी क्षेत्र को तमाम प्रोत्साहन दिए जा रहे हैं । उच्च तकनीक और सस्ता श्रम का फार्मूला अपनाकर निजी क्षेत्र ने संगठित क्षेत्र में रोजगार के अवसरों को खत्म कर दिया है । फलस्वरूप बड़ी संख्या में लोग आजीविका की तलाश में असंगठित क्षेत्र की ओर रुख कर रहे हैं । निजी क्षेत्र की परिभाषा के दायरे में जनहित और समाज के प्रति जवाबदेही जैसे कार्य नहीं आते । इसलिए निजी क्षेत्र ने असंगठित श्रमिकों की जरूरतों को पूरा करने के दायित्व से भी पल्ला झाड़ लिया है । इस प्रकार निजीकरण की व्यवस्था में असंगठित श्रमिकों पर दोहरी मार पड़ी है । निजी कंपनियों के घोर पूंजीवादी और मुनाफाखोर चरित्र के कारण विकास का उलटा परिणाम सामने आया है । निजी कंपनियों को सस्ते श्रमिक तो चाहिए, पर ये भी लोगों को रोजगार नहीं दे रहीं । भारत में दिल्ली मेट्रो रेल जैसी विशाल परियोजना को लागू करते वक्त कहा गया था कि इससे लोगों को सुलभ आवागमन और रोजगार की सुविधा मिलेगी तथा शहर का प्रदूषण घटेगा । लेकिन परिणाम विपरीत निकले । मेट्रो रेल का किराया मंहगा है, इसलिए आम आदमी इसमें यात्रा नहीं करता । मेट्रो रेल ने परिवहन के क्षेत्र में रोजगार के अवसर छीन लिए । वातानुकूलित मेट्रो रेल से उत्सर्जित ग्रीन हाउस गैस से पर्यावरण को भारी क्षति हो रही है, सो अलग ।

विश्वस्तरीय शहर बनाने के बहाने दिल्ली से बड़े पैमाने पर लघु उद्योगों और गरीब बस्तियों को पुनर्वास के नाम पर उजाड़ फेंका गया। 2004 की शुरुआत में मुंबई में चार लाख गरीबों के आशियाने छिन लिए गए।

विकास के चालू मॉडल के विध्वंसकारी परिणामों से सबक लेते हुए एक नये जनपक्षीय विकास मॉडल को बनाने की आवश्यकता है । नये विकास मॉडल का रूप 'जनता का,

जनता के द्वारा और जनता के लिए' होना चाहिए । इस लक्ष्य को प्राप्त करने के लिए हमें दो सूत्रों पर काम करना होगा :

1. देशज स्थानीय व्यवस्था और साधन की पहचान कर उन्हें आधुनिक बनाना, क्योंकि ये अपरिवर्तनीय, टिकाऊ और कसौटी पर खरे साबित हो चुके स्थानीय संसाधनों तथा जानकारी पर आधारित होते हैं ।

2. विकास की तथाकथित आधुनिक व्यवस्था समाज की सभी आवश्यकताओं की पूर्ति करने में असमर्थ है, जबकि देशज स्थानीय व्यवस्था के पास हर आवश्यकता की पूर्ति करने के साधन मौजूद हैं । आवश्यकता है इस पद्धति को ढांचागत तौर पर विकसित कर विकास मॉडल में शामिल करने की, क्योंकि यह ज्यादा व्यावहारिक, विस्तृत और समतामूलक है ।

भारत में कई समूह और संस्थाएं इस मुद्दे पर कार्य कर रही हैं । 'लोकायन' समेत कई सामुदायिक संगठन शहरी गरीबों के समक्ष मौजूद संकट के समाधान का रास्ता तलाशने के लिए अध्ययन, संवाद और समर्थन जुटाने के कार्य में लगे हैं । राष्ट्रीय स्तर पर देश भर के दो सौ से ज्यादा जन संगठनों का साझा मंच **जन आंदोलनों का राष्ट्रीय समन्वय** (एनएपीएम) शहरी गरीब कामगारों के अधिकारों के लिए सक्रिय रूप से कार्यरत है । ■

यह लेख राइट लाइवलीहुड एवार्ड की पच्चीसवीं वर्षगांठ के मौके पर जून 2005 को पढ़ा गया ।

सामाजिक कर्म : साधन के प्रश्न

आज से 25-30 वर्ष पूर्व गैर-दलीय सामाजिक-राजनैतिक संगठनों, कार्यकर्ता संगठनों, गैर-सरकारी संगठनों के ढांचे एवं इनके द्वारा उठाए गए सामाजिक-राजनैतिक मुद्दों के सरोकार स्थानीय, राज्यस्तरीय एवं राष्ट्रीय संदर्भों को रेखांकित करते थे । इन्हीं सरोकारों एवं भौगोलिक संदर्भों के इर्द-गिर्द 'आर्थिक साधनों' के प्रश्न भी उठा करते थे। उदाहरण के तौर पर, दो दशक पूर्व छात्र युवा संघर्ष वाहिनी द्वारा चलाए जाने वाले बोधगया भूमि-आंदोलन तथा आदिवासी संगठनों द्वारा कोयलकारो परियोजना, सुवर्ण रेखा परियोजना के विरोध में उठाए जाने वाले स्वरों को देखा जा सकता है । इनमें स्थानीय स्तर पर लड़ी जा रही लड़ाई को राज्य एवं राष्ट्रीय स्तर के राजनैतिक संरक्षण व सहयोग की आवश्यकता होती थी । साथ ही, उन्हें इन्हीं भौगोलिक सीमाओं से 'आर्थिक साधनों' की तलाश रहती थी । यदाकदा इन समूहों को राष्ट्रीय सीमाओं से इतर नैतिक व आर्थिक सहयोग मिल जाते थे । कुछ वैचारिक समूह (वामपंथी, आनंदमार्गी इत्यादि) इसके अपवाद थे, जिन्हें अंतर्राष्ट्रीय सहमना संगठनों से आर्थिक मदद भी मिलती थी । आमतौर पर स्थानीय, राज्यीय एवं राष्ट्रीय स्तर पर उठाए जाने वाले मुद्दों का संदर्भ प्रत्यक्ष रूप से वैश्विक नहीं हुआ करता था । शायद संबंधों के तार का पता नहीं चलता था ! जन संगठन, कार्यकर्ता संगठन और गैर-सरकारी संगठन के भेद काफी स्पष्ट नजर आते थे । साधनों के देशी-विदेशी होने के सवालों पर बहसें थोड़ी साफ-साफ दिखाई देती थीं । फिर भी ऐसा नहीं है कि उस समय सब कुछ 'पारदर्शी' ही था । भारत की विशिष्ट सामाजिक-आर्थिक व्यवस्था की छाया इस भौगोलिक सीमा के अंदर उठाए जाने वाले हर मुद्दे व बहस पर पड़ना लाजिमी रहा है; जिससे कार्यकर्ता एवं सामाजिक कर्म के लिए 'आर्थिक साधन' का प्रश्न भी अछूता नहीं रहा है ।

नवें दशक से कई चीजें साफ-साफ दिखने लगीं—वैकल्पिक विकास, महिला-मुक्ति आंदोलन, नौकरियों में आरक्षण, सत्ता का विकेन्द्रीकरण, सत्ता में गैर-सरकारी संगठनों की भागीदारी, सूचना का अधिकार, जल, जंगल, जमीन, शिक्षा व स्वास्थ्य के मुद्दों के साथ-साथ 'प्रदूषण' की समस्या के मुद्दों ने केंद्रीय स्थान बना लिया । गरीबी-उन्मूलन, भूमि का बंटवारा, पीने का पानी, कमजोर तबकों के लिए सामाजिक-आर्थिक सुरक्षा जैसे मूल मुद्दे हाशिए पर चले गए । इन सबों का संबंध वैश्वीकरण के साथ दिखाई दिया । सत्ता का विकेन्द्रीकरण तथा सत्ता में भागीदारी का नारा जोर से लगाया जाने लगा । पहले सामाजिक, आर्थिक व राजनैतिक फलक पर तय किए जाने वाले मुद्दे व नारे जमीनी जरूरतों के हिसाब से गढ़े जाते थे, अब वे अंतर्राष्ट्रीय शीर्ष से तय किए जाने लगे ।

सत्ता का विकेन्द्रीकरण तथा सत्ता में भागीदारी का नारा जोर से लगाया जाने लगा । पहले सामाजिक, आर्थिक व राजनैतिक फलक पर तय किए जाने वाले मुद्दे व नारे जमीनी जरूरतों के हिसाब से गढ़े जाते थे, अब वे अंतर्राष्ट्रीय शीर्ष से तय किए जाने लगे।

समाज कर्म में त्याग, बलिदान, ईमानदारी, समर्पण, सादगी, भाईचारा का महत्त्व खत्म होता गया । 'प्रोफेशनल' महत्त्वपूर्ण हो गया । इसके लिए विश्वविद्यालय से 'समाज कार्य' की उपाधियां एवं अंतर्राष्ट्रीय संपर्क भाषा अंग्रेजी जरूरी हो गई । अंतर्राष्ट्रीय संस्थानों एवं विकसित राष्ट्रों का दबाव इतना प्रभावी रहा कि मध्यम एवं उच्च मध्यम वर्ग के आदर्शवादी नौजवानों-नवयुवतियों का एक बड़ा हिस्सा इसके घेरे में आ ही गया । बदले हुए संदर्भ का प्रभामंडल इतना प्रभावशाली है कि सामाजिक एवं आर्थिक रूप से कमजोर तबकों से निकले समाजकर्मी भी इससे नहीं बच सके । अब जनसंगठन, कार्यकर्ता संगठन और गैर-सरकारी संगठन का विभेदीकरण मुश्किल हो गया । सामूहिक क्रियाशीलता का स्थान व्यक्तिगत पराक्रम ने ले लिया । इस तरह हम कह सकते हैं कि बदले हुए माहौल के निम्नलिखित परिणाम हुए :

1. सामाजिक, आर्थिक, राजनैतिक, पर्यावरणीय मुद्दों का अंतर्संबंध स्थानीय, राज्यीय, राष्ट्रीय के साथ-साथ वैश्विक हो गया ।
2. गैर-अंग्रेजी और गैर-उपाधिप्राप्त समाजकर्मी के लिए स्थान मुख्यधारा के बजाय हाशिए पर रह गया ।
3. दानदाता संगठनों के एजेंडों पर फिट नहीं बैठने वाले मुद्दों के लिए आर्थिक साधन की व्यवस्था करना कठिन हो गया ।
4. डब्ल्यू.टी.ओ., विश्व बैंक, आइ.एम.एफ. एवं वैश्वीकरण समर्थित एजेंडों के बाहर 'गरीबों' को प्रभावित करने वाले मुद्दों को दानदाताओं की भाषा में परिभाषित करना मुश्किल हो गया ।
5. समाज कर्म के लिए 'चंदा' लेने और देने के माहौल में व्यापक परिवर्तन आ गया ।

इस तरह हम देख रहे हैं कि सत्ता का विकेन्द्रीकरण तथा सत्ता में भागीदारी का नारा जोर से लगाया जाने लगा । पहले सामाजिक, आर्थिक व राजनैतिक फलक पर तय किए जाने वाले मुद्दे व नारे जमीनी जरूरतों के हिसाब से गढ़े जाते थे, अब वे अंतर्राष्ट्रीय शीर्ष से तय किए जाने लगे । स्थानीय एवं वैश्विक स्तर पर दोस्त और दुश्मन की पहचान की जाए । स्थानीय मुद्दों की पहचान जन-समुदाय के हित को ध्यान में रखकर की जाए । यह दानकर्ता के मुद्दे के मेल में हो, जरूरी नहीं । स्थानीय साधन जुटाने के प्रयास के साथ-साथ अंतर्राष्ट्रीय आर्थिक स्रोतों की संभावनाओं को तलाशना भी आवश्यक है । इस विषय पर हर स्तर पर बातचीत करने की आवश्यकता है ।

जिस तरह हम वैश्वीकरण के बदले हुए माहौल में दुनिया के स्तर पर दोस्त और दुश्मन को रेखांकित कर रहे हैं, उसी तरह 'आर्थिक साधन' के सवाल पर खुले मन से क्यों न पुनर्विचार किया जाए ! ▢

यह लेख मार्च, 2002 में लिखा गया था

दिल्ली में झुग्गियों का पुनर्वास : विस्थापन-दर-विस्थापन

> "लोग टूट जाते हैं एक घर बनाने में,
> तुम तरस नहीं खाते बस्तियां जलाने में।"

लोगों का कहना है कि उजाड़ने से पहले झुग्गियों में रहने वाले लोगों का सर्वे नहीं किया गया। उन्हें अफरातफरी में अपना घर स्वयं तोड़ने के लिए बाध्य किया गया । महज एक-दो दिन की मोहलत मिली। लोगों को वहां से हट जाना था, नहीं तो बुलडोजर से घर गिरा देने की धमकी भी दी गई थी ।

मशहूर शायर बशीर बद्र की ये पंक्तियां आजकल दिल्ली में उजाड़े जा रहे गरीब बस्तियों/ झुग्गियों से प्रभावित बेवस लोगों की हकीकत की बानगी भी है । दिल्ली की विभिन्न सरकारें दिल्ली को 'सुन्दर-साफ शहर' बनाने के लिए यहां की झुग्गी बस्तियां जला तो नहीं रहीं, लेकिन पुनर्वास के नाम पर इन झुग्गी-झोंपड़ियों को उजाड़ने का जो बड़ा अभियान चला रही हैं, वह किसी मायने में 'जलाने' से कम पीड़ादायक नहीं है । कुछ मायनों में तो यह उससे भी बढ़कर है । यह 'रक्षा में हत्या' का भी मामला नहीं है, यह तो गरीब तबके को उसके मानवीय अधिकारों से वंचित करने के लिए बड़ी चतुराई-पूर्ण अपनाई गई नीति है । लक्ष्य इस उक्ति को भी चरितार्थ करना है कि 'सांप भी मरे और लाठी भी न टूटे ।' दरअसल, वैश्वीकरण के इस दौर में हमारी सरकारें जनता को भी प्रगति के मार्ग में रोड़ा समझती हैं और उसे हर उस जगह से बेदखल करने पर आमादा हैं जहां शासक वर्ग के स्वार्थ में खलल पैदा होने का जरा भी भय हो ।

पुनर्वास की असंगतियां

इधर विगत एक वर्ष से दिल्ली व देश के अन्य हिस्सों में झुग्गी बस्तियों को उजाड़ने का अभियान चल रहा है । दिल्ली नगर निगम के सूत्रों के अनुसार, दिल्ली की कुल 11 सौ झुग्गी बस्तियों में 30 लाख लोग रहते हैं । सरकार दावा कर रही है कि इन लोगों को ऐसे स्थानों पर बसाया जा रहा है, जहां की आबोहवा शुद्ध है, पर्यावरण स्वच्छ है । सरकार की योजना के अनुसार, कागज पर ही सही, इन पुनर्वास बस्तियों में स्कूल, स्वास्थ्य केन्द्र, सामुदायिक भवन, प्रशिक्षण केन्द्र, सड़क-गलियों की समुचित सुविधाएं दी गई हैं । सरकार के दावे के अनुसार, विस्थापित लोगों को न्यूनतम रकम से अच्छा घर बनाने की कला सिखाई जा रही है । इन बस्तियों को उन जगहों पर बसाया जा रहा है जहां रोजगार की अनेक संभावनाएं हैं । सबके पास अपना अच्छा घर हो, इसके लिए ऋण सुविधा भी उपलब्ध है ।

लेकिन इन नयी बसाई जा रही पुनर्वास बस्तियों को देखने से एक अलग ही तस्वीर उभरती है । भलस्वा में बनी पुनर्वास बस्ती में गौतमपुरी, रोहिणी, अशोक विहार, ईस्ट ऑफ

कैलाश, दक्षिणपुरी, सीलमपुर, मालरोड और जहांगीरपुरी की झुग्गी बस्ती के लोगों को बसाया गया है । इन लोगों का कहना है कि उजाड़ने से पहले झुग्गियों में रहने वाले लोगों का सर्वे नहीं किया गया । उन्हें अफरातफरी में अपना घर स्वयं तोड़ने के लिए बाध्य किया गया। महज एक-दो दिन की मोहलत मिली। लोगों को वहां से हट जाना था, नहीं तो बुलडोजर से घर गिरा देने की धमकी भी दी गई थी । एक भय और आशंका लिए लोग आखिरकार भलस्वा आ गए । जिनके पास 1990 से पहले का राशन कार्ड था उन्हें 18 वर्ग मीटर का प्लाट मिला, जिनके पास 1990 के बाद व 1998 तक का राशन कार्ड था उन्हें साढ़े बारह वर्ग मीटर का प्लाट मिला। जिनके पास राशन कार्ड नहीं था उन्हें कुछ भी नहीं मिला । जिन्हें प्लाट दिए गए हैं उनसे प्लाट की कीमत व विकास शुल्क के नाम पर प्रति परिवार सात हजार रुपये लिए गए - उनसे जिन्हें 18 वर्ग मीटर के प्लाट आवंटित किए गए और उनसे भी जिन्हें साढ़े बारह वर्ग मीटर आकार का प्लाट दिया गया।

यहां गौरतलब है कि भलस्वा पुनर्वास कालोनी दलदल जमीन पर किये गए भराव पर बसाई गई है । इस जमीन पर मकान व दूसरे किसी भवन निर्माण की यह शर्त है कि मकान की नींव जमीन की ''वास्तविक सतह'' पर बनाई जाए । ''वास्तविक सतह'' यानि वर्तमान जमीनी स्तर से 5-6 फीट नीचे। जमीन पर महज मकान की नींव बनाने में ही यहां 20-25 हजार रुपये का खर्च आ जाता है । इस तरह से एक कमरे के घर के निर्माण में कम से कम 30-35 हजार रुपये का खर्च है । जाहिर है झुग्गीवासी किसी भी व्यक्ति के लिए यह कोई छोटी रकम नहीं है । पर्यावरण की शुद्धता का आलम यह है कि शहर के कचरे का भराव-स्थान कालोनी के ठीक बगल में है । यहां जमीन के नीचे 5-7 फीट पर ही पानी उपलब्ध है । यह क्षेत्र कभी दिल्ली नगर निगम का कूड़ा निबटान क्षेत्र रहा है । इस वजह से यहां जमीन के नीचे का पानी पीने योग्य नहीं है । लेकिन साफ पानी के अभाव में यहां के लोग जमीन के नीचे के इसी पानी को पीने के लिए मजबूर हैं। सुलभ इन्टरनेशनल की तरफ से कुछ शौचालय बनाए गए हैं जिनमें एक रुपया देकर शौच के लिए जाया जा सकता है । जाहिर है, मामूली आमदनी वाला या बेरोजगार आदमी अपने पूरे परिवार के लिए इस सुविधा का उपयोग नहीं कर सकता। यदि वह अपना पैसा इसी मद में खर्च करेगा तो खाएगा क्या ! पीने के पानी का टैंकर यदा-कदा आता है। यह पानी किसी-किसी को ही मिल पाता है ।

यहां के निवासियों का कहना है कि जमीन नीची होने के कारण बरसात के मौसम में उन्हें भारी कष्टों का सामना करना पडता है । एक बुजुर्ग सवाल करते हैं, ''क्या लोगों की बसी-बसाई गृहस्थी को चौपट करना ही पुनर्वास है ? हम तो यहां खुले आकाश में लाकर फेंक दिए गए । झुग्गी बस्ती में जैसा हमारा घर था, वैसा भी घर हमें नहीं मिला। बच्चों के स्कूल छूट गए । औरतों का काम छूटा। ले-देकर पुरुष ही कुछ-कुछ कमाते हैं, जिसका एक बड़ा हिस्सा बस किराया में चला जाता है। यह कैसा पुनर्वास है जो आदमी को भूखों रहने के लिए विवश करता है ?''

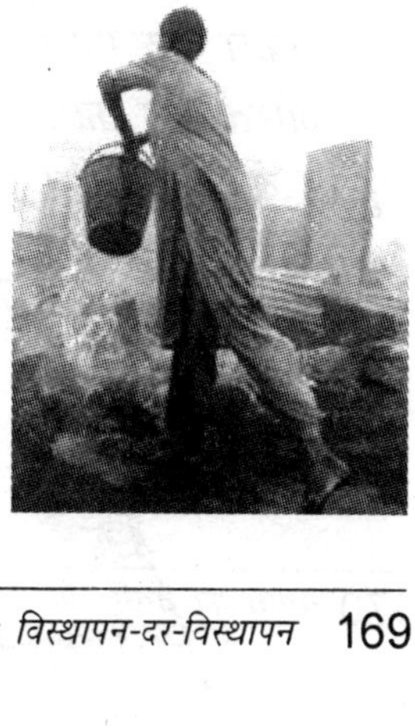

होलंबी कलां की पुनर्वास कॉलोनी भी लगभग ऐसा ही दृश्य पेश करती है । यहां के फेस II में रोहिणी के सेक्टर 9 के जनता कैम्प और राजीव कैम्प से करीब एक हजार झुग्गियां लायी गई हैं । स्लम विभाग का स्थल कार्यालय भी अभी अधूरा है । उसमें खिड़की-दरवाजे तक नहीं लगे हैं । स्ट्रीट लाइट और पानी की टंकियां लगाई जा रही हैं । जहां-तहां कुछ स्कूल, डिस्पेंसरी इत्यादि के निर्माण-स्थल के बोर्ड लगे हैं । यानी सब कुछ प्रारंभिक दौर में है । मुन्ना लाल कहते हैं, ''हमलोग रोहिणी के सेक्टर 9 में 12 साल से रह रहे थे। देखते ही देखते हमारी झुग्गियां हम से खाली करा ली गईं । कहा गया -- वहां सारी सुविधा है । यहां आने पर हम देख रहे हैं कि कुछ भी नहीं है । लगता है, हमें एक बार फिर 'कुछ नहीं' से ही शुरू करना होगा !'' शकुन्तला होलम्बी कलां की पुनर्वास कालोनी के फेस I में रहती है। फेस I में पानी की टोटियां लगी हैं । वहां साफ-साफ निर्देश लिखा है -- 'यह पानी पीने योग्य नहीं है। यहां कपड़ा धोना मना है।' इधर-उधर एक-दो चलते-फिरते शौचालय खड़े किये गए हैं । लोगों ने जैसे-तैसे करके अपने लिए कच्ची-पक्की दीवारें खड़ी कर ली हैं । शकुंतला शाम के चार बजे खाना पका रही थी । वह कहती है, '' जब से हम इस कालोनी में आए हैं, यह हमारे लिए काल बनी हुई है। दो महीने से भी अधिक समय से हमें दोनों शाम खाना नहीं मिल रहा है । हमारा अपना रिक्शा है । लेकिन इधर तो रिक्शे की सवारी नहीं है । हमलोग माल रोड की झुग्गी में रहते थे । मैं भी काम करती थी घरों में । मेरे लिए भी कोई आस-पास काम नहीं है । मेरे पति रिक्शा चलाने के लिए अब भी 15-20 कि.मी. की दूरी तय कर माल रोड जाते हैं । दो-तीन दिन उधर रहकर आते हैं । उन्हीं की कमाई से परिवार जैसे-तैसे घिसट रहा है । अभी तक हमने एक पैसा भी स्लम विभाग को नहीं दिया है । इसलिए सात हजार रुपये जमा करने की चिन्ता अलग है । लगता है, यह जगह हमें छोड़नी पड़ेगी। हम तो रोजगार के लिए दिल्ली आए थे, न कि इस बित्ते-भर जमीन के लिए । गांव में हमारे पास बहुत जमीन है रहने के लिए ।''

"क्या लोगों की बसी-बसाई गृहस्थी को चौपट करना ही पुनर्वास है? हम तो यहां खुले आकाश में लाकर फेंक दिए गए। झुग्गी बस्ती में जैसा हमारा घर था, वैसा भी घर हमें नहीं मिला। बच्चों के स्कूल छूट गए। औरतों का काम छूटा। ले-देकर पुरुष ही कुछ-कुछ कमाते हैं, जिसका एक बड़ा हिस्सा बस किराया में चला जाता है ।"

वहां रह रहे रामचंद्र कहते हैं, ''लोग बदनाम करते हैं कि गरीब लोग अच्छी जगह पर रहना ही नहीं चाहते । मुझे समझ में नहीं आता कि जहां रोजगार न हो वह जगह अच्छी कैसे बन जाती है । ये प्लाट हमें दस-पांच वर्ष के लिए ही मिल रहे हैं । फिर ऐसी जगह को हम अपना घर कैसे मान सकते हैं! अच्छा मजाक है ! बड़े लोगों को तो 99 वर्ष की लीज मिलती है और हमें मात्र कुछ वर्षों की। यह पुनर्वास नहीं हो रहा है, हमें बेवकूफ बनाया जा रहा है । यह बसाना नहीं, सिर्फ उजाड़ना है ।''

रघुवीर नगर एफ ब्लाक की गरीब बस्ती को उजाड़ कर वहां के लोगों को बक्करवाला भेज दिया गया है । यहां के लगभग 4 हजार परिवारों की जिन्दगी अब पहले से भी बदतर हो गई है । कुछ लोग तो विस्थापन की अफरातफरी में मौत को भी प्यारे हो चुके हैं । रघुवीर नगर की उजड़ी बस्ती की महिला कस्तूरी बताती है, '' मेरा देवर नये प्लाट की पर्ची लेने के लिए स्लम विभाग के बाहर लाइन में खड़ा था । तभी भगदड़ मची और वह वहीं गिर कर मर गया ।'' इसी बस्ती के कालू और उसकी पत्नी सकी का छोटा बच्चा

खुले आसमान में रात की ठंड नहीं सह सका और उसकी मृत्यु हो गई ।

बच्चों की परीक्षा से ऐन पहले ठंड के मौसम में गरीबों की इस बस्ती को बर्बरतापूर्वक तोड़ा गया है । सैकड़ों अच्छे बच्चे पढ़ाई से वंचित कर दिये गए हैं । महिलाओं का रोजगार छिन गया है । करीब 25000 लोगों के सामने अचानक मुसीबत आ खड़ी हुई है । रघुवीर नगर से उजाड़ी गई बस्ती का पुनर्वास स्थल बक्करवाला यहां से 21 किलोमीटर दूर है । वरिष्ठ समाजकर्मियों के एक दल के अध्ययन के अनुसार, आज की तारीख में भी यहां शिक्षा, स्वास्थ्य, शौचालय, सफाई, पानी की मुकम्मल व्यवस्था नहीं है।

दिल्ली की गरीब महिलाओं और श्रमिकों के कल्याण के लिए सक्रिय जागृति महिला समिति की अध्यक्षा श्रीमती निर्मला शर्मा रघुवीर नगर 'एफ' ब्लॉक की तोड़ी गई बस्तियों के लिए अदालत में मुकदमा लड़ रही हैं । वे बताती हैं कि 'दिल्ली में लाखों शोषित श्रमिकों की सरकार और तथाकथित भद्र समाज में कोई सुनवाई नहीं है । कानून के नाम पर सरकारी संस्थाएं इन श्रमिकों के सदा खिलाफ ही हैं । विभिन्न स्थापित राजनीतिक पार्टियां जहां इन लोगों को वोट बैंक के रूप में इस्तेमाल करती हैं वहीं इन्हें उजाड़ने में गुपचुप तरीके से सक्रिय हैं ।' निर्मला जी पूरे देश में स्लम के पुनर्वास के लिए सर्वमान्य नीति बनाए जाने और बेबस लोगों पर सरकारी जुल्म रोकने की मांग करती हैं ।

विडम्बना तो यह है कि तोड़ी गई रघुवीर नगर की बस्ती पर सरकार ने बस्ती सुधार के नाम पर 30 करोड़ से भी ज्यादा रुपये लगाए थे, लेकिन विकास के ये सभी निवेश स्वयं सरकार द्वारा ही जमींदोज कर दिये गए । बक्करवाला पुनर्वास कालोनी में तो अभी केवल प्लाट हैं । वह भी साफ-सुथरे नहीं, झाड़-झंखार से युक्त । इसमें रघुवीर नगर की झुग्गियों के लोग बसाए जा रहे हैं । यहां की बदइंतजामी की वजह से कुछ शिशुओं की मौत हो चुकी है । इस कालोनी में आने वाले लोगों में गुजरात के वाघरी समुदाय के लोग बड़ी संख्या में हैं । इस समुदाय की औरतें शहर में घूम-घूमकर पुराने कपड़ों के बदले स्टील के बरतन देती हैं और पुनः इन कपड़ों को रघुवीर नगर की मंडी में बेचती हैं । यह मंडी सरकार ने बनाई है और चार बजे सुबह से ही लग जाती है। बक्करवाला यहां से बहुत दूर है, ऐसी स्थिति में अपने आवास से यहां आने के लिए कम से कम दो बजे चलने की तैयारी करनी होगी । इस समुदाय की महिलाओं के लिए अपना घर और यह व्यापार संभालना भारी मुसीबत बन गया है ।

नरेला, हस्तसाल, मदनपुर खादर इत्यादि पुनर्वास बस्तियों की भी यही कहानी है । स्लम और जे.जे. विभाग के पास स्पष्ट नीति नहीं है कि पुनर्वास का काम कैसे आगे बढ़े । विभिन्न कालोनियों में अलग-अलग ढंग से काम हो रहा है । कहीं पहले पैसे लेकर प्लाट दिए जा रहे हैं, कहीं बाद में पैसे लिये जा रहे हैं । कहीं भी पुनर्वास कालोनी में लोगों के आने के पहले जरूरी सुविधाओं की व्यवस्था नहीं की गई है । सभी झुग्गीवासियों के लिए कोई साफ समझ नहीं रखी गई है इस नीति में । परिणाम यह है कि पुनर्वास कालोनी से सटी एक झुग्गी बस्ती भी खड़ी हो रही है । यह पुनर्वास नीति ऐसी है जिसमें झुग्गियों

में रहने वाले लोगों के विचारों को जरा भी शामिल नहीं किया गया है । झुग्गी बस्ती के लोग कौन हैं, कहां से आए हैं, उनका पेशा क्या है, उनकी आर्थिक दशा कैसी है,उनकी सामाजिक चिंताएं और सरोकार क्या हैं ? इसकी जानकारी हासिल करना पुनर्वास के नीति निर्धारकों को आवश्यक नहीं लगा। उन्होंने अपने मन से लोगों की जरूरतों का एक ढांचा गढ़ लिया है और उसी में लोगों को फिट करना चाहते हैं । इसका नतीजा है कि जिन लोगों के नाम पर पुनर्वास नीति तैयार की गई है, उन्हें यह रास नहीं आ रही है। इस नीति से गरीब तबके का कोई भला नहीं हो रहा है । लगता है कि देर-सबेर ये सभी प्लाट पैसे वालों के पास ही चले जाएंगे और गरीब आदमी फिर इसी शहर या देश के किसी अन्य शहर की किसी न किसी झुग्गी में नजर आएगा ।

बढ़ती झुग्गियां, छोटे होते प्लाट

देश के विभिन्न हिस्सों से रोजगार के लिए शहरों की ओर आने वालों की तादाद बढ़ती जा रही है। इसमें दिल्ली नम्बर एक पर है । एक अनुमान के मुताबिक करीब 30 लाख लोग झुग्गी-झोंपड़ियों में रह रहे हैं । उन्हें पुनर्वास कालोनियों में बसाए जाने की योजना है । योजना के अनुसार, एक लाख लोगों को ही 27 पुनर्वास कालोनियों में बसाया जाएगा। स्पष्ट है कि 29 लाख लोग झुग्गियों में ही रह जाएंगे । आने वाले समय में इनकी संख्या बढ़ने ही वाली है । यह भी अनुमान है कि पहले बसाई पुनर्वास कालोनियों में कोई 20 लाख लोग रह रहे हैं ।

दिल्ली में झुग्गी-झोंपड़ियों के जन्म की कहानी 1940 के दशक के अंत से शुरू होती है। 1956 तक करीब 2200 परिवारों ने सरकारी जमीन पर झुग्गियां बना ली थीं । 1973 तक करीब 98,438 झुग्गियां बन गईं । इनमें 25 प्रतिशत गैर-सरकारी जमीन पर थीं। 1975-77 में करीब डेढ़ लाख परिवारों को इन झुग्गियों से हटाया गया । 1990 में वी. पी. सिंह ने राशन कार्ड के लिए गरीब परिवारों का सर्वेक्षण कराया तो पता चला कि 929 झुग्गी बस्तियों में कुल 2 लाख 60 हजार परिवार रहते थे ।

सन् 1960 में पहली पुनर्वास नीति लागू की गई । इसे 'झुग्गी-झोंपड़ी हटाओ योजना' का नाम दिया गया । 1960 से पहले जो लोग झुग्गियों में रहते थे उन्हें 80 वर्ग गज जमीन लीज पर दी गई । साथ ही दो कमरों का चाल भी बनाकर दिया गया । इस जमीन के लिए सरकार ने जमीन की कीमत पर 50 प्रतिशत की रियायत भी दी ।1962 में इस नीति में संशोधन किया गया। अब 21 वर्ग गज जमीन दी जाने लगी । इस जमीन के लिए 3.50 रु. प्लाट का तथा 1 रु. पानी जैसी सुविधाओं के लिए प्रति माह किराया भरना पड़ता था । 1967 में इसमें थोड़ा बदलाव आया । अब प्लाट का किराया 8 रु. कर दिया गया और दूसरी सुविधाओं का किराया 1 रु. ही रहने दिया गया । 1975-77 में आपातकाल के दरम्यान डी.डी.ए. ने जोरदार मुहिम चलाकर 26 विभिन्न कालोनियों में 21 वर्ग मीटर के करीब 1 लाख 48 हजार प्लाट विकसित किए । इन कालोनियों में न तो नालियां थीं और न पीने के पानी की लाइन । सिर्फ कुछ हैंड पंप थे और कुछ

"हम तो रोजगार के लिए दिल्ली आए थे, न कि इस बित्ते-भर जमीन के लिए। गांव में हमारे पास बहुत जमीन है रहने के लिए ।"

विस्थापित बच्चों की शिक्षा

नई पुनर्वास कालोनियों में संरचनागत किसी भी सुविधा को पहले से मुहैया नहीं कराया गया है। कुछ कालोनियों में प्रारंभिक कक्षाओं के लिए टेंट डाल कर उन्हें स्कूल का नाम दिया गया है। एक तो इन स्कूलों में बहुत कम शिक्षकों को बहाल किया गया है, जो शिक्षक हैं भी, वे कक्षाओं में नियमित तौर पर नहीं आते। इन कालोनियों में माध्यमिक स्तर की शिक्षा के लिए टेंट वाले भी स्कूल नहीं हैं, केवल उन स्कूलों के निर्माण स्थल को दर्शाने वाले जहां-तहां कुछ बोर्ड लगे हैं। इन कालोनियों के बगल वाले इलाकों में पहले से जो स्कूल हैं वे इनका नामांकन करने को तैयार नहीं हैं। इसलिए अधिकतर बच्चों की पढ़ाई रुक गई है। इन बच्चों के माता-पिता आर्थिक तौर पर इतने कमजोर हैं कि वे इन बच्चों को झुग्गी बस्ती के पास वाले पहले के स्कूल में भेज नहीं सकते। दूसरी बात यह कि स्कूल से पुनर्वास कालोनी की दूरी इतनी अधिक है कि सुबह की पाली में पढ़ने वाला बच्चा चाहकर भी समय पर स्कूल नहीं पहुंच सकता।

बच्चियां तो छेड़खानी के डर से ज्यादा दूर जाने को वैसे भी तैयार नहीं है। इन कालोनियों से बस की बेहतर सेवा भी उपलब्ध नहीं है। पुनर्वास की इस अफरा-तफरी में घरेलू काम का बोझ बढ़ गया है। बच्चे-बच्चियों का समय इस पर भी खर्च हो रहा है। इसलिए वे अपना सारा समय पढ़ाई में लगाने की स्थिति में भी नहीं हैं। अगर बारिश हो रही है तो सामानों को भींगने से बचाने के लिए बच्चे उन्हें संभालने में लग जाते हैं। वे टैंकर से पानी लेने के लिए लाइन में लगे रहते हैं।

'अंकुर' नामक संस्था ने गौतमपुरी झुग्गी बस्ती से भलस्वा में आए 92 बच्चों का दाखिला शिक्षा अधिकारियों, शिक्षा मंत्री और मुख्यमंत्री के पास भाग-दौड़ करके जहांगीरपुरी और लिबासपुर के स्कूलों में कराया। ये बच्चे दूसरी कक्षा से नौवीं कक्षा तक के थे। इन स्कूलों में भी एक-एक कक्षा में सौ-सौ विद्यार्थी हैं। इसी से अनुमान हो जाता है कि उनकी पढ़ाई कितनी दुरुस्त ढंग से चल रही है।

लेकिन सभी पुनर्वास बस्तियों के बच्चों को अंकुर जैसी संस्था का सहयोग न मिलने के कारण उनका दो-एक साल बरबाद होना तो तय है। ◻

सामुदायिक शौचालय । उस समय इन प्लाटों के लिए कोई पैसा नहीं लिया गया । 1977 के बाद प्लाटों की माप 26 वर्ग मीटर कर दी गई । साथ ही तय किया गया कि इनमें मौलिक सुविधाओं को भी बेहतर किया जाएगा । केन्द्र सरकार ने इस कार्य के लिए 2 करोड़ रुपये अनुमोदित किए ।

1983 में बहुत सारे परिवारों को ट्रांजिट कैंप के नाम पर किराए पर बने-बनाए चाल दिए गए । अभी तक 1850 हेक्टेयर जमीन पर पुनर्वास कालोनियां बन चुकी थीं । 1983 के बाद तोड़-फोड़ और विस्थापन का सिलसिला रुक गया । अब फिर पिछले दो वर्षों से यह शुरू हुआ है तो 18 वर्ग मीटर और 12.5 वर्ग मीटर के प्लाट दिए जा रहे हैं । कहा यह जा रहा है कि इस जमीन को एलॉट करते समय जो 7 हजार रुपये लिए जा रहे हैं उसमें से 5 हजार रुपये सिक्योरिटी डिपाजिट (सुरक्षा रकम) के हैं और 2 हजार रुपये दस वर्ष की लाइसेंस फीस है । इस तरह से एक व्यक्ति को जो अभी प्लाट मिल रहा है वह उस पर दस वर्ष तक रहने के लिए वैध है। आगे सरकार की इच्छा पर यह होगा कि वह उस व्यक्ति के लाइसेंस की अवधि बढ़ाएगी या निरस्त करेगी ।

सरकार की इस पुनर्वास नीति ने गरीबों के अन्दर आवास की असुरक्षा का संशय बढ़ाया है । अभी तो वे संगठित या व्यक्तिगत तौर पर खुल्लम-खुल्ला इस नीति का विरोध नहीं कर रहे हैं, किंतु बातचीत में वे अपने विरोध को छिपा भी नहीं रहे हैं । पुनर्वास और रोजगार संबंधी सरकारी नीतियां इसी मनमाने तरीके से बनाई और लागू की जाती रहेंगी तो एक दिन सरकार को गरीबों के विस्फोटक गुस्से का शिकार बनना पड़ सकता है । पिछले वर्षों में शहर से फैक्टरियों के हटाए जाने के बाद इस गुस्से का नमूना दिल्ली की सड़कों और गलियों में दिखा था। वैश्वीकरण का दुष्परिणाम सबसे ज्यादा गरीब मुल्कों के सबसे गरीब लोगों को भुगतना पड़ रहा है । 8 दिसंबर 2001 को सौ से अधिक नोबल पुरस्कार विजेताओं द्वारा दी गई इस चेतावनी को याद रखने की जरूरत है कि "मिसाइल रक्षा प्रणाली से ज्यादा खतरनाक है गरीबी ।" हमारी केंद्र सरकार 'आओ हिन्दू-हिन्दू खेलें' के खेल में मशगूल है । यह खेल पूर्णतः राजनीतिक खेल है । कश्मीर के पंडितों का विस्थापन उसे सालता है । सभी कायदे कानूनों को ताक पर रखकर उन्हें आर्थिक-व्यापारिक दृष्टि से महत्वपूर्ण जगहों पर पुनर्वास की व्यवस्था की जाती है । बांग्लादेश के हिन्दुओं की चिंता उन्हें यों परेशान करती है कि बंगाल की सीमा के आस-पास रहने वालों के पुनर्वास के लिए केंद्रीय मंत्री बेचैन नजर आते हैं । किन्तु उनकी नाक के ठीक नीचे रहने वाली दिल्ली की गरीब जनता की पीड़ा उन्हें तनिक भी परेशान नहीं करती ।

8 दिसंबर 2001 को सौ से अधिक नोबल पुरस्कार विजेताओं द्वारा दी गई इस चेतावनी को याद रखने की जरूरत है कि "मिसाइल रक्षा प्रणाली से ज्यादा खतरनाक है गरीबी।"

हमारे न्यायालय भी जले पर नमक छिड़कने का ही काम कर रहे हैं । 'अलमित्रा पटेल और अन्य बनाम भारत सरकार' वाले मामले में 15 फरवरी 2000 को सर्वोच्च न्यायालय ने कहा कि अनधिकृत बसाहटों के बदले जमीन देना जेबकतरों को इनाम देना जैसा होगा। हमारे न्यायालय भ्रष्टाचार में फंसे बड़े नेता और प्रभावशाली व्यक्ति को साफ-सुथरा होने का प्रमाणपत्र दे रहे हैं । यदि घोटालों को रोककर उसी राशि का सही उपयोग किया जाए तो गरीबों के लिए आवास की कोई समस्या नहीं हो । कितना अजीब है कि गरीबों

गरीबों के खिलाफ हैं अदालतें

दिल्ली को अपने श्रम-पसीने से बनाने-संवारने वाले लोगों की आज कोई हैसियत नहीं है । सड़क बनाने वाले फुटपाथ से भी बेदखल हैं तो लाखों अपार्टमेंट्स एवं कोठियां बनाने वालों को दिल्ली में सर छुपाने की जगह भी नहीं है । कई वर्षों से दिल्ली की झुग्गी-झोंपड़ियों में रह कर मजदूरी करने वाले इन लाखों परदेशियों की सुध लेने वाले अंगुलियों पर गिने जा सकते हैं ।

दिल्ली में अनधिकृत बसाहटों से सम्बन्धित एक विवादास्पद मामले में टिप्पणी करते हुए फरवरी 2000 में सर्वोच्च न्यायालय ने कहा था कि '' अनधिकृत बसाहटों के बदले जमीन देना जेबकतरों को इनाम देने जैसा होगा।'' (अलमित्रा पटेल और अन्य बनाम भारत सरकार)

दिल्ली के वरिष्ठ अधिवक्ता श्री प्रशान्त भूषण उच्च अदालतों के इस गरीब व जन विरोधी रवैये से बहुत क्षुब्ध हैं । वे जन आन्दोलनों के राष्ट्रीय समन्वय की तरफ से दिल्ली के गरीब श्रमिकों एवं झुग्गी-झोंपड़ियों के लोगों के बुनियादी अधिकारों की रक्षा के लिये 1996 से उच्च न्यायालय तथा उच्चतम न्यायालय में कानूनी लड़ाई लड़ रहे हैं ।

श्री प्रशान्त भूषण कहते हैं कि भारत के प्रत्येक व्यक्ति का यह मौलिक अधिकार है कि उसे रहने को मकान और बुनियादी सुविधाएं मिलें और यह सरकार की जिम्मेवारी भी है ।

श्री भूषण के अनुसार भारत 'मानवाधिकार का विश्व घोषणा-पत्र' तथा 'आइ.सी.ई.एस.पी.आर.' जैसे घोषणा पत्र का संयुक्त हस्ताक्षरी भी है जिसमें साफ तौर पर व्यक्ति के लिए मकान के अधिकार की बात कही गई है । दिल्ली या भारत सरकार लोगों के मौलिक अधिकारों को पूरा करने के अपने दायित्व से मुंह नहीं मोड़ सकती ।

श्री भूषण 'चमेली सिंह बनाम उ.प्र. सरकार' मामले का हवाला देते हुए बताते हैं कि सर्वोच्च न्यायालय की साफ हिदायत है कि सरकार द्वारा शहरी झुग्गी बस्तियां उजाड़ने से पहले वैकल्पिक व्यवस्था करना जरूरी है । वगैर वैकल्पिक व्यवस्था के अत्यन्त जरूरी स्थानों की झुग्गियों को भी नहीं उजाड़ा जा सकता । इस सम्बन्ध में दिल्ली सरकार ने भी 1998 तक की सीमा तय की है जिसके पहले के लोगों की बसाहट को वैकल्पिक जगह देने की बात है। लेकिन सौन्दर्यीकरण के नाम पर इन सभी दिशा-निर्देशों का मखौल उड़ाया जा रहा है ।

हाल ही में उजाड़ी गई रघुवीर नगर की झुग्गी बस्ती के मामले में श्री भूषण सरकार और दिल्ली नगर निगम के रवैये से बेहद क्षुब्ध हैं। वे कहते हैं कि पुराने कपड़ों के रोजगार से जुड़ी गरीब महिलाओं को बिना स्पष्ट कारण बताए उजाड़कर वहां से 21 कि.मी. दूर बक्करवाला भेज दिया गया है, जहां तत्काल कोई पर्याप्त बुनियादी सुविधा भी उपलब्ध नहीं है। इस बीच उजाड़े गए परिवारों को बक्करवाला में खुले आसमान तले ठंड में ही रात गुजारनी पड़ती है । ठंड से दो मासूम बच्चों की मौत हो चुकी है, लेकिन प्रशासन या अदालत कोई भी इसे गम्भीरता से नहीं ले रहा।

श्री प्रशान्त भूषण अपने लम्बे वकालती अनुभव में सरकार व अदालतों की गरीब विरोधी मुहिम को ''शैतानी चाल'' की संज्ञा देते हैं और कहते हैं कि मोटी-मोटी तनख्वाहें लेकर उच्च न्यायालयों के न्यायाधीश भी लापरवाह रवैया अपना रहे हैं । यदि कहीं आम आदमी या बच्चा सरकार के जुल्म या अमानवीय कार्रवाई की वजह से मौत का शिकार होता है तो अदालतें और उसके न्यायाधीश भी इस मौत के जिम्मेवार माने जाएंगे। श्री भूषण पूछते हैं कि यदि सरकारों से त्रस्त आम गरीब लोगों को न्यायालय से भी न्याय न मिले और वे अदालतों / न्यायाधीशों के खिलाफ यदि खड़े होते हैं तो उसे कैसा जुर्म या कैसी अवमानना मानेंगे?

दिल्ली में लाखों शोषित श्रमिकों की सरकार और तथाकथित भद्र समाज में कोई सुनवाई नहीं है। कानून के नाम पर सरकारी संस्थाएं इन श्रमिकों के सदा खिलाफ ही हैं। विभिन्न स्थापित राजनीतिक पार्टियां जहां इन लोगों को वोट बैंक के रूप में इस्तेमाल करती हैं वहीं इन्हें उजाड़ने में गुपचुप तरीके से सक्रिय हैं।

को ही राष्ट्र के लिए अवरोध के रूप में देखा जाता है, जबकि भ्रष्टचारियों को समाज के अमीर और मध्य वर्ग में अच्छा खासा सम्मानित आदमी माना जाता है ।

दरअसल, दिल्ली को पश्चिमी देशों के शहरों के ढर्रे पर विकसित करने की योजना है । दिल्ली में प्रदूषण फैला रहे लगभग 30 लाख से भी अधिक निजी वाहनों को नियंत्रित करने की कोई पहल नहीं हो रही है । इन गाड़ियों को निर्बाध दौड़ाने के लिए शहर में फ्लाईओवरों का निर्माण हो रहा है । एक-एक फ्लाईओवर पर करोड़ों रुपये खर्च कर दिल्ली को फ्लाईओवरों का शहर बनाया जा रहा है । मेट्रो रेल पर अरबों रुपये खर्च किए जा रहे हैं। मेट्रो रेल के लिए भी कई बस्तियां उजाड़ी गई हैं, जबकि इस योजना से गरीबों को कोई राहत नहीं मिलने वाली है । मेट्रो रेल का किराया इतना अधिक होगा कि इसमें सिर्फ संपन्न लोग ही सफर कर सकते हैं । हालांकि उनके बारे में निश्चित तौर पर यह कहना सरासर गलत होगा, क्योंकि एक सार्वजनिक वाहन की तुलना में महंगी कारों से चलना उनकी शान में ज्यादा इजाफा ही करेगा । इस तरह देश की जो अपार संपत्ति यों ही पानी में फेंकी जा रही है उसका उपयोग देश की गरीब जनता के लिए आवास और रोजगार उपलब्ध कराने में किया जा सकता था । हमारी सरकारों का रुख पश्चिम की ओर होने और अमीर वर्ग द्वारा अपने को विकसित पश्चिमी जमात में शामिल करने की

इच्छा इतनी बलवती है कि देश के साधारण आदमी की समस्याएं बिल्कुल नेपथ्य में चली गई हैं ।

लोकतंत्र का सिमटता दायरा

आजादी के तुरंत बाद के दौर में लोकतंत्र के 'लोक' में गरीब और साधारण आदमी कहीं न कहीं शामिल था । इसलिए उसकी आवाज की कद्र थी। उन दिनों गरीबों और मजदूरों की संगठित आवाज उठती भी थी। निजीकरण और वैश्वीकरण ने उनकी संगठन की परंपरागत शक्ति को छिन्न-भिन्न किया है । लघु उद्योगों को भी नष्ट किया है, क्योंकि वे बहुराष्ट्रीय कंपनियों की गलाकाटू प्रतियोगिता की दौड़ में अपनी छोटी पूंजी के सहारे टिक नहीं सकते । हमारे देश के किसानों को विदेशी बीजों और रसायनों की आदत लगाकर उनके पारंपरिक कौशल को सुनियोजित तरीके से नष्ट किया जा रहा है । इसलिए गरीब आदमी से गांव तो छूट ही रहा है, शहर भी उन्हें अपना नहीं रहा है । अब राष्ट्र की योजनाओं में गरीब शामिल है ही नहीं । उसके नाम पर कुछ छोटी-छोटी योजनाएं और कार्यक्रम चल भी रहे हैं तो उसके लिए आवंटित राशि का एक लघुतम हिस्सा ही उस तक पहुंच रहा है । यहां तक कि उसे मिलने वाला सरकारी ऋण उसे मिलता ही नहीं, दूसरे लोग इस राशि को अपने हक में इस्तेमाल कर ले रहे हैं । यदि उसे यह राशि मिलती भी है तो उसका एक हिस्सा नौकरशाह और दलाल चट कर जाते हैं। और, वह आदमी अपने को ऋण के दलदल में फंसा पाता है ।

ऐसा लगता है कि अब तो घोटालों के लिए ही गरीब के नाम पर योजनाएं बनाई जाती हैं, उन्हें राहत पहुंचाने के लिए नहीं । मदनपुर खादर की पुनर्वास कालोनी के कई निवासी यह बताते हैं कि चौराहों पर पड़ने वाले प्लाट अक्सर किसी नेता और नौकरशाह के दूर या पास के संबंधी को मिलते हैं । इन कालोनियों में पैसा और पैरवी के बल पर वे लोग भी प्लाट पा रहे हैं जो कभी झुग्गी बस्ती में नहीं रहे और न ही गरीब हैं । ये लोग इस कालोनी में व्यवसाय करने के नजरिए से प्लाट एलॉट करा रहे हैं । चूंकि इनके पास पैसे की कमी नहीं है, इसलिए इनके लिए इन कालोनियों के लोग 'सिर्फ ग्राहक' यानी उपभोक्ता हैं । ये लोग किसी हड़बड़ी में नहीं हैं। इनके पास पैसा है तो ये समय का इंतजार करने को भी तैयार हैं । फिर इनकी आमदनी कुछ न कुछ तो होगी ही ।

दूसरी तरफ झुग्गी बस्तियों में रहकर दुकानदारी, सिलाई या इसी तरह का स्वरोजगार अपनाने वाला आदमी बस्ती के टूटने से आर्थिक रूप से टूट गया है । उसके पास जो थोड़ी पूंजी है वह तो प्लाट प्राप्त करने और उस पर कमरा खड़ा करने में ही खर्च हो जाएगी। हो सकता है कि उस पर ऊपर से कुछ कर्ज का बोझ चढ़ जाए । ऐसी स्थिति में हमारे देश में जो लोकतंत्र का स्वरूप बन रहा है वह मूलतः गरीब विरोधी है । उसके पुनर्वास की जो व्यवस्था है वह उसे राहत नहीं पहुंचा रही है, बल्कि उसे और भी बुरी हालत में पहुंचा रही है । इन्दौर में झुग्गी-झोंपड़ियों को उजाड़ने और उनके पुनर्वास के बारे में अप्रैल 2000 में 'भारतीय जन न्यायाधिकरण' की ओर से प्रकाशित **'गरीबों का शिकार**

करती सरकार' में केरल उच्च न्यायालय के सेवानिवृत न्यायाधीश के. सुकुमारन ने लिखा है, "यह एक दुर्भाग्य ही है कि दुनिया का सबसे बड़ा लोकतंत्र घटकर एक ऐसा राष्ट्र रह गया है जहां केवल मुट्ठी भर रईसों और शक्तिशाली लोगों की इच्छाओं की दलाली की जाती है ।"

इस लेख के सह-लेखक श्री ए.के. अरुण हैं जो एक प्रसिद्ध होमियोपैथिक चिकित्सक और सामाजिक-राजनीतिक कार्यकर्ता हैं। श्री अरुण इन दिनों 'युवा संवाद' नामक एक मासिक पत्रिका का संपादन भी कर रहे हैं । इस लेख का संपादित रूप 13 जनवरी 2002 को जनसत्ता, नई दिल्ली के रविवारी परिशिष्ट में छपा था ।

यथार्थ की धरती और सपना

मैंने अपने राजनीतिक जीवन की शुरुआत 1973 में ऑल इंडिया स्टूडेंट्स फेडरेशन के एक कार्यकर्ता के रूप में की । 1974 में जयप्रकाश नारायण के नेतृत्व में बिहार आंदोलन शुरू होने के बाद मैंने खुद को एआइएसएफ से दूर कर लिया और एक स्वतंत्र कार्यकर्ता के रूप में इस आंदोलन में सक्रिय रहने का निर्णय लिया । 1977 में जनता पार्टी की सरकार गठित होने के बाद मुझे एक ऐसे संगठन की तलाश थी, जहां मुझे राजनीतिक और वैचारिक संतुष्टि मिल सके । 1978 के शुरुआती महीनों में गया और बोधगया की दीवारों पर लिखे कुछ क्रांतिकारी नारों पर मेरी नजर पड़ी । इन परिवर्तनकारी नारों के आह्वान ने मुझे काफी प्रेरित किया और मैं बोधगया महंथ के कब्जे से भूमि को मुक्त कराने के लिए शुरू हुए 'बोधगया भूमि-मुक्ति आंदोलन' में शामिल हो गया । यह आंदोलन **छात्र-युवा संघर्ष वाहिनी** तथा **मजदूर-किसान समिति** द्वारा संचालित था । सही मायने में मुझे इसी आंदोलन ने एक राजनीतिक-सामाजिक कार्यकर्ता के रूप में गढ़ा । मैंने यहीं यह जाना कि सिद्धांतों को व्यवहार के धरातल पर कैसे उतारा जाता है । यहां आंदोलन के एक कार्यकर्ता के रूप में मैंने समाज के उपेक्षित और शोषित तबकों, खासकर दलित, आदिवासी, श्रमिक, महिला और बच्चों के हक की लड़ाई को लोकतांत्रिक तरीके से संगठित करने की कला सीखी ।

1978 के शुरुआती महीनों में गया और बोधगया की दीवारों पर लिखे कुछ क्रांतिकारी नारों पर मेरी नजर पड़ी । इन परिवर्तनकारी नारों के आह्वान ने मुझे काफी प्रेरित किया और मैं बोधगया महंथ के कब्जे से भूमि को मुक्त कराने के लिए शुरू हुए 'बोधगया भूमि-मुक्ति आंदोलन' में शामिल हो गया । यह आंदोलन छात्र-युवा संघर्ष वाहिनी तथा मजदूर-किसान समिति द्वारा संचालित था ।

आंदोलन के दरम्यान हमारे बीच इस बात पर गंभीर चर्चा होती थी कि एक मध्यवर्गीय परिवार की पृष्ठभूमि वाला कार्यकर्ता खुद को समाज के वंचित तबके के सरोकारों से कैसे जोड़े । अपने समय में डॉ. राममनोहर लोहिया ने 'जाति तोड़ो आंदोलन' का आह्वान किया था – हमारे बीच इस पर भी गरमा-गरम बहस होती थी । अगड़ी जाति के युवक-युवतियां जाति तोड़कर उदाहरण प्रस्तुत करेंगे – इस विचार ने मेरे जैसे कार्यकर्ता को न सिर्फ उद्वेलित किया, बल्कि इससे मेरे जीवन को एक निर्णायक दिशा भी मिली ।

एक राजनीतिक कार्यकर्ता के रूप में मुझे वर्धा स्थित सेवाग्राम आश्रम में मार्च 1996 में आयोजित नेशनल एलायंस ऑफ पीपुल्स मूवमेंट (एनएपीएम) के सम्मेलन में भाग लेने का मौका मिला । इस सम्मेलन में भाग लेने के बाद कुछ मुद्दों को लेकर मैं वैचारिक रूप से काफी विचलित हो गया । मैंने अपने कुछ मित्रों के साथ अपने विचलन के कारणों पर चर्चा की । कई मित्रों ने मुझे सुझाव दिया कि एनएपीएम के सम्मेलन में भाग लेने के बाद उत्पन्न अपने विचारों पर मैं कुछ लिखूं । मित्रों के बारंबार आग्रह के बाद मैंने इस रिपोर्ट को लिखने का निर्णय लिया । मैं यह स्पष्ट कर दूं कि मेरा उद्देश्य किसी

संगठन अथवा ग्रुप की आलोचना करना नहीं है । मैं अपने व्यक्तिगत विचारों और अनुभव को सहभागी ग्रुपों और संगठनों के साथ बांटना चाहता हूं ।

16 मार्च, 1996 से शुरू हुए एनएपीएम के तीन दिवसीय सम्मेलन में सामाजिक परिवर्तन के काम में सक्रिय कार्यकर्ताओं तथा छोटे-बड़े संगठनों का जमावड़ा था । ये कार्यकर्ता अनेक मुद्दों और समस्याओं को लक्षित आंदोलन चला रहे थे — इसमें महिला आंदोलन, देश के तटीय क्षेत्रों में जारी मछुआरों के आंदोलन और बहुराष्ट्रीय कंपनियों के खिलाफ अभियान चला रहे युवकों के प्रतिनिधियों के अलावा 'स्वच्छ राजनीतिक दल' गठित करने का अभियान चला रहे समाजवादी कार्यकर्ता, गांधीवादी कार्यकर्ता तथा अनेक गैर-राजनीतिक एवं गैर-सरकारी संगठनों के प्रतिनिधि मौजूद थे । इस सम्मेलन में यूं तो कई मुद्दों पर चर्चा हुई, पर प्रमुख रूप से गंभीर मंथन का विषय बनकर तीन मुद्दे उभरे । मेरी यह रिपोर्ट इन्हीं तीनों मुद्दों पर केंद्रित है :

1. राजनीतिक दल बनाम गैर-दलीय राजनीतिक समूह/गैर-सरकारी संगठन

2. गांधी बनाम अंबेडकर

3. देशी बनाम विदेशी धन (आंदोलन के कार्यकर्ताओं तथा संगठनों दोनों के प्रसंग में)

राजनीतिक दल बनाम गैर-राजनीतिक समूह/गैर-सरकारी संगठन

यह एक आम धारणा है कि देश की राजनीति 'गंदी' हो चुकी है । राजनीतिक दलों का चरित्र व क्रियाकलाप भ्रष्ट और जातिवादी है । साथ ही, यह दलितों, आदिवासियों तथा महिलाओं के हितों के खिलाफ है ।

वर्तमान व्यवस्था में एक ईमानदार व्यक्ति भी राजनीति में जाएगा तो उसे या तो भ्रष्ट बन जाना पड़ेगा अथवा वह जड़ हो जाएगा । इस त्रासद स्थिति का मुकाबला करने के लिए हमें जन-जागरूकता का अभियान चलाकर राजनीतिक व्यवस्था पर इतना दबाव बनाना होगा कि वह जनता की वास्तविक समस्याओं पर सोचने को मजबूर हो सके ।

यह सच है कि आज देश का राजनीतिक माहौल काफी दूषित हो चुका है। वर्तमान व्यवस्था में एक ईमानदार व्यक्ति भी राजनीति में जाएगा तो उसे या तो भ्रष्ट बन जाना पड़ेगा अथवा वह जड़ हो जाएगा । इस त्रासद स्थिति का मुकाबला करने के लिए हमें जन-जागरूकता का अभियान चलाकर राजनीतिक व्यवस्था पर इतना दबाव बनाना होगा कि वह जनता की वास्तविक समस्याओं पर सोचने को मजबूर हो सके ।

सम्मेलन में भाग लेने वाले कार्यकर्ता इस बात को लेकर काफी व्यथित दिखे कि भ्रष्ट राजनीतिज्ञों और नीति-निर्माताओं ने देश को गिरवी रख दिया है । उनमें जन प्रतिनिधियों के इस आचरण पर गहरी नाराजगी है कि वे जिस जनता के वोट से निर्वाचित होते हैं, उसे ही भूल जाते हैं । देश के सर्वोच्च पदों पर आसीन व्यक्तियों के खिलाफ भी गहरा आक्रोश व्यक्त किया गया, क्योंकि वे सार्वजनिक रूप से उजागर हो चुके भ्रष्ट कारनामों और घोटाले के दोषियों के विरुद्ध कार्रवाई करने से हिचकते हैं । इन कार्यकर्ताओं ने विचार व्यक्त किया कि जनता का सशक्त आंदोलन खड़ा कर राजनीतिज्ञों और लोकतंत्र विरोधी चरित्र अख्तियार कर चुके राजनीतिक दलों का बहिष्कार कर देना चाहिए ।

इस प्रक्रिया में राजनीतिक दलों और उनके कार्यकर्ताओं का कठोर आलोचनात्मक

मूल्यांकन किया गया। मेरे विचार से मूल्यांकन करना एक अच्छी प्रक्रिया है । पर बहुधा मूल्यांकन सिर्फ 'दूसरों' का होता है, हम अपना मूल्यांकन नहीं करते । हम राजनीतिक दलों के गैर-लोकतांत्रिक कृत्यों की चर्चा करते वक्त अकसर यह भूल जाते हैं कि गैर-दलीय संगठनों का चरित्र क्या है । क्या गैर-दलीय संगठन पूरी तरह से साफ-सुथरे और लोकतांत्रिक होने का दावा कर सकते हैं ? अधिकतर आंदोलनों की पहचान उसके नेता के नाम से होती है । इस बात से कोई इनकार नहीं कर सकता कि किसी आंदोलन और उसके नेता को एक-दूसरे का पर्याय बना देना अनुचित है । क्या आंदोलन को नेता के पर्याय के रूप में देखना लोकतांत्रिक सिद्धांतों और चरित्र को खंडित नहीं करता? क्या एक ईमानदार राजनीतिक-सामाजिक कार्यकर्ता किसी राजनीतिक दल में शामिल होते ही स्वतः भ्रष्ट हो जाता है ! सम्मेलन में भागीदार साथियों के बीच इन गंभीर प्रश्नों का सामना करने की इच्छा का अभाव दिखा । उनकी सोच है कि चूंकि वे ईमानदार लोग हैं, इसलिए उनका राजनीति में जाना उचित नहीं होगा । वे राजनीति से बाहर रहकर ही राजनीति के अंदर व्याप्त बीमारियों का इलाज करना चाहते हैं । समाज का बड़ा तबका भी यही सोचता है । ये दूसरे किनारे पर निर्विकार बैठ राजनीति के स्वच्छ होने की आशा कर रहे हैं । इनकी सोच है कि जब राजनीति स्वच्छ हो जाएगी तभी हम इसमें प्रवेश करेंगे। ये राजनीति को स्वच्छ बनाने की कोई जिम्मेदारी लेना नहीं चाहते। इन्हें यह कौन समझाए कि आप अपना हाथ गंदा किए बिना किसी भी गंदगी को साफ नहीं कर सकते !

गांधी बनाम अंबेडकर

सम्मेलन में दलितों के मुद्दे पर बोलने के लिए महाराष्ट्र के एक दलित कार्यकर्ता विलास वाघ को आमंत्रित किया गया था । इस मुद्दे पर हमने न सिर्फ दलित कार्यकर्ताओं के तीखे तेवर का अनुभव किया, बल्कि हमें गैर-दलितों और बुद्धिजीवियों के उत्तेजित प्रत्युत्तर भी सुनने का अवसर मिला । दलितों के मुद्दे पर विलास वाघ के विचार अपने-आप में स्पष्ट और तर्कपूर्ण थे । मुझे यह आशंका हो रही थी कि एनएपीएम की बैठक भी इस मुद्दे को लेकर 'गरम' न हो जाए, पर माहौल शांत रहा । मेरे मन में आशंका के बावजूद यह उम्मीद भी थी कि दिल्ली और सेवाग्राम में इतना अंतर तो होगा ही कि 'सहमति' हो या न हो, किसी वक्ता की बातें ध्यान से सुनी जाएंगी और उसे कहने का मौका दिया जाएगा । विलास वाघ ने अपने वक्तव्य में दलितों के मुद्दे पर गांधी तथा अंबेडकर के बीच के अंतर्विरोधों को हू-ब-हू और बड़ी स्पष्टता से रखा । 'गांव चलो बनाम शहर चलो', 'अस्पृश्यता मिटाओ बनाम जाति तोड़ो' जैसे मुद्दों पर गांधी और अंबेडकर के अंतर्विरोधों को रखने के क्रम में विलास वाघ को कई बुजुर्ग एवं युवा कार्यकर्ताओं की टोका-टोकी का सामना करना पड़ा । इनमें से कुछ तो वाहिनी के पुराने मित्र भी थे । वे लोग आपसी बातचीत में कह रहे थे कि शहर जाकर क्या करना है, वहां तो स्लम में ही जिंदगी समाप्त हो जाएगी । उनकी बातों का लब्बो-लुआब यह था कि जब दलितों के उद्धार का फार्मूला उनके पास मौजूद है तब दूसरे तरीके आजमाने की जरूरत क्या है ? यानी जिन्हें मुक्ति चाहिए, वे अपनी मुक्ति के रास्ते की तलाश के बारे में नहीं सोचें; मुक्तिदाता तो हम

हैं, फिर तुम क्यों परेशान हो! एक वक्त था जब वाहिनी के साथियों में 'जिसका संघर्ष, उसका नेतृत्व विकसित हो', जैसे मुद्दे पर धारदार बहस होती थी और इसपर एक-दो कदम आगे भी बढ़े थे । पर डेढ़ दशक के बाद आज यह बहस आगे नहीं बढ़कर पीछे जाती हुई दिखाई पड़ रही थी ।

आरक्षण के मसले पर भी कमोबेश यही सोच उभरकर सामने आई । इस मसले पर बहस के दौरान कई कार्यकर्ताओं ने तो इस व्यवस्था को समाप्त करने तक की बात कही । कुछ का कहना था कि पिछड़ी जातियों के मलाईदार तबके को आरक्षण का लाभ नहीं मिलना चाहिए । पूरी बहस में कार्यकर्ताओं ने इस मसले पर जितने गैर-जानकार ढंग से बातें रखीं उससे निराशा होती है ।

मुझे इसलिए भी आश्चर्य हुआ कि सर्वोच्च न्यायालय आरक्षण के मामले में एक व्यवस्था देकर अपने स्तर से इसका निपटारा कर चुका है, फिर भी निरर्थक बहस हुई । विलास वाघ के बोलने के बाद अधिकतर कार्यकर्ताओं ने उनकी ओर से भी एक प्रतिनिधि को विचार रखने की मांग की, जिसे संचालक ने स्वीकार कर लिया । इन कार्यकर्ताओं के प्रवक्ता के तौर पर कुमार प्रशांत ने अपनी बातें रखीं । पूरे सदन ने शांतिपूर्ण ढंग से उनकी बातें सुनीं । कुमार प्रशांत के बोलने के बाद विलास वाघ ने पुनः दो मिनट का समय मांगा । विलास वाघ ने कहा कि उन्होंने गांधी एवं अंबेडकर के विषय में जो कुछ कहा, वह ऐतिहासिक तथ्यों पर आधारित था । गांधी बनाम अंबेडकर विवाद पैदा करने की उनकी मंशा नहीं थी । उनकी इच्छा है कि सामाजिक कार्यकर्ता इस सच्चाई को समझने की कोशिश करें ताकि संगठन का एक समग्र ढांचा खड़ा हो सके । इसी अपेक्षा को लेकर हम सभी यहां आए हैं । अन्यथा मैं क्यों यहां आता!

मुक्तिदाता तो हम हैं, फिर तुम क्यों परेशान हो! एक वक्त था जब वाहिनी के साथियों में 'जिसका संघर्ष, उसका नेतृत्व विकसित हो', जैसे मुद्दे पर धारदार बहस होती थी और इसपर एक-दो कदम आगे भी बढ़े थे । पर डेढ़ दशक के बाद आज यह बहस आगे नहीं बढ़कर पीछे जाती हुई दिखाई पड़ रही थी ।

मुझे महसूस हुआ कि एनएपीएम के जितने भागीदार संगठन हैं, उनमें से अधिकांश जिन मुद्दों पर कार्यरत हैं, वे समाज के वंचित तबकों से जुड़े मुद्दे हैं । इनके बीच काम करते हुए उन्हें न केवल उनकी समस्याओं से जूझना पड़ता होगा, वरन् उनकी कठिन जीवनयापन शैली से भी सामना होता होगा । इसके बावजूद सम्मेलन में इस वंचित तबके के प्रतिनिधियों की उपस्थिति नाममात्र की थी । क्या यह दुर्भाग्यपूर्ण नहीं है? यदि हम गैर-राजनीतिक संगठनों और गैर-सरकारी संस्थाओं पर एक नजर डालें तो पाएंगे कि इन संस्थाओं के संचालक अगड़ी जातियों के लोग हैं, जो उच्च शिक्षा प्राप्त और अभिजात जीवन शैली वाले हैं। हमने तो यही सुना और जाना है कि समाज के लिए बलिदान करने वाला ही लोगों की नजरों में एक आदर्श नेता होता है । पर आज तो पूरी परिभाषा ही बदल गई है । तो क्या हम इस निष्कर्ष को मान लें कि समाज का वंचित तबका अपने अंदर से नेतृत्व पैदा करने की क्षमता नहीं रखता? क्या यह तथ्यों से आंख मूंदना नहीं होगा कि जिस आरक्षण व्यवस्था का विरोध किया जाता है या इसपर बात करने से यत्नपूर्वक बचा जाता है, उसी व्यवस्था ने अपनी लाख बुराइयों के बावजूद वंचित तबके के अंदर नेतृत्व पैदा किया है? इस नेतृत्व की क्षमता और बिकाऊपन पर अलग से बहस हो सकती है, क्योंकि यह संदर्भ तो पूरे समाज पर लागू होता है ।

समाज के अंदर एवं तथाकथित क्रांतिकारी समूहों के बीच एक तबका ऐसा है जो वंचित तबके को विशेष अवसर देने के सिद्धांत का प्रत्यक्ष और परोक्ष विरोध करता है । मैने एक मित्र से संगठनों के अंदर बढ़ते जातिवाद और परिवारवाद पर चर्चा की । मैने उन्हें कई उदाहरण भी गिनाये । इस मित्र ने मेरे विचारों को खारिज करते हुए कहा कि मेरे द्वारा उद्धृत व्यक्ति काबिल हैं, तभी तो वे संगठन का नेतृत्व कर रहे हैं । मेरे विचार से संगठन चलाने की प्रक्रिया में भी हमें वंचित तबके के साथियों का नेतृत्व विकसित करने के लिए विशेष अवसर का लाभ देना चाहिए । अन्यथा जिस जातिवादी व्यवस्था का हम विरोध करते नहीं थकते, उससे हम कैसे भिन्न हैं ! यह किस मानसिकता का परिचायक है कि हम एक व्यक्ति की बातों को सुनने तक से मना करते हैं और किसी दूसरे व्यक्ति की बातों को आदरपूर्ण तन्मयता से सुनते हैं ? अगर लोकतंत्र में भी भूल करके सीखने की छूट नहीं मिल सकती तो वंचित तबके के नेतृत्व के विकास की क्या प्रक्रिया होगी !

देशी बनाम विदेशी धन

मेरी राजनीतिक शिक्षा-दीक्षा छात्र-युवा संघर्ष वाहिनी में हुई । वाहिनी कार्यकर्ता के रूप में मैंने शुरू से ही मूल्यों और निष्ठा के सवाल पर बहस और इसपर अमल करने का प्रयास किया। शनैः-शनैः वाहिनी का बिखराव प्रारंभ हो गया । यूं तो बिखराव के पीछे कई कारण थे, पर इसका प्रमुख मुद्दा 'धन के सवाल' पर तीखी मतभिन्नता थी । इसी कालखंड में 'समता संगठन' में भी विदेशी धन लेन न लेने के सवाल पर फूट पड़ी । 'जन आंदोलनों के राष्ट्रीय समन्वय' तक पहुंचने में भी गैर-दलीय संगठनों और गैर-सरकारी संस्थाओं को कई पड़ावों से गुजरना पड़ा है । दूर से दर्शक होने के नाते मैं अपनी धुंधली यादों के आधार पर कह सकता हूं कि इन्हीं समूहों ने अतीत में 'जन विकास आंदोलन' और 'भारत जन आंदोलन' का गठन किया था । मैं कह सकता हूं कि वर्तमान पड़ाव पर पहुंचने के पहले इसमें शामिल समूह 'देशी बनाम विदेशी धन', 'आंदोलन बनाम विदेशी धन', 'गैर-सरकारी संस्थाओं' के सवाल पर काफी बहस-मुसाहिबे और अंतर्विरोध के दौर से गुजर चुके हैं।

जब हमलोग सेवाग्राम पहुंचे, तो यहां भी 'विदेशी धन' की आहट सुनायी पड़ी । यहां भी विदेशी धन के सवाल पर गंभीर बहस हुई । सेवाग्राम में भी बहस में शामिल ज्यादातर चेहरे पुराने थे । कई साथियों ने बताया कि इस मुद्दे पर 'समन्वय' की संयोजन समिति में बहस हो चुकी है और तय हुआ है कि खुले सत्र में इसपर कोई बातचीत नहीं होगी, क्योंकि इसमें कई व्यावहारिक कठिनाइयां हैं । इस संदर्भ में संगठन के एक वरिष्ठ नेता के समक्ष मैंने अपने मानसिक द्वंद्व को रखते हुए कहा कि अगर यह तय होता है कि 'समन्वय' में सिर्फ आंदोलन समूह ही शामिल होंगे और इसमें शामिल संगठन विदेशी धन नहीं लेंगे, तब भी समस्या जस की तस बनी रहेगी । अधिकांश गैर-सरकारी संस्थाएं अपने फ्रंट संगठन के तौर पर जन संगठनों का गठन कर लेंगी या करने वाली हैं । इस प्रकार गैर-सरकारी संस्थाएं तो विदेशी धन लेंगी, पर उनके फ्रंट संगठन विदेशी धन नहीं लेंगे । फिर हम इसे तकनीकी तौर पर कैसे रोक सकेंगे ? उन्होंने कहा कि तकनीकी

तौर पर तो रोकना मुश्किल होगा । पर समस्या विदेशी धन लेने और न लेने की नहीं है । असल समस्या तो दोहरापन यानी कथनी और करनी में अंतर का है । जब तक इसमें बदलाव नहीं होगा, इस मुद्दे से लड़ना आसान नहीं है ।

वस्तुतः यह आश्चर्यजनक निर्णय था कि विदेशी धन के सवाल पर खुले सत्र में कोई बहस नहीं होगी । इस मुद्दे पर सेवाग्राम में रात-दिन बहुस्तरीय और बहुकोणीय बैठकों का दौर चला । बैठकों में विदेशी धन के मुद्दे पर खुले सत्र में बहस कराने का माहौल बनाने का प्रयास किया गया । खुले सत्र के एजेंडा में शामिल नहीं रहने के बावजूद इस मुद्दे को उठाकर बहस शुरू हो गई । बहस में विदेशी धन की मुखालिफत करने वाले कार्यकर्ताओं ने जिस अहंकारपूर्ण शैली में अपनी बातें रखीं, उसे सुनकर मेरे मस्तिष्क पटल पर 'वाहिनी' और 'समता संगठन' का पूरा घटनाक्रम घूम गया । मैं सोचने लगा कि कैसे किसी मुद्दे की गंभीरता और संवेदनशीलता का ध्यान रखे बिना कुछ लोग सिर्फ नेतृत्व पर हावी रहने की रणनीति के तहत विदेशी पैसे के सवाल को उठाते हैं । जिस दिन इस मुद्दे पर बहस हुई, बैठक समाप्ति के बाद रात में एक संगठन का नेतृत्व करने वाले एक कार्यकर्ता को मैंने यह कहते सुना कि 'गंगा-मुक्ति आंदोलन' के लोग अलग हो जाएंगे। उसने आगे कहा कि वे अलग होते हैं तो हो जाएं, उनके पास लोग ही कितने हैं ! मेरी फलां-फलां संगठन के कार्यकर्ताओं से बात हुई है । आने वाले दिनों में अपने संगठन का फैलाव होगा। इस बात पर मुझे एक वाकया याद आया । एक बार मेरी एक राजनीतिक कार्यकर्ता से मुलाकात हुई । उसने बताया कि वह स्वदेशी जागरण मंच से जुड़ा हुआ है । मैंने उससे कहा कि आप समान मुद्दों पर काम करने वाले संगठनों के साथ मोर्चा क्यों नहीं बनाते ? उसने जवाब दिया कि दूसरे संगठनों के लोग हमारे साथ मोर्चा बनाने से इसलिए डरते हैं कि कहीं हम उन्हें निगल नहीं जाएं, क्योंकि उनका संगठन छोटा है और हमारा संगठन बड़ा । मुझे महसूस हुआ कि वे एक जगह 'डरते' हैं और दूसरी जगह 'डराते' हैं ।

यहां स्पष्ट कर दूं कि मैं व्यक्तिगत रूप से विदेशी धन लेने के खिलाफ हूं । लेकिन जब कोई विदेशी धन के खिलाफ बोलता है तो मैं चौकस हो जाता हूं । मेरे मन में प्रश्न उठता है कि वे सिर्फ विदेशी पैसे के खिलाफ ही क्यों सवाल उठाते हैं? ऐसे लोग आंदोलन और कार्यकर्ताओं के साधन स्रोत और सीमा पर क्यों नहीं बात करते? ऐसे लोगों की सामाजिक-आर्थिक पृष्ठभूमि पर नजर डालें तो पाएंगे कि वे जरूर किसी न किसी आर्थिक सहायता के संबल पर टिके होंगे । निसंदेह इसका अर्थ यह नहीं है कि विदेशी पैसे लेने वाले लोगों में संवेदना और निष्ठा की कोई कमी है या सिर्फ आर्थिक रूप से अभावग्रस्त ही विदेशी धन की ओर देखते हैं ।

समस्या विदेशी धन लेने और न लेने की नहीं है । असल समस्या तो दोहरापन यानी कथनी और करनी में अंतर का है । जब तक इसमें बदलाव नहीं होगा, इस मुद्दे से लड़ना आसान नहीं है ।

तीन वर्ष पूर्व विभिन्न समूहों तथा संगठनों ने एकत्रित होकर 'जन आंदोलनों का राष्ट्रीय समन्वय' का गठन किया था । इन तीन वर्षों में आंदोलन की दिशा और गति में कोई गुणात्मक परिवर्तन आया है, ऐसा कम से कम बाहरी तौर पर तो नहीं दिखता । चाहे कोई कितना भी ओजपूर्ण आंदोलन हो, अगर उसमें राजनीतिक दृष्टि तथा राजनीतिक

ढांचे की अस्पष्टता रहेगी तो वह अपनी गति खोने लगता है । ऐसे आंदोलन अपने मुद्दों की तलाश एकांगी तौर पर करते हैं । उन्हें लगता है कि वे जिन मुद्दों को लेकर आंदोलनरत हैं, उसका समाधान निकल गया तो समाज बदल जाएगा और सभी समस्याएं हल हो जाएंगी । इस प्रयास में ऐसे आंदोलन समाज के एक आदर्शवादी तबके तक ही सीमित होकर रह जाते हैं । आमलोग उन्हें अपने से ऊपर की चीज मान लेते हैं, जिनकी वह पूजा तो कर सकते हैं पर उनके साथ जी नहीं सकते । यही कारण है कि ऐसे आंदोलनकारियों की तमाम सदिच्छाओं और त्याग के बावजूद आम जन उनसे दूर-दूर ही रहते हैं । इसका कारण यह है कि ऐसे आंदोलनकारी जब अपने लिए 'आदर्श' तय करते हैं तब उसमें आम जनता की रोजमर्रा की समस्याओं का कोई स्थान नहीं रहता । समाज की तमाम समस्याएं एक-दूसरे से जुड़ी हुई हैं और आम जनता के जीवन को सीधे प्रभावित करती हैं । ऐसी स्थिति में इनका अलग से 'निदान' कैसे संभव है? खासकर तब तो और भी संभव नहीं, जब ऐसे आंदोलनकारी समूह राजनीतिक सोच और राजनीतिक ढांचे की अस्पष्टता से न सिर्फ पीड़ित हैं, बल्कि इससे उबरने का कोई प्रयास भी नहीं करते। इसका मतलब यह कदापि नहीं है कि कोई भी आंदोलन समाज की सभी समस्याओं को हल कर देगा । लेकिन आमूल परिवर्तन के हिमायती किसी भी संगठन अथवा समूह में राजनीतिक सोच और खाके की इतनी स्पष्ट समझ तो रहनी चाहिए कि वह समाज परिवर्तन के लिए बहुजन समाज की अपेक्षाओं और आकांक्षाओं के अनुरूप व्यावहारिक रणनीति बना सके । बहुजन समाज के हित में कब और कैसे राजनीतिक-सामाजिक दबाव बनाना है, इसकी समझ होनी चाहिए । एक बहुलक्षीय और बहुपक्षीय राजनीतिक ढांचा निर्माण की दिशा में आगे बढ़ना होगा । इस ढांचे में स्थानीय स्तर पर राजनीतिक, सामाजिक और सांस्कृतिक नेतृत्व को उभरने का पूरा मौका देना होगा, ताकि एक केंद्रीय ढांचे से जुड़ाव के बावजूद निचली इकाइयों की स्वायत्तता बनी रहे । इस ढांचे का एक छोटा हिस्सा सरकार में जाएगा और बड़ा हिस्सा समाज तथा संगठन में सक्रिय रहेगा। तभी हम वर्तमान गैर-लोकतांत्रिक, भ्रष्ट और सांप्रदायिक व्यवस्था का विकल्प प्रस्तुत कर सकेंगे । यही मेरा सपना है । ■

यह लेख मई, 1996 में लिखा गया था।

वैश्विक शहर का सपना : क्यूरीटीबा का अनुभव

शहर की आजीविका, आवास और आवागमन की समस्याओं पर काम करते हुए हमने कई शहरों का नाम सुना था जिनके प्रशासनों एवं नगर सेवकों ने शहरवासियों की समस्याओं को बेहतरीन तरीके से सुलझाने के लिए पहल की थी, उसमें एक नाम क्यूरीटीबा का भी था । क्यूरीटीबा के बारे में विभिन्न स्रोतों से हमने बहुत सारी जानकारी हासिल करने की कोशिश की । कुछ ब्राजीलियन से दोस्ती भी बनाई । लेकिन जैसे-जैसे जानकारी बढ़ती गई, वैसे-वैसे इस शहर को रूबरू देखने की जिज्ञासा भी बढ़ती गई । वर्ष 2005 के दौरान एक सम्मेलन में सहकार करने के लिए दक्षिण अमेरिका जाने का मौका मिला । उस यात्रा के दौरान मैंने बाकायदा क्यूरीटीबा को देखने की भी योजना बनाई । मैं देखना चाहता था इस शहर की खूबसूरती और शहरवासियों से उसके सरोकार। एक सप्ताह तक हम यहां रहे। सुबह-दर-सुबह मैं शहर के सिपाहियों, व्यापारियों, मालियों, सिविल इंजीनियरों, उपन्यासकारों व योजनाकारों से बातचीत करता रहा। दोपहर बाद हम शहर के विभिन्न इलाकों को देखते-समझते-बूझते शहर के पार तक का चक्कर लगा लेते ।

यहां न तो समंदर के किनारे हैं, न नदियों पर लंबे-चौड़े पुल हैं। न ही संस्कृति या ऐश्वर्य के स्तर पर यह महान है। यह तो एक मझौले आकार का ब्राजीली शहर है। लेकिन जहां तक "जीने के योग्य" होने की बात है, इस शहर का कोई मुकाबला नहीं।

होटल के सामने की सड़क गोल पत्थरों से बनाई गई थी । वहां कारों का आना-आना मना था । दोनों तरफ रोशनी की कतारें चमचमा रही थीं । यह सड़क आगे जाकर ऐसी ही एक और सड़क से जुड़ जाती थी और वह सड़क एक लंबे-चौड़े और हरियाली भरे प्लाजा में जाकर खत्म होती थी । प्लाजा में सड़क के दोनों तरफ दुकानों की लामबंद कतारें दिखाई पड़ रही थीं । क्यूरीटिबा शहर पहाड़ियों के बीच में बसा है । रात में काफी धुंध थी, लेकिन लोग मजे से यहां-वहां टहलते हुए खरीददारी कर रहे थे । आसपास तकरीबन कोई कार नहीं थी । सिर्फ एक चौराहे पर बसों की एक स्थिर कतार आगे बढ़ती दिखाई दे रही थी । हर कुछ लम्हों के बाद यहां बसों की एक और कतार आ खड़ी होती थी। मुझे इस बात का जरा-सा भी एहसास नहीं था कि इस शहर की नगर बस व्यवस्था का दुनिया में कोई जोड़ नहीं है। यहां के पार्कों की घास के रखरखाव का जिम्मा नगरपालिका के लिए काम करने वाले गड़रिये और उसकी तीस भेड़ों के समूह के सुपुर्द रहता है ।

इस शहर की कामयाबी सांख्यिकीय दृष्टि से अनपेक्षित-सी मालूम पड़ती थी । इसकी एक वजह तो यह है कि क्यूरीटीबा तुलनात्मक रूप से गरीब शहर है। इस शहर की औसत

प्रति व्यक्ति आय तकरीबन 2500 डॉलर के आसपास बैठती है । इससे भी बुरी बात यह है कि विस्थापित किसानों के पलायन करके शहर में आने के कारण शहर पर आबादी का दबाव बढ़ गया । इस लिहाज से तो यहां की हालत भी साओ पाओलो या मैक्सिको सिटी जैसी भयावह होनी चाहिए थी। लेकिन मैं यकीन से कह सकता हूं कि ऐसा नहीं था । और मैं बार-बार यह सोचता रहा कि ऐसा क्यों नहीं है।

यह शहर नक्शे में अपनी जगह की वजह से खूबसूरत नहीं है । यहां न तो समंदर के किनारे हैं, न नदियों पर लंबे-चौड़े पुल हैं । न ही संस्कृति या ऐश्वर्य के स्तर पर यह महान है । यह तो एक मझौले आकार का ब्राजीली शहर है । लेकिन जहां तक "जीने के योग्य" होने की बात है, इस शहर का कोई मुकाबला नहीं । मैं ऐसे किसी शहर में नहीं गया जो जीने के लिए इतना उत्साहजनक और लायक दिखाई देता हो । हाल के एक सर्वेक्षण में बताया गया था कि न्यूयार्क के 60 फीसदी लोग अपने समृद्ध और महानगरीय शहर को छोड़कर चले जाना चाहते हैं । इसके विपरीत क्यूरीटीबा के 99 प्रतिशत बाशिंदों का कहना था कि वे अपने शहर से बहुत खुश हैं। साओ पाओलो के 70 फीसदी लोगों का मानना था कि उनकी नजर में क्यूरीटीबा में जिंदगी बेहतर हो सकती है ।

झोपड़पट्टियां इस शहर में भी हैं । कुछ वैसी ही झोपड़पट्टियां जो तीसरी दुनिया के ज्यादातर शहरों में अपना दबदबा बनाए हुए हैं । ऐसे शहरों में आबादी बढ़ने के साथ-साथ शहर के इर्द-गिर्द इस तरह की झोपड़पट्टियां उग आती हैं । लेकिन यहां की झोपड़पट्टियां भी कुछ अलग किस्म की हैं । उनको देखकर एक उम्मीद-सी पैदा होती है । ये झोपड़पट्टियां साफ-सुथरी हैं । मिसाल के तौर पर, एक नगर कार्यक्रम के अंतर्गत प्रावधान किया गया है जिसके तहत यदि कोई झोपड़पट्टीवासी एक बोरा कूड़ा इकट्ठा करता है तो बदले में नगर प्रशासन की तरफ से उसे खाने का एक पैकेट दिया जाता है । क्यूरीटीबा इस बात का एक क्लासिक उदाहरण है कि मानवोचित जिंदगी बसर करने की चाह किस तरह एक साफ-सुथरे पर्यावरण का स्रोत भी बन सकती है । शहर की यातायात व्यवस्था तो बढ़िया है ही, यहां के बाशिंदे भी शहर के किनारों की बजाय मध्य में रहना ज्यादा पसंद करते हैं । इसी वजह से ब्राज़ील के बाकी लोगों के मुकाबले यहां प्रति व्यक्ति ईंधन खपत 25 प्रतिशत कम रहती है ।

क्यूरीटीबा की स्थापना एक पिछड़े और उपेक्षित शहर के रूप में हुई थी । यह साओ पाओलो के रास्ते में पड़ने वाला एक अच्छा ठिकाना था । 1940 तक यहां की आबादी 1,25,000 थी । 1950 तक यहां की आबादी 1,80,000 और 1960 में दोगुनी यानी 3,61,000 हो चुकी थी । पूरे देश के साथ-साथ आधुनिक विकास और कार-बहुल प्रणाली का असर क्यूरीटीबा में भी साफ दिखाई पड़ता था । बहुत सारे ऐसे ही दूसरे असर भी वहां दिखाई देते थे । शहर के मध्य इलाकों में परिवहन व्यवस्था घिसट-घिसट कर चलने लगी थी । हवा में धुएं का ज्यादा जोर था। जाहिर था कि अब शहर को योजनाबद्ध तरीके

से बसाने-बढ़ाने का वक्त आ चुका था । परन्तु तमाम बाकी शहरों की तरह यहां भी नियोजन का मतलब स्वचालित वाहनों के लिए नियोजन था।

अधिकृत योजना में तय किया गया कि शहर की मुख्य सड़कों को चौड़ा किया जाएगा, उनमें नई लाइनें जोड़ी जाएंगी । इसका मतलब है कि एक सदी पुरानी उन इमारतों को गिरा दिया जाएगा जो मध्य इलाके की सड़कों के दोनों तरफ आसमान से बातें कर रही थीं । इस योजना में तय किया गया कि एक ऐसी जमीनी पुल परियोजना बनाई जाए जिसके जरिये शहर के सारे चौराहे एक-दूसरे से जुड़ जाएंगे । लेकिन इस योजना का लोगों ने प्रतिरोध किया । यह विरोध केंद्रीय विश्वविद्यालय की स्थानीय शाखा और वास्तुशास्त्र एवं योजना विभागों में खासतौर से ज्यादा था। इस प्रतिरोध के सबसे मुखर नेतृत्वकर्ता थे जेम लर्नर ।

थुलथुली शरीर के स्वामी जेम लर्नर एक दोस्ताना व्यक्तित्व के मालिक हैं। वह "चीयर्स" होटल में बॉर के सिरे पर खड़े नोर्म से मिलते-जुलते हैं । वह सूट पहन लें तो बड़ा बेतुका महसूस करते हैं। इसीलिए वह क्यूरीटीबा के महापौर रहने के बावजूद आमतौर पर पोलो शर्ट ही पहनना पसंद करते हैं । वह कई बार शहर के महापौर रह चुके हैं। साठ के दशक के आखिर में वह सिर्फ एक युवा योजनाकार और वास्तुकार थे । उनकी परवरिश इसी शहर में अपने पोलिश पिता की दुकान में काम करते हुए हुई थी। जेम लर्नर ने उसी जमाने में जमीनी पुल के खिलाफ मुहिम चलाई थी । वह कहते हैं, "सरकार हमारे शहर के इतिहास को कूड़े में फेंक देने की कोशिश कर रही थी ।"

यह एक अच्छी बात है कि जेम लर्नर क्यूरीटीबा में तरह-तरह के लोगों को देखते हुए बड़े हुए थे। उन्हें इस मिश्रित आबादी से लगाव था। कुछ राजनीतिक उतार-चढ़ावों की वजह से महज 33 साल की उम्र में लर्नर ने खुद को क्यूरीटीबा के महापौर की कुर्सी पर बैठे पाया । पलक झपकते उनके तमाम दोस्त और सहकर्मी धूल खाती अपनी-अपनी योजनाएं लेकर उनके सामने हाजिर होने लगे। पलक झपकते ही उन्हें कारों की बजाय आम लोगों के लिए क्यूरीटीबा की शक्ल-सूरत तय करने का मौका मिल गया।

और इस तरह नए क्यूरीटीबा की कहानी शुरू हुई । यह कहानी क्यूरीटीबा की केंद्रीय सड़क – रूआ क्विंजे – से शुरू हुई जिसे पुरानी योजना में जमीनी पुल के साए में आंखों से ओझल कर देने का मंसूबा बांधा गया था । लर्नर ने रूआ क्विंजे को अस्त-व्यस्त करने की बजाय इस बात पर जोर दिया कि इस सड़क को पैदल चलने वालों की सुविधा के हिसाब से विकसित किया जाए । एक इंसानी शहर की निजी चाह का यह पहला प्रतीक था । वह कहते हैं, "मैं जानता था कि इस काम में हमें बहुत जद्दोजहद करनी पड़ेगी । मैं दुकानदारों को इस बात का यकीन नहीं दिला सकता था कि इस सड़क को पैदल चलने वालों के लिए आरक्षित कर देने से उन्हें भी फायदा होगा । ब्राजील में तो तब तक इस तरह का कोई 'पेडेस्ट्रियन मॉल' था ही नहीं । लेकिन मुझे यकीन था कि अगर उन लोगों

झोपड़पट्टियां इस शहर में भी हैं। कुछ वैसी ही झोपड़पट्टियां जो तीसरी दुनिया के ज्यादातर शहरों में अपना दबदबा बनाए हुए हैं। ऐसे शहरों में आबादी बढ़ने के साथ-साथ शहर के इर्द-गिर्द इस तरह की झोपड़पट्टियां उग आती हैं। लेकिन यहां की झोपड़पट्टियां भी कुछ अलग किस्म की हैं। उनको देखकर एक उम्मीद-सी पैदा होती है। ये झोपड़पट्टियां साफ-सुथरी हैं।

को वाकई 'पेडेस्ट्रियन मॉल' देखने का मौका मिल जाए तो वह बस उन्हें देखते रह जाएंगे।"

विरोध से निपटने के लिए उन्होंने बहुत एहतियात से अपनी योजना तैयार की । "मैंने अपने सभी कर्मचारियों से कहा कि 'अब युद्ध की तरह तैयारी करनी होगी ।' मेरे सार्वजनिक कार्य सचिव ने कहा कि इस काम के लिए दो माह का वक्त लगेगा । मैंने उसे समझाया कि यह काम एक महीने में पूरा हो जाए तो अच्छा रहेगा । कुछ देर खींचतान चली और मैंने उसे एक हफ्ते में काम पूरा करने के लिए मना लिया । उसने कहा, 'ठीक है लेकिन अब कोई बहस नहीं होगी ।' मैंने कहा, 'चलो ठीक है, शुक्रवार की रात से काम शुरू करते हैं और सोमवार की सुबह तक हमें यह काम पूरा कर लेना है' ।" और उन्होंने कर डाला। उन्होंने फुटपाथों को तोड़ कर नए सिरे से बना दिया । सड़क पर लगे गोल पत्थरों को हटा दिया, सड़क पर बत्तियां और खोखे लगा दिए और दसियों हजार फूलों के पौधे जगह-जगह लगा दिए गए ।

इस काम में लर्नर की मदद करने वाले ओसवाल्डो आल्वेस कहते हैं, "यह एक भयानक जोखिम था। इस दुस्साहस के लिए उन्हें बर्खास्त किया जा सकता था ।" लेकिन सोमवार की दोपहर तक हालत यह हो गई कि जो दुकानदार अब तक कानूनी कार्रवाई की धमकी दे रहे थे वही महापौर के पास इस बात की अर्जी लेकर पहुंच गए कि मॉल को और बढ़ा दिया जाए। अगले सप्ताहांत में स्थानीय ऑटोमोबाइल क्लब के कुछ सदस्यों ने धमकी दी कि वह इस सड़क पर अपना कब्जा नहीं छोड़ेंगे। उन्होंने कहा कि वह जबरन इस सड़क पर अपनी कारें चलाएंगे । लर्नर ने इन लोगों से निपटने के लिए पुलिस को नहीं बुलाया। इसकी बजाय उन्होंने शहर के कर्मचारियों और आम लोगों को सड़क की पूरी लंबाई-चौड़ाई में छोटे-बड़े कागज के टुकड़े लेकर बैठने की दावत दे दी । जब ऑटो क्लब के लोग मौके पर पहुंचे तो सड़क पर दर्जनों बच्चे बैठकर तस्वीरें बना रहे थे । क्यूरीटीबा की कायापलट का सिलसिला शुरू हो चुका था ।

क्यूरीटीबा के नियोजन में किफायत तीन बुनियादी उसूलों में से एक है । शहर की बहुत सारी बिल्डिंगों का 'पुनर्नवीनीकरण' किया गया है । योजना मुख्यालय भी एक पुरानी फर्नीचर फैक्ट्री में स्थित है । बारूद डिपो में एक फर्नीचर फैक्ट्री खोल दी गई है । गोंद बनाने वाले एक संयंत्र को बच्चों की पाठशाला में तब्दील कर दिया गया है । रूआ क्विंजे पर स्थित एक पुराने ट्रॉली स्टेशन को निःशुल्क बालवाड़ी में तब्दील कर दिया गया है जहां खरीदार अपने बच्चों को कुछ घंटों के लिए छोड़ सकते हैं । शहर के पार्क किफायत के मामले में बुद्धिमानी की एक मिसाल हैं । जब लर्नर ने 1971 में पहली बार कुर्सी संभाली थी तो क्यूरीटीबा का एकमात्र पार्क शहर के मध्य में स्थित था । पासियो पुब्लिको नामक इस आरामदेह चिड़ियाघर और खेल के मैदान में पैडल बोट्स तथा पुराने खूबसूरत वृक्षों के छोटे-छोटे झुंड थे । इन पेड़ों पर वसंत के मौसम में नीले फूल खिलते हैं । आल्वेस बताते हैं कि "उस पहले कार्यकाल में ही हम बहुत सारे चौराहे और प्लाजा विकसित कर देना चाहते थे। इसके लिए हमने एक जगह चुनी, बहुत सारी दीवारें बनाईं और वहां बहुत

सारे पेड़ लगा दिए ।"

इत्तेफाक से उसी समय ज्यादातर ब्राजीली शहरों में लंबी-चौड़ी बाढ़ नियंत्रण परियोजनाओं पर काम चल रहा था । क्यूरीटीबा के पास भी शहर से गुजरने वाली पांच नदियों को "सही रास्ता दिखाने" के लिए पैसा मौजूद था। योजना यह थी कि इन नदियों को कंक्रीट की दीवारों से बांध दिया जाए ताकि शहर को बाढ़ से बचाया जा सके ।

आल्वेस बताते हैं, "बैंकर चाहते थे कि सारी नदियों को मजबूती से घेर दिया जाए ताकि वे पाट के बाहर न बह सकें।" नगर प्रशासन ने इसी काम के लिए कर्जा तो लिया पर उसे नदियों की बजाय जमीन पर खर्च कर डाला । इंजीनियरों ने पूरे शहर में कई जगह छोटे-छोटे बांध बनाकर नदी के पानी को कई झीलों में मोड़ दिया । हर पार्क के बीच में एक झील बना दी गई । व्यवस्था ऐसी थी कि अगर बरसात बहुत ज्यादा हो तो भी झीलों का पानी एक या दो फुट ऊपर ही उठ सकता था। उसके शहर में जाने की कोई गुंजाइश नहीं थी। पार्कों की देखभाल के लिए जिम्मेदार निकोलाऊ क्यूपेल कहते हैं कि "उफनना तो हर नदी का अधिकार है । भला उसे आप कैसे दबा सकते हैं !"

मुख्य रूप से अपनी बाढ़ नियंत्रण योजना की वजह से ही बीस साल में यहां की हरियाली कई गुना बढ़ गई । पहले यहां प्रति व्यक्ति दो वर्ग फुट हरियाली थी जो बीस साल में 150 वर्ग फुट प्रति व्यक्ति तक पहुंच गई । यह स्थिति तो तब थी जब इस दौरान शहर की आबादी तीन गुना हो चुकी थी । अधिकृत दस्तावेजों और साहित्य में स्वाभाविक गर्व के साथ इस बात को बार-बार दोहराया जाता है कि यह संख्या विश्व स्वास्थ्य संगठन द्वारा तय किए गए मानक – 12 वर्ग मीटर – से चार गुना ज्यादा है । क्यूरीटीबा की हर खिड़की से मुझे उतनी ही हरियाली दिखाई देती थी जितनी कंक्रीट दिखाई पड़ती थी। और इसमें क्या शक है कि हरियाली ही खुशहाली का स्रोत होती है । नए पार्कों के इर्द-गिर्द जमीनों की कीमत तेजी से बढ़ी है और इसी अनुपात में नगर प्रशासन की आमदनी में भी इजाफा हुआ है ।

इंजीनियरों ने पूरे शहर में कई जगह छोटे-छोटे बांध बनाकर नदी के पानी को कई झीलों में मोड़ दिया। हर पार्क के बीच में एक झील बना दी गई। व्यवस्था ऐसी थी कि अगर बरसात बहुत ज्यादा हो तो भी झीलों का पानी एक या दो फुट ऊपर ही उठ सकता था। उसके शहर में जाने की कोई गुंजाइश नहीं थी ।

शहर की आबादी लगातार बढ़ती जा रही है । लेकिन लगता है कि क्यूरीटीबा के लोगों ने अपनी सामाजिक समस्याओं की पीठ तोड़ दी है । झोपड़पट्टियों में रहने वाले ज्यादातर लोग गांव-देहात के अपने घरबार से उजड़ कर आए हैं। इसलिए उनके लिए एक अदद मकान का इंतजाम करना बहुत जरूरी है । उन्हें सिर्फ एक आश्रय-स्थल नहीं, बल्कि एक ऐसा मकान चाहिए जो उनका अपना हो । अस्सी के दशक के मध्य तक क्यूरीटीबा का सार्वजनिक आवास कार्यक्रम एक तय ढर्रे पर चलता था । यहां किसी भी दूसरे ब्राजीली शहर के मुकाबले प्रति व्यक्ति ज्यादा मकान बनाए जाते थे । इन मकानों को छोटे-छोटे जत्थों में शहर के हर कोने में बनाया गया जिससे वह आसपास के इलाकों में आसानी से खप जाएं । पर समस्या तो तब खड़ी हुई जब इस कार्यक्रम के लिए पैसे का स्रोत बंद हो गया । 1985 में नेशनल हाउसिंग बैंक धराशायी हो गया । उसी समय मकानों की मांग आसमान छूने लगी, क्योंकि गांव-देहात से बड़ी तादाद में लोग

झोपड़पट्टियों में आकर रहने लगे थे । छोटे, अलग-अलग मकानों की नीति छोड़ कर नगर प्रशासन ने तय किया कि शहर की जमीन पर कुछ बड़े पट्टों को विकसित किया जाए। इसके लिए कई नदियों से घिरी खेती की जमीन चुनी गई और उसे नोवो बायर्रो का नाम दिया गया।

सार्वजनिक आवास कार्यक्रम के एक अधिकारी ने बताया, "अल्पआय तबके के साठ फीसदी लोग निर्माण उद्योग में किसी न किसी स्तर पर जुड़े हुए हैं। उन्हें पता है कि घर कैसे बनाए जाते हैं।" और यहीं सबसे हृदयस्पर्शी पहलू सामने आता है : आपको जमीन का सिर्फ टुकड़ा नहीं मिलता। उसके साथ मालिकाने का कागज, दो पेड़ – एक फलदार और एक सजावटी – तथा शहर में बैठे आला वास्तुकारों के साथ एक घंटे बात करने का मौका भी मिलता है। एक वास्तुकार ने बताया, "हमारे पास जो लोग आते हैं वे खुद बताते हैं कि उन्हें क्या चाहिए – अगली तरफ बड़ी-सी खिड़की या रसोई में कमरा या कुछ भी। वे हमें बताते हैं कि उनके बच्चे कितने हैं, या उनकी जरूरत कितनी हैं। और इसके बाद हम उनके लिए योजना तैयार करते हैं।" इस वास्तुकार ने शहर में 3,000 से ज्यादा मकानों का नक्शा तैयार किया है।

एक और डिजाइनर ने हमें समझाया, "ज्यादातर लोग ऐसे होते हैं जो शुरुआत में सिर्फ एक कमरा ही बना पाते हैं। तब हम उन्हें बताते हैं कि सबसे पहले उन्हें कहां से शुरू करना चाहिए और क्या बनाना चाहिए।"

नोवो बायर्रो के मध्य में सार्वजनिक आवास कार्यक्रम के तहत 24 घरों वाली एक "प्रौद्योगिकी सड़क" बनाई गई है। इन 24 घरों में से हरेक अलग-अलग निर्माण तकनीक से बनाया गया है ताकि लोग इस बात का अंदाजा लगा सकें कि किस तरह का मकान उनके लिए ज्यादा सुविधाजनक रहेगा। ये सारे छोटे-छोटे मकान हैं, मगर उनसे उन लोगों के बारे में काफी कुछ पता चलता है जिन्होंने उन्हें बनाया है। आवास परियोजना के मुखिया का कहना है, "यह एक ऐसा मकान है जो प्यार की बुनियाद पर खड़ा है। इसी वजह से लोग इसे कभी छोड़कर नहीं जाएंगे। लोग यहीं अपनी जिंदगी संवारेंगे और शहर का हिस्सा बन जाएंगे।"

नोवो बायर्रो में सबसे पहले एक ग्लास ट्यूब बस स्टेशन तैयार किया गया। इस बस स्टेशन के जरिए यह इलाका बाकी शहर से जुड़ गया। क्यूरीटीबा शासन की शब्दावली में "एकीकरण" शब्द बार-बार सुनाई पड़ता है। यह भी यहां के नगर प्रशासन के केंद्रीय सिद्धांतों में से एक है। इसका मतलब यह है कि पूरे शहर – अमीर, गरीब और मध्य वर्ग - को सांस्कृतिक, आर्थिक और भौतिक दृष्टि से एक-दूसरे से जोड़ दिया जाए। हितोशी नाकामूरा शहर के पार्क आयुक्त और लर्नर के पुराने साथी व सहयोगी हैं। बातचीत के दौरान मैंने उनसे नदी के आस-पास के इलाके में बसने वाले लोगों के सामने पेश आने वाली समस्याओं के बारे में पूछा। उन्होंने कहा, "हमें झोपड़पट्टियों के लोगों से भी संवाद रखना ही चाहिए। अगर हम उनसे संवाद न रखें, अगर वे अलग-थलग महसूस

करने लगें तो वे शहर और समाज के खिलाफ काम करने लगेंगे। अगर हम उन पर ध्यान दें तो वे खुद को लावारिस महसूस नहीं करेंगे । वे सभ्य नागरिक की तरह आत्मविश्वास से पेश आएंगे ।"

क्यूरीटीबा का अनुसरण करने के लिए दुनिया को अपनी कुछ पुरानी आदतें छोड़नी होंगी। और सबसे मुश्किल आदत वह है जिसे लर्नर "एक त्रासद, मरणासन्न रोगी जैसा एहसास" कहते हैं । बहुत सारे शहरों में "असंख्य ऐसे लोग हैं जो यह साबित करने के माहिर हैं कि अब बदलाव की कोई गुंजाइश नहीं बची है । मैं उन्हें समझाना चाहता हूं कि जितनी ताकत वे यह साबित करने में लगाते हैं कि कुछ नहीं किया जा सकता, अगर उतनी ही ताकत वे इस कोशिश में लगा दें कि बदलाव लाया जा सकता है तो वाकई बहुत कुछ बदल जाएगा ।"

आज तीसरी दुनिया, खासकर भारत, के योजनाकार तथा खुद प्रधानमंत्री भारत के शहरों को वैश्विक शहर के रूप में विकसित करने की योजनाओं पर अमल करने की नीति को आगे बढ़ा रहे हैं । 'राष्ट्रीय शहरी पुनर्नवीनीकरण मिशन' इसी योजना का एक महत्वपूर्ण कार्यक्रम है । क्या ऐसे कार्यक्रमों का लाभ उठाकर हमारे नीति-निर्माता और नगर सेवक क्यूरीटीबा के अनुभवों का अनुसरण करके एकीकृत शहर का विकास करेंगे या गरीबों और अमीरों के बीच ऊंची दीवारें खड़ी करके फ्रांस के शहरों के रास्ते पर बढ़ेंगे जिसे पहले दुनिया अलग-अलग जुमलों से संबोधित करती थी – प्यार का शहर, सुगन्धों का शहर, तहजीब का शहर, जीवन-शैली का शहर, रोशनी का शहर । लेकिन टुकड़ों-टुकड़ों में किए गए विकास और वंचितों की बंदिशों की जिन्दगी ने वर्ष 2005 के दौरान फ्रांस में ऐसा उफान पैदा कर दिया कि फ्रांस सरकार की चूलें हिल गईं और आनन-फानन में लगाई गई 'आपातकाल' से भी 'आक्रोश' दबाए नहीं दबा । क्या विकास की ऐसी धारा अपनाई जाएगी जिससे भविष्य के उफान को झीलों में तब्दील कर समाहित कर दिया जाएगा?

यह लेख दिसंबर, 2005 में लिखा गया था।